DROEMER

Von Emma Straub ist bereits folgender Titel erschienen:
Ein Sommer wie kein anderer

Über die Autorin:
Emma Straub wuchs in Manhattan auf. Sie schreibt Kurzgeschichten und Essays für zahlreiche Magazine und Zeitschriften wie der *Vogue* und der *New York Times* und arbeitet nebenbei als Buchhändlerin. Emma Straub lebt mit ihrem Mann und dem gemeinsamen Sohn in Brooklyn. Ihre Romane erobern regelmäßig die Bestsellerlisten der *New York Times*.

EMMA STRAUB

Frauen, die lieben

Roman

Aus dem Englischen
übersetzt von Gabriela Schönberger

DROEMER

Die amerikanische Originalausgabe erschien 2016 unter dem Titel
»Modern Lovers« bei Riverhead Books, New York

Kenneth Koch, *To the Past, NEW ADRESSES, Poems Kenneth Koch,* aus dem amerikanischen Englisch übersetzt von Gabriela Schönberger, Alfred A. Knopf Verlag, New York 2000

Jane Austen, *Verstand und Gefühl,* aus dem Englischen von Ursula und Christian Grawe, S. 412, Reclam-Verlag, Ditzingen 2016

Besuchen Sie uns im Internet:
www.droemer.de

FSC
www.fsc.org
MIX
Papier aus verantwortungsvollen Quellen
FSC® C083411

Vollständige Taschenbuchausgabe August 2018
Droemer Taschenbuch

Redaktion: Ilse Wagner
Covergestaltung: NETWORK! Werbeagentur, München
Coverabbildung: © Michael Trevillion / Trevillion Images
Satz: Nadine Clemens, München
Druck und Bindung: CPI books GmbH, Leck
ISBN 978-3-426-30582-9

2 4 5 3 1

EMMA STRAUB

Frauen, die lieben

Für Nina,
bei der sich ein Umzug nach Ohio wie
das reinste Vergnügen anhörte,

und für die Rutland Readers,
mit Dankbarkeit für sieben Jahre
nachbarschaftliche Zuneigung.

Könnte ich es,
würde ich sesshaft werden.
Pavement (Rockband)

Du kannst nicht anders, wir auch nicht.
Gemeinsam, machtvolle Vergangenheit,
beherrschen wir die Dinge.
Kenneth Koch, To the Past

Teil eins

RUBY TUESDAY

MARY ANN O'CONNELL IMMOBILIEN

Neuzugang

Repräsentatives viktorianisches Juwel in Bestlage Ditmas Park. Fünf Schlafzimmer, antike Details wie versenkbare Schiebetüren, Zierleisten, imposante Treppe mit prächtigen Schnitzereien. Küche aufwendig modernisiert, Dach neu. Offener Kamin. Garage mit zwei Stellplätzen. Angenehme Wohnkultur im Herzen des Viertels, in unmittelbarer Nachbarschaft zu allen Einkaufsgelegenheiten und erstklassigen Restaurants der Cortelyou Road. Subway-Nähe. Eine echte Rarität!

1

Im Juni traf sich der Buchclub in Zoes Haus. Für Elizabeth bedeutete das, dass sie die schwere Keramikschüssel mit dem Spinatsalat mit Walnüssen und zerkrümeltem Ziegenkäse sage und schreibe einen halben Block weit zu schleppen hatte. Sie musste nicht einmal eine Straße überqueren. Keine der Frauen aus der Gruppe hatte es weit. Das war wichtig, denn es war so schon schwierig genug, einen gemeinsamen Termin zu finden und ein Buch zu lesen – wobei kaum mehr als die Hälfte der Gruppe es je bis zum Ende eines Romans schaffte –, ohne die Leute dafür auch noch in die Subway scheuchen zu müssen. Mit den eigenen Freunden konnte man sich treffen, wann und wo man wollte, und zum Abendessen quer durchs ganze Viertel fahren, wenn einem danach war – aber, hallo, hier spielte die Musik in unmittelbarster Nachbarschaft. Bequemer ging es nicht. Heute war ihr letztes Treffen vor der Sommerpause. Elizabeth hatte an sechs der zwölf Frauen Häuser verkauft und deshalb ein berechtigtes Interesse, sie bei Laune zu halten. Obwohl es nicht unbedingt von Nachteil war, wenn die Leute Brooklyn verließen und beschlossen, in einen Vorort zu ziehen beziehungsweise wieder dorthin zurückzukommen, wo sie früher gewohnt hatten, denn dann konnte sie mit einer doppelten Provision rechnen. Elizabeth liebte ihre Arbeit.

Mochte der Rest des Buchclubs auch aus Nachbarinnen bestehen, deren Wege sich sonst nie gekreuzt hätten – bei ihr und Zoe lag der Fall anders. Sie waren alte Freundinnen, um nicht zu sagen, allerbeste Freundinnen, wobei Elizabeth das in Zoes Gegenwart wahrscheinlich nie so formulieren würde, aus Angst, von ihr als spätpubertär verlacht zu werden. Nach der Universität, also in tiefster Steinzeit, hatten sie in eben diesem geräumigen viktorianischen Haus gewohnt, zusammen mit Elizabeth' Freund – jetzt Ehemann – und zwei Typen, mit denen sie sich bereits eine Wohnung am Oberlin College geteilt hatten. Deswegen war es immer wieder schön, eine große Schüssel mit irgendetwas Selbstgemachtem zu Zoe hinüberzutragen, denn dann fühlte man sich gleich wieder in jenes Zwischenreich – arm an Geld, aber reich an improvisierten Dinnerpartys, zu denen jeder etwas beisteuerte – zurückversetzt. Besser bekannt als die Goldenen Zwanziger des Lebens. Ditmas Park lag gefühlte hundert Meilen von Manhattan entfernt, in Wirklichkeit waren es sieben, und bestand aus viktorianischen Häusern, wie sie überall in den Vereinigten Staaten hätten stehen können, im Norden begrenzt vom Prospect Park, im Süden vom Brooklyn College. Einige ihrer Schulfreunde zogen in Mietwohnungen im East Village oder in wunderschöne historische Reihenhäuser aus braunem Sandstein in Park Slope auf der anderen Seite des weitläufigen grünen Parks, doch sie hatten sich in die Vorstellung verliebt, in einem *richtigen* Haus zu wohnen. Und da waren sie nun, eingekeilt zwischen betagten italienischen Signoras und sozialem Wohnungsbau.

Als der Mietvertrag auslief, erwarben Zoes Eltern das Haus für ihre Tochter; mit Auftritten in Discos hatte sich das afroamerikanische Paar ein beträchtliches Vermögen ertanzt. Sieben Schlafzimmer, drei Bäder, großer Eingangsbereich, Auffahrt, Garage – hundertfünfzigtausend Dollar kostete das Haus damals. Den verschimmelten Teppich und den Bleianstrich gab es gratis dazu. Elizabeth und Andrew waren noch nicht verheiratet und weit entfernt von einem gemeinsamen Bankkonto, weswegen jeder seinen Mietanteil separat an Zoes Eltern in Los Angeles überwies. Zoe hatte im Lauf der Jahre mehrmals einen Kredit bei der Bank aufgenommen, um das Haus herrichten zu lassen, aber die Schulden waren abbezahlt. Irgendwann zogen Elizabeth und Andrew dann aus und für eine Weile ein paar Blocks weiter in die Stratford Road, um schließlich vor zwölf Jahren, als ihr Sohn Harry vier Jahre alt war, nur drei Türen entfernt selbst ein Haus zu erwerben. Inzwischen war Zoes Anwesen zwei Millionen wert, vielleicht mehr. Elizabeth versetzte es einen kleinen Stich, wenn sie daran dachte. Weder sie noch Zoe hätten es sich jemals vorstellen können, nach so vielen Jahren noch hier in der Gegend zu wohnen, aber es war einfach nie der richtige Zeitpunkt für eine Veränderung gekommen.

Elizabeth stieg die Stufen der breiten Veranda hinauf und spähte durch das Fenster. Sie war die Erste. Wie üblich. Das Esszimmer war vorbereitet, der Tisch gedeckt. Mit einer Flasche Wein in jeder Hand kam Zoe durch die Schwingtür der Küche gerauscht. Vergebens versuchte sie, eine störrische Locke aus den Augen zu pusten. Zoe trug knappe Jeans und ein verwaschenes kurzes Jäckchen, vor ihrer Brust baumelte ein verwegenes Durcheinander verschiedenster Ketten. Ob aus alter Gewohnheit in Secondhand-Geschäfte oder lieber in kleine, edle Boutiquen – egal, wohin Elizabeth mit Zoe zum Einkaufen ging, nichts stand ihr je so gut wie ihrer Freundin, die mit ihren fünfundvierzig Jahren noch immer so überirdisch lässig aussah wie damals mit achtzehn. Elizabeth klopfte ans Fenster und winkte, als Zoe aufblickte. Sie lächelte, wedelte mit dem dünnen Finger und deutete ihr an, hereinzukommen. »Die Tür ist offen!«

Im Haus roch es nach Basilikum und frischen Tomaten. Elizabeth ließ die Tür hinter sich ins Schloss fallen und stellte ihre Salatschüssel auf dem Tisch ab. Ihre Handgelenke knackten, als sie sie ausschüttelte. Zoe kam um den Tisch herum und gab ihr einen Kuss auf die Wange.

»Wie war dein Tag, Süße?«

Elizabeth ließ den Kopf von einer Seite zur anderen kreisen. Wieder knackte es. »Wie schon?«, sagte sie. »Wie immer. Was soll ich machen?« Sie sah sich im Zimmer um. »Soll ich noch mal heim und was holen?« Eine Essenseinladung für zwölf Personen war sogar in Ditmas Park eine Herausforderung. Unter normalen Umständen schaffte es gerade mal der harte Kern des Buchclubs zu kommen, so dass es der jeweiligen Gastgeberin keine großen Umstände machte und sie alle an ihrem Esstisch unterbringen konnte, aber hin und wieder – insbesondere vor dem Sommer – nahmen alle Frauen freudig die Einladung an. Und je nachdem, wer als Gastgeberin fungierte, sah sich die Gruppe gezwungen, zusätzliche Klappstühle über die Straße herüberzuschleppen, damit keine von ihnen wie ein schmollendes Kind an Thanksgiving auf dem Boden sitzen musste.

Über ihren Köpfen hörte man etwas Schweres zu Boden fallen. *Rums.* Und dann noch zweimal: *Rums, rums.*

»Ruby!«, rief Zoe und blickte zur Decke. »Komm runter und begrüße Elizabeth!«

Eine gedämpfte Antwort.

»Ist schon okay«, sagte Elizabeth. »Wo ist Jane? Im Restaurant?« Sie öffnete den Mund, um weiterzureden und ihre brandaktuellen Neuigkeiten, die jedoch nicht für die Ohren ihrer Nachbarinnen bestimmt waren, loszuwerden, bevor es an der Tür klingelte.

»Wir haben einen neuen Sous-Chef, und ich bin überzeugt, dass Jane hinter ihm steht und ihm über die Schulter schaut wie ein Sergeant. Du weißt doch, wie das am Anfang immer ist. Ein ewiges Drama. Ruby! Komm runter, bevor alle anderen auftauchen, die du nicht leiden kannst!« Zoe strich sich mit den Fingerspitzen über die Brauen. »Ich habe sie gerade für den Vorbereitungskurs für den SAT-Test angemeldet, dieser Eignungstest für die Uni, von dem du mir erzählt hast, und jetzt ist sie stinksauer.« Sie zischte wie ein Torpedo.

Oben wurde eine Tür zugeknallt, dann ertönten laute Schritte auf der Treppe. Auf der untersten Stufe blieb Ruby stehen. Seit Elizabeth sie vor ein paar Wochen das letzte Mal gesehen hatte, hatte die Farbe ihrer Haare, die wie ein Bienenkorb auf ihrem Kopf thronten, von einem blassen Grün zu einem lila schimmernden Schwarz gewechselt.

»Hey, Rube«, sagte Elizabeth. »Was geht ab?«

Ruby zupfte an ihrem Nagellack. »Nichts.« Im Gegensatz zu Zoes Gesicht war das von Ruby rund und weich, aber die beiden hatten die gleichen etwas schmalen Augen, die einen immer ein wenig skeptisch ansahen. Rubys Haut war drei Nuancen heller als die von Zoe, ihre Augen waren blassgrün wie die von Jane, und auch ohne das schwarzlila Haar und die miesepetrige Miene hätte sie einschüchternd gewirkt.

»Am Donnerstag steigt die Abschlussfeier, richtig? Was ziehst du an?«

Ruby trötete wie ein Kazoo, das Torpedo ihrer Mutter im Rückwärtsgang. Schon komisch, was Eltern ihren Kindern antaten. Selbst wenn sie es nicht darauf anlegten, wurde alles nachgemacht. Ruby sah zu ihrer Mutter, die nickte. »Ich habe eigentlich vor, eins von Mums Kleidern zu tragen. Das weiße, du weißt schon.«

Elizabeth wusste Bescheid. Zoe hatte nicht nur ein gutes Händchen beim Kauf von Kleidern, sie bewahrte sie auch auf. Zum Glück hatte sie eine Frau geheiratet, die tagaus, tagein eine Jeans und dazu abwechselnd die immer gleichen Button-down-Hemden trug. Mehr hätte in ihrem riesigen begehbaren Kleiderschrank auch keinen Platz gefunden. Das weiße Kleid war ein Überbleibsel aus Zoes Jugend: Ein gehäkeltes Mieder, mehr Luft als Materie, mit einem unanständig kurzen Röckchen aus baumelnden Schnüren. 1973 trug man so ein Kleid im Urlaub in Mexiko über einem Badeanzug. Ursprünglich hatte es Zoes Mutter gehört, und wahrscheinlich hatten sich im Saum immer noch ein paar Körnchen Quaaludes versteckt. Bevor sie die Bennetts kennenlernte, hatte Elizabeth nie Kontakt zu Eltern gehabt, auf deren Lebensstil ihre Kinder stolz waren und für den sie sich gleichzeitig schämten. Cool zu sein war gut, aber nur bis zu einem gewissen Punkt.

»Wow«, sagte Elizabeth.

»Das Thema ist noch nicht ausdiskutiert«, erklärte Zoe.

Ruby verdrehte die Augen und hüpfte hastig die letzte Stufe hinunter, als es an der Tür klingelte. Noch ehe ihre Nachbarinnen ins Haus kamen, jede eine mit Alufolie bedeckte Schüssel vor sich hertragend, war Ruby in die Küche geflitzt und mit einem Teller Essen bereits wieder auf dem Rückweg die Treppe hinauf.

»Hallööchen«, trillerten drei Frauen im Chor.

»Hallööchen«, stimmten Elizabeth und Zoe enthusiastisch mit ein in das Lied, das als Hintergrundmusik eines jeden Mädelsabends lief.

2

Wenn Elizabeth abends eine Verabredung hatte, war Andrew für Harrys leibliches Wohl zuständig. Harry war sehr heikel, was das Essen anging, ganz im Gegensatz zu den meisten Jungen seines Alters, die auch Pappe verzehrt hätten – Hauptsache, es war Salami drauf. Harry stocherte in seinem Essen herum wie ein kleines Kind und schob das, was er nicht mochte, an den Tellerrand. Für ihn hieß das: keine Oliven, keine Avocados, es sei denn in Form von Guacamole, keinen Frischkäse, keinen Kohl, keinen Sesam, keine Tomaten, es sei denn als Tomatensauce. Die Liste war lang und wurde immer länger. Jedes Mal, wenn Andrew kochte, hatte er das Gefühl, dass wieder etwas Neues dazugekommen war. Er öffnete den Kühlschrank und schaute hinein. Iggy Pop, ihr hagerer, dreifarbiger Kater, rieb sich an Andrews Schuh.

»Harry«, sagte Andrew und blickte in Richtung Wohnzimmer, aus dem das regelmäßige Piepsen und Blubbern von Harrys Lieblingsspiel *Secret Agent* zu ihm herüberdrang. Der Held des Spiels war ein Frosch mit Trenchcoat und Sherlock-Holmes-Mütze und, soweit Andrew informiert war, für Achtjährige konzipiert. Harry hatte nicht das geringste Interesse an Computerspielen wie *Call of Duty* oder *Grand Theft Auto* oder irgendeinem der unzähligen anderen Spiele, in denen Mord und Prostitution verherrlicht wurden. Und darüber war Andrew froh. Besser, einen Sohn zu haben, dem Frösche lieber waren als Maschinengewehre. Andrew hatte selbst harmlose Videospiele bevorzugt und zentimeterdicke Fantasy-Romane über Mäuse verschlungen. Sie waren einander sehr ähnlich, er und Harry. Mit einem weichen Kern wie ein Keks, den man zu früh aus dem Ofen genommen hatte. Aber war das nicht angesagt?

»Harry«, wiederholte Andrew, ließ die Kühlschranktür zuschnappen und blieb stehen. »Harry.«

Die Spielgeräusche verstummten. »Ich habe dich schon beim ersten Mal gehört, Dad«, sagte Harry. »Bestellen wir einfach eine Pizza.«

»Sicher?«

»Warum nicht?« Wieder setzten die Geräusche ein. Andrew holte sein Handy heraus und ging durch den Flur in Richtung Wohnzimmer. Iggy schlich hinter ihm her. Draußen war es noch immer hell. Einen Moment lang verspürte Andrew einen leichten Anflug von Traurigkeit beim Anblick seines sanftmütigen Sohnes, der überglücklich war, an einem wunderbaren Juniabend zu Hause sitzen zu dürfen. Keine Solo-Elfmeter im Park, kein spontanes Basketballmatch, nicht einmal eine verstohlene Zigarette auf einer versteckten Parkbank. Harry sah blass aus – Harry *war* blass, wie er so dasaß in seinem übergroßen schwarzen Sweatshirt, den Reißverschluss bis unters Kinn hochgezogen. »Willst du mal spielen?«, fragte Harry. Seine braunen Augen funkelten, als er aufblickte. Andrew ignorierte seine Traurigkeit und setzte sich neben seinen Sohn. Iggy Pop sprang auf seinen Schoß, rollte sich zusammen, der Frosch zwinkerte, und die Musik setzte ein.

Einer musste es ja machen. Einer musste diese Musik komponieren, harmlose kleine Melodien, die als Endlosschleife im Hintergrund liefen. Einer musste sich die Musik einfallen lassen, mit der in Seifenopern die dramatischen Pausen der Schauspieler betont wurden. Oder die Klingeltöne von Mobiltelefonen. Irgendeiner bekam Geld dafür und kassierte vielleicht sogar Tantiemen. Andrew war nie ein begnadeter Bassist gewesen, aber schon immer gut darin, sich Melodien einfallen zu lassen. Aus beruflicher Sicht war das wahrscheinlich das Einzige, das er jemals richtig gern gemacht hatte.

Und wann immer er niedergeschlagen war, was eher öfter als selten vorkam, dachte Andrew an seine eigenen Tantiemen, an seinen und Elizabeth' Scheck, mit denen sie zum großen Teil Harrys Erziehung in einer Privatschule finanzierten. Und das heiterte ihn dann wieder ein wenig auf. Immer gab es jemanden, dem es besserging, vor allem in New York City. Aber was sollte er sich damit herumquälen, immerhin hatte er in seinem Leben etwas geschaffen, das in Erinnerung bleiben würde.

»Dad«, sagte Harry, »du bist dran. Ich bestell die Pizza.« Harry schob sich die Haare aus den Augen und blinzelte wie ein Maulwurfjunges, das zum ersten Mal die Sonne erblickt. Er war so ein braver Junge, so ein *braver Junge.* Seit er ein Baby war, kannten sie kein anderes Thema. Zufrieden aneinandergekuschelt, das Babyphone zwischen sich, waren Andrew und Elizabeth im Bett gelegen und hatten seinem Glucksen gelauscht. Er war schon immer pflegeleicht gewesen. Alle ihre Freunde warnten sie, dass das nächste Kind das krasse Gegenteil wäre. Nichts als Ärger Tag und Nacht, aber das nächste Kind kam nie. Und so blieben sie zu dritt. Zu Anfang wollten die Leute noch wissen, warum sie nur ein Kind hatten. Doch je länger dieser Zustand andauerte, desto sicherer waren die Leute, dass es ihre freie Entscheidung war, und ließen es dabei bewenden. Sogar ihre Eltern hatten aufgehört zu fragen, als Harry sechs Jahre alt war. Und wer brauchte schon mehr Enkelkinder, wenn Harry seiner Großmutter freiwillig auf den Schoß kletterte und ihr einen Kuss auf die Wange drückte, ohne dass man nachhelfen musste? Wer konnte mehr verlangen? Manche Bewohner der Nachbarschaft – nicht unbedingt Freunde, nur Nachbarn, denen man zuwinkte, wenn man den Abfall rausbrachte – hatten drei oder vier Kinder. Andrew kam das immer vor wie ein Relikt aus dem letzten Jahrhundert, als man noch möglichst viele kleine Hände zum Melken der Kühe und für die Feldarbeit brauchte. Was tat man in Brooklyn mit so vielen Kindern? Waren deren Gene so gut und so wichtig für die menschliche Rasse? Er verstand, wenn religiöse Beweggründe dahintersteckten – wie bei den Lubawitscher Chassiden in Williamsburg oder den Mormonen in Utah. Sie wollten schließlich ins Endspiel. Aber er und Elizabeth? Sie taten ihr Bestes, und ihr Bestes war Harry. Der süße Harry. Halb wünschte Andrew sich, ihr Sohn möge beim SAT-Test kläglich versagen, für ein Studium als ungeeignet erachtet werden und für immer zu Hause bleiben. Aber selbstverständlich würde er auch bei diesem Test wieder glänzend abschneiden. Was er nur dem schwülstigen Schreibstil der Romane zu verdanken hatte, die er so gern las. Bereits als Baby hatte Harry Wörter geliebt, die mehr als eine Silbe hatten. »Das is auf-SER-egend«, brabbelte er beim Anblick des Brunnens an der Grand Army Plaza, der Wasserfontänen hoch in die Luft schleuderte. Da war er noch keine zwei Jahre alt.

»Ich hab dich lieb, Kumpel«, sagte Andrew.

Harry blickte auf sein Handy und drückte irgendwelche Tasten. »Bestellung erledigt.«

3

Ruby hasste den blöden SAT-Test mindestens ebenso sehr, wie sie die blöde Highschool verabscheute. Beides Hochburgen des Patriarchats und seines Beharrens auf männlicher Überlegenheit und ähnlichem sexistischem Schwachsinn. Gemessen am Standard anderer Privatschulen in Brooklyn, war die Whitman High eine gute Schule – nicht die beste, aber auch nicht die schlechteste. Hin und wieder schaffte ein Schüler sogar den Sprung an eine Elite-Uni. Die meisten aber gingen an Colleges wie Marist, Syracuse oder Purchase. Nicht so Ruby. Ruby pausierte ein Jahr. Eine höfliche Umschreibung des Umstands, dass sie an keiner der fünf Universitäten zugelassen worden war, an denen sie sich beworben hatte. Ihre unbegründet optimistischen Mütter waren überzeugt, dass daran nur ihr miserables Abschneiden beim SAT-Test schuld war, nicht ihre generell ablehnende Haltung, nicht ihre schlechten Noten oder bescheuerten Aufsätze zum Thema Leben als schwarze Jüdin mit zwei lesbischen Müttern – zumindest konnte man davon ausgehen, dass ihr so etwas einfallen würde. Und deshalb musste sie nun im Sommer nachsitzen und einen weiteren Vorbereitungskurs absolvieren. Wer machte so etwas schon? Kein Mensch. Ein Witz war das, und sie war das Opfer.

Das Handy auf ihrem Bett vibrierte: UM 10 AM SCHULHOF? Dust war neunzehn Jahre alt, hatte einen abgebrochenen Schneidezahn und einen kahlrasierten Schädel. Er gehörte zu den Kirchen-Kids, einer kleinen Gang aus Skatern, die den ganzen Tag die Stufen der Kirche gegenüber der Whitman High hinauf- und hinunterbretterten. Soweit Ruby wusste, ging keiner von ihnen zur Schule, nicht einmal diejenigen, die noch keine achtzehn Jahre alt waren. Manchmal verjagten die Sicherheitsleute der Highschool sie, aber nie für lange, da sie ja nichts Illegales taten. Dust war ihr Anführer. Seine Jeans saßen perfekt – weder zu eng, dass er darin aussah wie eine Tussi, aber auch nicht zu ausgebeult, als könnten sie irgendeinem alten Herrn gehören. Dust mit seinen Muskeln, die sich von selbst entwickelt zu haben schienen, bewegte sich wie ein Halbstarker aus den fünfziger Jahren, der die meiste Zeit damit verbrachte, in einer Autowerkstatt herumzuschrauben. Ruby bezog ihr Wissen über die fünfziger Jahre aus Filmen wie *Grease* und *Denn sie wissen nicht, was sie tun*. Ein Teenager zu sein, das war im Grunde genommen für jeden eine Katastrophe. Es sei denn, man hieß John Travolta. Aber der war ganz offensichtlich schon neunundzwanzig, und das zählte nicht. Die einzigen Schüler an der Whitman High, die spontan zu singen anfingen, waren die Streber von der Musical-AG. Ruby konnte sie ebenso wenig leiden wie die Sportler, die ihr noch bedauernswerter vorkamen, da die Whitman High nicht einmal über eine nennenswerte Sporthalle verfügte. Daneben gab es noch die normalen Streber, die nichts anderes taten, als auf Prüfungen zu lernen, und die Weltverbesserer, die einen immerfort zu Unterschriften auf ihre Petitionen gegen die Tötung der Wale und zur Rettung vor Ebola zu überreden versuchten. Vielleicht war es auch andersherum. Also waren die Kirchen-Kids ihre einzige Hoffnung. In sexueller Hinsicht zumindest.

KANN NICHT, schrieb sie zurück. DER BUCHCLUB MEINER MUM TAGT. GROSSE PARTY / BRINGT MICH UM.

SCHON OK, simste er, und dann war Funkstille.

Dass Ruby ihre Mutter »Mum« nannte, lag nicht an einer etwaigen Vorliebe für britisches Englisch. Schließlich hatte sie zwei Mütter, die sie irgendwie unterscheiden musste. Und so hatte sie eben eine Mom und eine Mum. Außerdem war die Sache mit dem Buchclub völlig unbedeutend und nur eine von vielen Ausreden in letzter Zeit. Vor drei Wochen hatte sie mit Dust Schluss gemacht. Oder zumindest dachte sie das. Vielleicht drückte sie sich nicht klar genug aus, als sie sich im Purity Diner neben der Schule von ihm nicht zu Pommes einladen ließ. Und dann, zwei Tage später, als sie gerade aus der Schule kam und Dust gegenüber auf der Kirchentreppe stand, tat sie so, als sähe sie ihn nicht, und ging direkt zur Subway, statt sich von ihm in den Park begleiten zu lassen, um dort so heftig herumzumachen, wie es in der Öffentlichkeit möglich war. Und da ging eine ganze Menge.

Die Sache mit Dust hatte einen Haken – er war weder sonderlich witzig noch unterhaltsam, es sei denn, man rechnete sein Talent für Skateboard-Fahren oder Oralsex dazu. Sein abgebrochener Zahn, sein stoppelhaariger Kopf und sein schiefes Grinsen taten es zwar ein paar Monate lang, aber als deren Strahlkraft nachließ, hatten die beiden bald keine anderen Themen mehr als *American Idol* – eine Show, die sie nicht leiden konnten – und die Neuauflage von *Fast and Furiuos* – die Ruby nicht gesehen hatte. Ein weiteres Problem war, dass das Restaurant von Rubys Müttern nur drei Blocks entfernt lag und man nie wusste, wann eine von beiden nach Hause kam. Ruby wusste nur eines mit Sicherheit: dass die beiden Dust nie über den Weg laufen durften. Denn hätten die drei auch nur ein Wort miteinander gewechselt, wäre dabei ein ähnliches Kauderwelsch herausgekommen, als versuchte man einem Hund Chinesisch beizubringen. Dust war nicht gemacht für Eltern. Er war gemacht für Straßenecken, mit Haschischklumpen in den Taschen, und das hatte Ruby hinter sich. Sie glitt vom Bett auf den Boden und kroch zu ihrem Plattenspieler. Während ihre Mom mit ihren klobigen Clogs und dem Männerhaarschnitt nicht gerade der Inbegriff von Erotik war, hatte Rubys Mum in der Hinsicht durchaus etwas zu bieten. Auch der Plattenspieler stammte von ihr.

Den hatte sie schon am College, damals, als die Dinosaurier noch über die Erde trabten, aber jetzt gehörte er Ruby, und er war ihr wertvollster Besitz. Hätte sich Dust ihrer Zeit als würdig erwiesen, hätte sie ihn mit allen Bands bekannt gemacht, die sie so liebte – die Raincoats, X-Ray Spex, die Bad Brains. Aber er hörte sich nur Zeug wie Dubstep an, eine der größten Beleidigungen für die Ohren, die es je gab.

Ruby sortierte den Stapel Schallplatten am Boden und legte sie aus wie Tarotkarten, bis sie fand, wonach sie suchte. Aretha Franklin, *Lady Soul.* Aretha hatte nie ein Fanzine, so ein Fan-Magazin, gehabt und wahrscheinlich auch kein Piercing in der Nase, aber sie war trotzdem eine verdammt starke Frau. Ruby legte die A-Seite auf und wartete, bis die Musik einsetzte. Langsam ließ sie sich auf den Teppich zurückgleiten und starrte an die Decke. Durch den Fußboden drang das lauter werdende Geschnatter der Buchclub-Damen zu ihr herauf. Sie führten sich auf, als ob kein Mensch über dreißig je einen in der Krone gehabt hätte und es für alle das erste Mal wäre. Im Ernst. Bald würden sie anfangen, über ihre Männer und Kinder zu reden, und ihre Mum würde ihre Stimme zu einem Flüstern senken, wenn sie etwas sagte, aber Ruby konnte sie trotzdem immer heraushören und alles verstehen. Eltern schnallten es einfach nicht, dass Kinder, weil sie ein Gehör wie Fledermäuse hatten, einen sogar dann noch zu hören vermochten, wenn man sich auf der anderen Seite des Hauses befand und zu flüstern glaubte. Der Sommer nervte sie jetzt schon, und dabei hatte er noch gar nicht richtig angefangen.

4

Es war schon fast elf, und die letzten Partygäste standen in der Küche und halfen Zoe beim Aufräumen. Allison und Ronna waren beide neu im Viertel und begierig, Details zu erfahren. Elizabeth hatte an beide Immobilien verkauft – Allison ein entzückendes altes, renovierungsbedürftiges Haus an der Westminster zwischen Cortelyou Road und Ditmas Avenue und Ronna eine Wohnung an der Ecke Beverly Road und Ocean Avenue. Beide Frauen waren in den Dreißigern, verheiratet, ohne Kinder. Arbeiteten aber laut eigener Aussage daran! Junge Frauen liebten es, derlei Bemerkungen ins Gespräch einfließen zu lassen, vor allem Immobilienmaklern gegenüber. Was war Elizabeth nicht schon alles gewesen: Therapeutin, Eheberaterin, Medium, Guru – nur um zu einem schnelleren Verkaufsabschluss zu gelangen. Bestimmte Themen wie die Qualität der öffentlichen Schulen oder die ethnische Zusammensetzung des Viertels waren zwar rechtlich tabu, ebenso die Kriminalstatistik, aber das hielt die Leute keineswegs davon ab, den Makler auszufragen. Allison und Ronna flossen geradezu über vor Begeisterung, die anderen kennenzulernen, und berichteten kichernd von ihrer Suche nach Mischbatterien und Tapezierern. Elizabeth küsste beide auf die Wange und schickte sie nach Hause, wo sie in Ruhe weiter ihre Küchen inspizieren konnten.

Zoe, die am Spülbecken hantierte, tropfte mit ihren nassen Händen alle paar Minuten Seifenwasser auf den Fußboden. »Du hast mich erwischt«, sagte Elizabeth und streifte sich die Spritzer vom Arm.

»Ich bitte gnädigst um Verzeihung«, sagte Zoe. »Na, das war doch ein netter Abend. Wie heißt gleich noch mal das nächste Buch?«

»*Sturmhöhe!* Ausgerechnet Josephine, die noch nie in ihrem Leben ein Buch zu Ende gelesen hat, hat sich das ausgesucht! Würde mich nicht wundern, wenn sie sich nur den Film ausleiht. Ich bin sogar sicher, dass das der eigentliche Grund für ihren Vorschlag ist. Wahrscheinlich gibt es eine neue Verfilmung, die sie auf ihrem HBO-Abo gesehen hat, und jetzt wird sie so tun, als würde sie das Buch lesen. Den ganzen Abend über wird sie versuchen, uns weiszumachen, dass es auf einer Trauminsel in der Karibik spielt.« Elizabeth nahm den Stapel sauberer Teller und stellte ihn zurück in den Schrank.

»Du musst mir wirklich nicht helfen, Lizzy«, sagte Zoe.

»Ach, komm. Das sagt man zu Leuten, wenn man will, dass sie sich verabschieden.«

Zoe lachte. Elizabeth wandte sich um und lehnte sich an die Küchentheke. »Es gibt da was, worüber ich mit dir reden wollte.«

Zoe drehte den Wasserhahn zu. »So, ja? Ich auch. Du zuerst.«

»Sie wollen einen Film über Lydia drehen und brauchen dazu unsere Zustimmung und die Rechte an dem Song. Irgendein bekannter Mensch schreibt das Drehbuch. Der muss wirklich gut sein, ich habe den Namen vergessen.« Elizabeth verzog aufgeregt das Gesicht und presste die Lippen aufeinander.

Vor Urzeiten, noch vor Brooklyn und den Kindern, waren Elizabeth, Andrew und Zoe in einer Band gewesen und hatten seinerzeit – außer unzählige Auftritte in armseligen Kellerlokalen zu absolvieren und ihre Lieder auf einem pinkfarbenen Kassettenrecorder aus Plastik aufzunehmen – einen ihrer Songs, »Mistress of Myself«, an ihre Freundin und Ex-Bandmitglied Lydia Greenbaum verkauft. Lydia ließ daraufhin erst das College und dann ihren Nachnamen sausen, wurde von einer Plattenfirma unter Vertrag genommen, wurde in Frisur und Kleidung bald kopiert von allen Kids des St. Mark's Place und erlangte damit eine gewisse Berühmtheit. Dann nahm sie den Soundtrack zu einem Experimentalfilm über eine Frau auf, die ihre rechte Hand bei einem Unfall in einer Fabrik verlor – *Zero Days Since* –, rasierte sich den Kopf, konvertierte zum Buddhismus und starb schließlich mit siebenundzwanzig Jahren an einer Überdosis wie Janis und Jimi und Kurt. Jedes Jahr an ihrem Todestag wurde »Mistress of Myself« von jedem College-Radiosender im Land den ganzen Tag über gespielt. Dieses Jahr jährte sich ihr Todestag das zwanzigste Mal, und Elizabeth hatte schon damit gerechnet, dass sich etwas tun würde. Der Anruf war am Vormittag gekommen. Es hatte bereits zuvor Anfragen gegeben, aber niemals von Leuten mit richtig viel Geld.

»Was?!« Zoe packte Elizabeth an den Ellbogen. »Willst du mich verscheißern? Wie viel bieten sie uns?«

»Oh, das weiß ich noch nicht, aber Andrew will auf keinen Fall zustimmen. Im Prinzip brauchen sie von jedem von uns eine Unterschrift wegen der Persönlichkeitsrechte, und dann müssen wir noch damit einverstanden sein, dass sie den Song in dem Film …«

»Und ohne den Song können sie keinen Film über Lydia machen.«

»Nein. Sie könnten schon, aber was hätte das für einen Sinn?«

»Hmm«, brummelte Zoe und fuhr fort: »Wer könnte sie spielen? Wer würde dich spielen? Wer *mich?* O mein Gott, Ruby, ganz klar! O mein Gott, das alles ist zu perfekt, der Wahnsinn, wow, her mit den Papieren. Ich sage: Ja.«

Elizabeth machte eine abwehrende Geste. »Oh, ich glaube nicht, dass der Teil mit uns eine so große Rolle spielen wird. Aber ich sage der Frau, dass sie dir den Vertrag zum Unterschreiben schicken soll. Ich bin ziemlich sicher, dass sie uns alle in einen Topf werfen werden, nach dem Motto: Zufallsfreundschaften am College Nummer eins, zwei und drei. Aber Andrew wird nie zustimmen, ihnen den Song zu überlassen. Das wühlt bei ihm bloß alles wieder auf.«

In den letzten zehn Jahren hatten Elizabeth und Andrew in aller Stille damit begonnen, gemeinsam Songs zu schreiben. Nur sie beide und meistens an den Nachmittagen, an denen Harry in der Schule war und sie nicht arbeiten mussten. Sie stellten zwei Stühle in die Garage, setzten sich und spielten drauflos. Elizabeth hätte nicht zu sagen gewusst, ob ihre neuen Lieder gut waren. Aber es machte ihr Freude, mit ihrem Mann gemeinsam zu singen und mit ihm auf eine so intime Weise verbunden zu sein, obwohl sie einen Meter getrennt voneinander dasaßen und es sich dennoch anfühlte, als berührten sie sich. Keiner wusste davon. Andrew wollte es so.

»Aber lassen wir das«, sagte Elizabeth. »Was hast du für Neuigkeiten?« Auf der Küchentheke stand noch ein halber Pecan-Kuchen von Josephine. Einmal im Monat brachte sie ihn mit, auch wenn er nicht in die Jahreszeit passte und die anderen Buchclub-Mitglieder ihn deshalb fast immer links liegenließen. Elizabeth stocherte darin herum.

»Ach«, sagte Zoe, »bei uns ist mal wieder die Rede davon, dass wir uns scheiden lassen.« Sie schüttelte den Kopf. »Keine Ahnung, aber es sieht so aus, als könnte es diesmal wirklich ernst werden.« Bingo, Zoes alter Golden Retriever, schleppte sich aus seinem Versteck unter dem Esstisch hervor und presste sich mitfühlend gegen ihre Schienbeine. Zoe ging in die Hocke und drückte ihn an sich. »Jetzt umarme ich schon einen Hund«, sagte sie und fing zu schluchzen an.

»Schätzchen!«, rief Elizabeth, ging ebenfalls in die Hocke und schlang beide Arme um Zoe, während der Hund sich zwischen sie zwängte. In einer Situation wie dieser gab es gute und schlechte Fragen. So sollte man niemals nach dem Warum fragen oder überrascht wirken oder das Gegenteil, was im Grunde noch beleidigender war. »Oh, nein! Was ist los? Das tut mir so leid. Bist du okay? Weiß Ruby es? Überlegt ihr, das Haus zu verkaufen?«

Zoe hob den Kopf; ein Hundehaar klebte an ihrer feuchten Wange. »Mir auch. Ja. Nein. Na ja, vielleicht. Wahrscheinlich. Ich denke doch. Oh, Gott.«

Elizabeth tätschelte Zoes Kopf und zupfte das Hundehaar von ihrem Gesicht. »Ich helfe euch. Bei allem. Das weißt du doch, oder?«

Zoe nickte und schob schmollend die Unterlippe vor, deren zarte Haut blassrosa wie das Innere einer Muschelschale schimmerte.

5

Die Whitman Academy war eine kleine, private Highschool mit gerade mal achtundsechzig Absolventen in der Abschlussklasse. Ruby war eine von zwölf farbigen Schülern ihres Jahrgangs: drei Afroamerikaner, vier Latinos, fünf Asiaten. Ein jämmerlicher, deprimierender Zustand, aber so war die Situation an den Privatschulen in New York City. Zoe hatte ein schlechtes Gewissen, weil sie Ruby dorthin schickte. Sie wünschte sich größtmögliche Vielfalt bei den Mitschülern ihrer Tochter, aber alle Privatschulen waren gleich schlimm, die öffentlichen Schulen in ihrer Gegend schrecklich, und die Whitman High lag nun mal am nächsten. Es war, wie es war.

Die Abschlussfeier fand nach Einbruch der Dunkelheit statt, was alle berufstätigen Eltern glücklich machte und den Schülern das Gefühl gab, an einer veritablen Galaveranstaltung teilzunehmen. Falls derlei Ermutigung überhaupt noch nötig war. Die Schule lag am Prospect Park West, und das bedeutete, dass es beinahe unmöglich war, einen Parkplatz zu finden. Aber Ruby trug Schuhe mit hohen Absätzen und weigerte sich, die paar Schritte von der Subway zu Fuß zu gehen. Sie hätten ein Taxi nehmen können, aber da es regnete, glich der Versuch, in Ditmas Park ein Taxi anzuhalten, dem Bemühen, einen Eisbären einzufangen. Es war aussichtslos. Zoe saß auf dem Fahrersitz ihres Hondas, der in der Auffahrt stand und dessen Motor im Leerlauf lief. In zwanzig Minuten mussten sie dort sein. Jane hatte sich den Abend freigenommen, was nichts anderes hieß, als dass sie im Moment vermutlich in ihrer eigenen statt in der Küche ihres Restaurants stand, telefonierte, bei einem Lieferanten in New Jersey zwanzig Pfund Urtomaten bestellte und dabei auf dem Stummel eines Bleistifts herumkaute, bis der aussah wie die knorrige Wurzel eines Baums. Im Radio lief ein Kulturprogramm, aber Zoe war nicht in der Stimmung dafür. Auf der Suche nach einem anderen Sender drehte sie am Knopf und erstarrte mitten in der Bewegung, als sie den Chor von »Mistress of Myself« und Lydias charakteristisches Kreischen hörte. Sicher, es war ein gutes Lied, aber im Grunde war es nicht mehr als der richtige Song zur richtigen Zeit gewesen, interpretiert von der richtigen Stimme.

Lydia war nichts Besonderes gewesen, damals am Oberlin College. Ein wenig dicklich wie die meisten von ihnen, die wegen des ungewohnten Essens in der Cafeteria, dem Softeis und den Kartoffelkroketten, die es zu jeder Mahlzeit gab, ein paar Pfunde zugenommen hatten. Sie hatten alle im selben Studentenheim gewohnt, im South-Dorm. Die meisten Erstsemester waren auf der anderen Seite des Campus untergebracht und hatten viele Konservatoriumsstudenten als Mitbewohner. Als ihre Eltern sie ablieferten, hatte Zoe ein Mädchen und seine Mutter beobachtet, wie sie gemeinsam eine Harfe die Treppe hinaufbeförderten. Zoe und ihre Freunde waren jedoch keine echten Musiker, zumindest nicht gemessen an den Wunderkindern des Konservatoriums, die von klein auf an ihre Instrumente gekettet wurden. Zoe spielte Klavier und Gitarre, und Elizabeth hatte seit ihrem zehnten Lebensjahr Gitarrenunterricht. Andrew verfügte bestenfalls über rudimentäre Kenntnisse als Bassist. Lydia sollte als Schlagzeugerin bei ihnen einsteigen, aber sie besaß kein Schlagzeug, nur ein Paar Stöcke, mit denen sie auf allem herumtrommelte, was in greifbarer Nähe war. Damals war ihr Haar noch braun und sanft gewellt wie das der meisten Mädchen aus einem bürgerlichen Vorort wie Scarsdale. Sobald aus Lydia jedoch der Star *Lydia* geworden war, verleugnete sie selbstredend ihre Herkunft.

Zoe hörte Rufe aus dem Haus. Sie schaltete das Radio aus

und kurbelte das Fenster herunter. Ruby und Jane kamen durch die Eingangstür gestürmt, Ruby in ihrem weißen Fransenkleid und Jane mit einem versteinerten Ausdruck der Ungläubigkeit auf dem Gesicht.

»Willst du mich provozieren?«, fragte Jane und steckte den Kopf auf der Beifahrerseite durch das Fenster.

»Mom, Himmel, es ist doch nur ein *Kleid*«, ächzte Ruby und schob sich auf den Rücksitz.

»Aber definitiv kein *ganzes* Kleid.« Jane ließ sich ins Auto sacken. Ihr schwerer Körper brachte den kleinen Wagen zum Schwingen, während sie die Tür zuzog und den Sicherheitsgurt schloss. Ohne Zoe anzuschauen, redete sie weiter. »Ich kann es nicht glauben, dass du ihr erlaubt hast, das anzuziehen.«

»Ich bin hier, hallo«, sagte Ruby.

Jane starrte geradeaus. »Fahr los. Mir ist das alles zu viel.«

Zoe wendete den Wagen. Im Rückspiegel trafen sich ihr und Rubys Blick. »Wir freuen uns so für dich, Liebes.«

Ruby verdrehte die Augen. Eine unbewusste Reaktion so wie das Atmen, eine automatische Antwort auf alles, was ihre Mütter sagten. »Das sehe ich«, erwiderte sie. »Ihr könnt mich ja bei Chloes Familie abladen, sie gehen zum Essen ins River Café.«

»Das River Café ist auch nicht mehr das, was es mal war«, sagte Jane. »Diese blöden Brooklyn-Bridge-Schokoladenkuchen. Die sind doch nur was für Touristen.«

»Ich weiß«, sagte Ruby, wandte sich ab und sah zum Fenster hinaus.

Als sie zur Schule kamen, sprang Jane aus dem Wagen und tauschte Platz mit Zoe. Einer musste ja so lange um den Block kreiseln, bis er einen Parkplatz fand. Ruby würde einen Nervenzusammenbruch bekommen, wenn sie gefühlte dreihundertmal an der Schule vorbeifahren musste, ehe sie hineingehen konnte. Vor dem Schulgebäude und im Foyer wimmelte es von Absolventen und ihren Familien, die sich alle herausgeputzt hatten wie für einen richtigen Abschlussball. An der Whitman High gab es so etwas natürlich nicht. Viel zu bieder und spießig. Stattdessen hatte man mit allen Lehrern eine Party in einem ausgebauten Loft in Dumbo veranstaltet. Zoe wartete nur auf die E-Mail, dass Schüler und Lehrer bei einer Gruppenorgie in den Toilettenräumen erwischt worden waren. Die meisten Lehrer sahen ohnehin aus wie Schüler, die bereits öfter nicht versetzt worden waren, fast alle waren junge Männer mit kurzen Bärten an Wangen oder Kinn, wahrscheinlich um zu beweisen, dass sie tatsächlich Bartwuchs hatten. Ruby hatte die Party geschwänzt. »Ist mir zu ätzend.« Zoe hatte ihr insgeheim zugestimmt.

Zoe ließ sich von Ruby durch die hinein- und herauswogende Menge vor der Schule lotsen. Sie nickte, winkte und begrüßte Eltern, die sie kannte, und drückte dem einen oder anderen Schüler kurz den Arm. Es war eine kleine Schule, und Ruby besuchte sie, seit sie fünf war. Zoe kannte folglich fast jeden, ob Ruby denjenigen nun für würdig erachtete, das Wort an ihn zu richten, oder nicht. Chloe, Paloma, Anika und Sarah – Rubys mal geliebte, mal gehasste beste Freundinnen – waren bereits drinnen und posierten mit Eltern und Geschwistern für Erinnerungsfotos. Zoe wusste, dass Ruby sie und Jane baldmöglichst links liegenlassen und zu ihren Freundinnen gehen würde. Der Hormonschub, den der bevorstehende Abschluss hervorrief, ließ den normalen Pubertätssturm wie ein laues Lüftchen erscheinen: Ruby war seit Monaten im Ausnahmezustand. Als sie durch die schwere Eingangstür ins Innere traten, sah Zoe Elizabeth und Harry auf der anderen Seite des Foyers stehen.

»Hey, warte«, sagte sie zu Ruby und deutete auf die beiden. Widerwillig blieb Ruby stehen und verschränkte die Arme vor der Brust.

»Ruby! Gratuliere, mein Schatz!« Die gute Elizabeth. Sie ließ sich von Rubys tödlichen Blicken nicht irritieren. »Dieses Kleid sieht phänomenal aus an dir. Echt scharf!« Zoe sah, wie ihre Tochter sich ein wenig entspannte. Sie brachte es sogar fertig, sich ein zaghaftes Lächeln abzuringen.

»Danke«, sagte Ruby. »Ich meine, ist ja nur die Highschool. Also kein großes Ding. Das wär's nur, wenn man den Abschluss *nicht* schafft, verstehst du? Ich habe schließlich auch mal das Laufen und den Umgang mit Messer und Gabel gelernt.«

Harry kicherte. »Ich kann mir sogar schon selbst die Schuhe binden«, sagte er. Wie zur Bekräftigung, und um Ruby nicht in die Augen sehen zu müssen, bohrte er die Zehenspitze in den Boden. Harry und Ruby waren zusammen aufgewachsen, hatten fast ihr ganzes Leben lang nur drei Häuser entfernt voneinander gewohnt, doch in den letzten paar Jahren hatte sich etwas verändert. Als Kinder hatten sie zusammen gespielt, gemeinsam gebadet, Sandburgen gebaut und sich kleine Tänze ausgedacht. Jetzt brachte Harry in Rubys Gegenwart kaum einen Ton heraus. Wenn er neben ihr stand, konnte Harry meistens an nichts anderes denken als an das Foto, das seine Mutter von ihm und Ruby auf ihrer Kommode stehen hatte. Da war er ein Jahr alt und sie zwei, und sie standen nackt im Vorgarten. Sein Penis sah so winzig aus, so klitzeklein wie die kleinste Babykarotte in der Tüte, die man sich gar nicht zu essen traute aus Angst, es könnte eigentlich eine Zehe sein.

»Genau.« Über Harrys Kopf hinweg ließ Ruby den Blick durch den Raum wandern. »Oh, Scheiße«, stammelte sie. Zoe, Elizabeth und Harry drehten gleichzeitig den Kopf und schauten in die Richtung. »Mum, du bleibst da.« Unter Einsatz beider Ellbogen bahnte Ruby sich einen Weg durch den Raum.

Zoe reckte den Hals, während immer mehr Leute hereinströmten. »Mit wem redet sie da, Harry?«

»Das ist Dust«, antwortete Harry und bereute es noch in derselben Sekunde. Er hatte sie vor der Schule gesehen, wie sie sich küssten, und im Dunkeln in ihrer Straße, wo sie zwischen den geparkten Autos standen. Dust gehörte ganz gewiss nicht zu den Jungen, die ein Mädchen mit nach Hause zu den Eltern brachte, auch wenn diese so cool wie die von Ruby waren. Das hätte zu viele Fragen aufgeworfen. Dust gehörte zu den Typen, die Rubys Mütter zu adoptieren versucht hätten, wäre das Leben eine Sitcom gewesen. Denn dann hätte es sich herausgestellt, dass er nicht lesen konnte und seit seinem zwölften Lebensjahr auf einer Parkbank lebte. Doch im richtigen Leben war Dust irgendwie unheimlich. Ruby sollte besser die Finger von ihm lassen. Harry hatte jede Menge guter Ideen, mit wem sie stattdessen hätte gehen sollen, und alle liefen auf ihn hinaus.

»Dust?«, fragte Elizabeth.

»Ist das ein Name oder ein Zustand? Geht er hier zur Schule? Wie alt ist er?«, wollte Zoe wissen.

»Was?«, fragte Harry und legte eine Hand an sein Ohr. Im Foyer der Schule wurde es immer lauter, und er fing an zu schwitzen. Besser, er tat so, als habe er nichts gehört. Ruby würde wütend auf ihn sein. Plötzlich wünschte Harry sich die Gleichgültigkeit zurück, mit der sie ihn seit der neunten Klasse bedachte.

Der Leiter der Highschool trat vor die Menge und forderte die Absolventen auf, sich in einer Reihe aufzustellen. Langsam lösten sich die Gruppen auf. Aufgeregte Eltern fotografierten einander mit ihren Handys, manche sogar mit echten Kameras. Die Lehrer trugen Krawatten und schüttelten Hände. Elizabeth umfasste Harrys Schultern. »Ich bin sicher, das ist in Ordnung. Sollen wir schon mal hineingehen? Zoe, soll ich dir und Jane Plätze besetzen?«

»Warte kurz«, erwiderte Zoe. Da die Leute jetzt in die Aula strömten, fiel der Blick ungehindert durch das Foyer bis zu der Tür, wo Ruby stand und heftig mit dem Jungen stritt, der aussah wie ein Skinhead. Gab es überhaupt noch Skinheads? Der Junge war größer als Ruby und beugte sich beim Sprechen nach vorn, die Schultern rund wie die eines alten Mannes. Ruby wirkte aufgebracht und der Junge ebenfalls. Sein Gesicht war hager, und er starrte drohend ihre Tochter an. »Harry, raus mit der Sprache.«

Harry spürte, wie sein Gesicht zu brennen begann. »Scheiße«, sagte er. »Er ist ihr Freund.«

»Heißt er nun Dust oder Scheiße?«, fragte Elizabeth. »Was ist das für eine Geschichte?«

Chloe und Paloma bahnten sich ihren Weg zu Ruby hinüber, auf ihren neuen Absätzen staksend wie zwei Baby-Dinosaurier. Harry öffnete den Mund, um eine Antwort zu geben – er war noch nie ein guter Lügner gewesen –, aber genau in dem Moment stieß Ruby einen kleinen Schrei aus. Noch ehe er überlegen konnte, was er tat, stürzte Harry quer durch den Raum und warf sich mit seinem ganzen Körper gegen Dust, woraufhin die beiden mit einem dumpfen Aufprall zu Boden gingen. Harry spürte, wie Dust sich auf die Seite rollte, und dann sah er ihn nur noch auf Händen und Füßen wie einen Einsiedlerkrebs davonflitzen und durch die Tür verschwinden. Ruby stand über Harry und hatte die Hände vor den Mund geschlagen. Einen Moment lang sah sie tatsächlich erschrocken aus. Die weißen Fransen ihres Kleides bebten ein klein wenig, als würde sie tanzen. Es war das schönste Kleid, das Harry je gesehen hatte. Es war nicht einfach nur ein Kleid: Es war eine Offenbarung. Ein speiender Vulkan, der Hunderte blasser Touristen in den Tod reißen würde, und Harry war mehr als bereit für die strömende Lava. Als Ruby ihre Fassung wiedererlangt hatte, sah sie sich um. Ein Halbkreis hatte sich um sie herum gebildet, den ihre Mütter in diesem Moment durchbrachen, die Münder weit aufgerissen wie zwei hungrige Guppys. Ruby wandte sich zu der Menge um, lächelte und winkte huldvoll, die Ellbogen angewinkelt, wie bei einer Misswahl. Chloe und Paloma stießen erstickte Laute aus und griffen nach Ruby, die sie jedoch ignorierte. »Mein Held«, sagte sie neckisch zu Harry und streckte die Hand aus, um ihm vom Boden aufzuhelfen.

6

In Elizabeth' und Andrews Schlafzimmer war es viel zu warm. Alle drei Fenster standen sperrangelweit offen, ein großer Ventilator drehte sich von links nach rechts, trotzdem war es noch unangenehm heiß. Iggy Pop hatte seinen Stammplatz auf ihrem Bett zugunsten des kühleren Fensterbretts aufgegeben. Elizabeth beneidete die Katze. Die tragbare Air-Condition befand sich noch im Keller, da Andrew seinen ganzen Ehrgeiz dareinsetzte, so lange wie möglich damit zu warten, sie heraufzuholen. In einem Sommer, noch vor Harrys Geburt, hatten sie damit bis zum fünfzehnten Juli gewartet.

Elizabeth schob das oberste Laken von sich und rollte sich auf die Seite. »Ich dachte, es soll regnen und ein wenig abkühlen«, sagte sie.

»Der Planet liegt im Sterben«, bemerkte Andrew. »Im Januar wirst du diesen Zustand mehr zu schätzen wissen.« Scherzhaft stupste er sie mit einer Zehe an.

»Ach, hör auf«, sagte Elizabeth und wischte sich über die Stirn. Es war schon fast Mitternacht. »Es will mir einfach nicht in den Kopf, dass Harry auf jemanden losgegangen ist.«

»Für mich klingt das nicht so sehr nach einer *Attacke*«, sagte Andrew, »als vielmehr nach einer Rettungsaktion. Aber du hast recht, das sieht ihm gar nicht ähnlich. Vielleicht war da eine Wespe, und er wollte den Jungen zur Seite schubsen.« Andrew rollte sich ebenfalls herum, so dass er und seine Frau einander ins Gesicht sahen. »Aber auch das klingt nicht nach ihm.«

»Nein, Harry hat sich auf diesen Jungen gestürzt wie eine Rakete. Er lief los, und dann war er auch schon in der Luft. Ich kann es immer noch nicht fassen. Wie in einem Action-

Film. Sein ganzes Leben lang habe ich ihn nicht so schnell laufen sehen.«

»Wirklich eigenartig.« Andrew setzte sich auf und trank ein paar Schluck Wasser. »Ich kann es nicht glauben, dass er nächstes Jahr auch schon so weit ist.«

»Hoffen wir, dass ihn dann niemand umrennt. Der Bursche sah übrigens aus wie fünfundzwanzig. Ich wette, der ist schon dreimal durchgefallen. Kannst du dich noch daran erinnern, was das für ein Gefühl war?« Elizabeth legte sich wieder auf den Rücken und ließ die Beine aus dem Bett baumeln. »Aber was anderes«, fuhr sie fort. »Willst du über Lydia reden? Ich habe ihnen gesagt, dass sie so bald wie möglich eine Antwort von mir bekommen.«

»Muss das jetzt sein? Ich bin müde, okay?«, erwiderte Andrew. Elizabeth murrte. »Reden wir morgen darüber. Hab dich lieb.« Er knipste seine Nachttischlampe aus und küsste Elizabeth auf die Stirn. »Gute Nacht.«

Elizabeth starrte auf den Hinterkopf ihres Mannes. Sein dunkelbraunes Haar wurde langsam grau an den Schläfen und auch hier und da auf dem übrigen Kopf, aber es war noch immer voll und lockte sich an den Spitzen, wenn er es ein paar Monate lang nicht geschnitten hatte. Sie lauschte seinem Atem, bis er weich und fließend wurde. Einatmen, ausatmen, einatmen, ausatmen. Andrew hatte wie jedermann seine Probleme, aber Schwierigkeiten mit dem Einschlafen hatte er nie gehabt. Er war wie ein Roboter. Wenn es an der Zeit war, machte er die Augen zu und schlief ein.

Ein seltsames Gefühl, an Lydia zu denken. Als sie sich damals alle kennengelernt hatten, waren sie gerade mal zwei Jahre älter gewesen als Harry jetzt, ein Jahr älter als Ruby. Elizabeth konnte sich noch gut an diese Zeit erinnern: wie sie sich fühlte, wenn sie auf eine Party kam; wie sich ihre Haut nach drei Tagen mit reichlich Bier und null Zeit zum

Duschen anfühlte; wie es war, zum ersten Mal mit jemandem zu schlafen. Zum ersten und einzigen Mal! Sie dachte damals immer, sie hätte mehr Jahre, um sich auszutoben, mehr peinliche Momente des morgendlichen Aufwachens neben Fremden, aber sie und Andrew waren sich früh begegnet, und dann war es für sie gelaufen gewesen. Fünf Männer. Das war Elizabeth' ganze sexuelle Ausbeute. Jämmerlich. Ihre Freunde, die ihre Ehepartner erst in den Dreißigern kennenlernten, hatten mindestens mit zwanzig Leuten geschlafen, wenn nicht mit mehr. Taylor Swift hatte sicher mit mehr Leuten Sex gehabt als sie. Gut für sie. Die meisten Eltern an der Whitman High waren zehn Jahre älter als sie und Andrew und schüttelten sich bestimmt bei der Vorstellung. Als wäre sie bereits im Teenageralter Mutter geworden. Aber Zoes und Janes Romanze war gerade mal zwei Jahre alt, als sie Ruby bekamen, und plötzlich hatte Elizabeth ihre biologische – oder ihre an den inneren Rhythmus von Zoe angepasste – Uhr wie verrückt ticken gehört, und sie hatten sich ein Beispiel an den beiden genommen und zwischen einer Periode und der nächsten jeden Tag gevögelt.

Elizabeth war glücklich in ihrer Ehe. Daran gab es keinen Zweifel. Nur manchmal dachte sie an all die Erfahrungen, die ihr entgangen waren, und an all die Nächte, in denen sie dem Schnarchen ihres Mannes gelauscht hatte, und dann wollte sie einfach nur noch aus dem Fenster springen und mit dem erstbesten Menschen, der sie ansprach, nach Hause gehen. Sich für jemanden zu entscheiden war einfach, bis einem klarwurde, wie lang das Leben sein konnte.

Aber es schmeichelte ihr, dass ihr Song dem Publikum noch immer etwas zu sagen hatte. Manche Hits alterten nur langsam. Kein Mensch käme auf die Idee, dass ein Song wie »Who Let the Dogs Out« etwas mit einer innerlichen Befindlichkeit zu tun haben könnte. Aber »Mistress of Myself« hatte sich besser als die meisten gehalten. Junge Frauen, die alles satt hatten, empfindsame junge Männer, von allen Wirren der Pubertät geplagte Teenager, stillende junge Mütter, jeder Mann und jede Frau, die einen Boss hatten, den sie hassten, oder einen Liebsten, von dem sie nicht genügend Aufmerksamkeit bekamen – der Song war auf überraschend viele Situationen übertragbar. Den Text hatte Elizabeth im Handumdrehen verfasst, im Herbst ihres zweiten Studienjahres, zusammengekauert in einem der kugelrunden, orangefarbenen Stühle in der Bibliothek. Ein sogenannter »Womb Chair« aus den sechziger Jahren, der deshalb so hieß, weil er rund und gemütlich war, tief genug, um wie in einen Schoß hineinzukriechen. Bestimmt hatte mehr als ein Student versucht, sich neun Monate darin aufzuhalten. Innen war der Sessel mit Polsterschaum ausgekleidet, aber man dachte besser nicht darüber nach, wie mühsam es war, ihn zu reinigen. Elizabeth liebte es, sich in einem dieser Kugelstühle zu verkriechen, zu lesen oder in ihr Notizbuch zu schreiben. Alle anderen am Oberlin standen auf Foucault und Barthes, aber ihre Heldin hieß Jane Austen. Einen Roman wie *Verstand und Gefühl* las sie zum Vergnügen, und auf einer der letzten Seiten des Buches hatte sie das Zitat gefunden: Elinor Dashwood war eben dabei, sich auf einen Besuch von Edward Ferrars vorzubereiten, den sie sehr liebte, von dem sie aber glaubte, er habe sie verlassen. *»Ich werde ganz ruhig sein. Ich werde mich beherrschen«*, dachte Elinor. Zitatende. Herrin ihrer selbst, dachte Elizabeth.

Elizabeth verstand nur allzu gut diesen Wunsch nach Kontrolle, die Notwendigkeit, die Worte laut auszusprechen. Keine der Frauen in St. Paul, Minnesota, war jemals voll und ganz Herrin ihrer selbst gewesen. Elizabeth' Mutter und ihre Freundinnen gingen alle zum selben Friseur, kauften in denselben Geschäften ein, schickten ihre Kinder auf dieselbe

Schule. Sie war überzeugt, dass sie auch alle das Gleiche zum Abendessen aßen, mit Ausnahme von Purva vielleicht, deren Eltern aus Indien stammten, und Mary, deren Eltern Koreaner waren.

Elizabeth drehte den Stuhl so, dass sie zum Fenster hinaussehen konnte, und schlug ihr Notizbuch auf. Fünfzehn Minuten später war der Song fertig. An diesem Nachmittag zeigte sie den Text Zoe, Andrew und Lydia, und als sie abends zu Bett gingen, stand die Musik. Ihre Band hieß *Kitty's Mustache,* eine Referenz an Tolstois Heldin. Sie waren ganz gewöhnliche College-Kids, die sich an ihrer eigenen Klugheit berauschten. Keiner hatte je zuvor einen Gedanken daran verschwendet. Und so war es der bis heute beste Abend ihres Lebens.

Das mit ihr und Andrew war nichts Ernstes. Sie hatten drei- oder viermal miteinander geschlafen. Meistens, wenn sie betrunken waren, einmal sogar auf Ecstasy. Aber das war wahrscheinlich nur ein Aspirin mit ein paar Körnchen Kokain darauf gewesen. Wie Parmesan auf einer Lasagne. Andrew war ein zurückhaltender, ein wenig zorniger junger Mann – eine unwiderstehliche Mischung. Er trug nur Schwarz. Schwarze Drillichhosen, schwarze T-Shirts, schwarze Socken, schwarze Schuhe. Er strahlte eine gewisse Zurückhaltung aus, die Elizabeth gefiel, aber sie war sich nicht sicher. Seine Eltern waren reich, und er hasste sie. Die alte Geschichte. Elizabeth war neunzehn, Andrew zwanzig Jahre alt, aber so wichtig war das nicht. Doch dann war sie zwanzig, zweiundzwanzig, vierundzwanzig, und dann waren sie verheiratet. Als Lydia die anderen Bandmitglieder fragte, ob sie die Rechte für den Song bekäme, damit sie ihn aufnehmen und herausbringen könne, musste Elizabeth nicht eine Sekunde lang nachdenken. Auch sie hatte nie die Chance gehabt, Herrin ihrer selbst zu sein. Keiner von ihnen hielt Lydia für eine große Sängerin. Erfahrungsgemäß war sie das nicht. Was konnte also schon passieren?

Am schlimmsten war es für Andrew gewesen, miterleben zu müssen, dass Lydias Version des Songs durchstartete wie eine Rakete. Elizabeth war hingegen der Ansicht, dass jeder Song – große Songs, perfekte Songs – ohnehin der ganzen Welt gehörten. Spielte es da eine Rolle, wer »They Can't Take That Away from Me« geschrieben hatte, wenn Ella Fitzgerald und Billie Holiday den Song beide auf ihre unnachahmliche Art interpretierten? Gute Songs verdienten es einfach, gehört zu werden. Man musste verschwenderisch mit seinem Talent umgehen. Wozu emotional werden? Sie hatte den Text geschrieben, die Zeilen zu Papier gebracht, doch Lydia war besser darin, ihn in die Welt hinauszutragen. Andrew dagegen war eher ein Sammler. Und Zoe hatte von ihren Eltern mitbekommen, dass das Musikbusiness durch und durch verkommen war. Und damit wollte sie nichts zu tun haben.

Elizabeth hatte seit ihrem Abschluss am Oberlin College drei verschiedene Jobs gehabt. Sie arbeitete als Assistentin eines früheren Partners ihres Vaters in dessen Anwaltskanzlei in der Nähe der Grand Central Station. Von Ditmas Park aus war sie ewig unterwegs gewesen, und ihr Arbeitstag war so lang, dass sie oft in der Subway auf dem Nachhauseweg einschlief und erst an der Endstation, in Coney Island, wieder aufwachte. Bei ihrer zweiten Anstellung, wieder als persönliche Assistentin, hatte sie für eine Verlegerin von Kunstbüchern in Chelsea gearbeitet. Ihre Chefin war gerade dabei, ihr Stadthaus zu verkaufen und den Umzug nach Brooklyn vorzubereiten, und es war Elizabeth' Aufgabe, ihr dabei zu helfen. Sie vermaß Wände, klebte Bücherkisten zu, packte ein und packte aus. So kam sie zu ihrem dritten Job – der Immobilienmaklerei. Das war schon so lange her, dass ihr die Arbeit mittlerweile in Fleisch und Blut übergegangen war. Sie fühlte sich dabei wie ein Lehrer oder wie ein Bildhauer, der Objekte aus Sand macht – ein greifbares Ergebnis sah man nie. Man konnte nur darauf vertrauen, dass man wusste, was man tat, und dass alles gut ausgehen würde. Hin und wieder kam es vor, dass sie einer Fernsehschauspielerin ein Haus verkaufte, und dann waren Fotos davon in der Zeitung. Aber Elizabeth hätte sich nie etwas darauf eingebildet. Ihr Beruf war nicht sehr anspruchsvoll. Wie eine Stewardess half auch sie den Leuten, von einem Ort zum andern zu gelangen.

Schwer zu sagen, was Elizabeth beim Verkaufen von Häusern am meisten Freude machte, wahrscheinlich die Vorstellungskraft, die dazu nötig war. Sie mochte es, einen Raum zu betreten und sich auszumalen, welches Potenzial darin steckte. Einen großen Teil ihrer Einkünfte verdankte sie dem Verkauf von Wohnungen, zumeist seelenlose Neubauten, aber am liebsten vermittelte sie alte Häuser, vorzugsweise an Leute, die diese zu schätzen wussten.

Elizabeth schwang die Beine aus dem Bett und rutschte vor zur Kante, bis sie mit den Fußspitzen den Holzboden berührte. Die Bodenbretter knarrten – das Haus war immerhin hundert Jahre alt –, das taten Bodenbretter nun mal. Sie stand auf, ging hinüber zum Fenster, das auf Andrews Bettseite lag, und schaute hinaus auf die Argyle Road.

»Ich werde *ruhig* sein, *ruhig, ruhig, ruhig, ruhig*«, summte Elizabeth. »Ich werde *ruhig* sein, *ruhig, ruhig, ruhig, ruhig!*« Aus ihrem Mund hörten sich die Worte seltsam an. Damals hatten sie sich so voller Leben angefühlt, als wäre ein Damm in ihr gebrochen und ein kräftiger Strahl feministischer Erleuchtung hätte sie durchströmt, als sie in ihrer ordentlichen kleinen Handschrift die Liedzeilen in ihr Notizbuch schrieb, schnell und schneller, bis die Buchstaben immer unleserlicher wurden. Elizabeth wusste, dass der Text gut war. Was sie nicht wusste – nicht wissen konnte –, war, was später geschehen würde. Doch sie ahnte, dass der Song ihr Meisterstück war. Andrew schnarchte. Elizabeth blickte auf die Straße hinunter, bis Iggy Pop vom Fensterbrett sprang und miauend auf dem Holzboden landete. Elizabeth hob die Katze hoch, drückte sie an ihre schweißnasse Brust und kehrte ins Bett zurück.

7

Jane hatte es sich angewöhnt, im Gästezimmer zu schlafen. Seit Ruby wusste, dass ihre beiden Mütter Probleme hatten, die tatsächlich zum Ende ihrer Ehe führen könnten, war die Stimmung im Haus sowohl besser als auch schlechter. Sie und Zoe mussten nicht mehr heile Welt spielen, aber irgendwie hatte Jane Gefallen daran gefunden, so zu tun als ob. Es gefiel ihr sogar so gut, dass sie es oft den ganzen Tag und bis in den Abend hinein durchhielt. Erst wenn sie nach der abendlichen Stoßzeit im Restaurant nach Hause kam und Zoe sie von ihrem Platz auf dem Sofa aus böse anfunkelte, dachte sie wieder daran. Denn Jane durfte weder den Fernseher einschalten noch eine andere Musik auflegen. Ihr blieb nichts anderes übrig, als sich still in eine Ecke zu setzen und Zoe nicht zu behelligen. Arbeitete sie jedoch an ihrem Laptop und erledigte Schreibkram, war das auch nicht recht. Zoe schien der Ansicht zu sein, dass sie alle über endlos viel Zeit verfügten, in einem wahren Ozean aus Zeit schwammen. Wer, außer ihr, hockte schon reglos drei Stunden lang auf einem Fleck und las in einem Buch? Vielleicht redeten sie deshalb über Scheidung. Alle Ehen erlebten stürmische Zeiten, hatte Dr. Amelia gesagt, ihre Paartherapeutin, die sie vor Jahren einmal aufgesucht hatten. Das hieße aber noch lange nicht, dass die Beziehung schlecht sei oder problematisch. Es hieß nur, dass man mal ein paar neue Reifen aufziehen, hier und da ein paar Schrauben anziehen oder ein wenig nachwürzen musste. Dr. Amelia hatte nie Angst vor handfesten Metaphern gehabt. Wenn sie in ihrer Praxis auf der niedrigen, orangefarbenen Couch saßen, legte Dr. Amelia zuweilen sinnierend den Kopf in den Nacken und durchsuchte ganze Listen nach dem passenden Bild.

Es war nicht mehr so wie am Anfang. Da hatten sie sich tagelang durch sämtliche chinesischen Einkaufscenter in Queens geschlemmt. Oder nach der Eröffnung ihres Restaurants *Hyacinth*, als sie fünfzehn Stunden täglich auf den Beinen und zu erschöpft zum Streiten waren. Oder nach Rubys Geburt, als sie vor lauter Verliebtsein keinen Grund zum Streiten hatten. Jetzt verbrachte Zoe mit der Arbeit an Lohnlisten, Schichtplänen und Rechnungen so viel Zeit an ihrem Computer, dass Jane den Rechner nur noch als silbern glänzendes Stoppschild empfand. Jetzt, da sie nicht mehr jede Sekunde des Tages im Restaurant gebraucht wurden, hatten sie statt mehr weniger Zeit füreinander. Jane ging mittlerweile allein zu den Dinnerveranstaltungen im James Beard House und genehmigte sich nach der Sperrstunde mit den Köchen noch einen Whiskey in der Bar ein paar Häuser weiter. Und Zoe? Zoe ging zum ersten Mal in ihrem Leben früh zu Bett. Es gab große und kleine Probleme, und Letztere schienen sich in der Nacht zu vermehren wie die Karnickel. Jane schenkte den Kommentaren auf Yelp zu viel Beachtung, und sie trank zu viel. Zoes Freunden hingegen schenkte sie keinerlei Beachtung. Ihre eigenen Freunde waren ihr egal. Hatte sie überhaupt Freunde? Einmal war sie zu dominant, einmal zu nachgiebig. Mit Patti Smith konnte sie wenig anfangen. Als die beiden Frauen einander kennenlernten, hatte die handfeste Jane mit ihrem stämmigen Körper das Gefühl genossen, der wilden, schlaksigen Zoe so etwas wie Bodenhaftung zu verleihen. Und genau das wollte sie noch immer. Nicht mehr und nicht weniger. Der Grund, weshalb Janes Mutter dermaßen enttäuscht reagierte, dass sie unbedingt alle Tanten, Onkel und Cousins anrufen und ihnen vom vermeintlichen Aus der Ehe erzählen musste, war nicht das Scheitern an sich. Ihre Mutter benahm sich vielmehr so, als wäre die Scheidung ein Schlag ins Gesicht einer jeden Lesbe.

So als hätte man ihr endlich das Wahlrecht zugestanden und sie hätte die Wahl verschlafen.

Das Bett im Gästezimmer, ein ausrangierter, durchgelegener Futon, hatte bis vor kurzem noch zusammengerollt in einer Kammer darauf gewartet, dass bei Ruby eine Freundin übernachtete, um dann in ihrem Zimmer auf den Boden geworfen zu werden, damit die Mädchen darauf herumtollen konnten. Kids machte das nichts aus. Jane schon. Der Rücken tat ihr weh, und ebenso die Knie. Das Stehen im Restaurant war schlimm genug, aber auf einem überschätzten Stück Pappkarton schlafen zu müssen, das war schlimmer. Jeden Morgen rollte sie sich erst auf die Seite, ehe sie sich auf Hände und Knie hochstemmte, als hätte sie soeben robbend eine Wüste durchquert. Sie fühlte sich wie hundert Jahre, während Zoe von einem Pilateskurs zum nächsten hetzte, perfekt geschminkt, mit Glitzerpuder auf den Augen und einem strahlenden Pink auf den Lippen. Es war schwer, dabei nicht das Gefühl zu haben, als tanzte Zoe auf ihrem, Janes, Grab. Nicht dass sie Zoe jemals davon abgehalten hätte, zu tun, was sie tun wollte – das war wenig sinnvoll. Jane mochte es, wenn die Dinge einen Sinn ergaben. Es konnte auch schon lange keine Rede mehr davon sein, dass Zoe das Boot, in dem sie beide saßen, nur zum Schwanken brachte – nein, Zoe hatte die Kettensäge angesetzt und sägte das Boot in der Mitte entzwei. O Gott, sie war schon so schlimm wie Dr. Amelia.

Der Sommer schickte sich gerade an, richtig durchzustarten. Die Tomaten waren so, wie sie sein sollten – rund und süß –, die Softshell-Krabben perfekt. Überall gab es Mais, so frisch, dass man die seidigen Härchen einfach abziehen und die Körner direkt vom Kolben essen konnte. Im Juli und August, wenn viele Leute aus der Stadt flohen, ging es im *Hyacinth* nicht so hektisch zu, aber der Juni war noch heftig, und Janes erster Gedanke beim Aufwachen galt kulinarischen Besonderheiten, um die Speisekarte damit aufzupeppen. Sobald sie die Augen aufschlug, sah sie alles mögliche Essbare vor sich. Kein Frühstück allerdings, das nie, aber Gerichte, die sie im Restaurant anbieten könnte: ein Dessert aus Erdbeeren und Pfefferkörnern; einen Salat mit dicken Scheiben aus Wassermelonenrettich und Avocadospalten; frische Pasta mit Spargelpesto. Und gleich darauf dachte sie an Zoe.

Sie hatten immer mal wieder darüber gesprochen, was passieren würde, wenn Ruby aus dem Haus ging. Vor allem, als das Mädchen noch klein war. Die Vorstellung, dass dieses winzige, hilflose Wesen jemals fähig wäre, seine Rechnungen selbst zu bezahlen oder die Kühlschranktür zu öffnen – ein grotesker Alptraum. Als sie fünf, sechs Jahre alt war und jeden Tag zur Schule ging, war Zoe fast ausgeflippt. Zuerst war es aufregend – so viele Stunden Freiheit täglich! –, doch dann fing sie an zu jammern und sich Sorgen zu machen, dass Ruby so viel Zeit mit anderen Erwachsenen verbrachte und von ihnen beeinflusst werden könnte. »Es sind *Lehrer*«, klärte Jane sie auf. »Dafür werden sie bezahlt.« Es nutzte nichts. Zoe war immer fünf oder zehn Minuten zu früh dran, um Ruby abzuholen. Wartend tigerte sie vor der Schule auf und ab, als glaubte sie, ihre Tochter könnte sie in der Zeit, in der sie weg gewesen war, vergessen haben. In diesen Jahren hing Zoe an Jane wie eine verliebte Klette. Sie waren ein Powerpaar, hip und angesagt, mit allem, was dazugehörte: Grünkohl, Quinoa und prickelnder Rosé.

Jane rollte sich auf die Seite. Über ihr kreiste der Ventilator. Im Haus war es ruhig, aber draußen schienen Bauarbeiten im Gang zu sein. Jane hätte schwören können, dass es Vorschriften über den Einsatz von Presslufthämmern an Wochenenden gab. Es fühlte sich bescheuert an, im eigenen Haus in einem fremden Bett zu schlafen. Irgendwie beschämend und lächerlich. Was spielte die Bettenverteilung für eine Rolle? Sie wollte ihr normales, unkompliziertes Leben wiederhaben. Ihrer Ansicht nach war das etwas, das sie wieder hinbekämen. Vielleicht würde es einfacher werden, sobald Ruby aus dem Haus war. Sie hätten öfter Gelegenheit, miteinander zu reden. Oder gar zu streiten. Zoe war nicht unbedingt versessen auf eine Scheidung. Die Ehe ihrer eigenen Eltern hatte die siebziger und achtziger Jahre überstanden, das Kokain und all den Rest. Sie waren noch immer verheiratet und genehmigten sich in trauter Zweisamkeit vor dem Kamin einen oder mehrere Gin Tonic, obgleich es in Los Angeles normalerweise zu warm war, um Feuer zu machen. Jane mochte Zoes Eltern aus allen möglichen Gründen, aber nicht zuletzt deswegen, weil sie glücklich und völlig frei von Neurosen waren.

Sie und Zoe führten eine Mischehe, da sie verschiedenen Ethnien und Konfessionen angehörten. Jane war Jüdin, stammte aus Long Island und klagte bereits als Teenager über chronische Magenbeschwerden, Zoe stammte vom Mars, machte sich nie über irgendetwas Gedanken und glaubte fest daran, dass Chaka Khan mit ihrem Auftritt den sechzehnten Geburtstag eines jeden Teenagers noch mehr versüßte. Sie hatten einander stets ausbalanciert, aber jetzt hatte Jane das Gefühl, wie ein Ziegelstein an Zoes Bein zu hängen, wie ein rostiger Anker, der versuchte, sie unter Wasser zu ziehen. Vielleicht stellte sich nach all dieser Zeit doch noch heraus, dass Zoe recht hatte: dass hart zu arbeiten und seinen Spaß im Leben zu haben das Einzige war, was zählte, und dass sich der ganze Rest in einer Rauchwolke auflösen sollte. Rubys Klamotten, Rubys Noten? Die Bedienung im Restaurant, die immer völlig überdreht war, als ob das *Hyacinth* das *Odeon* am Broadway wäre und Brett Easton Ellis jeden Moment durch die Tür kommen könnte? Die jüngste Auseinandersetzung ihrer Mutter mit der Briefträgerin, die ihr angeblich immer die Zeitschriften klaute? Sie wollte nichts mehr zu tun haben mit alledem. Für den Rest ihres Lebens wollte Jane nur noch jeden Tag in Zoes schönes Gesicht schauen.

»Zoe?«, sagte Jane und stand langsam auf. Ihre Knie knackten. »Ruby?« Steifbeinig stolperte sie in den Flur und spähte in die anderen Schlafzimmer. Weder von ihrer Frau noch von ihrer Tochter war etwas zu sehen. »Hey, Leute?«, rief sie mit lauter, klarer Stimme. Das Haus war leer. So wäre es für den Rest ihres Lebens. Sie würde in leere Zimmer rufen und auf Antworten lauschen, die nie kämen. Die Hochzeit war noch das Einfachste gewesen, obgleich sie warten mussten, bis Ruby zwölf Jahre alt war, um offiziell die Ehe schließen zu dürfen. Als sie zusammenkamen, war die Hoffnung groß gewesen. Auch ihre Blauäugigkeit. Jetzt, da sie wussten, was die Zukunft für sie bereithielt, war es viel schwieriger. Warum konnte man nicht für immer jung bleiben? Wenn schon nicht äußerlich, dann wenigstens innerlich, wo nie jemand zu alt war, um Optimist zu sein. Zoe hätte sie ausgelacht, wie sie so dastand. Mitten auf dem Gang und im Schlafanzug. Wie ein Trauerkloß. Jane hatte keine Ahnung, wie spät es war. War es zu spät? Sie drückte die Stirn an die Wand.

8

Der Vorbereitungskurs für den SAT-Test fand immer am Samstagvormittag in einer Karateschule an der Church Avenue statt, die nördlichste Durchgangsstraße im Viertel. Außer Waschsalons, Latino-Minimärkten und vereinzelt einem Coffee-Shop, der frische Scones und Croissants an die Horde Laptop-Träger verkaufte, gab es hier nicht viel. Der Unterricht dauerte zwei Stunden, jede Woche, acht Wochen lang – zwei ganze Monate. Harry machte das nicht sonderlich viel aus. Er hatte ohnehin nichts Besseres zu tun, und es war nett, mal aus dem Haus zu kommen, schon fast heilsam. Tests machten ihm keine Angst, und er war sich ziemlich sicher, dass er nicht die volle Punktzahl erreichen musste, um an dem College angenommen zu werden, an das er wollte. Ans Bard oder Bennington vielleicht, an irgendeine kleine Hochschule wie das Whitman, aber ohne die Leute dort. Das Reed hörte sich nicht schlecht an. Ein bisschen konservativ, aber gut. Mit dem zusätzlichen Vorteil, weit weg von zu Hause zu sein.

Harry stieß die Tür zum Studio auf. Mehrere Reihen Klappstühle standen gegenüber einem Whiteboard an der rückwärtigen Wand, auf dessen weiße Tafel man bereits den dicht beschriebenen Desktop eines Laptops projiziert hatte. Ein paar Teenies liefen herum, und ungefähr die Hälfte der Stühle war besetzt. Harry schlenderte bis zur letzten Reihe und ließ sich auf einem Stuhl nieder. Als er zwei Mädchen aus seiner Klasse in der ersten Reihe sitzen sah, zog er sich die Kapuze über die Augen. »Hey«, sagte jemand und versetzte ihm einen Klaps auf den Hinterkopf.

In einer schützenden Geste riss Harry die Hand nach oben und drehte sich rasch um. Hinter ihm stand Ruby und grinste.

»Oh«, sagte Harry. »Hey.«

Sie hatten seit der Abschlussfeier nicht mehr miteinander gesprochen. Nach dem Zwischenfall mit Dust – den Eliza und Thayer, die jetzt vier Reihen vor ihm saßen, auf Instagram »#Staubaufwirbeln« getauft hatten, was sie für irrsinnig komisch hielten, bis Ruby drohte, ihre Eltern umzubringen – hatten Ruby und Harry sich nicht mehr im selben Raum aufgehalten. Zweimal hatte er Ruby seitdem zufällig gesehen, einmal, als sie mit ihrem Hund auf der Terrasse vor dem Haus saß, und ein anderes Mal, als sie in einem Laden in der Cortelyou Road in der Schlange anstand, um Milch und dasselbe Hippie-Stick-Deodorant zu kaufen, das auch seine Mutter benutzte. Er hatte sie weder das eine noch das andere Mal begrüßt. Es war viel einfacher, auf den Boden zu starren, als sich etwas einfallen zu lassen, das er hätte sagen können, aber er hatte viel Zeit damit verbracht, am Deodorant seiner Mutter zu schnuppern.

Ruby nahm einen Rucksack, den jemand auf den Stuhl neben Harry gelegt hatte, und stellte ihn einen Platz weiter. »Was dagegen, wenn ich dir Gesellschaft leiste? Ich hab gehört, der Krabbencocktail soll phänomenal sein.«

»Und die Martinis erst«, erwiderte Harry. »Sehr gute Oliven.« Er geriet kurz in Panik, dass man womöglich keine Oliven in den Martini tat und er wie ein Idiot klingen könnte.

Mit einem dumpfen Geräusch ließ Ruby ihre Tasche zu Boden plumpsen und setzte sich auf den Klappstuhl. »Meinst du, die machen es hier dunkler? Um die Zeit halt ich immer ein Nickerchen.«

»Keine Ahnung«, sagte Harry. Ruby war keine fünfzehn Zentimeter von ihm entfernt. Ihr Atem roch nach Zahnpasta mit Minze. »Tut mir leid wegen neulich.«

Sie wirkte überrascht. »Wieso? Das war verdammt beeindruckend.«

»Nein, ich meine, ich bin schon froh und alles. Mir tut nur leid, dass der Typ sich so blöd aufgeführt hat. Bei deiner Abschlussfeier. Das ist doch so was von bescheuert. Und es tut mir leid, dass ich es deinen Moms erzählen musste. Ich hoffe nur … na ja, dass ich dir keinen Ärger damit gemacht habe.« Harry schwitzte. Der Plastiklehne des Klappstuhls drückte in seinen Rücken. Er schob seine Kapuze zurück und setzte sie wieder auf.

»Ist schon okay, Mann«, sagte Ruby.

Eine Frau mit Brille und einem großen Becher Starbucks-Eiskaffee trat ein und klatschte in die Hände, als wären sie eine Gruppe Kindergartenkinder. Dann wedelte sie mit einem Stapel Papier. »Hallo, Leute, ich bin Rebecca und eure SAT-Kurs-Lehrerin für die kommenden acht wunderbaren Samstage! Ich war in Harvard, und das könnt ihr auch schaffen! Fangen wir an! Wer hat Lust auf ein Vokabelquiz?«

»Oh, Grundgütiger«, stöhnte Ruby.

»Soll ich sie auch über den Haufen rennen?«, fragte Harry. Ruby lachte so laut, dass Eliza und Thayer sich umdrehten, schlagartig hellwach, als sie sahen, wer dort saß.

»Mir gefällt deine Energie!«, sagte Rebecca und hob beide Daumen.

Ruby legte den Kopf schräg und tat so, als würde sie sich einen Strick um den Hals legen und sich erhängen.

9

Elizabeth' erster Gedanke war nicht sehr freundlich und wenig von Zuversicht geprägt, aber die Aussicht, dass Jane von Zoes Weitsicht, ihren Investitionen und ihrem finanziellen Engagement profitieren würde, trieb Elizabeth innerlich auf die Palme. Doch so funktionierte das Konzept Ehe. Man erklärte sich einverstanden, Bankkonten und Bücherregale zu teilen, auch wenn man das eigentlich nicht wollte und es eine Trennung nur noch komplizierter machte. In ihren langen Berufsjahren als Immobilienmaklerin waren Elizabeth einige Paare mit getrennten Scheckbüchern untergekommen, die sie schwenkten wie eine rote Flagge als Warnung vor allzu viel Berechnung und Pragmatismus. Ebenso gut konnte man gleich öffentlich verkünden, dass man sich noch nicht entschieden habe, ob man verheiratet bleiben wolle oder nicht. So nimm denn mich, nimm meine Überziehungsgebühren und – wie peinlich – alle meine Bücher über minderjährige Vampire! Die Alternative hatte Elizabeth nie in Betracht gezogen; sie war ebenso schlimm wie ein Ehevertrag. Warum sich überhaupt die Mühe machen und mit allem Drum und Dran heiraten, wenn man ohnehin nicht glaubte, dass es halten würde? Da war es weitaus einfacher, in Sünde zu leben und nichts mit dem ganzen Papierkram zu tun zu haben.

Sie klopfte an die Tür. Zoe, die auf dem Sofa lag und eine Illustrierte las, winkte ihr durch das Fenster zu und gab ihr zu verstehen, dass sie hereinkommen solle. Als Elizabeth die Tür öffnete, blickte sie nach oben – die Decke im Vestibül zeigte Risse und benötigte dringend einen neuen Anstrich. Ein prüfender Blick auf das Haus fiel ihr leichter als ein Blick auf Zoe und der Kommentar, was bei ihr reparaturbedürftig war. Sie hatten einander immer sehr nahe gestanden – am

College und noch mehr in den Jahren danach, als sie hier in diesem Haus gewohnt hatten –, aber nach Jahren der Ehe und der Kinderaufzucht war es nicht einfach, wieder zu der alten Vertrautheit zurückzufinden. Wie bei vielen anderen war auch ihre Freundschaft unterwegs ein wenig eingerostet. Selbstverständlich trafen sie sich gelegentlich noch zum Essen, nur sie beide allein, und dann tauschten sie sich ausführlich über alles Wichtige in ihrem Leben aus, aber öfter als alle drei, vier Monate kam das nicht mehr vor. Ihre Freundschaft war noch am Leben. Gleichzeitig fühlte sie sich an, als existierte sie nur noch Lichtjahre entfernt, sichtbar lediglich mit Hilfe einer Zeitmaschine und eines Fernrohrs.

»Willst du reden?«, fragte Elizabeth. Es war ihre Idee gewesen, herüberzukommen. Zoe hatte ihr Interesse daran bekundet, zu erfahren, was das Haus wert sei. Nur für den Fall. »Hast du ein Blatt Papier? Ich will, dass du dir alles aufschreibst, damit du mit Jane über alles sprechen kannst, was gemacht werden muss, okay?«

Elizabeth war tausendmal in diesem Haus gewesen – vielleicht auch öfter –, hatte hier gewohnt, auf dem Sofa übernachtet, sich in die Toilette übergeben. Sie hatte eine ziemlich gute Vorstellung davon, was gemacht werden musste, aber es war nötig, dies alles Zoe höchstpersönlich zu zeigen. Wenn man so lange in einem Haus gelebt hatte, war es nicht mehr möglich, seine Umgebung objektiv zu beurteilen. Irgendwann erschienen einem sogar die schlimmsten Provisorien als normal: dass man die Türklingel nie hatte richtig anschließen lassen, so dass man besonders fest darauf drücken musste; dass das Gästezimmer in zwei verschiedenen Nuancen cremeweiß gestrichen war, weil … tja, warum eigentlich? Ein Makel, der aus dem eigenen Leben nicht wegzudenken war. Doch jetzt würde ein Fremder all diese Mängel kaufen und deswegen hunderttausend Dollar weniger dafür bieten.

Elizabeth war in Arbeitskleidung. Die Aufmachung der Maklerinnen in Manhattan – enge, schwarze Etuikleider und Pumps mit hohen Absätzen – konnte durchaus als Abendgarderobe durchgehen. Zum Glück legte in Brooklyn niemand Wert auf so etwas. Zu viel Glamour war den Leuten suspekt, trotzdem musste auch Elizabeth kleidungsmäßig einen Zahn zulegen. Ihr größtes Zugeständnis bestand darin, ihre Clogs gegen ein Paar Ballerinas einzutauschen und eine gute Stoffhose anstelle ihrer Jeans anzuziehen. Das war wichtig. Eine Frage des Respekts. Immerhin blätterten die Leute für dreihundert Quadratmeter ihre gesamten Ersparnisse auf den Tisch des Hauses. Und manchmal, man war schließlich in New York City, gaben die Leute ihr ganzes Geld für fünfzig Quadratmeter aus. Und bei solchen Gelegenheiten, wenn sie sich ein klein wenig schuldig fühlte, trug auch Elizabeth hohe Absätze.

»Du siehst hübsch aus«, sagte Zoe.

»Geht nicht anders«, erwiderte Elizabeth und wischte ein paar Flusen von ihrer Bluse. »Ich habe heute eine Auflassung, ein Haus oben in Lefferts.« Wie schlimm musste sie wohl im Normalzustand aussehen, fragte sie sich. Ihr Haar war glatt und naturblond, besser gesagt, von einem hellen, unverfänglichen Braun. Es war kurz geschnitten und reichte ihr bis knapp über die Ohren, mit einem kurzen Pony wie bei einem Schulmädchen. Sie liebte die Vorstellung, die Ausstrahlung einer jungen Audrey Hepburn zu haben, aber wahrscheinlich stimmte das nicht mehr. Wenn es jemals gestimmt hatte.

»Hmm«, brummte Zoe zerstreut. »Sollen wir anfangen?«

Niemand interessierte sich je für die geschäftlichen Aspekte von Elizabeth' Job; alle waren immer nur erpicht darauf zu erfahren, ob irgendwo in der Wohnung Sexspielzeug herumlag oder ob die Verkäufer kurz vor der Scheidung standen. Niemand wollte sich schlechtes Karma einhandeln.

Wäre sie eine bessere Lügnerin, würde Elizabeth potenziellen Käufern immer die gleiche Geschichte erzählen: dass die Verkäufer sich nach vielen glücklichen Jahrzehnten in den Ruhestand verabschiedeten und nach Florida zogen. Selbstverständlich nach einer gründlichen Überholung der Heizungs-, Lüftungs- und Sanitärtechnik des jeweiligen Objekts, das sie gerade an den Mann zu bringen suchte. Das war es doch, was die Leute hören wollten – das Versprechen auf ein zufriedenes Leben mit wenig Arbeit. Natürlich war in New York City nie jemand zufrieden mit dem, was er hatte. Das kurbelte ihr Geschäft an. Sogar Leute, denen gefiel, wo sie wohnten, waren ständig auf der Suche nach etwas Besserem. Sich ein neues Zuhause zuzulegen war einfacher, als sich einen neuen Mann oder eine neue Frau zu suchen, und weitaus weniger traumatisch als eine Analyse.

Sie begannen ihren Rundgang im Parterre. Die Küche war alt, aber gemütlich, mit einem schicken teuren Herd mit echten Gebrauchsspuren. Potenzielle Käufer wären beeindruckt, obgleich die Wandschränke seit zwanzig Jahren keine frische Farbe mehr gesehen hatten. Auch das Esszimmer benötigte einen neuen Anstrich und musste zudem dringend von überflüssigen Möbeln befreit werden. In allen vier Ecken stapelten sich Stühle, die Jane dort verstaut hatte, für den Fall einer überraschenden Dinnerparty für dreißig Personen, was, soweit Elizabeth wusste, nicht sehr oft vorkam. Das Wohnzimmer war in Ordnung, wenn man die Familienfotos, den Vintage-Krimskrams, den die beiden auf Flohmärkten liebevoll zusammengetragen hatten, und Rubys Klamotten, die überall herumlagen, großzügig entsorgte. Dem Treppenhaus konnte ein wenig Zuwendung auch nicht schaden: Überall spitzten Nägel aus der Wand, und das Oberlicht war seit mindestens zehn Jahren nicht mehr geputzt worden. Die Schlafzimmer im oberen Stock mussten gestrichen werden, und Rubys Zimmer sollte zusätzlich von einem Experten für den Abtransport von Gefahrgut inspiziert werden. Die beiden Badezimmer sahen schrecklich aus; sie herzurichten lohnte sich nicht mehr. Weg mit den verschimmelten Vorhängen und den Hundehaaren am Boden. Wer so viel Geld hinzublättern bereit war, würde ohnehin nach eigenen Vorstellungen renovieren wollen. Im großen Schlafzimmer blieben Elizabeth und Zoe stehen.

»Willst du darüber reden?«, fragte Elizabeth.

Zoe setzte sich auf ihr niedriges, ungemachtes Bett. Bingo tappte zu ihr und legte sich auf ihre Füße. »Das geht schon eine ganze Weile so«, sagte sie. »Das weißt du ja. Nach Rubys Geburt war ich überzeugt, dass wir keine zwei Jahre mehr durchhalten würden. Und nach der Eröffnung des Restaurants war ich eigentlich sicher, dass es aus mit uns wäre.« Automatisch streichelte sie Bingos Bauch. »Aber als das *Hyacinth* nach und nach immer besser lief und Jane bald ihre ganze Zeit dort verbrachte, schien das alles auf einmal nicht mehr so wichtig zu sein. Ist das nicht traurig? Wir waren zu beschäftigt, um uns zu trennen.«

»Aber warum jetzt? Muss das denn sein?« Zoe war nicht die Erste, die sich scheiden lassen wollte. Nach und nach hatte sich der Freundeskreis von Elizabeth und Andrew der landesweiten Scheidungsrate angenähert. Erst ein Paar, dann noch eines und noch eines. Jetzt hatte die Hälfte von Harrys Freunden getrennt lebende Eltern, und die Sprösslinge sprangen zwischen ihnen hin und her wie Tennisbälle. Andrew äußerte sich manchmal besorgt, dass etwas von dem Stress und der Angst seiner Freunde auf Harry abfärben könnte, aber es schien nie ein Thema gewesen zu sein.

»Im Januar hatten wir das letzte Mal Sex.« Sie hielt inne. »Im Januar *vergangenen* Jahres.«

»Sex ist nicht alles«, sagte Elizabeth mit einem beiläufigen

Blick auf das Bett, auf dem Zoe saß. Ein Bett wie in einem Hipster-Hotel, dänisches Design, etwas teurer als ein Ikea-Modell – eindeutig Zoes Geschmack. Die Art von Bett, in dem man *ausschließlich* Sex hat oder sich allenfalls die Übersetzungen fremdsprachiger Gedichte vorliest. Zoe hatte sich zu Universitätszeiten vor Verehrerinnen nicht mehr retten können. Und auch danach noch hatten Frauen sie auf der Straße und in Discos verfolgt und mit Telefonnummern wie mit Konfetti beworfen. Jane litt unter Schlafapnoe und musste mitunter eine spezielle Maske tragen, mit der sie – laut Zoe – aussah wie der Bösewicht in einem Science-Fiction-Film. Und doch war es Jane, die Zoe das Herz in einer Bar gestohlen hatte, an einem Ort, an dem man Partner für eine Nacht, aber keinesfalls eine Ehefrau findet. Und es war Jane, die Elizabeth Zoe weggenommen hatte.

Zoe schüttelte den Kopf. »Es ist nichts. Keine Ahnung. Ich glaube, wir sind beide letztendlich zu dem Schluss gekommen, dass wir getrennt glücklicher sein könnten. Ein Durchhänger ist das eine, aber es ist etwas anderes, sich die nächsten dreißig Jahre seines Lebens vorzustellen und dabei nichts weiter als beschissene, deprimierende Angst zu empfinden. Keine Ahnung, ob es tatsächlich so sein wird, aber es fühlt sich, verdammt noch mal, so an.« Liebevoll streichelte sie Bingos Kopf. »Solange der Bursche hier mit mir kommt, ist mir alles recht.«

»Okay, also brauchen wir ein hundefreundliches Ambiente.« Das schloss bestimmte Objekte in Park Slope und Cobble Hill von vornherein aus. Es war leichter, in konkreten Kategorien an Zoe und Jane zu denken, vor allem auf einem Gebiet, auf dem sie tatsächlich helfen konnte. Zoe brauchte sie; das tat gut.

»Ja, hunde- und lesbenfreundlich.«

»Nichts leichter als das.« Elizabeth lehnte sich an die Wand.

»Wo möchtest du denn hinziehen? Willst du hier im Viertel bleiben? Weggehen?« Sie hatten Pionierarbeit geleistet in Ditmas und die Flagge in den Boden gerammt, bevor es in der Nachbarschaft ein anständiges Restaurant, eine gute öffentliche Schule oder eine Bar mit einer Cocktailkarte gegeben hatte. In einer Zeit vor Baumschützern und Stadtteilfesten mit Hüpfburgen.

»Gott, keine Ahnung. Ich meine, wie hat es mich denn hierher verschlagen? Das war nichts weiter als Zufall, und jetzt bin ich hier zu Hause. Aber eine grüne Umgebung oder ein gepflegter Rasen sind mir egal. Deswegen ziehen die Leute doch in die Stadt! Und ich will das auch. Ich will irgendwo hinziehen, wo ich um neun Uhr abends allein und zu Fuß in ein Kino gehen kann, in dem gute Filme laufen, ich will Pad Thai essen und Schmuck kaufen können, wann immer mir danach ist. Gibt es so etwas? Ruby soll es für cooler halten als alles, wohin Jane ziehen könnte. Jane faselt etwas davon, sich in einem Studio über dem Restaurant einzumieten. Sie wird zur Nonne mutieren, bis sie wieder eine findet, die ihr die Hausfrau macht.« Zoe ließ sich rückwärts aufs Bett fallen. »Ich brauche eine Massage. Und Akupunktur. Und eine Yogastunde.«

»Wann habt ihr eigentlich das letzte Mal das Dach richten lassen?« Elizabeth strich mit dem Finger über das Fensterbrett, auf dem Staub lag. Der Blick von hier oben war fast derselbe wie von ihrem eigenen Schlafzimmer aus, nur um ein paar Grad verschoben. Auch von hier konnte sie das Haus der Rosens mit seiner roten Tür und den Fensterläden sehen, ebenso das der Martinez' samt der Schaukel auf der Veranda und dem Hundenapf. Man war erst dann ein echter New Yorker, hatte sie einmal gehört, wenn man sich an mindestens drei urbane Wechsel erinnern konnte: so wie bei dem Geschäft an der Ecke – erst eine Bäckerei, dann ein Frisiersalon und jetzt ein Handy-Laden. Oder das Restaurant, das ein Italiener, ein Mexikaner und ein Kubaner gewesen war. Die Stadt war ein Palimpsest, ein immer wieder neu überschriebenes Blatt Papier, ein Konglomerat aus alten Blechschildern und Pleiten anderer. Neuankömmlinge sahen nur das, was sie in dem Moment vor Augen hatten, aber New Yorker, die lange genug hier lebten, nahmen immer zwei, drei Ebenen auf einmal wahr. Die IRT-Hochbahn in Manhattan, das Canal Jeans am Broadway, der Limelight-Club: So vieles in dieser Stadt, in die sie sich rettungslos verliebt hatte, war verschwunden. Aber noch einmal ... so war der Lauf der Dinge. Es lag an einem selbst, sich zu erinnern. Wenigstens die Brücken waren noch da. Manches war eben zu gewaltig, um es abzureißen.

»Vor fünf Jahren vielleicht? Mist.«

»Ist schon okay«, sagte Elizabeth und drehte sich wieder zu Zoe um, die sich ein Kissen aufs Gesicht gelegt hatte. »Ist schon okay.«

10

Harrys Zimmer war in einem dunklen Lilaton gestrichen, und man kam sich vor, als würde man im Innern einer riesigen Aubergine schlafen. Er hätte seine Eltern bitten können, das Zimmer in einer anderen Farbe zu streichen, doch im Grunde genommen war es ihm egal. Die lila Farbe spitzte ohnehin nur noch hier und da zwischen seinen Postern und den vielen anderen Dinge hervor, die er an die Wand gepinnt hatte. Harry hatte sich vorgenommen, die Wände mit einer komplett neuen Haut zu überziehen, ähnlich den Menschen, die sich am ganzen Körper tätowieren ließen. Sogar auf den Augenlidern. Das meiste von dem, was dort hing, interessierte ihn zwar nicht mehr, aber irgendwann war es ihm offenbar wichtig genug gewesen, um es aufzuhängen. Und Harry respektierte seinen eigenen Wachstumsprozess. Er fand es in Ordnung, aus den Dingen herauszuwachsen, sich aber weiter mit ihnen zu umgeben. Er fühlte sich gern daran erinnert, dass er einmal für die Rugrats und für Bart Simpson geschwärmt hatte. Und um seinen dreizehnten Geburtstag herum sogar einige unerklärliche Monate lang für Kobe Bryant. Dabei war er nicht einmal Basketballfan. Die Wände waren zum größten Teil mit Zeitungsausschnitten tapeziert, dazu kamen alle möglichen Computerausdrucke und Seiten aus Büchern, die er in der Schule kopiert hatte. Es war wie Tumblr, nur in 3-D und ohne Scrollen. Der schmale Streifen Wand neben seinem Schrank war von oben bis unten mit Fotos von Sandwiches beklebt. Mädchen in seinem Alter konnten so zartbesaitet und schräg drauf sein, wie sie wollten. Das war nicht fair. Sogar an der Whitman High, eine angeblich fortschrittliche und alternative Schule, gaben die Jungs damit an, wie viel Zeit sie mit ihren Großvätern auf einem Schießstand in Connecticut oder Virginia verbrachten. Sie waren ganz wild darauf, Auto fahren zu lernen, und hörten Hip-Hop. Harry interessierte sich weder für das eine noch für das andere. Zum Glück war sein Vater nicht der Typ, der ihn unter Druck setzte. Alles, was Harry je getan hatte, war aus freien Stücken geschehen: weil er es wollte, dem kindlichen Sultan eines Palastes gleich, mit zwei Dienern, die nur für ihn da waren.

Besuchte man von seinem fünften bis zu seinem achtzehnten Lebensjahr ein- und dieselbe Schule, kam man sich zwangsläufig vor wie ein in einem Tropfen Bernstein gefangenes Insekt. Ohne je größere erkenntnismäßige Sprünge zeigen zu dürfen, hatte man von Anfang bis Ende derselbe Mensch zu sein. Harry war ruhig, freundlich und machte immer seine Hausarbeiten. Er hatte drei enge Freunde, zwei Jungen und ein Mädchen. Keiner von ihnen lag ihm speziell am Herzen. Er rauchte keine E-Zigaretten, konsumierte kein Starkbier. Das taten die anderen, und zu denen gehörte er nicht. Ein paarmal hatte er Gras geraucht, aber da er wusste, dass das auch seine Eltern taten, konnte es nicht so schlimm sein. Harry lebte wie ein Mönch in einem Klostergebäude aus kindlichen Vorlieben und Abneigungen. Seinen Eltern gefiel das, und er bekam nie Ärger. Aber er hätte am liebsten ständig laut geschrien.

In seiner Tasche vibrierte das Handy: KOMM RAUS. Die Nummer war nicht in seinem Verzeichnis gespeichert. Harry ging zum Fenster und zog den Vorgang zur Seite. Ruby lehnte an einem geparkten Auto und starrte auf ihr Handy. Ihr riesenhafter Hund schmiegte sich an ihre Beine. Harrys Eltern waren im Bett oder arbeiteten. Ihr Schlafzimmer lag oben, und seine Mutter arbeitete oft noch spät an dem kleinen Schreibtisch in ihrem Zimmer. BIN GLEICH DA, simste er zurück. Harry wechselte zweimal sein T-Shirt, ehe er auf

Zehenspitzen hinunter in den Vorraum schlich. Der Weg zur Eingangstür war frei, knarrte aber.

»Was gibt's?«, fragte Harry, als er nur noch wenige Meter von Ruby entfernt war. Sie hatte sich nicht bewegt. Ihr Haar ergoss sich wie eine große, lilafarbene Qualle über das Fenster auf der Beifahrerseite. Bingo schnüffelte freundlich in Harrys Richtung.

»Komm mit, meine Moms benehmen sich momentan wie die letzten Arschgeigen.« Ruby richtete sich auf und zerrte Bingo in Richtung Park. Harry schob seine Hände in die Hosentaschen und folgte ihr. Sie zog eine Packung Zigaretten aus der Tasche und steckte sich eine in den Mund. »Willst du?«, stieß sie zwischen den Zähnen hervor.

Harry schüttelte den Kopf, während Ruby eine Hand schützend vor die Zigarette hielt und mit der anderen sich selbst Feuer mit einem Feuerzeug gab. Er wunderte sich, wie dreist sie war – im eigenen Karree zu rauchen, wo sie in den Häusern ringsum alle Leute kannten. Alle hätten zum Telefon greifen und ihre Mütter anrufen können. Nur sehr wenige Schüler an der Whitman High rauchten. Nicht so wie damals, als ihre Eltern jung waren und jeder Packungen mit Kippen in der Hosentasche stecken hatte statt eines Handys. Heutzutage wusste jeder alles über Lungenkrebs und die Tabakindustrie, die versuchte, sich bei der Jugend anzubiedern. Es war mehr als erbärmlich, sich davon beeinflussen zu lassen. Allerdings wäre Harry niemals auf die Idee gekommen, irgendetwas, das Ruby tat, als erbärmlich zu bezeichnen. An anderen sah es unschön aus, das war alles. Das magere Häuflein Nikotinjunkies an der Schule ging zum Rauchen immer um die Ecke oder über die Straße und setzte sich dort auf eine Parkbank. Harry hatte noch nie eine Zigarette geraucht. Man hatte ihm auch noch nie eine angeboten. Nicht ein einziges Mal. Es stand nicht mal zur Debatte. So klein war die Whitman High. Harry Marx rauchte nicht. Und damit basta.

Sie gingen die drei Blocks hinauf zur Argyle Road, bis sie zu den Fußballplätzen und zum rückwärtigen Teil des Tenniscenters gelangten. Es war dunkel und der Park geschlossen, aber noch immer waren Leute da und bolzten ein wenig herum. »New York Rebels«, sagte Harry, und Ruby lachte. Sie überquerten die Caton Avenue und betraten den eigentlichen Prospect Park. Harry war nachts nicht gern im Park, obwohl immer irgendwer zu Fuß unterwegs war oder mit dem Fahrrad auf dem Hauptweg herumkurvte. Man musste es ja nicht unbedingt herausfordern, dass einen das Unglück einholte. Wie in einem Horrorfilm, wo die Leute grundsätzlich nach oben in den ersten Stock flohen, statt vorn zur Tür hinauszulaufen. Wenigstens hatten sie den Hund dabei, auch wenn Bingo altersschwach war und dicke Tränensäcke unter seinen traurigen Augen hingen. Ruby lotste sie in Richtung des Reitwegs, ein weicher, sandiger Pfad, der noch tiefer in den Park hineinführte, als es Harry lieb war. Aber sie bewegte sich mit so großer Sicherheit, dass er nicht feige erscheinen wollte. Bingo schien den Weg zu kennen. Ein paar endlose Minuten später ließ Ruby sich auf einer Bank nieder. Sie waren völlig allein ... mit Blick auf den See.

»Die Leute kommen zum Angeln hierher. Schon mal gesehen?«, fragte sie. Sie zündete sich eine neue Zigarette an, machte sich jedoch nicht mehr die Mühe, Harry eine anzubieten. »Nicht für eine Million Dollar würde ich einen Fisch essen, der in Brooklyn geboren wurde.«

»Wer zahlt denn schon eine Million dafür, dass jemand etwas isst, das in Brooklyn auf die Welt kam? Keiner. Da bin ich mir sicher«, sagte Harry. Er beobachtete, wie die rot glimmende Spitze von Rubys Zigarette sich auf ihren Mund zu und wieder davon weg bewegte. Die Spitze wurde heller, als

Ruby inhalierte, und eine Sekunde lang stellte Harry sich vor, er sei die Zigarette, und als sie den Rauch in ihre Lungen sog, spürte er, wie er ihren Hals hinunterschlüpfte und in ihren Körper glitt. Er spürte die Weichheit ihrer Lippen und ihre samtige Zunge. »Diese SAT-Tante ist ziemlich übel.«

»Hm, ja«, sagte Ruby. Sie klemmte sich die Zigarette zwischen die Zähne, fasste ihr Haar auf einer Seite zusammen und flocht es zu einem dicken Zopf. »Die hat sie doch nicht mehr alle.« Bingo riss das Maul auf und gähnte herzhaft. Er hatte Mundgeruch.

»Apropos Irre. Hat sich dieser Dust noch mal bei dir gemeldet? Brauchst du einen Bodyguard? Soll ich dir einen besorgen?« Harry versuchte, so unbeteiligt wie möglich zu klingen, aber er hatte sich echte Sorgen gemacht. Dust schien genau der Typ zu sein, der eine Menge furchteinflößender Freunde hatte, die sich mit Schlägereien und so etwas auskannten, wovon Harry nicht die geringste, nicht die allergeringste Ahnung hatte.

»Ach, der ist völlig harmlos«, sagte Ruby. »Da bin ich mir sicher.«

»Was ist jetzt mit deinen Moms?«, fragte Harry. Auf dem See schwamm eine Gruppe Enten von einer Seite auf die andere. Harry fragte sich, wann Enten eigentlich schliefen und wie lange sie bei ihren Eltern lebten. Und ob Teenies, die in Manhattan aufwuchsen, Enten für mythologische Geschöpfe hielten, so wie Kühe, die nur in Bilderbüchern oder in Werbespots für Käse existierten. Aber vielleicht hatten sie ja dort auch Enten im Park. An der Whitman High gab es ein paar Schüler, die täglich mit dem Zug von Manhattan nach Brooklyn fuhren. Das erschien ihm mehr als dumm, so als würde man die Treppe benutzen, um auf die Spitze des Empire State Buildings zu gelangen. Es gab einfachere Möglichkeiten, um ans Ziel zu kommen.

»Sie lassen sich wahrscheinlich scheiden. Offiziell weiß ich zwar noch nichts, aber ich weiß, dass es deine Mom weiß, und vielleicht weißt du es ja auch schon.« Er wusste es nicht. Ruby zuckte die Schultern. »Auf jeden Fall nervt es mich.«

Harry hatte gehört, wie seine Mutter seinem Vater von Rubys Müttern erzählt hatte, aber offiziell hatte es ihm niemand gesagt, und so fiel es ihm leicht, sich unwissend zu stellen. »Ich wusste es nicht«, erwiderte er. »Tut mir leid.«

»Es ist ihre Ehe, nicht meine«, sagte Ruby. »Ich bin ein modernes Mädchen. Ich weiß, dass es nicht meine Schuld ist.«

»Trotzdem«, sagte Harry.

»Trotzdem«, stimmte Ruby ihm zu und zog an ihrer Zigarette.

»Darf ich mal ziehen?«, fragte Harry.

Ruby lachte. »Na, so was«, sagte sie. »Ich dachte, du rauchst nicht.« Sie hielt ihm die Zigarette hin, als überreichte sie ihm eine Kerze.

»Tue ich auch nicht«, erwiderte Harry, schnappte sich die Zigarette und führte sie an seine Lippen. Der Filter fühlte sich rauh an seiner Zunge an. Sollte er daran lecken? Eher nicht. Harry inhalierte. Schließlich hatte er schon mal Gras geraucht, er war also kein totaler Anfänger. Der Rauch flutete scharf und bitter in seine Lungen. Er prustete und versuchte zu schlucken, musste aber nur noch stärker husten. Ruby klopfte ihm auf den Rücken. Der Hund schnaubte mitfühlend.

»Los, da musst du durch!«, sagte sie lachend. »Kneifen gilt nicht!« Harry wollte ihr die Zigarette zurückgeben, aber sie winkte ab. »Nix da«, sagte sie. »Zähm das Biest.«

Harry wartete, bis sein Atem sich wieder beruhigte und seine Augen nicht mehr tränten, und dann versuchte er es erneut.

11

Im Internetzeitalter, in dem es seinem Sohn nicht möglich war, auch nur drei Schritte zurückzulegen, ohne sein Handy zu checken, freute Andrew sich über jeden fotokopierten Aushang, den er an einem Telefonmast entdeckte. Normalerweise Anzeigen, auf denen irgendein Langweiler Gitarrenunterricht offerierte oder entlaufene Hunde oder Katzen gesucht wurden, aber Andrew las sie alle. Momentan war er arbeitslos. Eigentlich berufslos, um genau zu sein. Familienvermögen war ausreichend vorhanden, und mit ihren Tantiemen und Elizabeth' zusätzlichem Einkommen musste er sich keine großen Sorgen machen. Und so hatte Andrew sein Erwachsenenleben bisher damit verbracht, seinen Inspirationen zu folgen. Vor zehn Jahren hatte er sich für einen Kamerakurs an der New School eingeschrieben und sogar bei einigen Kurzfilmen mitgewirkt, einschließlich einer Dokumentation über eine verlassene Nervenklinik in den Palisades am Hudson River. Davor hatte er Englisch als Zweitsprache an einer Highschool in der Bronx unterrichtet, aber nur ein knappes Jahr lang. In letzter Zeit hatte er bei einem Lifestyle-Magazin für Väter in Brooklyn mitgearbeitet, ein wenig redigiert und Anzeigen akquiriert, in erster Linie aber eine beratende Funktion innegehabt. Es tat gut, unter jungen Leuten zu sein; das ließ einen nicht einrosten. Als Nächstes, hatte Andrew sich überlegt, wollte er eine Lehre bei einem Metzger oder bei einem Schreiner machen. Auf jeden Fall irgendetwas mit den Händen.

Normalerweise sah sein Tagesablauf so aus, dass er mit Harry und Elizabeth aufstand, sie in die Schule und zur Arbeit verabschiedete und dann auf einen Kaffee zur Cortelyou Road hinunterging. Jetzt, da Harry den Sommer über zu tun hatte, spürte Andrew noch stärker, wie wichtig es war, selbst eine Beschäftigung zu haben. Er bestellte sich einen kleinen Kaffee und trat wieder hinaus auf die Straße.

Es gab nichts Schöneres als Ditmas Park im Sommer. Die Platanen und Eichen spannten ihre weiten, dicht belaubten Schirme auf und warfen Pfützen aus kreisrunden Schatten auf die Gehwege. Familien saßen auf den Veranden. Kinder spielten Ball und lernten Fahrrad fahren. Nachbarn winkten. Andrew schlenderte zur Ecke und wartete, dass die Ampel umsprang. Er hatte kein besonderes Ziel vor Augen, und das machte ihn glücklich. Harry würde den größten Teil des Tages in seinem Zimmer verbringen, für den SAT-Test pauken, Videospiele spielen oder Bücher lesen. Braver Junge. Obgleich es das Ziel aller Eltern sein sollte, Kinder zu klugen, glücklichen, selbständigen Menschen zu erziehen, trauerte Andrew der Zeit nach, als Harry ihn jedes Mal, wenn er durch die Tür trat, mit einem lautstarken »Daddy!« begrüßte, auch wenn er nur zehn Minuten weg gewesen war. Andrew sinnierte vor sich hin und stellte sich den zweijährigen Harry vor, wie er abends vor dem Zubettgehen seinen kleinen Körper an ihn drückte, als ein Handzettel an dem Mast neben dem Zebrastreifen seine Aufmerksamkeit erregte.

Darauf prangte die Zeichnung einer Lotosblume mit üppigen Blütenblättern, womöglich das Logo eines Yogastudios. Unter der Blume stand in dicken Druckbuchstaben: »WIR SIND DA, DU AUCH?« Darunter war lediglich eine Adresse an der Stratford Road angegeben, drei Blocks von der Stelle entfernt, wo Andrew gerade stand. Keine Öffnungszeiten, keine Telefonnummer, keine Website.

»Hm«, brummte Andrew. Er überlegt kurz, den Zettel abzureißen und mitzunehmen, aber das könnte einen schlechten Eindruck machen. Er wollte nicht, dass einer der Nachbarn ihn sah und womöglich auf die Idee kam, er wäre dafür oder dagegen, obwohl er noch gar nicht wusste, worum es dabei ging. Stattdessen tippte Andrew die Adresse in sein Handy und überquerte die Straße.

Es würde definitiv auf irgendetwas mit Holz hinauslaufen. Je mehr er darüber nachdachte, desto klarer wurde es ihm. Eine Metzgerlehre, das bedeutete eimerweise Blut, kreischende Knochensägen, zerschnittene Tiere. Andrew war nicht zimperlich, und ihm gefiel die Vorstellung, mehr über die Herkunft seiner Lebensmittel zu wissen, aber Gemüseanbau auf dem Dach entsprach vermutlich eher seinem Gemüt. Trotzdem machte ihn der Gedanke nicht sonderlich an. Gemüse wuchs zu langsam. Und Geduld war noch nie Andrews Stärke gewesen. Er wollte nicht eine ganze Saison lang auf die Ernte warten. Als er und Elizabeth einander kennenlernten, jobbte er in der Fahrradwerkstatt der Uni und reparierte alte Räder, die gedankenlose Studenten den Sommer über draußen irgendwo angekettet und vergessen hatten. Er war stolz gewesen auf seine schmutzigen und ölverschmierten Hände und auf das Surren der sich drehenden Räder. In einer Holzwerkstatt, in einer Tischlerei, würde es vermutlich ähnlich zugehen. Er würde sich Schwielen und vielleicht sogar Brandwunden einhandeln. Er würde sich versehentlich mit dem Hammer auf den Finger schlagen, und der Fingernagel würde blau werden. Genau so etwas suchte er. Er würde einen Schreibtisch für Harry bauen und für ihr Schlafzimmer zwei neue Beistelltische.

Elizabeth' berufliche Problematik bewegte sich genau in der entgegengesetzten Richtung. Statt wie Andrew permanent auf der Suche zu sein, hatte sie die Antwort bereits gefunden, zog es jedoch vor, sie zu ignorieren. Im Moment war jeder weitere Versuch zwecklos, auch wenn er sie beschwatzte, hin und wieder mit ihm Musik zu machen. Weil er Lust dazu hatte, wie er sagte. Ihm zuliebe würde sie wieder anfangen, aber nicht für sich selbst, das wusste er. Seine Frau war ein echtes Talent. Eine Künstlerin, originell, begabt – alles Begriffe, mit denen Schulen wie die Whitman High gern um sich warfen, um absolut durchschnittliche Schüler zu beschreiben. Aber Elizabeth war kein Durchschnitt. Sie war unglaublich, und sie hatte aus reinen Vernunftgründen mit der Musik aufgehört. Als ob Vernunft in dem Fall ein Kriterium gewesen wäre.

Statt nach rechts und somit nach Hause zu gehen, wandte Andrew sich nach links und steuerte die Stratford Road an. Er ging eigentlich nie in diese Richtung. Hier lagen die Tankstellen und die eine Bar, die erst kürzlich eröffnet worden war, die er bisher aber noch nicht aufgesucht hatte. So neu war die Bar übrigens auch nicht mehr, wahrscheinlich bereits ein Jahr alt, aber er war trotzdem noch nicht dort gewesen. Andrew bog nach rechts in die Stratford ein und ging noch ein Stück weiter. Jetzt befand er sich in der Straße parallel zu seinem eigenen Haus, nur zwei Blocks weiter östlich.

Früher war das Haus einmal weiß gewesen, doch mittlerweile hatte es die Farbe von schmutzigem Großstadtschnee angenommen. Die Fenster waren alt, ein Blick von außen genügte, um das festzustellen. Andrew hatte von Elizabeth viel über Immobilien gelernt, worauf man achten musste. Die meisten Häuser in der Nachbarschaft kannten sie von innen, hatten sie gemeinsam besichtigt. Bei diesem Haus hier sackten die Eingangsstufen in der Mitte durch, und die Bodenbretter der Veranda wiesen Risse auf. Das war leicht zu reparieren, könnte aber ganz schön ins Geld gehen, falls die Bretter bereits so morsch waren, dass sie unter dem Postboten nachgaben und der sich für eine Schadensersatzklage entschied. Andrew verharrte eine Minute unschlüssig auf dem Gehweg, nicht sicher, was er tun sollte. Eigentlich sollte er nach Hause gehen und seinen Tag beginnen. Zoe kannte jemanden, der mit Holz arbeitete, irgendein junger Typ aus Maine, der um die Ecke wohnte und Esszimmertische für Leute in Cobble Hill und Brooklyn Heights schreinerte. Andrew würde ihn später anrufen.

Die Haustür stand offen, und Andrew sah, dass über der Türklingel ein weiterer Zettel hing. Er machte einen Schritt auf das Haus zu und blieb stehen. Drinnen war ein Mann zu sehen. Ein Mann mit einem Bart, nicht unbedingt ZZ-Top-mäßig, aber auf dem besten Weg dorthin. Sein Alter war schwer zu schätzen. Der Mann drehte sich zur Tür um, entdeckte Andrew und winkte ihm zu, als hätte er ihn erwartet. Andrew erwiderte die Geste und erklomm die Stufen, um sich vorzustellen.

»Willkommen«, begrüßte ihn der Mann. Aus der Nähe sah er jünger aus, als Andrew gedacht hatte, war vielleicht noch keine vierzig Jahre alt. Seine Barthaare waren rot und grau gesprenkelt wie bei einem Entenei, dessen Zeichnung so schön und kompliziert war, dass man kaum daran glaubte, es könnte einfach so entstanden sein, eine Laune der Natur, ohne Mitwirkung eines Designerteams.

»Ich habe dein Poster gesehen«, sagte Andrew. Innen wirkte das Haus nicht besonders auffällig, sogar ein wenig vernachlässigt, aber die Fußböden waren, ebenso wie die Wände, weiß gestrichen und sauber. Jemand hatte die dünnen Vorhänge zur Seite gezogen, so dass Licht hereinfiel. Andrew fühlte sich sofort zu Hause.

»Wir sind EVOLVEment«, erklärte der Mann. »Ich bin Dave. Komm doch rein.« Er sprach leise wie Menschen, die wissen, dass man ihnen zuhört. Es gab keinen Grund, laut zu werden, nicht in diesem Haus, wie Andrew sofort begriff. Hier herrschte Ruhe. Dies war eine heilige Stätte. Er dachte an die Mönche, die er in Tibet und auch Upstate New York während seiner Schweige-Retreats getroffen hatte. Dies hier war einer dieser besonderen Orte oder wäre es zumindest bald. Und das in seinem eigenen Viertel.

»Was kann ich tun?«, fragte Andrew. Er wollte helfen. Er wollte etwas mit seinen Händen machen, die leer und unnütz neben seinen Beinen baumelten.

12

Das *Hyacinth* verfügte über zweiundvierzig Sitzplätze. An einem guten Tag war mittags die Hälfte davon belegt. Abends hatten sie dann zwischen sechs und halb zehn Uhr wieder alle Hände voll zu tun, manchmal sogar noch bis elf Uhr, wenn späte Gäste die lange, schmale Theke bis zur Sperrstunde belagerten. Aber sogar zehn Jahre nach der Eröffnung konnte Jane nicht das verlangen, was sie eigentlich verlangen wollte. Kein Mensch gab in diesem Viertel siebenundzwanzig Dollar für einen Rochen aus, aber sie kam über die Runden. Rechts neben dem Empfangstisch stand ein kleines Schreibpult, und das war Janes Lieblingsplatz, wenn sie sich nicht gerade in der Küche oder oben im Büro aufhielt, unten in den Kühlräumen nach dem Rechten sah oder im Gastraum auf und ab lief und den Bedienungen auf die Nerven ging. Jane musste sich zwar zwischen Wand und Schreibpult quetschen, wollte sie nicht ständig die Ellbogen der Empfangsdame im Gesicht haben, aber das machte ihr nichts aus.

Inzwischen beschäftigte sie Sous-Chefs, gute Leute, deren Geschmacksknospen sie vertraute, trotzdem konnte nichts ihre persönliche Anwesenheit ersetzen. Jane liebte es, aus allen Poren zu schwitzen und laut herumzubrüllen, und dafür gab es keinen besseren Ort als eine winzige Restaurantküche. Elizabeth hatte die Suche zu ihrem Lieblingsprojekt erkoren und dann auch die Räumlichkeiten gefunden – nachdem sie monatelang gesucht und auf das geeignete Objekt gewartet hatten. Dabei beschränkten sie die Suche nicht nur auf Ditmas, obwohl sie natürlich am liebsten in der Ecke von Brooklyn geblieben wären. Hier gäbe es zwar weniger Laufkundschaft, aber ihnen gefiel der Gedanke, dabei mitzuhelfen, aus dem Viertel einen Ort zu machen, an dem die Leute gern *leb-*

ten und nicht nur abends zum Schlafen zurückkehrten. Jane und Zoe hatten sich immerhin beim Essen ineinander verliebt, beim Reden über Restaurants und darüber, was sie gern in ihrer unmittelbaren Nachbarschaft essen würden. Zoe war eher der klassische Typ und träumte davon, ein französisches Bistro zu eröffnen, wo der Gast abends Steak mit Pommes und tagsüber weiche Eier bekäme, während Jane einen Laden mit Thai-Küche oder – besser noch – einen Vietnamesen aufmachen wollte. Außer einer Pizzeria und einem Chinesen mit einer kugelsicheren Glasscheibe vor der Kasse gab es bisher keinerlei Restaurants in der Nachbarschaft. So viele kulinarische Lücken, und eine davon hätten sie gern geschlossen.

Sie hatten wirklich überall gesucht – in Williamsburg, in Carroll Gardens. Nichts sagte ihnen zu. Doch als Elizabeth anrief und verkündete, sie habe etwas für sie gefunden, hörte Jane bereits an Elizabeth' Stimme, dass es das Richtige war. Hand in Hand und euphorisch vor Freude gingen sie und Zoe zur Besichtigung. *Hyacinth* war der Name, den sie eigentlich Rubys kleiner Schwester hatten geben wollen, aber Ruby war bereits in der ersten Klasse, und es schien unwahrscheinlich, dass sie noch eine Schwester bekam. Und so stand bald der Name *Hyacinth* auf dem hölzernen Ladenschild und in Blattgold auf der Tür, und sie konnten loslegen.

Jane war für die Küche zuständig und Zoe für den Rest. Sie wählte die Stühle, die Wassergläser und das Geschirr aus und stellte die Blumenarrangements zusammen. Sie kümmerte sich um die Löhne und die Rechnungen. Sie verhandelte mit dem Personal. Das war der schlimmste Teil, wenn man einen kleinen Betrieb führte. Irgendeiner stand immer kurz vor dem Rausschmiss, kam zu spät, war unverschämt zu den Gästen oder auf Drogen. Das Leben war einfach, solange sie kein Geld oder nur wenig Schlaf brauchten. Rubys Babysitter brachte die Kleine sofort nach der Schule ins *Hyacinth*, und als sie sich keinen Babysitter mehr leisten konnten, kam Ruby allein und setzte sich mit ihren Hausaufgaben an die Theke. Elizabeth und Andrew tätschelten ihr den Kopf, und sie teilte sich eine Portion Pommes mit ihnen. Den Stammgästen gefiel das. Mit Ruby hatten sie ihre eigene kleine Brooklyn-Eloise. Wurde es dunkel, brachte Zoe ihre Tochter nach Hause, steckte sie ins Bett und kehrte wieder zurück, falls die anderen gerade im Stress waren. Sie hatten eine ältere Nachbarin, die sich gern als Bürgermeisterin der Argyle Road sah und es nie zugelassen hätte, dass Ruby in ihrer Abwesenheit auch nur ein Haar gekrümmt wurde, worauf Jane und Zoe sich hundertprozentig verlassen konnten.

Es war noch früh am Tag, kurz nach neun. Sie öffneten erst um elf Uhr zum Lunch. Jane schloss die Datei mit der Speisekarte und der Liste ihrer Lieferanten und ging ins Internet. Sie war nicht auf der Suche nach einer neuen Wohnung. Noch nicht. Erst wenn Ruby auszog – ob und wann immer das passieren mochte – und Zoe etwas fand, das ihr zusagte, würde sie zu suchen anfangen. Falls es überhaupt je dazu kam. Jane hatte keine Eile. Ginge es nach ihr, blieben sie für immer verheiratet. Und wenn schon. Dann waren sie eben nicht mehr so glücklich, wie sie es einmal gewesen waren. Sie waren schließlich zwei Erwachsene mit einem fast erwachsenen Kind. »Glücklich« war ein Wort für Verbindungsstudentinnen und Dampfplauderer – ausgeprägt nervtötende Zeitgenossen. Sie erlebten einfach schlechte Zeiten, wie andere Paare auch.

Zoe Bennett war vierundzwanzig Jahre alt und so ungefähr das Schärfste, das Jane je vor die Augen gekommen war. Sie hatten sich in *Mary's Bar* an der Fifth Avenue kennengelernt, eine Absturzkneipe für Lesben, in der viele Leute aus der Gastroszene verkehrten, vor allem nach Mitternacht.

Jane ging zwei-, dreimal die Woche hin, meistens nur auf ein Bier mit ihren Freundinnen. Und eines Abends tauchte diese elektrisierende kleine Nymphe am anderen Ende des Tresens auf und stolzierte hin und her, als gehörte ihr der Laden. Was am Ende des Abends auch der Fall war. Jane arbeitete als Gardemanger, Köchin der kalten Küche, im *Union Square Café* und Zoe als Empfangsdame im *Chanterelle*. An diesem ersten Abend sprachen sie nicht einmal miteinander. Jane schwor allerdings Stein und Bein, dass Zoe ihr quasi in den Schoß fiel, als sie einen Song von Bonnie Raitt mitträllerte, der in der Jukebox lief, aber Zoe konnte sich an nichts dergleichen erinnern. Sie waren beide Genussmenschen und schöpften aus dem Vollen, bis Teller und Gläser leer waren. Drei Wochen später zog Jane bei ihr ein.

Die Glocke über der Tür schlug an, und Jane blickte auf. Johnny, ihr UPS-Zusteller, schob einen Stapel Kartons herein: Papierhandtücher, Toilettenpapier, all die Dinge, über die sie sich nie hatte Gedanken machen wollen. Sie stets vorrätig zu haben und für den Weltuntergang gerüstet zu sein – das war Zoes Aufgabe. Wie das mit dem *Hyacinth* weiterlaufen sollte, darüber hatten sie sich bisher noch keine Gedanken gemacht. Es wäre merkwürdig für Jane, weiterhin ihren Job zu machen, aber noch merkwürdiger, damit aufzuhören. Alles lief auf ihrer beider Namen. Sie mussten nicht verheiratet bleiben, um weiterhin zusammenzuarbeiten, aber was, wenn Zoe auf die Idee kam, mit Allie, der hinreißenden Empfangsdame, ins Bett zu gehen? Sie machten immer Witze darüber, dass sie verliebt sei in Zoe, aber was, wenn das wirklich stimmte und Zoe wieder Single wäre? Jane sah die Szene deutlich vor sich: dass sie aus der Küche spähte und beobachtete, wie Zoe Allie sacht am Rücken berührte oder ihr das Haar hinters Ohr strich. Vielleicht sollte Jane dieser Allie kündigen, bevor Zoe aktiv werden konnte – die Frau war ohnehin nicht so überzeugend in ihrem Job. Personalentscheidungen gehörten zwar nicht zu Janes Aufgabenbereich, aber sie war die Chefin am Herd – also ging sie alles etwas an.

»Hey, hey«, sagte Johnny und wies in Richtung des Vorratsschranks. »Soll das da rüber?«

»Bitte«, sagte Jane. Die Bitte war nicht nur an ihn gerichtet, sondern galt dem gesamten Universum. Als Johnny fort war, flüchtete sie sich auf die Toilette und ließ den Tränen freien Lauf. Das war der einzige Ort mit einer Tür, die man absperren konnte. Nur ihrer Mutter hatte sie erzählt, dass sie überlegten, sich zu trennen – nicht ihren Freunden, niemandem vom Personal, auch sonst keinem Menschen. Wenn niemand davon erfuhr, kam es vielleicht auch nicht dazu, dachte Jane abergläubisch. Sie hatten auch erst von Zoes Schwangerschaft erzählt, als sie schon im vierten Monat war. Und sie, die bereits mit sechzehn wusste, dass sie lesbisch war, hatte ihr Coming-out bis zum Alter von zwanzig Jahren hinausgezögert. Ihre Eltern wären am Boden zerstört, falls es tatsächlich zur Trennung käme. Die beiden hatten Zoe immer geliebt, vor allem ihre Mutter. Vielleicht konnte Jane es irgendwie vermeiden, mit ihnen darüber zu reden. Ein paar Monate oder ein Jahr lang. Vielleicht musste sie die Sache überhaupt nicht mehr ansprechen bis zu Rubys Hochzeit. Dann wären sie womöglich schon weit über achtzig und schwerhörig und bekämen nichts mehr mit. Vielleicht konnte sie damit warten, bis sie gestorben waren.

Jemand klopfte an die Toilettentür. »Ja«, seufzte Jane und starrte in den Spiegel. Sie war über fünfzig. Sie hatte Leberflecke, die sie schon lange untersuchen lassen wollte, und aus ihrem Kinn wuchs ein einsames Haar, das jedes Mal, wenn sie es auszupfte, wieder nachwuchs. Das Leben war beschissen und eine Katastrophe, aber es war an der Zeit, mit den Vorbereitungen für das Mittagessen zu beginnen.

13

Die Mary-Ann-O'Connell-Immobilienagentur war ein kleiner, aber feiner Betrieb mit gerade mal fünf Mitarbeitern. Elizabeth war die einzige, deren Nachname nicht O'Connell lautete. Außer der dreiundachtzigjährigen Mary Ann bestand die Firma aus ihren beiden Kindern Sean und Bridget und Seans Frau Deirdre. Das Büro lag genau an der Ecke Cortelyou Road und East Sixteenth Street, einen halben Block vom Rumpeln der Subway-Linie Q entfernt. Elizabeth und Deirdre saßen an einem Schreibtisch. Dass Sean seinen Arbeitsplatz lieber mit seiner Schwester als mit seiner Frau teilte, hatte Elizabeth stets als ein wenig sonderbar empfunden, aber die O'Connells waren sonderbar, deshalb war es nicht weiter verwunderlich. Familienbetriebe waren hochkomplexe Organismen, und für Außenstehende war es meistens das Beste, sich aus den Entscheidungsfindungsprozessen so weit wie möglich herauszuhalten. Elizabeth hätte liebend gern von zu Hause aus gearbeitet wie damals, als Harry noch kleiner war, aber Mary Ann bekam nervöse Anwandlungen, wenn sie ihre Mannschaft nicht beim Arbeiten beobachten konnte oder die Schlüssel nicht klimpern hörte, wenn ihre Mitarbeiter für die täglichen Besichtigungen ausschwärmten. Ihr Büro lag ganz hinten, und die Tür stand immer offen. Mary Anns weißes Haar fing jedes Mal zu vibrieren an wie eine in Schwingung versetzte Glocke, sobald jemand kam oder ging, und sei es nur, um sich ein Sandwich zu holen. Ihre Schwiegermutter war als Kind von einem Blitz getroffen worden, spottete Deirdre gern, und dieser Stoß schien sie seitdem jedes Mal wieder zu durchzucken, sobald sie Geld roch. Und sie und Sean hätten nur deswegen heiraten dürfen, flachste sie, weil ihr Name auf der Urkunde – geboren war sie in Trinidad – ebenso irisch klang wie seiner. Deirdre war die einzige O'Connell, in deren Gesellschaft Elizabeth sich wohl fühlte.

Es war ein wundervoller Tag. Noch nicht so warm wie im Hochsommer, aber mild genug, um mit entblößten Armen und Beinen ohne Angst vor einer Gänsehaut herumlaufen zu können. Diese Zeitfenster waren knapp bemessen in New York City, einer in jeder Hinsicht extremen Stadt. Sie hatten schon überlegt, von hier wegzuziehen, aber die konstanten dreiundzwanzig Grad Celsius in Kalifornien erschienen ihnen nicht sonderlich verlockend. Es war gut, etwas zu jammern zu haben. Das formte den Charakter.

Elizabeth lehnte sich auf dem Stuhl zurück und warf einen sehnsuchtsvollen Blick durch das Fenster. Die drei Schreibtische waren nach Dienstzeit angeordnet, so dass Elizabeth mit erst zehn Jahren Betriebszugehörigkeit quasi draußen auf dem Gehweg saß.

Sean kehrte nach einem Vormittag voller Besichtigungen vom Mittagessen zurück – im Frühsommer, mit der größten Auswahl an Objekten, hatten sie immer am meisten zu tun. Die Glocke erklang, und Elizabeth hörte, wie Mary Ann bereits aus der Ferne begann, Sean mit Fragen zu bombardieren, noch ehe er überhaupt durch die Tür gekommen war. Grüßend nickte er in Richtung Elizabeth und ging weiter ins Büro seiner Mutter. Als Elizabeth' Handy klingelte, nahm sie das Gespräch an, ohne darauf zu achten, wer dran war.

»Hallo?«, sagte sie. Eine Pause, dann ein Klicken.

»Naomi Vandenhoovels Apparat. Einen Moment bitte«, meldete sich eine junge Frauenstimme am anderen Ende.

»Wie bitte?«, fragte Elizabeth und steckte einen Finger in ihr rechtes Ohr, um den Lärm eines Feuerwehrautos abzublocken, das soeben die Straße hinunterbrauste. »Hallo?«, wiederholte sie.

»Lizzy«, sagte eine andere Stimme. »Schön, dass Sie rangehen. Finde ich gut.«

»Tut mir leid, aber wer spricht da?« Elizabeth drehte ihren Stuhl weg vom Fenster. Das ganze Büro war mit Sonnenflecken gesprenkelt. »Hier spricht Elizabeth Marx«, fügte sie hinzu. Vielleicht hatte jemand die falsche Elizabeth angerufen, überlegte sie und ging rasch alle ihre Kontakte unter E durch.

»Elizabeth, ich bin's, *Naomi.* Naomi *Vandenhoovel.* Ich habe mich mit Ihnen wegen der Rechte für die Filmbiographie über Lydia in Verbindung gesetzt. Ich arbeite für das Studio. Wir hatten Mail-Kontakt.«

»Ah, Naomi, ja«, erwiderte Elizabeth, öffnete ihre E-Mails und suchte hektisch Naomis letzte Nachricht. »Ich wollte mich bereits bei Ihnen melden.«

»Hören Sie, Elizabeth, ich weiß, es mag Ihnen verrückt erscheinen, nach all dieser Zeit einfach so die Rechte an Ihrer Arbeit und Ihrer Lebensgeschichte aus der Hand zu geben, aber der Film wird ein Hit. Wissen Sie überhaupt, wie schwierig es ist, heutzutage einen Film zu machen?« Verkehrsrauschen war zu hören. »Entschuldigung, ich sitze im Auto. Ich lass mal das Fenster hoch.«

»Aber wie können Sie mich aus dem Auto anrufen? Ihre Mitarbeiterin hatte mich doch gerade noch in der Warteschleife!« Elizabeth' Frage war ernst gemeint, aber Naomi lachte nur.

»Ich weiß«, sagte sie. »Aber wir brauchen unbedingt den Song. Sie wissen, wir brauchen ihn. Und die Lebensrechte. Ich weiß, das hört sich unheimlich an – LEBENSRECHTE, aber das ist nur Juristenjargon dafür, dass Sie zustimmen, dass einer der Charaktere möglicherweise, vielleicht aber auch nicht, Ähnlichkeiten mit Ihnen aufweist. Wirklich. Ein paar Wochen kann ich Ihnen noch geben, damit Sie Ihren

Mann bearbeiten, aber dann – Ende der Fahnenstange. Das Studio will im Herbst mit dem Drehen anfangen. Wollen Sie denn nicht, dass Millionen Teenagermädchen ins Kino rennen, um sich anzuschauen, wie ein paar knallharte Mädels Rock 'n' Roll spielen? Und, *wow,* noch mal voll Stoff mit dem Vibrato! Oder wie das Ding heißt. Sie verstehen? Möchten Sie denn keine Inspiration sein? Denken Sie dabei nicht an Lydia – stellen Sie sich lieber ein Mädchen aus irgendeinem Provinzkaff vor, das ihr Leben für stinklangweilig und öde hält. Und dann sieht sie diesen Film in der Mall, kauft sich eine Gitarre und fängt an, in ihrem Zimmer Songs zu schreiben.«

Elizabeth schloss die Augen. Bisher hatte sie mit Andrew noch nicht über Lydia reden können. Um diesem Gespräch aus dem Weg zu gehen, hatte er sich erstaunliche Ausweichmanöver einfallen lassen: Er war zum Zahnarzt gegangen und hatte sogar ihr dringend inspektionsbedürftiges Auto zum Ölwechsel gebracht. Aber das Argument mit dem imaginären Mädchen, das in seinem Zimmer Songs schreibt, das könnte ziehen. Ihr armseliges Leben – gerettet von ihrer Musik, von ihrem Film, von ihnen! Auf Elizabeth machte das auf jeden Fall Eindruck. Sie spürte, wie ihr Tränen in die Augen stiegen, so plötzlich wie bei einem dramatischen Kleenex-Werbespot. »Ich werde es versuchen.«

»Ich schicke Ihnen noch einmal die Formulare. Die Welt muss diese Geschichte sehen, sie muss Ihren Song hören. Im Übrigen ist das mein absoluter Lieblingssong. Das bekommen Sie sicher öfter zu hören, aber es stimmt. Ich habe mir sogar den Refrain auf die Rippen tätowieren lassen.«

»Ist nicht wahr«, entgegnete Elizabeth, auch wenn ihr so etwas nicht zum ersten Mal zu Ohren gekommen war. Einmal hatte sie auf BuzzFeed einen ganzen Clip mit solchen Aufnahmen gesehen.

»Doch!«, rief Naomi. »Ich schicke Ihnen ein Foto.«

»Das muss wirklich nicht sein«, widersprach Elizabeth.

»Doch, ich möchte es aber! Es sieht nämlich auch noch verdammt gut aus!«

Elizabeth' E-Mail-Account machte »Pling«, und sie drehte sich zum Bildschirm um. Eindeutig ein weiblicher Brustkorb mit den kursiv geschriebenen Worten *Ich werde ruhig sein, ruhig, ruhig.* »Wow«, staunte Elizabeth. »Aber Moment mal, wie haben Sie das denn jetzt so schnell hingekriegt? Ich denke, Sie sind im Auto?«

»Ich war so braun in diesem Sommer, das war schon nicht mehr normal«, sagte Naomi, ohne auf ihre Frage einzugehen. Kalifornien konnte einem irgendwie Angst machen. »Also, unterschreiben Sie die Formulare und schicken Sie sie so bald wie möglich an mich zurück, okay? Danke, vielen, vielen Dank.«

»Mach ich«, sagte Elizabeth. Sie wollte damit nicht ausdrücken, dass sie einverstanden war, sondern nur, dass sie Bescheid geben würde. Sie war ein höflicher Mensch. Harry zog sie jedes Mal auf, weil sie immer anrief, um Reservierungen in Restaurants oder Termine an der Apple Store Genius Bar abzusagen. *Das ist denen doch völlig egal, Mom,* sagte er, aber Elizabeth glaubte noch an Höflichkeit und Anstand. Sie wartete, dass Naomi noch etwas sagte, stellte aber fest, dass sie bereits aufgelegt hatte.

14

Die Garage war ein unvollendetes Provisorium und mit den verrosteten Schaufeln und halbleeren Farbeimern an der Wand noch von der altmodischen Art. Ganz im Gegensatz zu den Anbauten ihrer Nachbarn, von denen manche Spielzimmer oder Büros darin hatten einrichten lassen, samt Wasseranschluss, Heizung und Holzfußboden. Andrew und Elizabeth stellten ihr Auto dort nur unter, wenn wirklich schwere Schneestürme zu erwarten waren, ansonsten war der Abstellraum in der Mitte leer. Lediglich ein Teppich aus Andrews Elternhaus lag dort ausgebreitet, darauf zwei wackelige Holzstühle. Auf Elizabeth' Seite stand ihr kleiner Verstärker der Marke Marshall, auf Andrews Seite sein kastenförmiger Orange-Amplifier. Andrew kurbelte das Garagentor so weit hoch, dass sie bequem darunter hindurchgehen konnten, und ließ es dann zur Hälfte wieder herunter. So war es den Leuten, die draußen auf dem Gehsteig vorbeikamen, zwar möglich, ihre Beine zu erkennen, aber nur, wenn sie genau hinschauten. Außerdem gab es interessantere Dinge zu sehen. Rock-'n'-Roll-Dilettanten mittleren Alters waren ungefähr so interessant wie alte Damen bei der Gartenarbeit – allerdings eindeutig peinlicher.

Andrew hatte sein kleines Buch dabei, in dem er sich einiges notiert hatte. Keine ganzen Liedtexte, nur Ideen für Songs. Elizabeth war viel besser darin, den richtigen Ton zu treffen. Auch sie besaß ein kleines Buch voller Texte. Oder hatte zumindest immer eines gehabt. Jetzt füllte sie ihr Notizbuch mit den Vorlieben und Abneigungen dieses und jenes Paares, ihren Rücklagen für den Notfall, der Höhe ihrer Bankkonten.

»Willst du das vom letzten Mal spielen, das Bum-bum-bum-*ting?*«, fragte Elizabeth, setzte sich auf den Stuhl und nahm ihre Gitarre auf den Schoß. Sie schloss sie an den Verstärker an und legte sich den Gurt um die Schulter. Andrew liebte den Anblick seiner Frau mit einem Plektron zwischen den Zähnen. Das traf ihn im innersten Kern. An der Highschool hatte sein Geschichtslehrer sich einmal in epischer Breite darüber ausgelassen, dass die Schauspielerin Barbara Stanwyck exakt seinem »sexuellen Beuteschema« entspräche. Alle waren peinlich berührt gewesen, aber genau das empfand Andrew beim Anblick von Frauen, die Gitarre spielten. Völlig egal, ob sie gut waren oder schlecht oder das Instrument nur in der Hand hielten.

Konnten sie tatsächlich spielen, dann gute Nacht – dann war es um ihn geschehen. Das war zutiefst sexistisch, und deshalb hatte er diesen Gedanken auch noch nie laut geäußert – nicht zuletzt dafür war das Oberlin gut gewesen, es hatte ihn gelehrt, dass nämlich das meiste, was Männern so tagtäglich durch den Kopf ging, Sexismus pur war –, aber es stimmte. Elizabeth konnte nicht nur spielen, sondern das auch noch verdammt gut.

»Was?«, sagte Elizabeth, das Plektron noch immer zwischen den Zähnen.

»Nichts«, erwiderte Andrew und packte seinen Bass am Hals. »Klar, spielen wir das.«

»Schatz, ich wollte dir sagen – die Leute haben wegen Lydia noch mal angerufen.« Elizabeth verzog den Mund. »Können wir darüber reden? Wir sollen ihnen baldmöglichst Bescheid geben.«

Ein Müllwagen rumpelte die Straße hinunter und blieb alle zehn Meter mit quietschenden Reifen stehen. Andrew ließ seinen Bass los und fuhr sich mehrmals mit den Fingern durchs Haar.

»Mir gefällt die Vorstellung einfach nicht, meine Unterschrift auf ein Blatt Papier zu setzen und einem Riesenkonzern die Kontrolle über alles zu überlassen. Als Nächstes taucht der Song noch in einer Kleenex-Werbung auf.«

»Ich bin mir ziemlich sicher, dass wir vertraglich regeln können, für welche Zwecke das Lied verwendet werden darf«, sagte Elizabeth. »In dem Film geht es um Lydia, nicht um uns. Wir sind denen doch völlig egal, Schatz.« Sie lehnte den glatten Rücken der Gitarre an ihr Brustbein.

»Genau das ist ja mein Problem«, sagte Andrew. »Du hast den Text nicht geschrieben, damit Lydia ihn singt. Und wir haben den Song nicht komponiert, damit weibliche Teenager in einer Mall in New Jersey einen auf Punk machen.«

»Du meinst, so wie männliche Teenager, die in Manhattan aufwuchsen, damals einen auf Punk machten?« Sie verdrehte die Augen. »Die schärfsten Kritiker der Elche ...«

»Das waren die Achtziger! Und ich habe keinen auf Punk gemacht! Ich war, verdammt noch mal, echt zornig, und die Tatsache, dass meine Eltern eingefleischte Reagan-Anhänger waren, hatte viel damit zu tun. Ich bitte dich, Lizzy.« Andrew verschränkte die Arme vor der Brust und atmete ein paarmal tief durch. »Ich will einfach keinen Beitrag leisten zu einem Weichzeichner-Porträt, das Lydia als eine Art Folk-Heroine hinstellt. Warum sollten wir ihnen dabei auch noch helfen?«

»Weil sie uns Geld dafür geben?«

»Bist du wirklich so billig zu haben?«

Elizabeth empfand seine Worte wie einen Schlag ins Gesicht. »Wie bitte? Andrew, mir ist klar, dass du und ich in dieser Sache unterschiedlicher Meinung sind, aber die Tatsache, dass ich gewillt bin, mich nachträglich mit einem durchaus ansehnlichen Honorar für eine Arbeit von vor zwanzig Jahren entschädigen zu lassen, macht mich nicht billig. Harry wird bald ans College gehen, das ist dir hoffentlich klar. Dieses Haus braucht zwölf neue Fenster. Unser Keller ist ein

Paradies für Kakerlaken. Wir könnten dieses Geld für diese Arbeiten verwenden – der Stiftungsfonds der Familie Marx muss nicht für unseren Lebensunterhalt aufkommen. Ich bin nicht gierig.« Ihr wurde heiß. »Und es geht nicht nur um Lydia oder gar um uns. Es geht darum, junge Frauen, junge Mädchen zu inspirieren, ihnen das Gefühl zu geben, dass sie vielleicht auch das Zeug dazu haben, Musik zu machen. So wie in diesem Girls Rock Camp oder wie das heißt.«

Als sie sich damals in Ohio kennengelernt hatten, weit weg von ihren Familien und ihrem richtigen Leben, war ihnen nicht anzusehen, dass Andrew Geld hatte und sie nicht. Alle waren sie gleich. Alle trugen sie Secondhand-Klamotten und schleppten Taschen aus dem Army-Shop mit sich herum. Elizabeth hatte das Haus ihrer Eltern immer als völlig in Ordnung empfunden – als recht ansehnlich sogar –, bis Andrew sie während ihres letzten Jahres an der Uni über die Winterferien schweren Herzens mit zu sich nach Hause nahm.

Sie fuhren mit Elizabeth' Wagen. Andrew hatte keinen Führerschein und schien auch wenig Orientierungssinn zu besitzen. Er schickte Elizabeth erst in die eine Richtung und dirigierte sie dann fluchend wieder woandershin, als ihm klarwurde, dass sie sich verfahren hatten. So kurvten sie ziellos eine ganze Stunde durch New Jersey, bis sie endlich die Einfahrt zum Lincoln Tunnel fanden, ehe sie eine weitere Stunde im dichten Verkehr hinauf an die Upper East Side krochen. Elizabeth hockte verkrampft und mit hochgezogenen Schultern am Steuer, auf der Suche nach einem Parkplatz auf den dunklen Straßen.

»Hier wohnen deine Eltern?«, hatte sie gefragt, als er auf das Gebäude deutete, das an der Ecke Seventy-Ninth und Park Avenue lag und vor dem eine große Metallskulptur in Gestalt einer Katze stand. Sie schleppten ihre Taschen in die

Lobby. Überall Marmor und schwarze, glänzende Oberflächen. Ein Portier mit Mütze beeilte sich, ihnen zu Hilfe zu kommen, und begrüßte Andrew mit Namen.

»Äh, ja«, hatte er gemurmelt. Es schien ihm unangenehm zu sein. Als sie in dieser Nacht aneinandergekuschelt im Bett seiner Kindheit lagen, in einem Zimmer mit Blick hinaus auf den Central Park, hatte er ihr von seinen Träumen erzählt, einfach davonzulaufen, auf Güterzüge zu springen oder bei den Obdachlosen im Tompkins Square Park auf einer Bank zu nächtigen. Am Oberlin College studierte Andrew Religionswissenschaften im Hauptfach und befasste sich in seiner Magisterarbeit mit hinduistischen Göttinnen. Er wollte nach Nepal ziehen. Er wollte auf dem Fußboden schlafen. Er wurde nicht müde, Elizabeth gegenüber zu betonen, wie wenig wichtig ihm der Reichtum seiner Eltern war, aber als sie ihm sagte, sie habe Hunger, rief er ein Diner an der Lexington Avenue an und bestellte Rühreier für sie.

»Deine Eltern haben doch sicher ein paar Eier in der Küche«, hatte sie protestiert, aber Andrew bestand darauf, dass die aus dem Diner besser waren. Einmal im Jahr, wenn nicht öfter, musste Elizabeth an diese Eier denken – noch warm und wirklich köstlich –, die ihr mehr darüber verraten hatten, wie Andrew aufgewachsen war, als ihm je möglich gewesen wäre. Manchmal hatten nicht einmal die klügsten Menschen auch nur den geringsten Durchblick.

»Wir müssen das heute nicht entscheiden«, sagte Elizabeth und schüttelte den Kopf.

»Spiel du noch ein bisschen, ich mach uns was zum Mittagessen.« Sie stellte die Gitarre zurück auf den Ständer, schaltete den Verstärker aus und verließ die Garage.

15

Diesmal taten Eliza und Thayer nicht einmal mehr so, als wollten sie Harry begrüßen. Als sie sich umdrehten und ihn zusammen mit Ruby hereinkommen sahen, setzten sie ihre Unterhaltung ungerührt fort. Rebecca, die furchtlose Leiterin ihres Kurses, sortierte derweil einen Stapel Papiere auf dem Behelfsschreibtisch unter dem Whiteboard. Ein paar Kursteilnehmer schlugen Purzelbäume auf den dicken, blauen Matten der Schule, die noch in einer Ecke lagen und auf denen sonst die Karateschüler übten, sich nicht von irgendwelchen Ninjas umbringen zu lassen.

»Na, für die zwei kommt *absolut* nur Harvard in Frage«, sagte Ruby.

»Ich glaube, der da sieht mehr nach einem Yale-Mann aus«, sagte Harry und deutete auf einen Jungen, der das Gleichgewicht verloren hatte und umgekippt war. »Vielleicht noch Princeton.«

»Kotz! Würg!«, erwiderte Ruby.

Ernsthafte Kommentare über die Zukunft waren von Ruby nicht zu erwarten. Harry fragte sich vermutlich, warum sie hier im Kurs saß – kein Mensch nahm aus Spaß an einem SAT-Vorbereitungskurs teil, vor allem dann nicht, wenn man den Abschluss schon in der Tasche hatte –, aber freiwillig rückte Ruby nie Informationen über sich heraus. Sie machte sich lieber über Gott und die Welt lustig: über Leute, die an ein Elite-College gingen, über solche, die es an eine der großen Party-Unis mit dem heißesten Nachtleben zog, über andere, die klitzekleine Kunsthochschulen präferierten. Keiner blieb von ihrem Spott verschont. Nur ihre Zukunft war ein Tabuthema und ging niemanden etwas an. Na und? Dann hatte sie sich eben an acht Universitäten beworben und war von keiner angenommen worden. Das machte noch lange keinen schlechten Menschen aus ihr. Eher ließ es die Auswahlkommissionen wie idiotische Snobs aussehen, die es verdienten, geteert und gefedert zu werden. Es brachte doch nichts, an ein College zu gehen. Nicht mehr, und vor allem nicht ihr. Weitere vier Jahre schwachsinnige Vorlesungen über längst vergangene Ereignisse über sich ergehen lassen und Bücher lesen zu müssen, die vor Hunderten von Jahren geschrieben worden waren, war die größte Verschwendung von Zeit und Geld, die man sich vorstellen konnte. In ihrem Bewerbungsessay hatte sie genau das thematisiert, und er schien sein Ziel erreicht zu haben. Hätte eine ihrer Mütter daran gedacht, ihre Bewerbung zu lesen, säßen sie jetzt vielleicht nicht allesamt in der Patsche. Ganz ernst gemeint war ihr Aufsatz allerdings nicht gewesen, aber nun war aus dem Spaß bitterer Ernst geworden. Irgendjemand würde sie schon aufhalten, hoffte Ruby. Als sie auf die Taste drückte, um ihre Bewerbung loszuschicken, wohl wissend, was in den Dokumenten im Anhang stand, verabschiedete sie sich innerlich bereits von einem Studium an einer Universität. Insofern war sie nicht überrascht, als eine Absage nach der anderen eintraf. Lange Zeit wussten ihre Mütter nichts davon, da sie eine schriftliche Benachrichtigung erwarteten. Ihnen war nicht klar, dass heutzutage nur bei guten Nachrichten ein Brief im Postkasten lag.

»Warte mal, das ist doch die Idee schlechthin«, sagte Ruby.

»Was meinst du?«, fragte Harry. Sie standen gerade mal einen Meter hinter der Tür. Rebecca klickte auf ihre Tastatur, und auf der weißen Tafel erschien die Zeichnung einer Katze, die ihre SAT-Ergebnisse entgegennimmt.

In dem Moment klappte Ruby wie ein Taschenmesser zusammen und fasste sich an den Bauch. »O nein«, stöhnte sie. »Rebecca, ich muss heim. Ich glaub, ich muss gleich kotzen.«

Thayer und Eliza drehten sich mit offenem Mund zu ihnen um, während Harry sich voller Mitgefühl über Ruby beugte. »Geht es?«, fragte er und sah ihr ins Gesicht. Ruby zwinkerte.

»Ist es in Ordnung, wenn ich sie begleite, damit sie gut nach Hause kommt?«, fragte Harry und richtete sich wieder auf. Rebecca kam mit irgendwelchen Unterlagen an. Ruby gab einen dunklen, brummenden Laut von sich, als brauste eine Subway heran. Niemand war scharf darauf zu sehen, was der Zug ausspucken würde.

»Selbstverständlich«, erwiderte Rebecca rasch und zog bedauernd ihre Mundwinkel nach unten wie ein Trickfilm-Männchen. »Dann gute Besserung, ja!« Sie klopfte Harry auf die Schulter.

Ruby packte Harry am Handgelenk. »Komm, wir müssen raus, sonst kotz ich noch den ganzen Dojo voll«, sagte sie. »Welchen Gürtel ich wohl dafür kriegen würde?« Harry ließ sich von ihr zur Tür hinausziehen. Ruby stöhnte weiter, bis sie die Church Avenue überquert hatten und um die Ecke gebogen waren. Obwohl sie keiner mehr sah, beugte Ruby sich über einen Briefkasten und tat so, als würde sie sich erbrechen, samt der entsprechenden Geräuschkulisse. Dann richtete sie sich wieder auf und verbeugte sich tief und anmutig. Harry betrachtete sie voller Ehrfurcht, und Ruby sah auf seinem Gesicht den Rest ihres Sommers widergespiegelt: Harry als ihr Projekt, ihre Freizeitbeschäftigung, ihre Marionette.

»Jetzt hab ich aber Hunger«, sagte sie. »Haben deine Eltern was zu essen im Haus?«

»Deinen Eltern gehört ein Restaurant«, erwiderte Harry.

»Und genau aus dem Grund findest du bei uns nie was zu essen. Ich kann dir sagen, was momentan im Kühlschrank ist: Joghurt, drei verschiedene Fischsaucen und Pastete.« Einmal hatte Ruby im Internet nach einer Selbsthilfegruppe für

Kinder von Angehörigen der Gastronomie gesucht, für Kids wie sie, die nie Milchschokolade essen durften oder Cheez Whiz oder Marshmallow Fluff oder extrasüße Erdnussbutter aus dem Supermarkt, aber sie hatte nichts gefunden.

»Ich glaube, wir haben noch ein paar Chips und Salsa da«, sagte Harry.

»Das passt.«

Das Wohnzimmer war leer, als sie durch die Tür traten. Harry rief »Hallo?«, aber von seinen Eltern war nichts zu hören und nichts zu sehen. Vormittags, zwanzig vor zehn. »Meine Mom hat heute in ein paar Häusern Tag der offenen Tür, glaube ich«, sagte Harry. »Und wo mein Dad ist, weiß ich nicht.«

»Ist auch egal«, sagte Ruby und ging direkt in die Küche. »Wenn er heimkommt, sagst du, dass mir nicht gut war, und da euer Haus näher liegt, sind wir einfach hierher.«

»So ungefähr fünfzehn Meter.«

»Wenn du kotzen musst, sind fünfzehn Meter fünfzehn zu viel.«

»Stimmt auch wieder.«

Ruby liebte es, sich in fremden Küchen aufzuhalten. Wenn es ums Kochen ging, waren ihre Mütter absolute Snobs: Bei ihnen kam nur ein ganz besonderes Salz ins Haus, und auch zum Backen musste es eine ganz spezielle Sorte Mehl sein. Elizabeth und Andrew hingegen waren in dem Punkt völlig normal. Bei ihnen gab es Diät-Coke und orangeroten Cheddar am Stück. Ruby nahm das Glas mit Salsa und die Tüte Chips von der Küchentheke. »Wollen wir in dein Zimmer?«

»Äh, klar doch«, stammelte Harry. Iggy Pop kletterte gemächlich von seinem Katzenbaum über dem Kühlschrank herab. Harry hob ihn hoch und drückte ihn an sich wie ein Baby, während Ruby an den beiden vorbei zur Treppe ging.

Das letzte Mal war Ruby als kleines Mädchen im oberen Stockwerk gewesen, aber es hatte sich kaum etwas verändert bei Familie Marx. Die Wände waren noch immer in einem zarten Orangeton gestrichen – wie geschmolzenes Wassereis am Stiel nach einem heftigen Regenguss –, und dieselben Bilder hingen noch immer an diesen Wänden. Neben der Tür zu Harrys Zimmer hing ein Druck, der Ruby stets besonders gefallen hatte: eine dörfliche Szene mit einer Blumen gießenden Japanerin in einer und ein paar freilaufenden Hühnern in der anderen Ecke. Das Haus der Familie Marx war stets ordentlich aufgeräumt. Alles hatte seinen Platz. Im Gegensatz zu Rubys Müttern, die von jeder Reise irgendwelchen bunten Plunder mitbrachten, den sie ins Regal stellten, wo er auf immer und ewig Staub ansetzte, schienen Elizabeth und Andrew keinen unnützen Kram angesammelt zu haben.

Ruby schlenderte den Gang entlang und steckte den Kopf in jedes Zimmer.

»Mein Zimmer ist da drüben«, sagte Harry dicht hinter ihr.

»Ich weiß«, sagte Ruby und ging weiter. »Was ist das?« Vor einer offenen Tür blieb sie stehen – das kleinste Zimmer im Haus.

»Das ist das Gästezimmer«, sagte Harry. »Die Couch kann man ausziehen. Außerdem ist es so eine Art Abstellkammer.«

Ruby trat hinein und ging zu einem Metallregal an der Wand. Darauf standen große, durchsichtige Ablageboxen aus Plastik, jede sorgfältig beschriftet. Sie strich mit den Fingern über die Kästen. »Wow, eine echte Zwangsneurotikerin, deine Mom.« Harry kam nach ihr ins Zimmer geschlurft, setzte sich auf die Couch und legte die Hände in den Schoß. Iggy Pop, der hinter ihnen die Treppe hinaufgeflitzt war, sprang auf seinen Schoß.

»Ist sie nicht. Sie ist einfach gut organisiert.«

»Sieht das vielleicht danach aus?«, fragte Ruby. »Heilige Kacke, wow!«

Harry schob Iggy zur Seite und sprang auf. »Was? Ist da eine Maus?«

Ruby drehte sich mit wehendem, lilafarbenem Haar zu ihm um. »Warum soll ich ›Wow‹ sagen, wenn ich eine Maus sehe, du Spacko? Nein, schau doch mal, das ist alles altes Zeug von *Kitty's Mustache.*« Sie holte eine der Plastikboxen vom obersten Regalbrett herunter, stellte sie auf den Boden und nahm den Deckel ab. Der Behälter war bis oben hin voll mit allen möglichen Andenken – mit Handzetteln, Kassetten, Vinyl-Singles, Postern, Fanzines und College-Zeitungen mit Kritiken ihrer Shows. Ruby blätterte den obersten Stapel durch und zog eine glänzende Fotografie heraus. »Schau dir das mal an«, sagte sie.

Auf dem Foto waren von links nach rechts Lydia, Andrew, Zoe und Elizabeth zu sehen. Keiner lächelte oder schaute in die Kamera. Rubys Mum trug eine Wildlederjacke mit Fransen, in ihrem Mundwinkel baumelte eine Zigarette. Sie sah aus wie ein versoffener Hollywoodstar nach einer durchzechten Nacht. Elizabeth war in einen bodenlangen schwarzen Rock gekleidet, hatte dunklen Lippenstift aufgetragen und das damals noch lange blonde Haar hinter die Ohren geschoben. Sie wandte sich als Einzige den anderen zu. Andrew hatte ein weißes T-Shirt an und ein Flanellhemd um die Hüften gebunden, sein Haar fiel bis über die Schultern. Lydia saß mit gekreuzten Beinen auf dem Boden und hielt ihre Trommelstöcke wie ein X über den Kopf.

»Von wann ist das?«, fragte Harry und nahm Ruby das Foto aus der Hand.

»Von zweiundneunzig«, sagte Ruby und deutete auf das Datum, das in Elizabeth' Handschrift in der Ecke stand. »Zwangsneurotikerin. Sag ich doch.«

»Mann, sehen die jung aus«, sagte Harry. »Irgendwie erschreckend. Schau dir die Jeans von meinem Dad an. Und seine Haare!«

»Und die Möpse von meiner Mum!« Ruby deutete darauf. Zoe trug keinen BH, und ihre Brustwarzen waren deutlich zu sehen, auch noch nach so vielen Jahren. Harry hielt sich die Augen zu. »Und sieh dir Lydia an.«

Irgendwie war die Vorstellung befremdlich, dass die eigene Mutter bereits ein Leben gehabt hatte, bevor man auf die Welt gekommen war, aber mit dieser Erkenntnis musste jeder irgendwann fertig werden. Alle Mütter hatten mindestens einmal im Leben Sex gehabt, und viele Mütter hatten sich betrunken und über die Stränge geschlagen. Ruby wusste, dass sie mit dem Problem nicht allein dastand. Aber es war doppelt so befremdlich zu wissen, dass die eigene Mutter besoffen mit jemandem über die Stränge geschlagen hatte, der eine Berühmtheit war. Jedoch kein grundlos bekannter B-Promi einer Reality-Show, sondern jemand, der wirklich berühmt war und wichtig, weil er – oder sie – tatsächlich etwas konnte und vom Publikum dafür geliebt und bewundert wurde. Ruby tat so, als interessierte Lydia sie nicht, weil sie wusste, dass ihre Mum es – ja, wie? – ärgerlich fände? Amüsant? Ihre Mum hätte es bezaubernd gefunden. Ein schlimmeres Schicksal konnte einen nicht ereilen, als dass die eigenen Eltern einen mit milden, verständnisvollen Blicken betrachteten und den inneren Aufruhr auch noch süß fanden. Zoe wäre begeistert gewesen, hätte sie gewusst, dass Ruby beide Soloalben von Lydia auf ihr Smartphone geladen hatte und sich ihre Musik jedes Mal anhörte, wenn sie allein unterwegs war, und dass sie sich dabei unbesiegbar und voll heiligem Zorn fühlte. Aber um nichts auf der Welt würde Ruby ihr das jemals verraten.

Ruby wühlte in dem Stapel Poster und Fotos, die obenauf

lagen. Es waren noch mehr Aufnahmen von der Band dabei, darunter ein Foto mit Lydia im Vordergrund, den Mund zu einem Schrei geöffnet, während der Rest der Band schräg hinter ihr stand. Im Gegensatz zu den anderen sah sie auf dem Foto wirklich aus wie Lydia, die echte Lydia, die Lydia, deren Gesicht die Wände von Teenagerzimmern zierte und auf T-Shirts gedruckt war.

»Weißt du, wie viel Kohle wir dafür auf eBay bekommen könnten?«, fragte Ruby. Ihre Mum verkaufte manchmal alte Kleidung auf eBay, Vintage-Klamotten, die sie seit Jahrzehnten besaß, aber irgendwann beschloss, sie abzugeben, weil sie sie nicht mehr brauchte.

»Nein«, sagte Harry.

»Na, wie gut, dass du mich hast«, sagte Ruby. Ihr kleines Hobby trug bereits erste Früchte.

16

Andrew hatte gewartet, bis Harry zu seinem Kurs aufgebrochen war. Dann schlüpfte er in seine alten Schuhe mit den Gummisohlen und eilte in die Stratford Road. Dieses Mal zögerte er nicht lange, bevor er die Treppe hinaufging und ins Haus trat. Der Zettel hing noch immer draußen – WIR SIND DA, DU AUCH? –, aber jetzt kannte Andrew die Antwort. Er auch.

Wenn hier jemand der Boss war, dann Dave, aber solche Begriffe hatten hier nichts zu suchen. EVOLVEment war ein Kollektiv, und jeder, der in dieser Gemeinschaft wohnte, arbeitete auch hier. Hier standen nicht Besitz oder Hierarchien im Vordergrund. Hier ging es um Menschen, um Achtsamkeit.

Ein junger Mann mit Bart und spindeldürren Beinen begrüßte Andrew und bot ihm eine Tasse Tee an.

»Ist Dave da?«, fragte Andrew.

»Such dir einen Platz, mach's dir bequem«, sagte der Mann. Normalerweise hätte es Andrew genervt, dass der Kerl auf seine Frage nicht eingegangen war, aber so lief das hier nun mal. Er hatte verstanden. Überall lagen Kissen herum. Andrew nahm eines, legte es vor einer Wand auf den Boden und setzte sich. Er wartete gern. Ein paar junge Leute, alle barfuß, huschten durchs Zimmer. Andrew zog die Schuhe aus und schob sie unter seine Knie. Ein paar Minuten später erklangen oben an der Treppe Schritte, und Dave kam mit einem breiten Lächeln, als hätte er ihn erwartet, auf Andrew zu.

»Schön, dich wiederzusehen, Andrew«, sagte Dave, der untersetzt und stämmig war, mit kräftigen Muskeln wie ein Turner. Er ging neben Andrew in die Hocke und berührte ihn an der Schulter. Sie befanden sich vielleicht zehn, fünfzehn

Zentimeter voneinander entfernt, waren einander so nahe, wie man auch einem Fremden in der Subway kam, doch in diesem weiten, offenen Raum fühlte sich das erstaunlich intim an. So als hätte Dave mit dem Finger über Andrews Wange gestreichelt.

»Klar doch«, sagte Andrew. Er spürte, wie eine leichte Röte sein Gesicht überzog. »Ich bin interessiert.«

Und ob er das war. Andrew war interessiert an Philosophie und der Verbindung von Geist und Körper. Er war interessiert daran, aus dem Haus zu kommen, seinen eigenen Gehirnwindungen zu entfliehen und auszuprobieren, ob er sich verbinden könnte mit etwas von außen, wie eines der Kabel, die zwischen den Häusern verliefen. Er war interessiert daran, seinen Zorn zu kanalisieren und umzuwandeln in Farbe, in Luft, in eine positive Einstellung. Andrews Eltern konnten dieser Art von Gesprächen nichts abgewinnen: Das Einzige, was sie interessierte, waren Ergebnisse, nicht der Weg dorthin. Auf diese Weise war ihm seine ganze Kindheit abhandengekommen, aufgerieben zwischen einer nachschulischen Aktivität und einer anderen, von einer Vorbereitungsschule zur nächsten hechelnd. Als ob diese Institutionen ihn auf etwas anderes als auf einen Karrierejob vorbereiteten, wo er sich garantiert wieder in Gesellschaft derselben Leute wiederfinden würde, mit denen er aufgewachsen war. Diese Leute widerten ihn an. Ihre Chinos und Bootsschuhe, ihr verkratztes Ledergepäck mit den Initialen an der Seite. Keiner interessierte sich für etwas anderes als dafür, ob das Boot am Memorial Day im Mai einsatzbereit war oder nicht. Sie benahmen sich Frauen gegenüber unverschämt und auch den Menschen gegenüber, die sie beschäftigten, damit diese ihr Leben so angenehm wie möglich gestalteten. Andrew hatte stets davon geträumt, in einem System des Tauschhandels zu leben, irgendwo, wo Geld nichts bedeutete, es sei denn, es steckte alles in einem kollektiven Pool. Seine Oberlin-Wohngemeinschaft war für ihn die Erfüllung dieses Traums gewesen – die gemeinschaftlich fabrizierten Tofu-Gerichte, die kleinen, dunklen, in Teamarbeit gefertigten Brotlaibe. Wäre Elizabeth weniger Typ A gewesen und hätten sie kein Kind bekommen, würden sie noch immer so leben, zusammen mit Zoe oder wem auch immer. Nicht dass er Harry gegen irgendetwas auf der Welt eingetauscht hätte. Wenn er etwas in seinem Leben richtig gemacht hatte, dann, Vater zu werden. So viel war sicher. Der Rest war das Problem. Am liebsten hätte Andrew jede zornige Regung in sich hinuntergeschluckt und so dick mit Mulch und Liebe bedeckt, bis darauf üppig Blumen wuchsen.

Das Haus – Daves Haus, das Kollektiv – nahm tatsächlich Gestalt an. Die vorderen Zimmer dienten als Yoga- und Meditationsräume und standen allen offen. Jeder, der einen Yogakurs besuchte, Qigong übte oder meditierte, bekam die Schläfen mit ätherischen Ölen bestrichen und ging, nach Lavendel, Orange und Eukalyptus duftend, wieder nach Hause. Das Kollektiv bemühte sich um die Genehmigung und die nötigen Lizenzen, um kleine Gerichte anbieten zu können, doch das schien juristisch kompliziert zu sein. Wahrscheinlich würde es bei frisch gepressten Säften bleiben. Dave stammte aus Kalifornien, das hörte man. Er sprach, als steckten die Wörter tief in seiner Kehle, von wo er jedes einzeln herauslocken musste. In seinen geheimsten Träumen war Andrew überzeugt, dass er besser in eine Familie von Windsurfern hätte hineingeboren werden sollen, Menschen, die ständig auf Achse waren, die kalifornisch-mexikanische Küste entlangfuhren und in einem Winnebago-Wohnwagen am Strand lebten. Dave erzählte zwar nichts, aber Andrew war sicher, dass dies seine Lebensgeschichte war: Sand im Schlafsack, das Geräusch sich brechender Wellen bei Nacht.

Zwei junge Frauen in Yogakleidung betraten den Raum. Dave begrüßte sie, und die Frauen machten sich daran, am anderen Ende ihre Yogamatten auszurollen und Decken und Sitzkissen daneben zu verteilen. Die Frauen sahen nicht viel älter aus als Ruby, aber Andrew konnte inzwischen über das Alter anderer nur noch staunen. Als er ein Teenager war, sah jeder über Zwanzigjährige aus wie ein Erwachsener, mit langweiligen Klamotten und noch ein wenig unsichtbarer als die Lehrerin von Charlie Brown. Aber das Leben hatte sich verändert. Jetzt sahen alle gleich jung aus. Sie mochten zwanzig, dreißig oder gar schon an die vierzig Jahre alt sein – er konnte keine Unterschiede mehr erkennen. Vielleicht, weil er jetzt bereits in die andere Richtung schaute.

»Gleicht beginnt ein Yogakurs«, sagte Dave. »Du solltest bleiben.« Wieder berührte er Andrew an der Schulter. Dann erhob er sich, ging zu den beiden Frauen im vorderen Teil des Raums, kauerte sich zwischen sie und berührte auch sie kurz an den Schultern. Schließlich stand er wieder auf, zog das T-Shirt aus und entblößte seinen nackten Oberkörper. Aus einem Stapel zog er eine Decke hervor, faltete sie auseinander, legte sie neu wieder zusammen und ließ sich schließlich auf den Knien darauf nieder, ehe er Unterarme und Hände auf der Decke ablegte, den Kopf auf den verschränkten Fingern abstützte und langsam die Beine anhob, bis er auf dem Kopf stand.

Die beiden Frauen drehten sich um und nickten Andrew zu. Eine von ihnen fasste ihr Haar zu einem Pferdeschwanz zusammen, während die andere begann, sich zu dehnen und ihren Körper hierhin und dorthin zu verbiegen.

»Okay«, sagte Andrew, unsicher, was nun passieren würde, und krabbelte auf allen vieren zu einer der Yogamatten auf dem Fußboden. Inzwischen kamen immer mehr Leute und belegten die Plätze um ihn herum; bald war der Raum angefüllt mit zehn, vielleicht zwölf Teilnehmern. Dave löste den Kopfstand auf und verschränkte die Beine zum Lotossitz. Dann zündete er ein paar Kerzen an und begann zu chanten, so leise, dass Andrew nicht sicher war, ob seine Stimme oder ein vorbeifahrendes Auto das Geräusch erzeugte, ein tiefes Brummen, das lauter und lauter wurde, bis alle anderen mit einstimmten und Andrew spüren konnte, wie ein Vibrieren durch den Raum ging. Er schloss die Augen. Elizabeth hätte bestimmt gelacht, aber Andrew gefiel es. Die Situation erinnerte ihn an früher, als er noch klein war und seine älteren Cousinen ihn als Frisierpuppe benutzt und stundenlang, wie ihm schien, das Haar gekämmt und zu Zöpfen geflochten hatten. Und vor allem daran, wie gut sich die Berührung ihrer Finger auf seiner Kopfhaut angefühlt hatte. Andrew hatte es früher schon einmal mit Reiki probiert, und was er damals erlebt hatte, passierte auch hier in diesem Raum: Energie wurde aufgebaut und freigesetzt, um ihre heilende Wirkung zu entfalten. Er verspürte bereits die ersten Anzeichen, noch ehe Daves Chanten verstummte und er die Teilnehmer bat, ihre Hände auf die Knie zu legen und ein Mantra für die eigene Yogapraxis zu formulieren. Andrew glaubte, sein Mantra als glasklaren Glockenton zu vernehmen: Sei hier. Sei hier. Sei hier. Und als Dave seine Schüler aufforderte, die Position des herabschauenden Hundes einzunehmen, machte Andrew mit. Er war der Älteste im Raum, und er würde sich in alles verwandeln, was die anderen ihm sagten. Vielleicht konnte EVOLVEment ein paar Regale für die Yogahilfsmittel brauchen, oder einen kleinen Tisch für die Kerzen, damit diese nicht auf dem Boden stehen mussten. Andrew würde darüber meditieren.

17

Elizabeth fuhr rückwärts aus der Auffahrt und legte die vier Sekunden dauernde Fahrt bis zu Zoes Haus im Auto zurück. Sie musste nicht einmal in die Parkposition schalten – Zoe, in einem leichten Sommerkleid und mit einem großen Schlapphut auf dem Kopf, wartete bereits und hopste auf den Beifahrersitz wie ein eifriger Welpe.

»Also, wohin zuerst?« Zoe nahm den Hut ab und legte ihn auf ihre Oberschenkel. »Ich komme mir zwar komisch dabei vor, aber ich will das unbedingt machen. Also, tu so, als sei ich eine ganz normale Kundin und nicht deine Freundin, die in der Midlifecrisis steckt, okay?«

»Du bist der Boss, Boss. Zuerst zwei Apartments in Fort Greene«, erwiderte Elizabeth. »Von der Ausstrahlung her völlig verschieden. Die eine Wohnung liegt im Gebäude der Williamsburgh Savings Bank, mit einem Blick zum Sterben schön, ultramodern, die andere in einem Brownstone in der Adelphi Street und erstreckt sich über die ganze Etage. Beide sind wirklich sehr, sehr hübsch.« Sie setzte den Blinker und bog nach rechts in die Cortelyou Road ein, in Richtung Flatbush. »Nicht weit zur Subway, Restaurants und alles Übrige in unmittelbarer Nähe.« Sie schaute zu Zoe hinüber. »Und wenn du nicht mehr weitermachen willst, hören wir einfach auf, okay?«

»Einverstanden«, sagte Zoe, während sie mit den Ringen an ihren Fingern spielte. »Was gibt es sonst noch zu sehen?«

»Ein paar Eigentumswohnungen in Williamsburg unten am Wasser und eine in Dumbo.«

»Für Williamsburg bin ich zu alt.«

»Du bist retro«, erwiderte Elizabeth. »Wie eine Musikkassette. Die werden alle ausflippen.«

Zoe sackte in sich zusammen, als wäre sie von einer Kugel getroffen. »Autsch«, sagte sie. »Vielen Dank.«

»Also, ich bitte dich«, sagte Elizabeth. »Du sollst dir doch erst mal nur einen Überblick verschaffen, spüren, wie sich das anfühlt. Das wird dir Spaß machen.«

»Wenn du meinst«, sagte Zoe, klappte den Spiegel herunter und trommelte mit den Fingerspitzen auf die zarte Haut unter ihren Augen. »Sehe ich nicht fürchterlich müde aus? Ich habe aber auch miserabel geschlafen. Hundsmiserabel.« Sie drehte sich zu Elizabeth. »Sag mir die Wahrheit.«

Elizabeth wartete, bis die Ampel auf Rot schaltete, dann wandte sie sich auf dem Fahrersitz um, so weit es der Gurt erlaubte. Zoe sah müde aus – doch das taten sie alle. Gefühlsmäßig schien es noch keine Minute her zu sein, dass sie bis zwei Uhr morgens aufbleiben und am nächsten Morgen trotzdem das Bild eines normalen, fitten Menschen bieten konnten. Jetzt vermochte keine noch so große Menge an Make-up die Schatten unter den Augen und den Schlafmangel zu kaschieren. Und genau so sah jetzt Zoe aus, sogar die wunderschöne Zoe.

»Du siehst tatsächlich ein bisschen müde aus«, gab Elizabeth zu.

»Mist, ich wusste es«, sagte Zoe. »Ich schwöre bei Gott, das ist ein verdammtes Komplott. Jane tut alles, um mich wie ein hässliches Monster aussehen zu lassen, damit kein Mensch mehr mit mir schlafen will und ich dann einfach so tue, als würde ich vergessen, wie unglücklich wir sind. Und dann wird sich überhaupt nichts mehr ändern, und ehe wir uns versehen, werden wir zwei alte, traurige, einsame achtzigjährige Weiber sein.«

Ein Kleinbus drängte sich auf ihre Spur, und Elizabeth drückte auf die Hupe. »Ich hasse es, in Brooklyn Auto zu fahren.«

Zoe verdrehte die Augen. »Du klingst wie meine Mutter.«

Die erste Wohnung des Tages, die sie sich anschauten, lag im sechzehnten Stock, mit Blick auf das Barclays Center. Der Verkauf von Zoes Haus würde rasch über die Bühne gehen, wenn sie den Kaufpreis richtig ansetzten, und Zoe wollte zunächst nur ein Gespür dafür entwickeln, wo sie eigentlich wohnen wollte, bevor sie ihr Haus auf den Markt brachten. Falls sie denn tatsächlich verkaufen würden. Falls sie sich tatsächlich trennen sollten. Elizabeth hätte dieses Herumlavieren total verrückt gemacht – in ihren Augen eine komplette Zeit- und Energieverschwendung –, wären sie keine Freundinnen gewesen, was sie jedoch waren, und deshalb war dies das Mindeste, was sie für Zoe tun konnte. Vermutlich spielte sie momentan so etwas Ähnliches wie Fantasy-Football – Leute die selbst keinen Sport trieben, taten so, als hätten sie so etwas wie Kontrolle über den Ausgang der Spiele im Fernsehen.

»Da könnte ich ein Sofa hinstellen«, sagte Zoe und deutete auf die Fensterfront.

»Oder hierher«, schlug Elizabeth vor und deutete auf die gegenüberliegende Wand.

»Die Küche ist ein bisschen klein«, meinte Zoe. Sie hatte recht. In einer Ecke war eine Kochnische mit Ikea-Schränken und einer billigen, schwarz glänzenden Arbeitsplatte untergebracht. Zoe strich mit dem Finger über die Herdkante. »Das ist billigster Schrott.«

»Nicht jeder ist mit einer Spitzenköchin verheiratet«, entgegnete Elizabeth, um die Stimmung aufzulockern, doch vergebens. Zoe kehrte ihr den Rücken zu.

»Ich bald auch nicht mehr«, sagte sie, und damit war die Besichtigung beendet.

Die nächste Wohnung war besser, fühlte sich wärmer an. Als Elizabeth die Tür aufschloss und mit einem halben Schritt

Vorsprung als Erste hineinging, spürte sie sofort beim Überschreiten der Türschwelle, um wie viel wohler Zoe sich hier fühlen würde. Egal, was sie auch behauptete, aber Zoe liebte alles, was alt war, und ein glänzendes, hochmodernes Apartmentgebäude wäre nie die richtige Wahl für sie. Die zweite Wohnung hatte Stuck an den Decken, geschwungene Türöffnungen und hundert Jahre alte Fenster mit welligem Glas. Zoe war begeistert.

»Und da ist der Gemeinschaftsgarten«, erklärte Elizabeth und deutete aus dem Fenster, das nach hinten hinausging.

»Und es sind nur drei Blocks bis zur BAM!« Zoe klatschte in die Hände. Ihre Silberringe blitzten wie Ausrufezeichen. »Die Wohnung hier ist gut, Lizzy.«

Elizabeth wartete im vorderen Zimmer, während Zoe die Nase in alle Schränke steckte. »Willst du mein Maßband?«, rief sie, aber Zoe gab keine Antwort.

In ihrer Jugend hatte Elizabeth sich vorgestellt, als Erwachsene in den verschiedensten Häusern zu wohnen: in einer Mansarde in Paris mit Blick auf eine mit Kopfsteinen gepflasterte Straße; irgendwo am Strand von Kalifornien. Eine Lieblingsbeschäftigung von ihr und Andrew war es, sich die diversen Möglichkeiten auszumalen. Dass er Ideen und Vorschlägen gegenüber so offen war, gehörte zu den Eigenschaften, die sie an ihrem Mann immer geliebt hatte. Peru? Klar! Neuseeland? Warum nicht?! Doch nachdem Harry zur Welt gekommen war und sie ihr jetziges Haus gefunden hatten, war es schwieriger geworden, zu verreisen und das Boheme-Leben zu führen, das sie sich eigentlich für sich ausgemalt hatten. Ihr ganzes Kapital steckte in diesem Haus, in seinen Ziegeln und im Verputz, und wenn sie es verkauften, müssten sie Andrews Eltern um Geld bitten, um an einen Ort ziehen zu können, der ihnen besser gefiel. Und das wollte keiner. Weder Elizabeth noch Andrew, auch seine Eltern nicht. Gerade acht- oder neunmal hatten sie die Reise von der Upper East Side bis Ditmas Park zurückgelegt. Keine Diskussion. Es wurden Vernunftgründe vorgebracht. Als ob das nötig gewesen wäre: Andrews Vater ging am Stock, und seine Mutter konnte sich ohne Angst vor Panikattacken nicht in geschlossenen Räumen aufhalten, weshalb sie in ihrem ganzen Leben bisher nur ein paar wenige Male mit der Subway gefahren war. Selbstverständlich konnten sie einen Wagen nehmen, aber die Entfernung war zu groß. Psychologisch gesehen. Da war es für Elizabeth und Andrew einfacher, einmal im Jahr die Pilgerfahrt in die andere Richtung anzutreten, hinauf zu den Kalksteinhäusern, der Armee aus Türstehern und den gepflegten Mittelstreifen der Park Avenue.

War es schon zu spät für sie, von hier wegzugehen? Sobald Harry die Highschool beendet hatte, wären sie frei, sich eine andere Bleibe zu suchen und in ein Lehmziegelhaus in Santa Fé zu ziehen. Aber würden sie woanders noch Freunde finden? Mit fünfzig? Vielleicht war es besser zu warten, bis sie beide fünfundsiebzig und alt genug waren, um in eine Rentnerkolonie umzusiedeln, irgendwo an der Küste von South Carolina, wo es Shuffleboard und Karaoke gab. Andrew würde eher sterben. Dann schon lieber in die Künstlerkolonie nach Marfa oder in irgendein Kaff im Norden des Staates, in der Nähe des Omega-Instituts. Manchmal betrachtete Elizabeth ihren Mann, und für den Bruchteil einer Sekunde sah er noch immer so aus wie damals mit vierundzwanzig Jahren, mit seinem spitzen Kinn und dem gedankenverlorenen Blick. Er war so viel zorniger als Harry, sogar jetzt noch, nach jahrzehntelangen Versuchen, das Gegenteil von dem zu sein, zu dem er erzogen wurde. Manchmal gelang es ihm, manchmal nicht. Wenn Andrew sich aufregte, sah man ihm an, wie die Wut in seinem Gesicht hochstieg wie in einem Trickfilm: Er wurde rot und röter, bis sein Kopf zu explodieren schien. Meistens war er in der Lage, sich zurückzunehmen, doch manchmal, eher selten, brach die Wut aus ihm heraus. Harry hatte das bisher nur wenige Male in seinem Leben mitangesehen und war jedes Mal postwendend in Tränen ausgebrochen, was auf den Großbrand, der in seinem Vater tobte, dann stets wie ein Feuerlöscher wirkte. Die beiden besaßen die Fähigkeit, beruhigend aufeinander einzuwirken. War Harry wegen eines kaputten Spielzeugs oder eines aufgeschlagenen Knies völlig aus dem Häuschen, trat Andrew ruhig und tröstend auf den Plan. Das perfekte Kindermädchen. Elizabeth war dankbar für die Harmonie und Freude zwischen Vater und Sohn. Man konnte schwer sagen, wann die Persönlichkeit eines Kindes sich verhärtete und verfestigte, aber es schien zu stimmen, dass Harry ein freundlicher und ruhiger Junge war. Ein braver Junge.

»Wow«, sagte Zoe, als sie wieder neben Elizabeth auftauchte, »die Wohnung hier gefällt mir ausnehmend gut.« Sie beugte sich vor und berührte kurz ihre Zehen. »Ich glaube, hier könnte ich leben.«

»Das ist ja großartig«, erwiderte Elizabeth. »Aber du kannst hier nicht wohnen, es sei denn, du willst hier einziehen, bevor du dein Haus verkauft hast, oder du kaufst die Wohnung hier und lässt sie sechs Monate leer stehen. Aber es ist gut zu wissen, wonach du suchst.«

»Oh«, sagte Zoe, »stimmt.«

»Vielleicht könnte es mit dem Timing aber auch klappen. Man weiß schließlich nie, wie lange die Leute brauchen, um umzuziehen. Wir könnten uns mit deinem Haus beeilen und den Kauf hier ein bisschen rauszögern, und wenn du nicht gegen allzu viele andere Interessenten antreten musst, könnte es so funktionieren.«

Bisher hatten sie noch nicht über einen Zeitplan gesprochen. Doch waren die Bälle erst einmal in der Luft, wurde es meistens ziemlich unübersichtlich. Eine Sekunde lang schien der Raum um sie herum zu schwanken, während Elizabeth und Zoe sich ausmalten, wie aus der Wunschvorstellung plötzlich Wirklichkeit wurde. Aber »Wunschvorstellung« war das falsche Wort – eine Wunschvorstellung war eine strohgedeckte Hütte an einem fernen Strand oder ein weißes Pferd und ein Schloss. Der Gedanke, dass Zoe sich tatsächlich scheiden lassen könnte – dass sie *Single* wurde –, war entsetzlich.

Leute trafen andauernd die Entscheidung, eine Ehe zu beenden, aber ihnen beiden war das noch nie passiert. Minutenlang sahen sie einander betroffen an. Wenn Zoe und Jane das tun konnten, konnte auch sie es, überlegte Elizabeth. Wie ein Blitz schoss dieser Gedanke durch ihren Kopf und verschwand ebenso schnell wieder.

»Können wir uns einen Moment setzen?«, fragte Zoe.

»Natürlich«, sagte Elizabeth. Sie hatten noch weitere Termine an diesem Tag, aber die meisten Objekte, zu denen sie Schlüssel besaß, waren unbewohnt wie dieses. Es würde ihren Zeitplan schon nicht durcheinanderbringen, wenn sie noch ein paar Minuten hier verbrachten. So wurden in ihrem Geschäft Entscheidungen getroffen: Man saß in leeren Zimmern und lauschte den Tagträumen irgendwelcher Leute über Möbel und zukünftige Kinder.

Sie setzten sich auf den Boden im Wohnzimmer oder, besser gesagt, des Raumes, der einmal das Wohnzimmer werden sollte, sobald jemand einzog. Elizabeth hatte die Beine ausgestreckt und an den Knöcheln überkreuzt, während Zoe sich an die Wand gegenüber lehnte, die Knie angewinkelt. Der Holzfußboden glänzte, nur in den Ecken sammelten sich aufsässige Wollmäuse. Es war nahezu unmöglich, einen leeren Raum vollkommen sauber zu halten.

»Ich bin schon mal durchs Haus gegangen und habe in

Gedanken eine Liste mit ihren und meinen Sachen erstellt«, sagte Zoe. »Es ist erstaunlich einfach.«

»Ja? Was, zum Beispiel?«

Zoe zählte die Gegenstände an den Fingern ab. »Die schönen Teppiche gehören alle mir, die Küchensachen ihr. Der Koffer, den wir vom Flohmarkt haben, ist meiner, auch der größte Teil der Schallplatten. Die scheußliche Lampe, die ich nie leiden konnte, gehört ihr.«

»Plus Bingo.«

»Bingo ist nicht verhandelbar.« Zoe legte den Kopf so weit in den Nacken, dass Elizabeth nur noch ihre Kehle sah. »Ruby wiederum …«

»Was ist los mit Rube?«

»Es ist so typisch.« Zoe senkte den Kopf und leckte sich über die Lippen. »Teenager in dem Alter sind alle gleich. Weißt du noch, was für Zicken wir damals waren? Das heißt, du nicht, ich schon. Genau das ist Ruby momentan – eine unsägliche Zicke. Nicht ständig, natürlich. Wenn ihr der Bauch weh tut oder die Nase läuft, kriecht sie noch immer zu mir ins Bett und kuschelt, aber sonst? Vergiss es! Sie behandelt mich wie eine Gefängnisaufseherin. Aber nicht wie eine nette Aufseherin, die mit der Extraportion Seife, nein, wie eine ganz fiese, die gleich mit dem Schlagstock daherkommt. Es ist manchmal richtig schlimm.«

»Und wie reagiert Jane darauf?« Elizabeth hatte im Lauf ihres Lebens oft miterlebt, dass Ruby sich wie eine Zicke benahm, aber sie versuchte, diese Erkenntnis zu unterdrücken. Die Kinder von Freunden nicht zu mögen war noch schlimmer, als deren Partner zu verabscheuen. Und es war schließlich nicht so, dass Elizabeth Ruby nicht *mochte* – sie war oft witzig und düster auf eine Weise, die Elizabeth amüsant fand –, aber ein Hauch von Zicke schwang immer mit, das stimmte. Allerdings konnte man das unmöglich laut aussprechen, egal, wie sehr es auch der Wahrheit entsprach. Als die Kinder noch klein waren, hatten sie und Zoe sich mit einer anderen Mutter aus der Nachbarschaft angefreundet. Der Filius dieser Dame war ein schreckliches Früchtchen, und so konnten sie es sich nicht verkneifen, ihr zu verstehen zu geben, dass der Knabe ihnen vorkam wie die Miniaturausgabe eines Serienkillers in Ausbildung, woraufhin die Dame jeden Kontakt zu ihnen einstellte. Bald zog sie ganz weg aus dem Viertel; um näher an einer Strafanstalt zu sein, wie Elizabeth vermutete, je nachdem, in welchen Knast es ihren Sohn verschlagen sollte. Die Leute wollten solche Dinge allerdings einfach nicht hören.

»Jane ist ein hoffnungsloser Fall. Sie versucht es erst gar nicht. Das ist natürlich viel leichter. Jane und Ruby können miteinander zum Essen gehen und dabei tausend Chicken Wings verspeisen, ohne mehr als drei Worte zu wechseln. Die beiden verstehen sich wie zwei echte Kumpels. Ruby sagt nie, dass sie Jane hasst. Sie hasst nur mich.«

»Ruby hasst dich doch nicht«, widersprach Elizabeth.

Zoe verschränkte die Finger. »Weißt du noch, als wir uns um nichts anderes Sorgen machen mussten als darum, ob sie beim Stillen genug Milch bekommen und wie ihre Kacke aussieht?« Sie lachte. »Eltern zu sein ist der einzige Job, der von Jahr zu Jahr härter wird, ohne dass man auch nur eine einzige Gehaltserhöhung bekäme.«

»Ich gebe dir hiermit eine Gehaltserhöhung«, sagte Elizabeth, stand auf und streckte Zoe die Hand hin. »Harry hat erzählt, dass er mit Rube zusammen im SAT-Vorbereitungskurs sitzt. Wusstest du das?«

»Eher erfahre ich vom Postboten was über meine Tochter als von ihr direkt«, erwiderte Zoe. »Aber das ist schön. Wie immer sehr ritterlich, vermute ich?«

»Vermutlich«, sagte Elizabeth. Sie wollte gerade ansetzen,

den Ausdruck aus Ungläubigkeit und Glück auf Harrys Gesicht zu beschreiben, als er es erwähnt und sich dabei so angestrengt hatte, gleichgültig zu wirken, aber sie verkniff es sich. Ruby hatte, genauso wie Zoe, ein langes Leben voller Bewunderung vor sich, und Elizabeth war der Ansicht, dass sie nicht noch Öl ins Feuer gießen musste. Egal, wie alt man wurde, man schleppte stets das eine oder andere Päckchen aus seiner Kindheit mit sich herum: die Gemeinheit einer abgebrühten Klassenkameradin oder die schmachtende Sehnsucht einer Streberin für jemanden, der ihre Zuneigung nicht erwiderte. Elizabeth erkannte viel von sich selbst in Harry wieder, in seinen wortlosen Schwärmereien und seinen vermeintlichen, jedoch für alle offensichtlichen Geheimnissen. Es war schwer, ein Junge zu sein. Aber ebenso schwer, ein Mädchen zu sein. »Gehen wir«, sagte Elizabeth und öffnete die Eingangstür, froh über den Straßenlärm, der in die Wohnung strömte und sie mit etwas anderem als ihren eigenen Gedanken erfüllte.

18

Ruby hatte keine Lust, im Restaurant zu arbeiten, aber ihre beiden Mütter ließen ihr keine andere Wahl. Entweder Empfangsdame im *Hyacinth* oder ein Job anderswo. Und anderswo hieße, einen Lebenslauf vorzulegen und ein Bewerbungsgespräch zu absolvieren, ganz zu schweigen von den Klamotten, die sie dann bei Banana Republic kaufen müsste oder wo auch immer Langweiler mit langweiligen Jobs sonst ihre langweiligen grauen Hosenanzüge und weißen Button-down-Hemden erstanden. Chloe war den ganzen Sommer über in Frankreich, und Paloma verbrachte den Juni im Landhaus ihrer Eltern, bis sie für einen weiteren Monat nach Sardinien ins dortige elterliche »Häuschen« flog. Nicht dass sie Ruby fehlten. Sarah Dinnerstein blieb den ganzen Sommer über im Land, und das passte Ruby auch nicht in den Kram. Kaum waren Abschluss samt Feier vorüber, begriff Ruby, dass das alles nichts weiter gewesen war als ein abgekartetes Spiel – nicht die Zeremonie an sich, aber die Jahre zuvor. Am liebsten hätte sie sich in ein Zeugenschutzprogramm irgendwo in Wyoming aufnehmen lassen, dort gelernt, wie man Pferde zureitet, vielleicht einen Cowboy geheiratet, nur so aus Spaß einen Strahl Kautabak in eine Dose gespuckt. Alles, um Brooklyn und ihrem eigenen Leben zu entkommen. Aber sie steckte fest.

Allie, die bisherige Empfangsdame im *Hyacinth* und Rubys ehemalige Babysitterin, schien unerwartet gegangen zu sein, doch das passierte häufig in der Dienstleistungsbranche. Deshalb bräuchten sie ganz schnell einen Ersatz, sagte ihre Mom, und wer wäre schneller als Ruby? Also willigte sie ein, die Mittagsschicht zu übernehmen – unter der Woche eine eher gemütliche Veranstaltung – und zudem die Brunch-Schicht plus Abendessen nach dem Kurs am Samstag und von zehn Uhr früh bis drei Uhr nachmittags an den Sonntagen, wobei man sich immer vorkam wie ein Fußsoldat auf einem überlaufenen Schlachtfeld. Brunchen war in Rubys Augen eine alberne Angelegenheit, aber ihre Mütter wurden nicht müde, sie daran zu erinnern, dass diese langen Nachmittage mit Eiern in allen erdenklichen Variationen und Champagner mit Orangensaft immerhin ihre Schulausbildung finanziert hatten. Dafür konnte sie die Leute jetzt wenigstens an ihre Tische geleiten und ihnen einen guten Appetit wünschen. Es musste ihr ja keinen Spaß machen.

Das Stehpult der Empfangsdame befand sich gleich hinter der Tür, schräg gegenüber der Bar. Jorge, der tagsüber hinter dem Tresen stand, arbeitete auch als Stand-up-Comedian und übte gern an Ruby, während sie dasaß und auf Gäste wartete. Als Barkeeper war er ganz passabel, aber als Comedian ein Versager. Die aktuelle Nummer handelte davon, dass niemand mehr auf die Werbung achtete. Ruby hörte zwar nicht genau hin, aber es schien um eine Gruppe alter weißer Männer zu gehen, die an einem Konferenztisch saßen und sich darüber aufregten. Jorge würde wohl für immer Barkeeper bleiben. Ruby lachte aufmunternd, als er zu reden aufhörte, in der Annahme, dass er fertig war. Sie hatte ihr Handy vor sich auf dem Stehpult liegen und spielte Candy Crush, Level vierundzwanzig.

»Hallo? Hast du ihn jetzt gesehen oder nicht?« Jorge rieb mit einem Geschirrtuch Gläser trocken – drehen und stapeln, drehen und stapeln.

»Wovon redest du?« Ruby blickte von ihrem Handy auf.

Jorge deutete in die linke Fensterecke. »Schau, da draußen. Kennst du den weißen Knaben, Casper, das Gespenst? Er läuft jetzt seit ungefähr fünf Minuten immer hin und her und starrt dich an.«

Ruby schaltete ihr Telefon aus und sprang vom Hocker, schlich auf Zehenspitzen bis zum Ende der Bar und spähte aus dem Fenster. Draußen stand Dust, sein Skateboard auf dem Fuß, an die Fassade der mexikanischen Bäckerei nebenan gelehnt. »Oh, Scheiße«, murmelte Ruby und eilte zurück auf ihren Posten.

»Du kennst ihn?«, fragte Jorge. »Soll ich rausgehen und ihm sagen, dass er sich vom Acker machen soll?«

»*Sich vom Acker machen?* Wer bist du – ein alter Mann? Keine Ahnung. Nein, vielen Dank. Damit werde ich schon selbst fertig. Bin gleich wieder da.« Ruby schob Jorge einen Stapel Speisekarten hin. »Nur für den Fall.«

Sie schob ihre Haare hinter die Ohren und stemmte die schwere Eingangstür des *Hyacinth* auf. »Hey!«, sagte sie zu Dust. Er rauchte und starrte in die Luft, zwei seiner Lieblingsbeschäftigungen. »Was treibst du da, du Stalker?«

Dust sah sie auf sich zukommen, lächelte und breitete weit beide Arme aus.

Ruby stieß seine Hände beiseite und verschränkte die Arme vor der Brust. »Was machst du hier?«

»Ich wollte sich sehen. Ich habe gehört, dass du hier arbeitest.« Dust fuhr sich mit der Zunge über die scharfe Kante seines abgebrochenen Zahns. »Ich war gleich um die Ecke – das ist kein abgefahrener Stalker-Shit.«

Dust hatte tatsächlich einen Freund, der an der Westminster Road wohnte. Er hieß Nico und baute im Wandschrank und in den Blumenkästen vor seinem Schlafzimmer Marihuana an. »Schön«, sagte Ruby. »Jetzt hast du mich gesehen.« Sie rührte sich nicht.

»Ist dieser Knabe jetzt dein Freund? Dein kleiner Privatschul-Ninja-Bodyguard? Kommt mir ein bisschen jung vor für dich.« Dust hielt den Kopf schief. »Vermisst du mich?«

Ruby vermisste Dust irgendwie schon, aber sie hätte sich

lieber bei lebendigem Leib von Kanalratten verspeisen lassen, als dies zuzugeben. Vor allem vermisste sie seinen Körper und diesen abgebrochenen Zahn. Es machte eben Spaß, mit jemandem zu reden, der zu flirten verstand, und das auch noch, während er Skateboard fuhr. Harry hatte keine Ahnung vom Flirten. Das war auf eine gewisse Art auch unterhaltsam, aber manchmal war Ruby es leid, sich wie Mrs. Robinson zu fühlen. Sie hatte bereits beschlossen, Harry zu küssen, falls er jemals versuchen sollte, bei ihr zu landen. Doch inzwischen war sie an dem Punkt angelangt, eine Entscheidung treffen zu müssen, ob der Wunsch, ihn zu küssen, letztendlich stark genug war, um selbst die Initiative zu ergreifen. Die Whitman High war eine kleine Schule – hätte Harry schon mal jemanden geküsst, wüsste sie es wahrscheinlich. Hier gab es keine Heimlichkeiten – die Schule war so überlaufen, dass man sich ständig an Paaren vorbeischieben musste, die neben ihren Spinden herumknutschten. Nicht wie im Film, wo es Zuschauertribünen und Football-Felder und andere einsame Ecken gab. So richtig zur Sache ging es am hinteren Treppenaufgang, und Ruby selbst war hier bereits mehrmals in Aktion gewesen. Harry Marx auf der Hintertreppe? Das wäre so, als würde man Dust in einem SAT-Vorbereitungskurs überraschen. Das passte einfach nicht zusammen. Aber vielleicht mit ein wenig Übung.

»Ich muss wieder zurück an die Arbeit«, sagte Ruby.

»Schick mir ’ne SMS«, sagte Dust, zwinkerte ihr zu, ließ sein Board auf den Boden knallen und sauste davon, noch ehe sie nein sagen konnte.

19

Elizabeth schätzte sich ungern als analen Typus ein, aber sie mochte es in der Tat, wenn alles seine Ordnung hatte. Wäre sie besser in Mathematik gewesen, hätte sie Architektin werden können. Nicht zuletzt deswegen war sie so gut in ihrem Job, in dem es jede Menge Papierkram gab – Angebote, Tabellen, seitenlange Verträge. Elizabeth' Unterlagen waren stets perfekt sortiert. Es fühlte sich einfach gut an, alles am richtigen Platz zu wissen. Gottesfurcht an sich war für sie kein Thema, doch wenn, dann wäre Sauberkeit für sie gleich danach gekommen. Als sie im Gästezimmer beim Aufräumen war, bemerkte sie, dass sich die Ablagekästen nicht in der richtigen Reihenfolge befanden. Alles war chronologisch geordnet – ihre Kindheit, Andrews Kindheit, die Erinnerungsstücke an *Kitty's Mustache,* die Ordner mit alten Briefen, Harrys Kindheit. Der Kasten mit den Sachen von *Kitty's Mustache* stand auf dem Regal ganz rechts, drei Plätze weiter, als er eigentlich stehen sollte, und der Deckel war verkehrt herum aufgelegt. Elizabeth holte den Kasten herunter und stellte ihn auf den Boden.

Sie kannte jedes Stück Papier in der Box: jeden Presseausschnitt, jedes Foto. Anfangs hatte sie diese Dinge als Erinnerung an einen besonderen Abschnitt ihrer Jugend gesammelt, doch nach Lydias Tod schien das alles noch an Bedeutung zu gewinnen. Niemand außer ihr besaß Bilder der ersten Proben von *Kitty's Mustache* oder von Lydia mit ihren Trommelstöcken, die auf dem Fußboden in einem Schlafsaal saß. Niemand hatte Aufnahmen von Lydia lachend und im Sweatshirt mit Pferdeschwanz. Das waren kulturelle Artefakte, wie die Knochen von Dinosauriern Beweise für ein früheres Leben und für Elizabeth so wertvoll wie ihre Hochzeitsfotos.

Es fehlten ein paar Bilder – zwei Aufnahmen der Band, einschließlich Elizabeth' Lieblingsfoto, das ihrer Eitelkeit schmeichelte und auf dem sie mit dem dunklen Lippenstift und dem langen, schwarzen Rock aussah wie eine Hohepriesterin. Für sieben Dollar hatte sie das Kleid damals im Laden der Heilsarmee in Elyria gekauft; es war so lang, dass es auf dem Boden hinter ihr herschleifte, bis der Polyestersaum nach einigen Monaten des innigen Kontakts mit dem Straßenpflaster begann, auszufransen und sich aufzulösen.

»Andrew?«, rief Elizabeth.

»Ja?« Es klang, als wäre er in der Küche.

»Kannst du mal hochkommen?« Sie sichtete den Stapel noch einmal. Es fehlten definitiv drei Fotos, sie war sich ziemlich sicher.

»Hey«, sagte Andrew und biss in einen Apfel. »Was gibt's?«

»Hast du dir meine Fotos angeschaut und was weggenommen?« Elizabeth hielt eines der Bilder mit einem Porträt der Band in die Höhe. »Kannst du dich noch an deine Holzfällerhemdenphase erinnern?«

Andrew schüttelte den Kopf. »Gott, die habe ich mir ja seit Jahren nicht mehr angeschaut.« Er trat in das Zimmer und nahm Elizabeth das Bild aus der Hand. »Mann, wir sehen verdammt cool aus. Stimmt's? Oder etwa nicht? Du siehst unglaublich aus.«

»Ja, ich glaube schon. Damals zumindest. Du siehst immer noch so aus.« Sie küsste ihn auf die Wange. Andrew gab ihr das Foto zurück, biss erneut in den Apfel und schickte einen Strahl saftiger Gischt in die Luft.

»Spritz mir meine Erinnerungen nicht voll«, sagte Elizabeth und wischte das Bild an ihrer Bluse ab. »Es ist merkwürdig, aber ich bin mir sicher, dass ein paar Fotos fehlen. Du glaubst doch nicht, dass Harry sie genommen haben könnte, oder?« Sie senkte die Stimme. »Ist er in seinem Zimmer?«

Andrew nickte. Elizabeth legte das Bild wieder zurück in den Kasten, stand auf, wischte den Staub von ihren Fingern, zwängte sich an Andrew vorbei und klopfte an Harrys Zimmertür. Auf seine gedämpfte Antwort hin drehte sie am Türknauf und öffnete die Tür.

Harry saß im Schneidersitz auf dem Bett, vor ihm lag aufgeschlagen ein Begleitheft des SAT-Kurses. Um den Hals trug er seine übergroßen Kopfhörer, die seinen Schädel seltsam klein erscheinen ließen, als wäre er in einen Kampf mit einem Voodoo-Schamanen geraten.

»Hey, Mom«, sagte Harry. Er hatte dunkle Schatten unter den Augen. So hatte Elizabeth ihn noch nie gesehen. Als hätte er nicht genügend geschlafen. Am liebsten hätte sie ihn auf den Arm genommen und geschaukelt, obwohl er inzwischen wahrscheinlich genauso viel wog wie sie.

»Hallo, Schatz«, sagte Elizabeth. Sie wusste auch nicht genau, warum sie ihn überhaupt fragte – Harry hatte noch nie etwas genommen, das nicht ihm gehörte, weder eine Packung Kaugummi aus dem Supermarkt noch an Halloween zu viele Süßigkeiten aus der Schüssel eines Nachbarn. Flunkern kannte er nicht. Harry war ihr kleiner Goldschatz. Wann immer sie mit anderen Müttern von Kindern aus seiner Klasse zusammenkam, hörte sie sich an, wie diese sich beschwerten und über ihre häuslichen Monster klagten, und quittierte alles mit einem Lächeln und einem höflichen Nicken. »Wahrscheinlich eine blöde Frage, aber warst du zufälligerweise an meinen Ablagekästen?« Sie deutete auf die Wand. »Du weißt schon, im Gästezimmer?«

Harry hätte jeden Pokerspieler sehr, sehr glücklich gemacht. Weinerlich verzog er das Gesicht, und seine Unterlippe begann zu beben. »Mhh-hm«, antwortete er kleinlaut.

Elizabeth machte einen Schritt in sein Zimmer, die Hand am Türrahmen. »Schatz, was ist denn?«

Er versuchte, nicht in Tränen auszubrechen. »Es waren doch nur ein paar Fotos. Ich dachte nicht, dass du sie vermissen würdest. Hätte ich das gewusst, hätten wir es nicht getan.«

»Wer ist wir?«, fragte Elizabeth. Harrys Freunde gehörten alle zur gleichen Sorte Jungen mit Brille und fleckigen Sneakers, die noch mit Jogginghosen in die Schule gegangen waren, als schon längst etwas anderes angesagt war. Arpad, Max, Joshua – diese Jungen waren keine Diebe, sondern ein kunterbunter Haufen wie damals die Langweiler mit den eckigen Brillengestellen und dem Überbiss, an die sie sich noch aus ihrer Schulzeit erinnern konnte.

»Ich und Ruby«, sagte Harry. »Sie dachte, die sind einen Haufen Geld wert.« Seine Miene hellte sich kurz auf, da er glaubte, die nun folgende Information könnte ihn vor größerem Ärger bewahren. »Und sie hatte recht! Wir sind schon weit über dem Mindestpreis, sieh mal!« Er klappte seinen Laptop auf, drückte ein paar Tasten und drehte den Bildschirm so, dass seine Mutter etwas sehen konnte. Nicht zu glauben, aber da waren tatsächlich ihre Fotografien auf eBay, und jede stand schon bei über zweihundert Dollar.

»Verdammt«, sagte Elizabeth. Das sah ihm in vielerlei Hinsicht gar nicht ähnlich, war viel zu geschäftstüchtig, zu hinterhältig, zu gedankenlos.

Andrew steckte seinen Kopf ins Zimmer. »Hast du sie gefunden?«

»O ja, wir haben sie gefunden. Ruby Kahn-Bennett hat sie auf eBay gestellt.« Sie griff sich den Computer von Harrys Bett und zeigte Andrew den Bildschirm.

»Willst du uns verscheißern? Was hast du als Nächstes vor? Willst du den Fernsehapparat verkaufen, um Kohle für Drogen aufzutreiben?« Andrew legte seine Stirn in tiefe, regelmäßige Falten wie die Linien auf einem Blatt Papier.

»Sorry«, sagte Harry und zuckte die Schultern. »Ich weiß, dass ich das nicht hätte tun sollen, aber Ruby war der Ansicht, dass es nichts Schlimmes ist und dass wir viel Geld dafür bekommen werden …«

»Geld, das du wie anlegen wolltest? In einen Blumenstrauß für deine Mutter?« Andrews Stimme drohte zu kippen, was Elizabeth alarmiert aufhorchen ließ. Er schrie seinen Sohn nie an – vielleicht dreimal war das in den letzten sechzehn Jahren vorgekommen. Elizabeth wusste, wie wichtig es für ihn war, sich nicht gehenzulassen. Andrews Angewohnheit, wegen jeder Belanglosigkeit wie eine Rakete in die Luft zu gehen, war in ihrer Jugend ein Problem gewesen, aber seit der Geburt ihres Sohnes hatte sich das beinahe vollständig gelegt.

»Keine Ahnung«, sagte Harry. »So weit habe ich nicht gedacht.« Seine Wangen glühten.

»Andrew, entspann dich«, sagte Elizabeth. Sie ärgerte sich, dass Harry die Fotos genommen hatte, aber es war klar – mehr als offensichtlich –, dass es nicht seine Schuld war. Ruby hatte ihn verhext. »Es war Rubys Idee.«

»Und macht das die Sache vielleicht besser? Ich werde Zoe anrufen. Gleich jetzt.« Andrew nahm sein Handy aus der Hosentasche und wählte Zoes Nummer. Damals in der Band hatte es zwei strikt getrennte Lager gegeben: auf der einen Seite Elizabeth und Zoe, auf der anderen Lydia und Andrew. In der Theorie waren Andrew und Zoe Freunde, nur in der Praxis eben nicht. Manchmal fragte Elizabeth sich, wie ihr Leben wohl verlaufen wäre, hätte sie sich damals besser mit Lydia als mit Zoe verstanden. Welchen Dominoeffekt das ausgelöst hätte.

»O mein Gott«, stöhnte Harry und schlug die Hände vors Gesicht.

»Es ist nicht deine Schuld«, sagte Elizabeth. Man hatte ihn dazu gezwungen, so einfach war das.

20

Nachdem er erst Zoe – und dann Jane – wegen des Diebstahls ihrer verbrecherischen Tochter lautstark beschimpft hatte, brach Andrew zu einem Spaziergang um den Block auf, aber nicht in Richtung der Kahn-Bennetts. Nur für den Fall, dass die drei, bereit für eine Revanche, böse Blicke aus dem Fenster werfen könnten. Andrew spürte sein Blut in den Ohren rauschen. Er atmete laut durch den Mund aus. Und dann noch einmal. Das, was Harry angestellt hatte, war nicht so schlimm, das wusste er. Aber es war hinterhältig und falsch, weil Zoe als Mutter eine ebensolche Niete war wie als Mensch. Sie war schon immer absolut eigensüchtig gewesen. Nur Elizabeth vermochte das nicht zu sehen, weil Zoe sie wie einen Hund behandelte. Schlimmer als einen Hund! Zoe liebte ihren Hund, aber Andrew war sich nicht sicher, ob sie dieselben Gefühle für seine Frau hegte.

Ehe er es sich versah und ihm klarwurde, dass dies sein eigentliches Ziel war, fand Andrew sich vor dem Haus von EVOLVEment wieder und eilte, zwei Stufen auf einmal nehmend, die Vortreppe hinauf. Die Tür stand offen, und drinnen fand gerade eine Gruppenmeditation statt. Ein Mädchen mit zwei kunstvoll um den Kopf geschlungenen Zöpfen winkte ihn heran und deutete auf eine Decke im vorderen Teil des Raums, wo Dave saß. So lautlos wie möglich stieg Andrew über die Sitzenden hinweg und ließ sich auf seinem Platz nieder. Noch während er die Augen schloss, fühlte er sich bereits besser. Eine gefühlte Ewigkeit saß er schweigend da – vielleicht fünfzehn Minuten, vielleicht aber auch eine Stunde. Dann schlug Dave eine tibetische Klangschale an, um die Meditierenden wieder zurückzuholen, und alle fingen an, sich zu dehnen und zu strecken, rieben sich die Knie und das

Gesicht. Als Andrew die Augen aufschlug, bemerkte er, dass Dave ihn lächelnd ansah.

Bisher hatte Andrew die oberen Räume noch nicht gesehen und fühlte sich geschmeichelt, als Dave ihm einen Rundgang vorschlug. Wie im Erdgeschoss waren auch hier die Treppen und Flure weiß gestrichen, auch die wenigen Teppiche und Vorhänge waren in Weiß gehalten, was den Räumlichkeiten eine größere Weite verlieh, als sie eigentlich besaßen. Die meisten Häuser in Ditmas Park waren viktorianisch, eine freundliche Umschreibung für kleine, dunkle Zimmer mit viel Holz, doch dieses Haus war durch die Hände so vieler Vorbesitzer gegangen, dass vom ursprünglichen Innenausbau nichts mehr vorhanden war. Junge Menschen liefen barfuß umher, ihre Fußsohlen erzeugten leise, schmatzende Geräusche. Nicht so wie in den Yogastudios in Park Slope, wo alle Neunzig-Dollar-Yogahosen trugen, so dass die Logos auf ihren Hinterteilen eine perfekte Linie bildeten, wenn sie in den herabschauenden Hund gingen. Diese jungen Leute hier trugen das, wozu sie Lust hatten: irgendwelche Shorts und T-Shirts und hauchdünne Kleidchen. Ein junger Mann, der sich neben der Küche aufhielt, trug ein Hippie-Stirnband mit Blumen und einen offenstehenden Bademantel – ein Hugh Hefner der Generation Y. Andrew strich mit der Hand über das Treppengeländer. Er und Elizabeth waren, was die Einrichtung betraf, stets Minimalisten gewesen, aber hier bei EVOLVEment wurde der Wunsch in ihm wach, sich alles Überflüssigen zu entledigen – er wollte nur noch weiße Wände und luftige Fenster um sich haben.

»Das ist einer der Räume für Körpertherapien«, sagte Dave. »Für Reiki und Massagen. Wir haben so viele talentierte Körperarbeiter in unserer Gemeinschaft.« Er ging weiter, Andrew einen halben Schritt hinter sich. »Das ist ein weiterer Behandlungsraum.« Eine junge Frau lag auf dem Rücken, während jemand eine Flüssigkeit auf ihre Stirn träufelte. »Ayurveda.«

»Wer wohnt jetzt eigentlich hier?«, fragte Andrew.

»Momentan sind wir zu sechst – ich, Jessie, die du, glaube ich, bereits getroffen hast« – Dave deutete auf das Mädchen mit den Zöpfen –, »drei Artists-in-Residence plus Salome, die am Freitagabend die kosmische Trance anleitet. Sie ist fantastisch, du solltest mal kommen. Die *vibrations* hier im Haus sind unglaublich. Ich schwöre dir, noch drei Tage danach sind sie überall zu spüren.«

»Das werde ich«, sagte Andrew.

Es gab noch mehr Zimmer, in denen Feigen und Gummibäume standen, Zimmer mit Futons und Kerzen am Boden und allen möglichen Musikinstrumenten. Gelegentlich näherte sich ihnen eine junge Frau oder ein junger Mann und berührte Dave sanft lächelnd am Arm. Andrew wünschte sich, für immer hierbleiben zu können.

»Braucht ihr vielleicht jemanden für ein paar Einbauten?«, fragte er. »Ich habe gerade mit dem Schreinern angefangen und würde euch gern helfen.«

Dave klopfte Andrew auf den Rücken. Er roch nach Salbei und Sandelholz. »Das wäre super, Mann. Das fänden wir ganz toll. Und wenn du mal hier schlafen willst, nur zu. In irgendeinem Bett ist immer Platz.«

»Danke«, sagte Andrew. Es war nicht klar, ob die Betten, die Dave ihm anbot, bereits belegt waren oder nicht, aber das schien der Fall zu sein. Jessie, das Mädchen mit den Zöpfen, kam mit raschen Schritten auf sie zu wie eine Ballerina, in jeder Hand eine kleine Tasse.

»Ihr müsst unbedingt den Saft probieren, den ich gerade gemacht habe«, sagte sie. Jeder nahm sich eine Tasse und führte sie an seine Lippen.

Der Saft war grün und voll faserigem Fruchtfleisch, das zwischen Andrews Zähnen hängen blieb. Dave schien kein Problem damit zu haben, das Gebräu hinunterzuschlucken. »Was ist da drin?«, fragte Andrew. Der Geschmack war merkwürdig, fast wie Medizin, und blieb noch lange an seinem Gaumen haften.

»Grünkohl, Chilischoten, Anis, Apfel, Orange, Johanniskraut und noch ein paar andere Zutaten. Schmeckt gut, oder?«

»Köstlich«, sagte Dave und zupfte an seinem Bart. »Hmm.«

»Sag ich doch«, erwiderte Jessie, trippelte auf Dave zu und küsste ihn auf den Mund. Dann drehte sie eine Pirouette und ging den Weg zurück, den sie gekommen war.

An der Jugend war nichts fair: Die Jungen hatten nichts getan, um sie zu verdienen, und die Alten konnten nichts dafür, wenn sie sich allmählich davonstahl. Andrew dachte an Harry und die Fotos, er dachte an Ruby und ihr lilafarbenes Haar, und obgleich ein Teil von ihm Zoe und Jane am liebsten gleich noch einmal angerufen und sie erneut beschimpft hätte, war sein größter Wunsch jedoch der, zu erfahren, warum Harry kein Kind mehr war, wie aus seinem kleinen Jungen ein Teenager hatte werden können und wie es möglich war, dass er – Andrew Marx! – in Kürze fünfzig Jahre alt würde. Ganz gleich, was auf welcher In-Liste stand: dass Fünfzig das neue Dreißig sei. Harry würde anfangen, Sex zu haben, Andrew würde Großvater werden, und irgendwann würde er sterben. Eine Kette von Ereignissen, die er nicht aufhalten konnte, selbst wenn er das ganze Geld seiner Eltern besäße. Sie hatten es versucht – die Sportwagen in der Garage im Landhaus in Connecticut, die »Kosmetikbehandlungen« seiner Mutter alle drei Monate, um die Falten und Altersflecken aus ihrem Gesicht verschwinden zu lassen –, aber das war alles nur ein letztes, jämmerliches Aufbäumen.

Andrew wollte die Zeit nur für eine kleine Weile anhalten und so tun, als sei er noch immer jung genug, um etwas zu leisten, das von Bedeutung war. Er wollte sich in ein ruhiges Zimmer setzen, Saft trinken und darauf warten, dass all die jungen Körper um ihn herum zu tanzen begannen.

21

Seit Wochen hatte Harry die Entscheidung hin und her gewälzt – jeden Tag seit drei Wochen, seit Rubys Abschlussfeier. Er würde sie küssen. Mit Zunge. Wenn es das war, was sie wollte. Wenn sie ihn gewähren ließ! Es war jedoch unklar, wie man es anstellte, dass es überhaupt zu einem Kuss kam. Offensichtlich mussten sie allein sein, und sie mussten nahe genug beieinandersitzen, damit Harry nicht gezwungen war, mit geschlossenen Augen und offenem Mund wie ein Zombie quer durch das Zimmer zu spurten. Der ganze Rest hingegen war ihm unklar.

Seit dem Großen Diebstahl von 2014 hatten er und Ruby nicht mehr miteinander gesprochen. Harrys Eltern hatten sich aufgeführt, als hätte Ruby den Code für die Atombombe aus der Aktenmappe des Präsidenten gestohlen. Ihm kam das Ganze zunächst nicht so schlimm vor. Zumindest nicht, bevor sie aufgeflogen waren. Harry hasste es, Schwierigkeiten zu haben, aber ebenso unangenehm war es ihm, dass Ruby jetzt von ihm dachte, er würde sie hängenlassen. Er hatte versucht, sich eine Möglichkeit zu überlegen, wie er ihr beiläufig mitteilen könnte, dass er sie nicht verpfiffen hatte, aber weiter als bis zu einer SMS war er bislang nicht gekommen: HEY mit einem Emoji für eine Bombe und dem Gespenst, das seine Zunge herausstreckt. Noch nicht sehr vielversprechend.

Es war Freitagmorgen. Die ganze Woche über hatte er nur untätig herumgehangen. Am Mittwoch sah er sich einen beschissenen Film mit Yuri an, einem seiner wenigen Freunde von der Whitman High, der nicht weg war und den Sommer über irgendwelche tollen Sachen machte. Die meisten Mitschüler verbrachten die Ferien in ihren Sommerhäusern oder waren auf Rucksacktour durch Neuseeland, Israel oder

Frankreich. Yuri wohnte in Windsor Terrace und arbeitete bei Starbucks. Wenn Harry ihn besuchte, gab es immer umsonst Eiskaffee für ihn. Am Freitag fuhren Harry und seine Eltern zu dem tibetischen Restaurant an der Bahn. Die ganze Zeit über, eine Woche lang, hatte Harry sich vorgestellt, wie er den Raum seines SAT-Kurses betrat, und sich die bange Frage gestellt, ob Ruby weiterhin neben ihm sitzen würde.

In unmittelbarer Nachbarschaft standen drei Häuser zum Verkauf, und seine Mom hatte sie alle im Programm – eines an der Newkirk Avenue, eines am Ende ihres Blocks und ein weiteres drüben an der Stratford Road. Mitunter schleppte sie Harry mit, wenn sie die Objekte für die Besichtigungen herrichtete. Es machte ihm sogar Spaß, überdimensionale Glasschüsseln mit Granny-Smith-Äpfeln zu füllen. So Deko-Kram eben. Das kam ihm zwar albern vor, aber seine Mutter beharrte darauf, dass es funktionierte. So als würde ein Mensch sagen: *Wow, ich* liebe *Äpfel. Also* muss *ich dieses Haus kaufen.* Erfahrungsgemäß hieß das allerdings nichts anderes, als dass seine Mutter die meiste Zeit über nicht ansprechbar war. Sein Dad ebenso wenig.

Da die Abgabe von Geboten noch nicht abgeschlossen war, konnte Elizabeth die Listung auf eBay rückgängig machen. Zoe und Ruby hatten die Fotos zurückgebracht. Während Ruby sich bei Elizabeth entschuldigte, blieb Zoe in der Tür stehen. Harry saß auf der Treppe und wand sich vor Verlegenheit. Es war ebenso sehr seine Schuld, aber alle Beteiligten wussten genau, dass er ohne Ruby niemals auf die Idee gekommen wäre. Ihre flache, unbeteiligte Stimme grenzte schon fast an Unverschämtheit. Elizabeth nickte jedoch und bedankte sich hölzern, und dann waren Zoe und Ruby auch schon wieder weg. Harry glaubte, gesehen zu haben, wie Ruby ihm beim Hinausgehen rasch zuzwinkerte, aber wahrscheinlich bildete er sich das nur ein. Die ganze Nacht über legte er sein Telefon nicht aus der Hand und wartete auf eine Nachricht, die nicht kam.

Harry glitt aus dem Bett und schlüpfte in seine Jeans, die noch immer in sich zusammengesunken auf dem Boden lag, als habe sein Körper sie eben erst verlassen. Er betupfte sich die Achselhöhlen mit einem Deostift und schlurfte auf den Gang hinaus.

»Dad?« Keine Antwort. Harry steckte den Kopf über die Treppe in Richtung des Schlafzimmers seiner Eltern. »Dad?« Noch immer keine Antwort. Sein Vater war fast immer zu Hause. Als Harry klein war, glaubte er tatsächlich, dass sein Vater nicht schlief, sondern in einer Ecke des Zimmers saß und darauf wartete, dass man mit ihm spielte. Mit ihm, dem größten Spielzeug im Haus.

Langsam stieg Harry die Treppe hinauf. Das Schlafzimmer seiner Eltern war leer bis auf Iggy Pop, der zu einem Fellball zusammengerollt noch immer am Fuß des Bettes lag. Harry fragte sich, ob Ruby Hausarrest bekommen hatte. Ob ihr das überhaupt jemals passiert war? Hausarrest war ein veraltetes Konzept. Wie Feudalismus oder die Meinung, dass Jazz cool sei. Es hatte keinen Platz mehr in der modernen Gesellschaft. Eltern konnten einem auch nicht mehr das Handy oder den Computer wegnehmen, denn wie sollte man sonst um Hilfe rufen, wenn man auf dem Schulweg von einem Bus angefahren wurde? Und wie sollte man sonst seine Lesetagebücher oder naturwissenschaftlichen Arbeitsblätter abgeben? Das wäre so, als würde man seinem Kind einen Rechenschieber in die Hand drücken und es damit in die Abschlussprüfung in Infinitesimalrechnung schicken.

Der Laptop seiner Mutter lag aufgeklappt auf dem kleinen Schreibtisch, der an der Wand gegenüber der Fensterfront stand. Harry setzte sich und klickte auf die Maus. Der Computer erwachte zum Leben. Ein Foto von Harry und Iggy

Pop, wie sie zusammen auf der Couch schliefen – war schon ein paar Jahre her –, erschien als Bildschirmhintergrund. Ohne lange zu überlegen, klickte Harry das Mail-Symbol unten in der Leiste an, und mit einem »Pling« poppte Elizabeth' Maileingangsbox auf.

Harry war kein Schnüffler – die E-Mails seiner Mutter waren langweilig. Von den fünfzig oder mehr Mails in ihrem Posteingang war die Hälfte berufsbedingt, der Rest waren irgendwelche Junk-Mails, die sie schleunigst löschen sollte. Harry versuchte, ihr zu zeigen, wie einfach das war. Dass man nur ein paar Tasten drücken musste, um nicht täglich Hunderte E-Mails von irgendwelchen Self-Storage-Lagerräumen oder Ähnlichem zu bekommen. Aber sie hörte nicht auf ihn. Ruby hatte recht – seine Mutter war zwanghaft, aber nicht in jeder Hinsicht. Der Posteingang ihrer E-Mails erweckte nämlich den Eindruck, als gehörte er einem Online-Shopping-Junkie. Er scrollte durch die Liste. Vielleicht hatten Rubys Mütter sich gemeldet, vielleicht stand dort etwas über ihn. Es war nicht seine Art, die private Korrespondenz anderer zu lesen, aber Harry fühlte sich schlecht. Er fühlte sich schlecht, weil Ruby wahrscheinlich großen Ärger bekommen hatte und seine Eltern felsenfest überzeugt davon waren, dass ihr Sohn niemals etwas Falsches tun würde, dass er dazu gar nicht fähig war. Doch all ihre Liebe und ihr Vertrauen weckten in Harry einzig und allein den Wunsch, umgehend eine Bank auszurauben. Und so fing er an zu lesen. Eine harmlose kriminelle Tat, aber kriminell, und das allein zählte.

Eine E-Mail von Zoe war darunter, aber der ganze Mailverkehr bezog sich ausschließlich auf Wohnungen und Häuser. Er kopierte ein paar der Links, um sie irgendwann Ruby zu zeigen, aber es war nichts Anrüchiges dabei. Eine traurige Vorstellung, dass eine ihrer Mütter ausziehen würde. Welche von beiden würde gehen? Würde Ruby bleiben können?

Oder würden sie beide ausziehen? Harry stellte sich vor, wie Ruby die Augen verdrehte angesichts seiner Idee von Immobilienangeboten als anrüchige Information. Eine wahrhaft ultracoole Flirtstrategie für einen Teenager. Er scrollte weiter.

Auf halbem Weg entdeckte er einige markierte E-Mails von einem Absender namens Naomi Vandenhoovel. Bei der ersten stand als Betreff: »MEIN TATTOO HAT SEHNSUCHT NACH IHNEN«. Das hörte sich an, als habe es ein durchgeknalltes Computerprogramm geschrieben, aber ähnliche Betreffs häuften sich: »MISTRESS OF MYSELF FILM VIP VIP VIP«, »HALLO NOCH MAL, LETZTE FRIST FÜR DEN VERTRAG ÜBER KITTY'S MUSTACHE«, »HALLO, HALLO, HALLO, ICH BIN'S, NAOMI«. Die letzte Mail schien über Siri diktiert worden zu sein.

Harry las sie alle, eine nach der anderen.

Er zog folgende Schlüsse daraus: Eine verrückte Frau namens Naomi versuchte, seiner Mutter und seinem Vater ihre Zustimmung abzuschwatzen, die Rechte an »Mistress of Myself« für einen Film über Lydia zu verkaufen. Für eine Filmbiographie. Wie *Ray* oder *Walk the Line*. Die Sorte Film, für die jemand einen Oscar bekam, vor allem dann, wenn er auch noch selbst sang. Und dabei musste er gar nicht gut singen können, nicht so wie Lydia. Harry hatte ihre Art zu singen noch nie gemocht. Seine Mom war eine viel bessere Sängerin. Von ihrer Technik her. Jeder, der jemals *American Idol* oder *The Voice* gesehen hatte, hörte sofort, wenn jemand falsch sang. Und genau das war Lydias Spezialität, mal falsch, mal richtig zu singen und dabei kreischende Töne von sich zu geben, als hätte sie gerade ihren Toaster in die Badewanne geworfen. Bisher hatte Elizabeth die verrückte Naomi vertrösten können, aber sie war hartnäckig wie eine Zecke. Und er konnte es nicht leugnen, das Foto mit dem Tattoo war wirklich heiß. Kein Wunder, dass seine Mom die Sachen aus der Zeit von *Kitty's Mustache* mal wieder in die Hand genommen hatte.

Die meiste Zeit dachte Harry nicht darüber nach, wie cool seine Eltern einmal gewesen waren. Für sein tägliches Leben war das von wesentlich geringerer Bedeutung als englische Muffins und spielte eine nur unwesentlich größere Rolle als die Existenz von ferngesteuerten Helikoptern. Er war schon froh, dass sie interessant und interessiert waren, dass sie Bücher lasen und ins Kino gingen, was nicht auf alle Eltern seiner Freunde zutraf. Der Vater seines Freundes Arpad war Chirurg, und den bekam nie jemand zu Gesicht. Er glich einem Geist, der teure Sachen im Haus herumliegen ließ. Harrys Eltern hingegen waren präsent und behandelten ihn gut. Das war langweilig auf eine wohltuende Art. Und deshalb verschwendete Harry wenig Zeit an den Gedanken, wie cool sie in seinem Alter gewesen sein könnten. Irgendwie nervte es, permanent im Hinterkopf zu haben, die eigenen Eltern – deine peinlichen, idiotischen Erzeuger – könnten zu Partys eingeladen worden sein, zu denen du niemals eingeladen werden würdest, könnten Drogen eingeworfen haben, die dir nie jemand angeboten hatte, hätten ganze Nächte durchgemacht und sich mit anderen coolen Leuten unterhalten, nur weil sie Bock darauf hatten. Harry wollte auch ganze Nächte durchmachen. Er wollte Dust in die Tonne treten. Er wollte Ruby bei der Hand nehmen und sie irgendwohin führen, wo sie noch nie gewesen war. Und das mit so großem Selbstverständnis, dass sie gar nicht erst wissen wollte, ob er überhaupt wusste, wohin er ging.

Die Vergangenheit war die Vergangenheit. Harry war bereit, ein neuer Mensch zu werden. Er würde Herr seiner selbst sein und auf der Stelle damit beginnen. Er schrieb seinen Eltern eine Nachricht, dass er am Samstag bei Arpad übernachten und gleich nach dem SAT-Kurs zu ihm gehen würde.

Seine Mutter antwortete mit ein paar Smileys und Küsschen. Ihm blieb ein ganzer Tag, um seinem Leben eine neue Ausrichtung zu geben. So einfach war das.

22

Elizabeth hatte Lust auf Huhn. Da es zudem das Einzige war, was sie im Kühlschrank hatten, gab es eben Geflügel zum Abendessen. Eigentlich hätte die räumliche Nähe zu Jane und Zoe und deren Meisterschaft in der Küche auf sie abfärben können, dachte sie oft. Hatte sie aber nicht. Elizabeth wusste gutes Essen durchaus zu schätzen – mit ihren Schwiegereltern hatte sie die meisten von New York Citys besten Restaurants besucht, Andrew an ihrer Seite, der an seinem Hemdkragen zupfte wie ein linkischer Dreizehnjähriger bei seiner Bar-Mizwa –, aber es wollte ihr nie gelingen, diese wunderbaren Gerichte eigenhändig nachzukochen. Es gab so viele Möglichkeiten, Nahrungsmittel zu verarbeiten – durch Kochen, Schmoren, Braten –, und anderen Leuten schien dies wie selbstverständlich auch zu gelingen. Wann immer sie zur Mittagszeit zufälligerweise bei Zoe aufkreuzte, labte sich eine der drei bestimmt gerade an einer Schale mit braunem Reis, hartgekochtem Ei und kurz in Butter geschwenktem Kohl, verfeinert mit einem Avocado-Miso-Dressing, das sie erst kurz zuvor gezaubert hatten. Reste vom Vortag, hieß es dann verlegen, als ob dieses Gericht nicht ebenso gut auf der Speisekarte im *Hyacinth* stehen könnte. Wenn Elizabeth etwas an ihrer häuslichen Kost peinlich berührte, dann die Tatsache, dass sie als Erwachsene mit einem Sohn im Teenageralter noch immer Tiefkühlpizza zu ihren Hauptnahrungsmitteln zählte.

Es war nicht einfach, eine allerbeste Freundin zu haben, die in so vielen wichtigen Lebensbereichen so viel mehr Talent als sie an den Tag zu legen schien. So konnte Elizabeth sich nicht daran erinnern, jemals diese alles verzehrende, bedingungslose Liebe erlebt zu haben, die Zoe mit Jane gefunden hatte. Vielleicht lag es daran, dass sie und Andrew schon so lange zusammen und noch so jung gewesen waren, als sie sich kennenlernten, oder dass ihre Beziehung als Freundschaft begonnen hatte. Tagelang verschwanden die beiden in Zoes Schlafzimmer, schnäbelten und füßelten im Restaurant und fuhren, spontan und ohne jemandem etwas zu sagen, für lange Wochenenden miteinander fort. Ganz zu schweigen von ihrer ewigen Knutscherei. So etwas hatte Elizabeth noch nie gesehen. Im Taxi, in ihrer Küche, auf dem Sofa – die Gegenwart anderer schien sie nicht im Geringsten zu stören. Im Vergleich zu ihrer Verliebtheit kam Elizabeth sich vor, als seien sie und Andrew ein inzestuöses Geschwisterpaar oder vielleicht gerade noch sich nahestehende Cousine und Cousin ersten Grades. Sie hatten den Sex immer genossen, aber nicht einmal Andrew schien ihren Körper so zu *brauchen* wie Jane den von Zoe. Und umgekehrt. Einerseits hatte das den Übergang in eine langjährige Ehe erleichtert, da ihnen ein geringeres Niveau an Intensität genügte, um sich miteinander wohl zu fühlen, aber mitunter hatte Elizabeth sich doch gefragt, wie es war, diese Art von Verlangen zu empfinden und zu erwidern, auch wenn das bedeutete, dass es in den folgenden Jahren nur noch abwärtsgehen konnte. Denn kein Mensch konnte dieses Niveau halten, nicht einmal Zoe.

Harry eilte mit gesenktem Kopf durch die Küche in Richtung seines Rucksacks, den er wie üblich neben der Garderobe auf den Boden geworfen hatte.

»Hey«, sagte Elizabeth. »Wo willst du hin? Hast du Hunger?«

»Im Moment nicht«, sagte Harry, packte seinen Rucksack und lief die Treppe wieder hinauf.

Elizabeth hielt die Hühnerbrüste im Spülbecken erst unters Wasser und legte sie dann auf einen Teller. Zoe war bereits vor ihrer Ehe mit Jane eine gute Köchin gewesen. Während ihrer gemeinsamen Zeit am Oberlin College hatte Elizabeth Zoes gusseiserne Pfanne einmal zusammen mit anderem Geschirr mit einem Schwamm und viel Spülmittel bearbeitet. Als Zoe bemerkte, was Elizabeth tat, hatte sie ihr einen Blick zugeworfen, als hätte sie ihr soeben im Schlaf die Augenbrauen abrasiert. Die Bennetts waren echte Westküsten-Gourmets und ernährten sich von regionaler und biologisch angebauter Kost, ehe so etwas überhaupt in Mode war. Elizabeth musste an die Ernährung ihrer Kindheit denken – Oreo-Kekse und Gläser voller Erdnussbutter – und war sofort wieder peinlich berührt. Ihre Eltern waren in Ordnung, anständige Leute, und sie liebte sie, aber ihre Mutter hatte Gin Gemüse immer vorgezogen. Ihr Vater warf jeden Sonntag ein blutiges Steak auf den Grill, und damit hatte sich die Sache. Er nahm Tabletten, um das böse Cholesterin zu senken und das gute zu erhöhen, und er hatte ihr nie gesagt, dass er sie liebte. Nicht direkt jedenfalls. Sie hörten sich nie Musik an. Ihre Mutter las Romane, aber nur Liebesgeschichten mit wunderschönen blinden Mädchen oder Kriegswitwen als Heldinnen. Es gab so vieles, das Elizabeth allein für sich herausfinden musste.

Andrew kam leise die Treppe herunter und umarmte sie von hinten.

»Hi«, sagte er und ließ seinen Kopf auf ihre Schulter sinken.

»Hi«, sagte sie. »Alles in Ordnung mit dir? Ich habe das Gefühl, du bist geistig ein wenig abwesend.«

»Mir geht es bestens«, sagte Andrew. Er schob eine Hand unter Elizabeth' Bund, und sie kicherte.

»Ich habe rohe Hühnerbrüste angefasst«, sagte sie.

»So eine kleine Salmonelle wird mir schon nicht schaden.« Er küsste sie auf den Nacken.

»Oh, hör auf«, sagte Elizabeth und stieß ihm zärtlich, aber glücklich über den körperlichen Beweis seiner Zuneigung die Ellbogen in die Rippen.

Andrew hörte auf. »Da hat ein neuer Laden aufgemacht, drüben an der Stratford Road. Ein Yogastudio oder so. Ich war heute dort und habe geübt.«

»So, ja? Das ist gut, wir brauchen dringend was Neues.« Elizabeth war ständig auf der Suche nach neuen Läden aller Art, um damit ihr Angebotsspektrum zu erweitern. Nichts lockte junge Hauskäufer mehr als Yogastudios und Restaurants. Als wären sie für immer jung und ewig auf der Suche nach Möglichkeiten, sich zu beschäftigen. »Also, hast du darüber nachgedacht? Über die Sache mit Lydia?« Sie drehte sich zu ihrem Mann um. Er hatte sich schon immer seltsam benommen, wenn es um Lydia ging – sie waren Freunde gewesen, aber nachdem sie die Universität verlassen hatte, hatte Andrew sie mit keinem einzigen Wort mehr erwähnt. Als ob sie gestorben wäre, und als sie tatsächlich starb, reagierte er jedes Mal gereizt, sobald ihr Name fiel. Lydias Tod hatte in Elizabeth versöhnlichere Gefühle für sie ausgelöst, was ebenso seltsam war – als ob es nichts gab, das sie hätte tun können, als ob es nicht so wäre, dass Lydia sie nie gemocht hatte. Sie hatte viel größere Probleme gehabt. Das war nicht unbedingt nett, aber tröstlich. Vielleicht würde Andrew verstehen, wenn er den Film sah. Dann würde er sehen, wie jung sie alle waren, wie schön und wie verrückt.

Andrew lehnte sich an den Herd. Sie sah, wie sein Gesicht sich verdüsterte, so schnell, wie ein Gewitter im Juli aufzog. »Ich will mit alldem nichts zu tun haben«, sagte er schließlich. »Wirklich nicht. Ich weiß, du hältst das für bescheuert, doch mir ist das wichtig.«

»Aber ich habe den Song geschrieben.« Normalerweise achtete Elizabeth peinlichst darauf, bestimmte Formulierungen zu vermeiden: Bei Bands ging es um Gleichberechtigung, bei Ehen auch. Es tat selten gut, Absolutheitsansprüche einzufordern. Gefühle wurden verletzt, und Unmut wurde zu leicht geschürt. Im vorliegenden Fall war die Arbeitsteilung klar: *Elizabeth Johnson, Text; Andrew Marx, Lydia Greenbaum, Zoe Bennett und Elizabeth Johnson, Musik*. Ihr Anteil am Song war größer als der aller anderen.

»Du hast den Text geschrieben, ja.« Andrew schüttelte den Kopf. »Aber du wirst nicht für den Rest von uns entscheiden.«

»Sie haben Lydias Zustimmung. Sozusagen. Ihre Mutter hat ja gesagt. Sie haben Zoe auf ihrer Seite. Und mich. Ich denke, dass es ganz spannend werden könnte. Und sicher auch irgendwie unheimlich. Ja, das wahrscheinlich auch. Aber ich finde, wir sollten es machen. Ich will es machen.«

»Warum? Damit du dir anschauen kannst, wie irgendein dürrer Teenagerfilmstar hundertmal ›Mistress of Myself‹ kreischt? Bist du so eine Narzisstin?« Andrews Wangen überzogen sich mit einer leichten Röte.

»Eine *Narzisstin?* Weil ich jemandem, der beabsichtigt, eine Filmbiographie zu drehen, nicht im Weg stehen will? Wovon redest du eigentlich?«

Andrew spitzte die Lippen und schloss die Augen. »Du denkst wirklich nicht an das große Ganze, Lizzy.«

»Doch, ich bin eigentlich ziemlich sicher, dass ich das tue«, erwiderte Elizabeth und wandte sich wieder ihrem Hühnchen zu. Der Plan war, es mit Knoblauch und Ingwer einzureiben und in der Pfanne kurz zu braten. Oder so ähnlich. Sie hatte den Faden verloren. Elizabeth hörte die Haustür ins Schloss fallen und stellte fest, dass Andrew gegangen war.

Sie hatte jetzt zwei Möglichkeiten: Abendessen machen oder nicht. Doch was sollte Harry essen, wenn sie nichts kochte? Und so fuhr Elizabeth mit dem Kochen fort, mit leicht erhöhtem Puls, fahrig und ein wenig großzügiger als sonst, was den Einsatz von Gewürzen betraf. Getrocknete Petersilie? Warum nicht? Schwarzer Pfeffer? Klar doch. Die Hühnerbrüste sahen aus wie kleine Jackson Pollocks, als sie sie in die heiße Pfanne legte. Sie beobachtete, wie die Farbe des Hühnerfleisches von Rosa zu hellem Opak wechselte, und schaute dabei immer wieder zur Tür, ob Andrew zurückkam oder nicht. Sie trat sogar hinaus auf die Veranda, falls er draußen auf den Stufen sitzen sollte, was er jedoch nicht tat. Debbie von gegenüber winkte ihr zu, und Elizabeth winkte zurück. Als Immobilienmaklerin des Viertels durfte man sich weder schlechte Laune noch lautstarke Auseinandersetzungen in der Öffentlichkeit erlauben. Wie ein C-Promi, dem deutlich bewusst war, dass alle seine Handlungen Auswirkungen hatten und er permanent unter Beobachtung stand. Elizabeth kehrte ins Haus zurück und schloss die Tür.

Eine halbe Stunde später war das Abendessen fertig und Andrew noch immer nicht zu Hause.

»Harry! Abendessen!«, rief Elizabeth. Sie deckte den Tisch für drei, wie immer, auch wenn sie die Einzige zu sein schien, die essen würde. Dabei hatte sie nicht einmal Hunger.

Ein paar Minuten später kam Harry die Treppe heruntergepoltert. »Wow«, sagte er und bekam große Augen nach einem Blick auf seinen Teller. Er setzte sich auf seinen Stuhl, Elizabeth nahm ihm gegenüber Platz. Zwischen ihnen expressionistische Hühnerbrüste mit Salat aus rohen, gehobelten Karotten und Couscous. »Das sieht irgendwie schräg aus, Mom.«

»Iss einfach, Harry«, sagte Elizabeth. Sie nahm Gabel und Messer und fing an, das Essen in ihren Mund zu schaufeln. Während sie kaute, spürte sie, dass sie hungrig und hungriger wurde, als leerte sich mit jedem Bissen ihr Magen. Harry beobachtete sie und tat es ihr schließlich nach.

»Schmeckt gut«, sagte er. »Wo ist Dad?«

Elizabeth sprach mit vollem Mund. »Beim Yoga.«

»Oh«, sagte Harry zufrieden.

Schweigend verzehrten sie den Rest der Mahlzeit, jeder tief in Gedanken versunken. Harry trug seinen Teller zum Abfalleimer und säuberte ihn. Dann stellte er den Teller ins Spülbecken und rannte wieder nach oben.

»Ich brauche noch was aus dem Supermarkt, Schatz«, rief Elizabeth ihm nach, ehe er ganz verschwunden war. »Ich bin in zehn Minuten wieder da, okay?« Sie stellte ihren Teller auf den von Harry im Spülbecken und schlüpfte in ihre Flip-Flops. Stratford Road hatte Andrew gesagt.

Ein perfekter Abend – Ende Juni, wenn sogar Brooklyn zugeben musste, dass alles im grünen Bereich war. Es war kurz nach sieben und noch nicht ganz dunkel. Elizabeth trug ein T-Shirt und die elastische Yogahose, die sie des Öfteren im Bett anhatte. Im Gehen strich sie ihre Haare hinter die Ohren. Sie hasste es, mit ihrem Mann zu streiten. Selbst jetzt noch, nach so vielen gemeinsamen Jahren durchzuckte sie mitunter der Gedanke – jäh und scharf wie ein Blitz –, dass sie vor all diesen Jahren die falsche Entscheidung getroffen und ihr ganzes Leben ruiniert hatte. Andrew war klug und ernsthaft und attraktiv. Das Geld seiner Familie belastete ihn, bedeutete aber auch, dass sie sich niemals Sorgen machen mussten, vor allem Harrys wegen nicht. Wie ein Feuerwehrsprungtuch war das Marxsche Vermögen seit jeher unter seinem Kinderbett aufgespannt, bereit, ihn aufzufangen, falls nötig. Hätte man sie gefragt, hätten alle ihre Freunde geantwortet, dass Elizabeth und Andrew ein tolles Paar waren. Ein eingeschworenes Team, zwischen das kein Blatt Papier passte und das sich bei Dinnerpartys gegenseitig die Pointen zuwarf. Doch bisweilen kam Elizabeth ins Grübeln. Das taten wahrscheinlich alle. Wahrscheinlich war das so in einer Ehe. Doch wenn sie abends stritten und er aus dem Haus lief, was einschließlich der Zeit am College vielleicht viermal während ihrer gesamten Beziehung vorgekommen war – wenn es leichter war, aus dem Haus zu gehen, da dies keinen Anwalt erforderte –, dann war Elizabeth fest davon überzeugt, dass alles aus war und dass ihr Mann für immer verloren war für sie, ganz gleich, wie sehr sie ihn auch liebte.

Das Haus in der Stratford Road war nicht schwer zu finden – sie hatte bereits vermutet, um welches es sich handeln könnte. Corcoran hatte es verkauft, es war nicht in ihrem Portfolio gewesen, aber sie hatte es schon einmal von innen gesehen. Elizabeth ging um die Ecke der Beverly Street und setzte ihren Weg in südlicher Richtung fort. Das Haus war als »renovierungsbedürftig« beschrieben worden. Eine höfliche Umschreibung. Deirdre hatte es im Büro als »Crack-Haus« bezeichnet. Zumindest offiziell war es kein Crack-Haus gewesen, aber es war dort offensichtlich zugegangen wie in einem Taubenschlag, an allen Schlafzimmertüren prangten merkwürdige Schlösser, die Teppiche waren voller Flecken. Diese Mängel waren zwar leicht zu beseitigen, aber nicht jedermann besaß das nötige Vorstellungsvermögen und erkannte das Potenzial des Objekts.

Elizabeth stemmte die Hände in die Hüften und blieb stehen. Sie war noch zwei Häuser entfernt. Es lag auf der linken Straßenseite, hin zur Cortelyou Road, mit einer schönen, breiten Veranda, in deren Renovierung die Besitzer gut und gern zwanzig Riesen investieren müssten, wenn sie es richtig machen wollten. Was sollte sie tun – hineingehen? Was, wenn er nicht da war? Was, wenn er an der Bar im *Hyacinth* saß, in ein Gespräch mit Jane vertieft? Was, wenn er sich bei ihr dafür entschuldigt hatte, überreagiert zu haben, und sie mit Tumblern voll bestem Whiskey anstießen und über ihre Ehefrauen klagten? Es war schließlich nur ein kleiner Spaziergang, mehr nicht. Entschlossen legte Elizabeth den Rest des Weges bis zu dem Haus zurück.

Sie hörte sie, bevor sie überhaupt etwas sah – laute Musik, wie sie in Traumsequenzen billiger Fernsehshows im Hintergrund lief, ein Teppich aus Sitarklängen über einer eher zeitgenössischen Instrumentalisierung. Elektronische Tanzmusik, dumpf und monoton, die sie früher einmal Techno nannten. Bestimmt würden sich die Nachbarn beschweren, wenn es zu spät wurde. In Ditmas Park war man schnell mit einer Beschwerde wegen Lärmbelästigung bei der Hand.

Menschen tanzten, wirbelten mit geschlossenen Augen umher und sahen dabei alle aus wie verschwitzte Ausgaben von Ruby. Elizabeth schob sich näher an eines der großen Fenster heran. Die Vorhänge waren zugezogen, aber drinnen war es heller als draußen, und sie bestanden aus so feinem Gewebe, dass sie alles sehen konnte. Der große Raum war voller lächelnder, springender Menschen. Sie sah Hände auf Hintern, Hände auf Gesichtern, Lippen auf Lippen. »Mein Gott«, sagte sie laut, »das ist ein verdammter Rave.« Elizabeth wollte sich umdrehen und in Richtung *Hyacinth* weitergehen, fest überzeugt davon, dass sie ihren Mann dort finden würde, wie er sich gerade ein köstlich zubereitetes Gericht schmecken ließ, als sie ihn sah.

Andrew war schweißgebadet. Das T-Shirt klebte an seiner schmalen Brust. Er hatte den Kopf in den Nacken geworfen und ließ ihn sacht hin und her pendeln. So hatte er seit Jahren nicht mehr getanzt. Sie kam sich vor, als würde sie sich und Andrew dabei beobachten, wie sie als Neunzehnjährige auf Ecstasy waren und sich die ganze Nacht über das Gesicht abschleckten, nur weil ihre Zungen sich so komisch anfühlten. Nur dass Elizabeth nicht mit im Raum war, sie stand draußen, und sie schleckte auch das Gesicht ihres Mannes nicht ab. Zu seiner Ehrenrettung musste jedoch gesagt werden, dass es auch sonst keiner tat. Aber Andrew erweckte den Eindruck, als hätte er nichts dagegen, würde es einer der jungen Männer oder eine der jungen Frauen versuchen, deren Körper sich an ihn und an ihm vorbei schoben. Nach einem sozial oder moralisch akzeptablen Benehmen sah das nicht aus. Auch nicht nach einem verheirateten Mann. Eher nach einem Mann mittleren Alters, der völlig am Ausflippen war.

23

Ruby konnte es nicht glauben: Der SAT-Kurs hatte bereits vor zehn Minuten begonnen, und sie saß noch immer allein in der letzten Reihe. Harry hatte den Kurs geschwänzt, sie nicht, und wenn sie jetzt noch einmal so tat, als hätte sie Darmgrippe, würde die Obertussi da vorn ganz bestimmt ihre Mütter verständigen. Ruby hatte links ihre Tasche abgestellt und rechts ihre Jeansjacke über die Lehne des Stuhls gehängt, für den Fall, dass jemand auf die Idee kam, ihr auf die Pelle zu rücken. Rebecca lächelte und winkte, und Eliza und Thayer schnitten ein paar blöde Grimassen in ihre Richtung. Ruby ignorierte sie, schlug stattdessen das erste Arbeitsblatt auf – »Verwandle Vergleiche in Gleichnisse!« – und begann, Bingo mit einem Superhelden-Cape und einer Zigarette zu zeichnen.

Der Unterricht wollte kein Ende nehmen. Drei Stunden Praxistests und Ratschläge, wie man Multiple-Choice-Fragen bearbeitet, ohne die Antwort zu wissen. Ruby hatte den SAT-Test beim ersten Mal so erfolgreich in den Sand gesetzt, dass sie der Ansicht war, die Klasse besser vorbereiten zu können als Rebecca, mit einer simplen Tu-genau-das-Gegenteil-von-dem-was-ich-sage-Methode, bei der man Bonuspunkte bekam, wenn man nicht jede dritte Frage ausließ. Morgen war bereits Juli, und der Kurs wäre schon zur Hälfte vorbei. Ruby versuchte, eine Meditationsübung daraus zu machen. Ihr Körper war gezwungen, sich in diesem Raum aufzuhalten, ihr Geist jedoch nicht. Sie versuchte es mit Astralprojektion, stellte aber fest, dass Thayers Kaugummi kauende Kiefer sie zu sehr ablenkten. Ruby füllte die Kästchen mit den Umrissen großer Fische, die kleinere Fische fraßen.

Nicht dass sie etwas gegen die Universität *an sich* gehabt

hätte. Ruby war schlicht der Ansicht, dass die Welt zu viele einzigartige Erfahrungen für sie bereithielt, um sich so viele Jahre lang auf ein- und dieselbe Sache festlegen zu lassen, speziell vor dem Hintergrund, dass sie ihr ganzes bisheriges Leben damit verbracht hatte, genau das zu tun. Wann begann ihre Hobo-Phase, wann würde sie sich per Güterwaggon durchs Land bewegen? Wann ihr Leben als Schaustellerin? Reality-TV und PETA-Newsletter hatten ihr an vielem den Spaß verdorben, schafften es aber nicht, ihren Traum zu zerstören, in den Vereinigten Staaten von Amerika ein Leben als leichtes Mädchen zu führen. Was, wenn sie eines Tages als Stripperin arbeiten wollte? Was nicht der Fall war, aber was, wenn? Was, wenn sie sich von Leuten, die sie kaum kannte, schlampige Tattoos stechen lassen wollte? Zwei Tätowierungen hatte Ruby bereits. Ihre Mütter wussten es, aber es war ihnen denkbar egal. Das eine Tattoo war ein kleiner Stern zwischen rechter Achselhöhle und Brust und das andere ein großes *B* für Bingo auf ihrer linken großen Zeh. Ihre Mum war so eifersüchtig auf das *B*, dass sie sich auch eines stechen ließ. Aber zuvor musste sie ihrer Tochter hoch und heilig versprechen, niemals in Gegenwart von Leuten, die Ruby kannte, mit nackten Füßen herumzulaufen.

Die Mitschüler in den Reihen vor ihr standen auf und schoben ihre Arbeitsblätter in die Taschen. »Super«, dröhnte Ruby in voller Lautstärke und folgte ihrem Beispiel. Sie winkte Rebecca zu, zeigte Eliza und Thayer den Stinkefinger, und lief als Erste zur Tür hinaus.

Davor stand Harry, eine Sonnenbrille auf der Nase. Er hatte eine prall gefüllte Stofftasche um die linke Schulter hängen, an seiner rechten lehnte ein Sonnenschirm. »Fertig, Mademoiselle?«, fragte er. »Heißer Hipster-Beach in den Rockaways im Angebot. Habe ich im Internet gefunden. Das Taxi wartet. Und mit Taxi meine ich die Subway. Wir brauchen zwar hundert Jahre bis dorthin, aber ich schwöre bei Gott, das ist der Aufwand wert.«

»Heilige Scheiße, ja«, sagte Ruby und hob triumphierend beide Arme.

Teil zwei

JANE SAGT

Ditmas Park Anzeiger
Lotosblüten in der Stratford Road

David Goldsmith, der Betreiber von EVOLVEment, war noch nicht lange in Ditmas Park zu Hause, als er sein Zentrum für Yoga und spirituelle Entwicklung hier in der Stratford Road eröffnete. »Ich habe mich vorher in anderen Ecken von Brooklyn umgesehen, vor allem in Williamsburg und Bushwick, als mir ein Freund den Tipp hier gab«, erzählte er uns. »Und ich war begeistert wie viele Leute!« EVOLVEment bietet Yogakurse und Massagen an. Dazu naturreine Säfte und andere Erfrischungen. Goldsmith möchte sich nach Kräften einbringen in die Nachbarschaft und wünscht regen Kontakt. Also, kommt auf einen Sprung vorbei und schaut euch den Laden an! Vorbeischauen und mitmachen kostet 11 Dollar, Kurs-Abos sind billiger. Wir haben einen Ingwer-Grünkohl-Apfel-Smoothie probiert, und er war köstlich!

24

So viel Spaß hatte er seit Jahren nicht mehr gehabt. Obwohl »Spaß« nicht der richtige Ausdruck war. Salome nannte die Tanzpartys »kosmische Trancen«. Und kosmisch waren sie wahrhaftig. Andrew war noch nie ein großer Tänzer gewesen. In der Highschool hatte er dann und wann bei Konzerten seine Freunde in der Pogopit angesprungen und im Oberlin seinen Körper an schöne Mädchen mit kurzen Haaren und Piercings in der Nase gedrückt, wenn er sturzbesoffen war. Aber eigentlich hatte er nie gern getanzt. Dafür war er viel zu gehemmt. Zoe war im Fachbereich Tanz aktiv, wo sie sich mit großer Ausdauer auf den Holzfußboden warf und ihre Verrenkungen als Choreographie bezeichnete. Damit überzeugte sie alle Mädchen. Elizabeth war mehr wie er, stand lieber mit dem Rücken zur Wand und wackelte mit dem Kopf, am liebsten mit einem roten Plastikbecher vor dem Gesicht, damit sie jedem, der neben ihr stand, etwas zuflüstern konnte. Andrew war nicht klar gewesen, dass er das Flüstern so leid war.

Zu Anfang, als Salome begonnen hatte, die Musik aufzulegen, saßen sie alle noch am Boden oder massierten einander zaghaft den Rücken. Andrew schloss die Augen und setzte sich auf ein Kissen in der Zimmerecke. Er wollte seinen Körper loslassen, seinen Geist. Er hatte es mit Gesprächstherapie versucht, aber das war nichts für ihn. Man veränderte nichts, indem man sich mit einem Fremden in einen Raum setzte und ihm seine Sicht der Geschichte erzählte. Andrew war ein großer Fan von Wechselwirkung und bevorzugte einen anderen Ansatz von Heilung: von außen nach innen. Die Musik klang interessant, rhythmisch und wummernd. Er konnte nicht sagen, ob das, was er hörte, Gitarren waren oder Synthesizer oder nichts dergleichen, sondern lediglich ein paar computergenerierte Tonspuren, von irgendeinem Teenager in seinem Keller zusammengemixt. Wahrscheinlich Letzteres. Lernte heutzutage eigentlich noch jemand ein Instrument? Nein, darüber würde er jetzt nicht nachdenken. Er würde sich nicht wie Clint Eastwood aufführen und die Kids von seinem Rasen scheuchen. Und so entspannte sich Andrew und wartete.

Es war drei Uhr nachts, als er endlich wieder hinaus auf die Straße trat. Er war schweißgebadet – in seinen eigenen Schweiß und den der anderen. EVOLVEment hatte sich in ein Gewächshaus aus individuellen menschlichen Treibhausblumen verwandelt. Die Luft auf der Stratford Road war kühl und erfrischend wie die Gläser voller Gurkensaft, die die Jünger von EVOLVEment herumgereicht und schließlich einander über den Kopf geschüttet hatten.

Elizabeth würde stinksauer sein, wenn nicht gar in banger Sorge. Andrew wusste nicht, was schlimmer war. Sorge vermochte dem Ärger viel von seinem Stachel zu nehmen, wenn sie sich darüber freute, dass ihm nichts passiert war. Selbstverständlich war sie nicht seine Mutter. Warum sollte sie also annehmen, dass ihm etwas zugestoßen war? Andrew überlegte kurz, ihr zu erklären, was ihm an EVOLVEment so gefiel, aber ihm fiel nichts ein, das nicht so klang, als stünde er kurz davor, mit einer Neunzehnjährigen ins Bett zu gehen.

Das war es nämlich nicht. Andrew war nicht darauf aus, Sex mit diesen wunderschönen jungen Frauen zu haben. Das ganze Haus war voller fantastisch aussehender Mädchen, die Saft pressten, tanzten, sich in den Handstand schwangen und dabei den Blick auf ihre flachen Bäuche und ihre Unterwäsche freigaben, was in Andrew lediglich bewirkte, sich wie Humbert Humbert oder wie eine jüdischere Version von Sting zu fühlen. Der einzige Neunzehnjährige, mit dem er Sex haben wollte, war er selbst. Er wollte die Zeit zurückdrehen und sich dabei zusehen, wie er sich auszog, so voller Angst vor der Welt, dass er nicht aufhören konnte, innerlich zu wüten, sogar wenn er kurz davorstand, das erste Mal mit jemandem zu schlafen.

Er und Elizabeth hatten sich im Wohnheim kennengelernt. Sie waren in einigen gemeinsamen Kursen eingeschrieben gewesen, in der Einführungsveranstaltung für Kreatives Schreiben und in der Geschichte der Dinosaurier, dem einzigen naturwissenschaftlichen Kurs, den alle Geisteswissenschaftler belegten. Und sie hatten sich angefreundet. Trafen sie sich zufälligerweise vor der Bibliothek, setzten sie sich auf eine Bank und rauchten zusammen eine Zigarette. Elizabeth war reizend, so vorstädtisch – Andrew hatte sie auf den ersten Blick gemocht, sogar noch bevor sie in der Band zusammen spielten, und er sah, was tatsächlich in ihr steckte. Sie hatte nichts von dem müden Zynismus seiner Freunde von zu Hause an sich. Sie war nicht verdorben. Sie konnte stricken. Als sie miteinander zum Bowling gingen, räumte Elizabeth ein ums andere Mal alle Pins ab, und es stellte sich heraus, dass sie an ihrer Highschool im Bowling-Team gespielt hatte. Welche Highschool hatte schon ein Bowling-Team? Andrew hielt es für nicht unwahrscheinlich, dass Elizabeth in den fünfziger Jahren aufgewachsen und durch Raum und Zeit ans Oberlin College teleportiert worden war. Lydia hingegen war ihm so vertraut gewesen wie eine Zwillingsschwester. Sie stammte aus Scarsdale, das nicht weit entfernt von der Upper East Side lag. Sie hatte reiche Eltern, einen eigenen Wagen und eine Kreditkarte, die zu benutzen sie sich nicht scheute. Wie alle seine Freunde von der Highschool war auch Lydia hinterhältig wie eine Schlange, was sie zweifelsohne von ihren Eltern gelernt hatte. Er hätte es sich leichtmachen und sie wählen können. Seine Mutter hätte sie geliebt.

Seit Harrys Babytagen, als sie um drei Uhr morgens Spaziergänge um den Block unternommen hatten, in dem Bemühen, ihn wieder in den Schlaf zu schmeicheln, hatte Andrew sich um diese Uhrzeit nicht mehr draußen aufgehalten. Wie eine Zombie-Sippe waren sie zu dritt durch die Nacht gelaufen, wobei er und Elizabeth beruhigende Geräusche von sich gaben und im Gleichklang auf und ab hüpften, unabhängig davon, wer von beiden den Kleinen im Tragetuch vor die Brust gebunden hatte. In Ditmas Park war es eigentlich immer ruhig, aber so nahe an der Coney Island Avenue waren mehr Lastwagen und hupende Autos zu hören, sogar mitten in der Nacht. Es stimmte, was man über New York und Schlafmangel sagte – Andrew hatte das völlig vergessen. Er bog rechts in die Beverly ein und ging Richtung Argyle Road. Eine leichte Brise kühlte den Schweiß auf seiner Stirn. Der Sommer war die einzige Jahreszeit, die zählte. Die einzige Existenzberechtigung des Winters bestand darin, die Dankbarkeit zu steigern, die Andrew genau in diesem Moment für den Monat Juni empfand.

Leise schloss er die Eingangstür auf und zog seine Schuhe aus. Iggy Pop lag schlafend auf dem Sofa. Andrew hob ihn hoch und trug ihn die Treppe hinauf. Die Katze, noch fast im Tiefschlaf, drückte sich an Andrews Schulter. Die Schlafzimmertür stand einen Spalt offen, und Andrew konnte vom Flur aus sehen, dass Elizabeth ihre Nachttischlampe angelassen hatte. Mit der Zehenspitze schob er die Tür ein paar mehr Zentimeter auf und setzte die Katze sanft auf das Bett.

Elizabeth bewegte sich. Sie hatte noch nie einen tiefen Schlaf gehabt, doch seit Harrys Geburt – selbst als er längst nicht mehr mitten in der Nacht aufwachte – neigte sie dazu, beim geringsten Geräusch vorbeifahrender Autos, bei fernem Sirenengeheul und Hundegebell hochzuschrecken. Andrew wusste das nur, weil sie es ihm am nächsten Morgen erzählte;

denn er verfiel immer sofort in Tiefschlaf. Es war und blieb ein unterschwelliges Reizthema zwischen ihnen, dass sie wach dalag, während er schlief und von dem verschont blieb, was immer es auch war, das sie während der Nacht genervt hatte. Andrew zog Hemd und Hose aus. Sein Schweiß war zu einem dünnen Salzfilm getrocknet. Er müffelte ein wenig, aber Elizabeth hatte sich nie daran gestört.

»Wo bist du gewesen?«, fragte sie mit leiser Stimme und drehte sich zu ihm um.

»Im Yogastudio. Sie hatten eine Party.« Andrew setzte sich auf seine Bettseite. Elizabeth' Fuß schaute unter dem Laken hervor, und er legte eine Hand auf den Fußrücken.

»Eine Party.« Sie kniff die Augen zusammen, und Andrew versuchte zu entscheiden, ob Müdigkeit oder Verachtung aus ihrem Blick sprach. Er knipste das Licht aus.

»Eine Party.« Andrew schlug das Laken zurück, kroch unter die Decke und robbte in der Dunkelheit näher an seine Frau heran. Elizabeth' Körper fühlte sich an wie der Ozean, weit und kühl. Zuerst küsste er ihren Arm, und als sie ihn nicht wegschob, küsste er sie auf die Schulter und schließlich auf die Wange. Als Andrew seine Frau auf den Mund küsste, wand sich ihr Körper wie der einer Schlange, die nur darauf wartete, ihre Beute zu umschlingen. Und er wusste, was immer als Nächstes passierte – es wäre gut. Wie in ihrer Anfangszeit, als zwei Teenies nicht genug voneinander bekommen konnten. Elizabeth war eine fordernde Geliebte, die Wangen gerötet und voller Energie wie die engagierte Sportlerin, die sie an der Highschool gewesen war. Wie zwei Löwenjunge wälzten sie sich hin und her und kratzten und bissen einander spielerisch, bis sie in vertrauter Position zurück aufs Bett sanken – sie kannten ihre Vorlieben. Andrews Ohren vibrierten noch immer, und im Zimmer hallte es wie auf einem Subway-Bahnsteig. »Bin ich zu laut?«, fragte er Elizabeth, die mittlerweile auf dem Rücken lag. Er hatte seine Hände unter ihre Hüften geschoben und sein Gesicht zwischen ihren Schenkeln vergraben.

»Harry übernachtet bei einem Freund«, murmelte sie. »Mach weiter.«

25

Es war schon fast zwei Uhr, als sie endlich Sand unter den Füßen spürten. Harry ließ den Schirm und die beiden schweren Taschen mit einem zufriedenen Seufzer fallen. Ruby bückte sich und wollte eines der beiden Badetücher aufheben, aber Harry streckte den Arm aus, um sie zurückzuhalten. »Bitte«, sagte er, »lass mich das machen.« Er breitete die beiden Handtücher aus, bohrte dazwischen den Schirm in den Sand und lud Ruby mit einer weit ausholenden Geste ein, sich darauf niederzulassen. Der Sand war schmutzig, voller Einwickelpapier und Zigarettenkippen, die im Boden steckten, aber das Wasser sah sauber aus, und es schwammen Menschen darin herum. Harrys Mutter hatte ihm immer gesagt, dass die Strände der Stadt New York im Grunde Giftmüllkippen seien, die um jeden Preis gemieden werden müssten. Jetzt war er froh, nicht auf sie gehört zu haben. Was gab es noch außerhalb seiner kleinen Welt, welche Genüsse warteten sonst noch auf ihn? Elizabeth mochte auch keinen Bacon, und so gab es bei ihnen zu Hause nie knusprigen Speck. Nie. Bei der nächsten Gelegenheit wollte Harry sich ein Bacon-Lettuce-Tomato-Sandwich mit extra viel Bacon bestellen – sozusagen ein Doppel-B-LT.

»Was hast du sonst noch da drin?«

Harry kramte in einer der Taschen und holte einen Plastikeimer und eine Schaufel heraus.

»Okay«, sagte Ruby und kicherte. »Was noch?«

Harry griff erneut in eine Tasche und brachte eine kleine Kühlbox zum Vorschein, in der sich zwei winzige Dosen Champagner befanden. Es hatte Harry eine Stunde und vierzig Dollar gekostet, um eine junge Frau, die gerade die Cortelyou Road entlangkam, zu überreden, den Alkohol für ihn zu kaufen. »Prost«, sagte er, öffnete eine Dose und reichte sie Ruby, die einen so winzigen Schluck daraus trank, dass Harry wusste: Sie war beeindruckt.

Der Strand war voller alter russischer Damen, die mit Mini-Hanteln in den Händen die Promenade auf- und abgingen, sorgsam darauf bedacht, einen großen Bogen um die Horden bärtiger junger Männer mit dunklen Sonnenbrillen und junger Mädchen in winzigen Shorts und abgeschnittenen T-Shirts zu machen.

»Wie eine Reklametafel für American Apparel«, sagte Ruby. »Nur mit Bier und Sand.«

Harry wusste nicht zu sagen, ob das ein Kompliment war oder nicht, aber Ruby schien es zu gefallen, und so nickte er nur und sagte: »Yeah.«

Sie dösten, sie planschten ein wenig im Wasser. Keiner von ihnen hatte Badesachen dabei, aber das war nicht wichtig. Ruby schälte sich aus ihrem Kleid. Ihr Bauch zeigte ein helles Milchkaffeebraun – wie der Rest von ihr natürlich auch –, und jeder Zentimeter Haut jagte Harry neue Wonneschauer über den Rücken. Ihr kleiner, perfekter, nach außen gewölbter Nabel saß genau in der Mitte! Der dünne Spitzenstoff ihres BHs ließ mehr als nur die Umrisse ihrer Brüste erahnen, und als sie in Richtung Wasser ging, mit nichts bekleidet außer ihrem Büstenhalter und dem Slip, hatte Harry schwer zu kämpfen, um nicht auf der Stelle einen Herzinfarkt zu erleiden. Rasch zog er Hemd und Jeans aus und eilte ihr in seinen Boxershorts nach. Unterwegs schickte er ein Stoßgebet gen Himmel, dass sein Hosenschlitz geschlossen bleiben möge. Auf der anderen Seite der Promenade gab es einen Burger-Laden, und Ruby wartete auf den Handtüchern, während Harry etwas zu essen für sie besorgte. Sie hatte einen Klecks Ketchup auf der Hand und leckte ihn ab. Das hier war der allerschönste Strand auf der ganzen weiten Welt, und das trotz der Flugzeuge, die über ihren Köpfen JFK ansteuerten, der Möwen, dem Lärm und der vielen Leute. Jeder freie Fleck war mit Handtüchern belegt, und es wimmelte vor dominikanischen Familien, Hipstern mit ironischen Oberlippenbärten, alten Männern in knappen Badehosen und dicken Frauen in Bikinis. Harry dankte Gott, dass seine Eltern nie in die Vorstadt gezogen waren oder nach Frankreich oder sonst wohin auf der Welt. Nachdem sie den Champagner getrunken hatte, brach Ruby in haltloses Gekicher aus und gestattete ihm, ihre Schultern mit Sonnenmilch einzucremen. Harry ließ sich so lange wie möglich Zeit damit, malte kleine Kringel auf ihre Haut und fotografierte sie mit seinem Handy, bevor er die Creme einmassierte.

Die Stimmung vor dem Burger-Laden wurde zusehends lebhafter. Auf ihrem Weg zur Subway blieben Harry und Ruby eine Weile davor stehen und sahen zu, wie die Leute tanzten und Bier in sich hineinschütteten.

»Ich komme mir vor, als würde ich einen Film anschauen«, sagte Harry.

»Yeah, und das ist die Szene, die man immer wieder als Rückblende sieht«, sagte Ruby. »Absolut.«

Harry drückte Ruby die kleinere der beiden Stofftaschen in die Hand, die ohne Getränke und Snacks längst nicht mehr so schwer war. Irgendwie hatte er unterwegs ein paar seiner Strandspielsachen verloren, aber das war ihm egal. Sie waren ohnehin nur ein Witz gewesen, aber es hatte ihm sehr gefallen, Ruby dabei zuzusehen, wie sie eine Sandburg baute. Er hätte so etwas nie getan, aus Angst, kindisch zu wirken, aber Ruby machte sich über solche Dinge offensichtlich keine Gedanken. Im Zug setzten sie sich auf eine Zweierbank in Fahrtrichtung, Harry am Fenster und Ruby auf der Gangseite. Kaum saßen sie, ließ sie ihren Kopf an seine Schulter sinken und legte ihren Arm um seine Taille.

»Das hat mir richtig Spaß gemacht«, sagte Ruby. »So viel Spaß, dass ich fast nicht mehr sauer auf dich bin, weil du heute Morgen diesen doofen SAT-Kurs geschwänzt hast.«

»Mir auch«, erwiderte Harry. Er saß so aufrecht wie möglich da und versuchte, sich nicht zu bewegen, damit Ruby sein Gezappel nicht als Signal auffassen könnte, er habe etwas gegen ihre Nähe. Beim nächsten Halt machte ein Fahrgast Anstalten, sich auf den Platz daneben zu setzen. Dabei hätte Ruby aber ihre Knie wegdrehen und ihre Position verändern müssen. Und so schaute Harry den armen Mann so böse an, wie er noch nie in seinem Leben jemanden angesehen hatte, und der Mann ging weiter.

»Ich habe das Gefühl, wir riechen schlecht«, sagte Ruby. »Keiner will neben uns sitzen.«

»Du riechst schlecht«, sagte Harry leise in ihr Ohr. »Du riechst wie getoasteter Müll.« Er verstummte aus Angst, es mit seinem Witz zu übertreiben. Noch war die Lage prekär, noch konnte Ruby jeden Moment aufstehen, ihn ansehen und die Wahrheit erkennen: dass er noch immer Harry war, nur Harry, und niemand, mit dem sie in der Subway knutschen wollte.

Aber Ruby sagte »Hmm« und rutschte näher. »Mein absoluter Lieblingsgeruch.« Kurz darauf war sie fest eingeschlafen und schlief die ganze Fahrt über, bis sie in den Q-Train nach Hause umsteigen mussten. Als sie endlich an der Haltestelle Cortelyou ankamen, war Harry nervös, während Ruby nach ihrem Nickerchen einen ausgeruhten und zufriedenen Eindruck machte. Auf dem Nasenrücken hatte sie trotz Harrys künstlerischer Einlagen mit der Sonnenmilch einen leichten Sonnenbrand. Sie stürmte die Treppe hinauf und machte Anstalten, in Richtung Argyle Road zu gehen. Harry blieb stehen.

»Hey«, sagte er mit leiser Stimme. Das Büro seiner Mutter

lag nur ein paar Türen weiter, und er wollte nicht daran vorbeigehen, falls sie zufälligerweise an ihrem Schreibtisch saß.

»Was?«, fragte Ruby.

»Da lang«, sagte Harry und deutete mit dem Kopf hinter sie.

»Okaaay«, sagte sie. »Du weißt aber schon, dass unsere beiden Häuser in der anderen Richtung liegen? Ist dir vielleicht was auf den Kopf gefallen, während ich mal nicht aufgepasst habe?«

»Vertrau mir einfach«, sagte er und setzte sich in Bewegung.

Jemanden zu überreden, Champagner für ihn zu kaufen, war noch einfach gewesen, der zweite Teil seines Plans hatte sich jedoch als weitaus kniffliger erwiesen. Elizabeth bewahrte die Schlüssel zu allen ihren Immobilien im Büro auf, nur an den Wochenenden, an denen sie Besichtigungen hatte, fristeten sie ihr Dasein in einer Reißverschlusstasche, die zu Hause an einem Haken über ihrem Schreibtisch hing. Im Sommer gab es immer viel zu tun, und sie hetzte jeden Tag von einem Termin zum anderen. So hatte sie im Moment zwei Häuser weiter unten im Süden im Angebot, in der Nähe des Brooklyn College, und eines an der East Sixteenth Street, ein wirklich großes Objekt, das an die Gleise der Subway grenzte. Für den Sonntag waren Besichtigungen der beiden ersten Häuser geplant, und durch das Haus an der Subway hatte sie die Interessenten bereits an diesem Nachmittag geführt. Harry wusste, dass es riskant war, den Schlüssel zu nehmen. Aber er hatte ihn genommen, und innerhalb von fünf Minuten hatte ihm die Eisenwarenhandlung den Schlüssel nachgemacht. Die Eigentümer des Hauses waren nach Florida gezogen. Nun stand es leer mit seinen wuchtigen Alte-Leute-Möbeln aus dunklem, schwerem Holz und den steifen Esszimmerstühlen. In einem der kleineren Schlafzimmer hatte sich eine Puppensammlung befunden, die Elizabeth in einer Schachtel verstaut und im Keller versteckt hatte. Die Subway, die quasi durch den Garten fuhr, war schon Nachteil genug, da mussten die Leute nicht auch noch Alpträume bekommen.

Die Veranda war dunkel, und Ruby zögerte, ehe sie Harry die Treppe hinauf folgte.

»Wem gehört das Haus?«, flüsterte sie.

»Uns«, sagte Harry. Er wusste, dass es keine Alarmanlage gab, auch wenn Aufkleber an den Fenstern darauf hinwiesen und auf dem Rasen ein Schild mit einer entsprechenden Warnung stand. Laut seiner Mutter traf dies auf siebzig Prozent aller Häuser in ihrer Nachbarschaft zu.

Ruby eilte hinter ihm die Stufen hinauf. »Ist das dein Ernst?«, fragte sie, aber Harry hatte bereits aufgesperrt. Er zog sie zu sich her und schloss die Tür hinter ihr. »Also, wem gehört das Haus?«, fragte sie erneut. »Das ist doch Wahnsinn!« Es war in der Tat verrückt, und er wusste, dass sie den größten Ärger bekommen konnten. Und seine Mom dazu.

»Wie gesagt. Es gehört uns.« Harry war sich nicht sicher, ob er Talent hatte, den Geheimnisvollen zu mimen, aber es machte Spaß, es zu versuchen. Ruby war zwei Zentimeter größer als er, vielleicht mehr. Sie nagte an ihrer Unterlippe und sah sich um. »Komm her«, sagte Harry.

»Wohin?«, fragte Ruby. Sie spähte um die Ecke in eine dunkle Küche.

»Hierher«, sagte Harry. Er machte einen Schritt auf sie zu, um den Abstand zwischen ihnen zu überwinden, und küsste sie. Ruby war eine Könnerin auf dem Gebiet. Wie nicht anders zu erwarten war. Sie trennten sich, fingen wieder von vorn an, sie trennten sich erneut, legten wieder los und starrten einander an. Ihr Mund öffnete und schloss sich, und sie presste ihre Zunge gegen die seine. Harry stöhnte. Er hörte sich an wie Chewbacca, aber das war ihm egal. Ein SWAT-Team mit Maschinengewehren hätte durch die Tür brechen und ihn in ein Bundesgefängnis werfen können, und es wäre ihm egal gewesen – das war es zu hundert Prozent wert. Ruby löste sich von ihm, ergriff seine Hand und zog ihn mit sich, tiefer hinein in das dunkle Haus.

»Komm, gehen wir auf Expedition«, sagte sie. Den ganzen Tag über hatte Harry versucht, seinen Penis zu überreden, sich nicht aufzurichten, ruhig zu bleiben, aber jetzt half alles gute Zureden nichts mehr. Seine Erektion drängte mit Macht gegen seine Jeans, und als Ruby aus Versehen mit dem Handgelenk daran rieb und sagte: »Oh, hallo, du«, vergrößerte sie sich ins Unermessliche. Wenn kriminelles Handeln das zur Folge hatte, dann war Harry nur allzu bereit, sich dem Verein anzuschließen.

26

Das Objekt an der East Nineteenth Street würde sich rasch verkaufen – nach der Besichtigung lagen drei Angebote vor, und jetzt musste sich nur noch zeigen, wer bereit war, den Betrag auf den Tisch des Hauses zu blättern. Elizabeth liebte die Hektik, die bei mehreren Angeboten entstand. Hier lagen die Angebote zwar alle unter der geforderten Summe, aber sobald die Käufer von der Konkurrenz erfuhren, würden sie im Preis hochgehen und hätten bald die Zwei-Millionen-Dollar-Marke überschritten. Die Verkäufer wären begeistert. Ihre Wohnung in Boca hatte wahrscheinlich unter einer Million gekostet. Geld, mit dem man das Studium der Enkelkinder finanzieren konnte. Es steckte nicht immer nur blanke Habgier dahinter. Elizabeth blätterte in den Angeboten auf ihrem Büroschreibtisch, während Deirdre ihr über die Schulter schaute.

»Nicht übel«, erklärte sie. Deirdre hatte sich das Haar kurz abschneiden lassen, damit die Leute sie mit Halle Berry verwechselten, wie sie sagte. Ihre Rundungen füllten locker Kleidergröße zweiundvierzig aus, und Elizabeth' Meinung nach sah sie tatsächlich aus wie ein Filmstar. Meistens trug sie enganliegende Pullover in leuchtenden Farben wie Smaragdgrün und Rubinrot. Die O'Connells waren vernarrt in Deirdre, und Elizabeth konnte es ihnen nicht verdenken. Mary Ann und ihre Kinder hatten zarte, blasse Haut und überall Sommersprossen, sogar auf Armen und Beinen. Alle aus der Familie sahen aus, als litten sie permanent unter einem leichten Ausbruch von Windpocken.

»Es läuft bestens!«, sagte Elizabeth und hielt ein Angebot in die Höhe. »Das Paar hier ist mir besonders sympathisch. Jung, freundlich. Absolutes Buchclub-Potenzial.«

»Wissen deine Klienten eigentlich, dass du nur deinen Freundeskreis erweitern willst?« Deirdre zog eine Augenbraue hoch und lachte. »Das funktioniert aber nur, wenn deine Freunde dicke Scheckbücher haben! Ich würde sogar einem Arschloch ein Haus verkaufen, solange der Scheck gedeckt ist. Ich mag meine Klienten reich und herzlos.«

»Tust du nicht«, widersprach Elizabeth. Ehe Deirdre antworten konnte, klingelte Elizabeth' Telefon.

»Apparat Naomi Vandenhoovel«, sagte jemand.

»Oh, Mist.« Elizabeth stöhnte. »Nicht schon wieder.«

»Lizzz-eee«, flötete Naomi. »Ich bin in New York! Kommen Sie doch auf einen Kaffee vorbei! In mein Büro! Ich möchte Ihnen zeigen, was wir bisher alles zusammengetragen haben. Ich bin sicher, Sie werden *begeistert* sein.«

»Hallo, Naomi«, sagte Elizabeth. »Wie geht es Ihnen?« Sie sah Deirdre an und verdrehte die Augen. *Es ist nichts,* formte sie lautlos mit den Lippen.

»Ich friere mir den Arsch ab, weil die Air-Condition im Büro auf Automatik gestellt ist, aber sonst geht es mir bestens«, sagte Naomi. »Ich maile Ihnen die Adresse. Kommen Sie doch gleich heute, ich habe am Nachmittag keine Termine. Sie müssen unsere Lydia sehen. Ciao-ciao!« Sie legte auf.

Elizabeth stellte das Telefon zurück auf die Ladestation und betrachtete den Stapel Papiere auf ihrem Schreibtisch. Sie hatte ihre Arbeit für diesen Tag bereits erledigt und mit allen Maklern und Kunden Kontakt aufgenommen. Alle hatten ihre Marschbefehle erhalten. Selbstverständlich gab es noch mehr zu tun – das gab es immer. Aber wenn sie sich ein paar Stunden freinahm, um nach Manhattan zu fahren, würde niemand etwas dagegen haben.

Naomi erwartete sie in einem Besprechungsraum an der Fifth Avenue in der Nähe des Central Parks. Elizabeth musste drei verschiedenen Leuten an drei verschiedenen Schreibtischen ihren Namen nennen, die daraufhin in ein Telefon flüsterten und in einem Computer nachsahen. Der letzte Zerberus, ein ephebenhafter junger Mann mit Fliege, bat sie zu warten, Naomis Assistentin würde sie gleich abholen. Ein paar Minuten später kam eine junge Frau mit kurzem, gepflegtem Afro und leuchtend rotem Lippenstift durch die Tür auf sie zu.

»Elizabeth?«, fragte sie mit gelangweilt klingender Stimme. »Kommen Sie mit.«

Halbhohe Wände aus Edelstahl und verglaste Bürowürfel zogen an ihnen vorbei. Elizabeth warf überall einen Blick hinein, für den Fall, dass sich ein Filmstar auf Besuch hierher verirrt haben könnte. Das Studio produzierte prestigeträchtige, preisgekrönte Filme. Naomi verstand ihr Handwerk. Schließlich kamen sie zu einer Glastür, und Elizabeth sah dahinter Naomi – wie sie vermutete –, die sich mit einer jungen Frau unterhielt, welche ihr den Rücken zuwandte. Elizabeth blieb stehen. Sogar von hinten konnte sie sehen, dass diese Frau, wer immer sie auch war, ihrer aller Lydia war. Und hätte Elizabeth es nicht besser gewusst, hätte sie vielleicht auf die Idee kommen können, dass sie auch *ihre* ureigene Lydia war. Das Haar stimmte – es war dick, dunkel und wild, als hätte es nie eine Bürste gesehen. Das war nicht nur eine Frage der Mode – Lydia hatte nie eine Bürste, einen Kamm oder einen Föhn besessen. Sie hatte diese Dinge symbolisch ins Feuer geworfen, als sie zum Studium nach Oberlin zog. Scarsdale flimmerte nur noch als kleiner Fleck im Rückspiegel, und sie würde niemals mehr dorthin zurückkehren.

»Hiii«, flötete Naomi und breitete die Arme aus. »Da ist ja das Genie!« Sie war größer, als Elizabeth erwartet hatte, mit dickem Brillengestell und ultraglattem, kalifornienblondem Haar, das ihr bis weit über die Mitte des Rückens fiel und hin- und herschwang, als sie auf sie zukam.

»Wer – ich?«, fragte Elizabeth und ließ sich von Naomi umarmen und in eine Wolke aus süßem Parfum einhüllen.

»Ja, Sie!« Naomi trat zurück und ergriff Elizabeth' Hände. »Darcey, das ist Elizabeth Marx. Von ihr ist ›Mistress of Myself‹. Sie hat es einfach so hingeschrieben. Kannst du das glauben? Erst war nichts, dann hat Elizabeth die Worte zu Papier gebracht, und plötzlich wurde daraus ein Song.«

Darcey stand auf und drehte sich um. Es war nicht nur ihr Haar, das sie wie Lydia aussehen ließ – auch ihre Augen, ihre Wangen, ihr Kinn. Elizabeth verstand sofort, warum Naomi gewollt hatte, dass sie zu ihr kam.

»O mein Gott«, sagte Elizabeth.

Darcey tat, was jede Schauspielerin, anstelle zu erröten, tat. Sie lächelte und drehte ihren Kopf von einer Seite auf die andere. »Ich weiß«, sagte sie. »Ich bin im wahrsten Sinne des Wortes dafür geboren. Hätte ich von jedem, der mir gesagt hat, dass ich aussehe wie Lydia, einen Dollar bekommen ...«

»Dann hättest du noch lange nicht die Hälfte von der Gage, die du für diesen Film bekommen wirst! Ha!« Naomi zog Elizabeth näher heran und schob sie zu einem weißen Bürostuhl aus Leder.

Darcey nahm erneut Elizabeth gegenüber Platz. Elizabeth versuchte, sie nicht anzustarren, schaffte es aber nicht, sehr zu Darceys Vergnügen, die jedes Mal breit lächelte, wenn sie Elizabeth dabei ertappte, dass sie sie ansah.

»Und das habe ich auch noch gefunden«, sagte Naomi. »Sie kennen es natürlich, aber wir haben es ein bisschen überarbeitet. Passen Sie auf.« Sie griff nach einer Fernbedienung und richtete sie auf die Zimmerdecke. Langsam glitten Vorhänge herab und tauchten den gesamten Raum in Dunkelheit. An der Wand gegenüber war ein Bildschirm zu erkennen, und auf einen weiteren Knopfdruck hin ertönte ein ihnen aller bekannter Song.

Kitty's Mustache hatte drei Musikvideos produziert. Allesamt gedreht von einem Studenten aus Oberlin namens Lefty, dessen richtiger Name Lawrence Thompson III. lautete. Er besaß eine gute Kamera und war verliebt in Zoe. Sie hatte ein- oder zweimal mit ihm geschlafen, um ihn im Dunstkreis der Band zu halten, wie Elizabeth vermutete, oder vielleicht hatte sie sich ihm auch nur nackt gezeigt. Die ersten beiden Videos zu »Frankie's Lament«, ein Song, den Elizabeth über ihren Vermieter geschrieben hatte, und »Magic Lasso«, ein Lied über Wonder Woman, waren beide ganz in Ordnung und auf und um den Campus herum gedreht worden, meistens in ihren schmuddeligen Apartments, in leeren Unterrichtsräumen und im Baumgarten. Aber für das Video von »Mistress of Myself« hatten sie einen ganzen Tag an einem kalten Strand am Ufer des Eriesees verbracht.

Da standen sie nun in voller Gothic-Montur, alle von Kopf bis Fuß in Schwarz gehüllt, Seite an Seite auf dem Strand. Im Vordergrund waren kleine Schneewehen zu sehen. Das war Leftys Meisterwerk, sein schwedischer Kunstfilm.

»Wie sind Sie an diese Kopie gekommen?«, fragte Elizabeth. Lydias Haar peitschte ihr ums Gesicht. Sie hatten einige ihrer Instrumente mitgebracht, aber Lefty war der Ansicht, dass sie sie im Wagen lassen sollten. Es war wie »Wicked Game«, nur dass statt Chris Isaak und Helena Christensen einzig und allein Lydias kreischender Mund im Mittelpunkt stand. An einer Stelle warf Zoe sich in den Sand und rollte hin und her. Lydia machte ein finsteres Gesicht. Andrew stand die Hälfte der Aufnahme über mit dem Rücken zur Kamera, sein stummer Protest gegen seine Rolle im Patriarchat, wie er behauptet hatte.

Elizabeth beugte sich vor. Eine Nahaufnahme von Lydias Gesicht – nur dass es nicht Lydia war. Es war Darcey. »Warten Sie«, sagte sie. »Wie haben Sie …«

»Ich weiß, Sie sehen keinen Übergang«, sagte Naomi. »Unsere Jungs sind verdammt gut. Einmal haben sie sogar ein Muttermal auf eine von Angelina Jolies Möpsen gezaubert. Für einen Film von drei Stunden Länge. Angelina weigerte sich, es sich hinschminken zu lassen, wegen Jugendarbeitsschutz oder wegen ihrer eigenen Kinder, für die sie mehr Zeit brauchte. Was weiß ich. Die Maske kann tatsächlich mehrere Stunden täglich dauern, und deshalb war es den Aufwand wert, sie mit allen ihren Kiddys ausschlafen zu lassen und stattdessen eine Extramillion für Photoshop oder so hinzublättern. Unglaublich, nicht wahr?«

»Woher haben Sie das? Das Original, meine ich?« Elizabeth besaß eine Kopie auf VHS, aber sie hatte von Freunden erfahren, dass Lefty, nachdem er beschloss, ins Investmentbanking-Geschäft der Familie einzusteigen, alle seine Filme verbrannt hatte. Quasi als Lossagung von seinen Träumen als Künstler. Soweit Elizabeth wusste, war ihre Kopie die einzige.

»Für jemanden, der an einer Überdosis Heroin starb, sind Lydias Archive in erstaunlich gutem Zustand«, sagte Naomi. »Sie hat alles aufgehoben. Wüsste man es nicht besser, könnte man sie für eine Bibliothekarin halten. Im Ernst. Alles farblich gekennzeichnet und in chronologischer Reihenfolge.«

»Das ist äußerst merkwürdig«, sagte Elizabeth. »Die Lydia, die ich kannte, war eine Chaotin. Sie konnte nicht einmal ihr eigenes Scheckbuch führen.«

Naomis Assistentin lachte. »Scheckbücher. So was wie Klapphandys, ja? Aber für Geld?«

»Ich meine es ernst«, sagte Elizabeth.

Naomi nickte. »Genau auf den Aspekt solltest du dich besonders konzentrieren, Darce – äußerlich war sie dieses wilde Huhn, völlig verkorkst, aber innerlich arbeitete sie bereits an ihrem historischen Vermächtnis.«

»Das kriege ich hin«, sagte Darcey.

Elizabeth faltete die Hände im Schoß. Ihre Lydia war weder ein wildes Huhn noch verkorkst. Ihre Lydia war egozentrisch, unzuverlässig und ein Biest. Ihre Lydia hatte kein Interesse daran gehabt, mit Frauen befreundet zu sein, zumindest so lange nicht, bis ziemlich prominente Schauspielerinnen anfingen, zu ihren Konzerten zu pilgern. Von da an schien sie dazuzugehören. Doch Elizabeth wusste, dass diese Bilder – oder ihr Buddhismus oder wie immer sie es nannte – kein Hinweis darauf waren, dass sie sich verändert hätte. Elizabeth hatte sich um Lydia bemüht; sie alle hatten sich bemüht, besonders Andrew. Zuerst war Elizabeth eifersüchtig gewesen, wenn Lydia an manchen Abenden wie zufällig neben Andrew auf dessen Couch lag und ihre Füße unter seine Beine geschoben hatte. Und zwar auch noch, nachdem Elizabeth und Andrew den Bandmitgliedern und allen anderen offenbart hatten, dass sie ein Paar waren. Trotzdem stand Lydia immer wieder bei ihnen auf der Matte, klimperte mit den Wimpern und bat Andrew, ihr dabei zu helfen, die Reifen ihres Fahrrads aufzupumpen. Als ob sie jemals auf dieses dumme Rad gestiegen wäre.

»Ich will diesen Film sehen«, sagte Elizabeth. Natürlich wäre das nur ein Teil der Geschichte, aber vielleicht hatte Lydia mehr zu verbergen, als alle wussten. Wenn Lydia diese Andenken an *Kitty's Mustache* aufgehoben hatte, hatte sie sich vielleicht auch Notizen gemacht. »Hat sie Tagebuch geführt?«

»Jeden Tag ihres Lebens, angefangen hat sie mit fünfzehn.« Naomi lächelte. »Sie hat uns alle Arbeit abgenommen, wissen Sie.« Naomi schraubte einen Füllfederhalter auf und reichte ihn Elizabeth. »Brauchen Sie noch eine Kopie? Ashley!« In weniger als einer Sekunde stand die Assistentin neben ihr.

Elizabeth machte sich keine Gedanken wegen Zoe. Ihr

wäre so oder so alles recht. Zum ersten Mal seit langer Zeit galten ihre Gedanken Lydia, ihrer seit langem verlorenen, fernen Freundin. Siebenundzwanzig Jahre war ein dummes Alter, um zu sterben. Doch mehr als an Lydia dachte sie an Andrew und an sich selbst. Das imaginäre Mädchen, von dem Naomi gesprochen hatte, das war sie selbst – sowohl damals als auch heute. Sie wollte sich dabei zusehen, wie sie zur Gitarre griff und diesen Song schrieb. Sie wollte sehen, wie Andrew sich Hals über Kopf in sie verliebte, als er bemerkte, wozu sie fähig war. Sie wollte es für sie beide und setzte ihren Namen unter den Vertrag. »Geben Sie mir auch einen für Andrew mit«, sagte sie. Elizabeth verließ Naomis Büro und ging auf die Toilette. Dort rieb sie die Fläche zwischen den Waschbecken mit einem Papierhandtuch trocken und fälschte Andrews unleserliche Handschrift wie tausend Male zuvor, als sie ihren Kringel unter Uni-Formulare und Kreditkartenquittungen gesetzt hatte. In ihrer Familie war sie diejenige, die für den Papierkram zuständig war. Und jetzt tat sie nichts anderes, als sich um ihr gemeinsames Geschäft zu kümmern. Das war keine große Sache – nur zwei Sekunden ein wenig Tinte auf ein Blatt Papier zu klecksen. Weitere zwei Sekunden, und sie wäre im Aufzug, dann in der Subway und dann wieder zurück im Büro, und sie würde den Vertrag faxen, so wie sie Tausende anderer Faxe den ganzen Tag lang verschickte. Dagegen war nichts einzuwenden, nicht im Geringsten.

27

Zu Hause überwucherte Zoes Krempel – stapelweise ungelesene Zeitschriften und Unmengen an Haarklammern – jede verfügbare Fläche, während im *Hyacinth* sämtliche Borde und Ablagen sich unter Janes Kontrolle befanden. Jedes Behältnis war farblich markiert, beschriftet und stets griffbereit. So wie alle Salzsorten, die, von fein über grobkörnig bis hin zu den Salzflocken sortiert, nebeneinander standen.

Die meisten Leute verstanden das nicht, aber bei Gourmetköchen ging es im Grunde nur teilweise ums Kochen. Vielmehr ging es um eine Vision, eine Berufung, um persönliche Überzeugungen, die so stark waren, dass man sie einfach Wirklichkeit werden lassen musste. Es gab schlichtweg keinen Grund, ein Restaurant zu eröffnen, wenn man der Meinung war, ein anderer könne es besser als man selbst. Nach fünfundzwanzig Jahren Arbeit in der Küche und zehn Jahren am eigenen Herd war Jane noch immer überzeugt, dass keiner das *Hyacinth* besser führen konnte als sie. Das Restaurant war eine großartige Maschine und sie sein Motor – sein Superhirn. Und sie wünschte sich nichts anderes, als für den Rest ihres Lebens dieses Superhirn zu bleiben.

Jane hatte Kopfschmerzen, und diese Kopfschmerzen trugen einen Namen: Ruby. Natürlich war Zoe schlimmer dran, sie stand tagtäglich an vorderster Front, aber sie und ihre Tochter konnten sich auch wieder in den Arm nehmen, in Zoes begehbarem Kleiderschrank Modenschauen veranstalten und über obskure Bands reden, von denen außer ihnen noch nie jemand gehört hatte. Danach war alles wieder in bester Ordnung. Jane war die Böse. Immer war sie diejenige, die Ruby erklären musste, dass sie kein zweites Eis bekam oder dass sie nicht alle ihre Freundinnen in der Vorschule zwingen konnte, sie Königin zu nennen und ihr zu gehorchen. Jane war der Boss, und den Boss nahm niemand in den Arm.

Ihre eigenen Teenagerjahre waren bemerkenswert harmlos verlaufen. Massapequa war ein guter Ort zum Aufwachsen. Sie spielte in allen Mannschaften, ging zum Pizzaessen mit ihren Freundinnen und schwärmte für Filmstars wie alle anderen auch. Alle waren sie noch Jungfrauen, und so spielte es keine Rolle, dass sie eine lesbische Jungfrau war. Wo war da der Unterschied? Alle hatten sie einen schlechten Haarschnitt und hörten die Musik von Radio Z100. Den Sommer bevor sie ans Wohnheim der NYU wechselte, hatte Jane jeden Tag im örtlichen Schwimmbad verbracht, wo sie einen großen Bogen um kleine Kinder machte, die offensichtlich ständig ins Wasser pinkelten. Sie hatte überall Sommersprossen, sogar zwischen den Zehen.

Den ganzen Sommer über behandelten ihre Eltern sie, als wäre sie aus Glas. Sie verstand nicht, wieso, erst als der Sommer vorbei war und sie den Wagen voll mit Kissen, Kartons und Büchern packten. Im Gegensatz zu Ruby hatte Jane Geschwister – zwei Brüder und eine Schwester, alle jünger als sie. Doch wie Ruby jetzt hatte Jane seinerzeit auch keine Vorstellung davon gehabt, was es für ihre Eltern bedeutete, ihr ältestes Kind darauf vorzubereiten, aus dem Haus zu gehen. Aus dem Haus gehen! Das klang so endgültig. Damals hatte Jane gedacht, ihre Mutter litte unter einem chronischen Schlaganfall, dessen Symptome darin bestanden, dass sie ständig blinzeln, die Tränen zurückdrängen und Jane anhimmeln musste, als träte sie in der neuen Folge von *Dallas* auf. Doch jetzt verstand sie das alles. Kinder wollten fortgehen. Kinder wussten, wann sie alt genug dafür waren – ein prähistorisches, gleichsam in den Genen verankertes Wissen. Nur ihre Eltern hielten sie immer noch für Kinder. Alles andere –

Tabakindustrie, Wahlkabinen, Pornoschuppen – sprach eine andere Sprache.

Langsam bewegte Jane sich durch die Küche und drehte alle Glasbehälter so, dass die Beschriftung in die richtige Richtung zeigte. Die Glocke über der Tür schlug an, und Jane sah Clara, ihre Sous-Chefin, hereinkommen. Clara war gut, ein krisenfester Typ. Eines Tages würde sie ebenfalls ihr eigenes Restaurant haben wollen. Immer wieder gingen Kinder aus dem Haus. Jane konnte spüren, dass sie in die Gefahrenzone abrutschte. Hastig räumte sie ein wenig Platz auf der Ablage frei, holte Mehl, Salz und Hefe, und als Clara hereinkam, nickte sie ihr zur Begrüßung mit einer knappen Geste zu. Aus einem ihr unbekannten Grund hatte Brotbacken stets eine stressabbauende Wirkung auf Jane gehabt, und Clara war klug genug, sich an ihre eigene Arbeit zu machen und keine überflüssigen Fragen zu stellen.

28

Andrew fühlte sich am glücklichsten, wenn er alle Hände voll zu tun hatte. Seit dem Abend der Party verstand er sich mit Elizabeth so gut wie lange nicht mehr. Sie schien zu begreifen, dass er sie an seiner Seite haben musste wie ein Stützrad am Fahrrad, und er sah ein, dass sie nach wie vor weder auf seine Gegenwart noch auf seine Unterstützung verzichten konnte. Und so bemühten sich beide. Dass sie wieder öfter Sex miteinander hatten, schadete nicht. Zwar noch nicht mit derselben Intensität wie damals während ihrer Versuche, ein Kind zu zeugen, was für sie beide ziemlich anstrengend gewesen war in den Jahren nach Harrys Geburt, als sie ziemlich fixiert darauf waren, ihm ein Geschwisterchen zu schenken. Aber der Sex war gut, wirklich gut für ein Paar, das seit zwei Jahrzehnten zusammen war. Mit diesem Teil ihrer Beziehung waren sie stets zufrieden gewesen, und es gab ihnen das Gefühl, offenbar noch immer einiges richtig zu machen. Natürlich wusste Andrew nicht, wie oft andere Leute Sex hatten. Elizabeth vermutlich schon, denn bestimmt ging automatisch eine SMS bei ihr ein, wenn Zoe oder eine ihrer anderen engen Freundinnen einen Orgasmus gehabt hatte. Aber Männer waren nicht so mitteilsam, nicht einmal Männer wie er.

Dienstagvormittag stand geführte Meditation auf dem Programm, Mittwoch Yoga, am Donnerstag Dharma-Gespräche und am Freitag kosmischer Tanz. Andrew wusste, dass er wahrscheinlich nicht jede Woche hingehen könnte, zumindest nicht, ohne Elizabeth jedes Mal eine langatmige Erklärung geben zu müssen. Eventuell könnte er sie einladen, mitzukommen, aber gut möglich, dass es ihr nicht gefiel oder dass sie sich lustig über die anderen machte, und dann würde er Dave erklären müssen, dass seine Frau mit der Transzendenz nicht so viel anfangen konnte. Elizabeth hatte ihm bei allen seinen Unternehmungen immer den Rücken gestärkt, doch das hier wollte er vorerst für sich allein haben.

An den meisten Tagen ging Andrew sofort hinüber, nachdem Elizabeth das Haus verlassen hatte und zur Arbeit gegangen war. In der Garage hatten sie eine Tischlerwerkstatt eingerichtet, wo Andrew Bücherregale für die Räume im oberen Stockwerk zusammenbaute. Dave schaute hin und wieder auf einen Sprung vorbei, meistens noch nicht richtig angezogen. Manchmal sah er auch aus, als sei er soeben erst aufgewacht, hatte vom Schlaf verklebte Augen. Und bisweilen wirkte er, als habe er die ganze Nacht über kein Auge zugetan. Dann schwatzten sie ein wenig, was vom Niveau her im Übrigen kaum einen Deut besser war als jeder Teeküchen-Smalltalk im Büro. In der letzten Zeit hatte Dave oft über ein Schiff gesprochen – ein schwimmendes EVOLVEment.

»Im Sommer könnte es hier in Brooklyn liegen. Vielleicht unterhalb der Brooklyn Bridge, gleich neben Bargemusic, schön herausgeputzt, damit die Touristen neugierig werden und wissen wollen, was an Bord vor sich geht. Und im Winter segeln wir dann südwärts – nach Vieques oder Saint Martin vielleicht.« Dave hatte die Arme vor der nackten Brust verschränkt. Ein längliches Haarbüschel, eine Lilie aus braunen Locken, prangte zwischen seinen Brustmuskeln.

»Segelst du?«, fragte Andrew. Er schliff gerade ein großes Stück Holz ab, ein langes Regalbrett, das für den großen Yogaraum bestimmt war. Er war ein geschickter Handwerker, und dafür reichte sein Wissen aus. Dave hatte ihn nie gefragt, ob er überhaupt Erfahrung auf dem Gebiet besaß. Eine solche Frage war hier fehl am Platz: Wenn man glaubte, etwas zu können, konnte man es auch. Einer der jungen Burschen mit kurzen Dreadlocks und einem breiten Grinsen steckte seinen Kopf in die Garage und verkündete, er habe Werkzeug im Kofferraum und könne Andrew helfen, das Brett zu befestigen, wenn er fertig sei.

»Als Kind«, erwiderte Dave. »Mal da, mal dort. Aber meine Muskeln haben die Erinnerung gespeichert.« Dabei tippte er mit dem Finger an seine Stirn. »Es ist alles noch hier.«

»Ich auch«, sagte Andrew. Er sprach nicht gern über seine Familie, aber jetzt sprudelte es einfach aus ihm heraus. »Ich hatte jeden Sommer Segelunterricht, beim Haus meiner Eltern auf Long Island. Drei Tage lang haben die uns an Land Knoten üben lassen, bevor wir auch nur die Füße nass machen durften. Ich habe versucht, es meinem Sohn beizubringen, aber er hat sich nicht die Spur dafür interessiert.«

Dave lachte. »Du bist ein richtiger Universalgelehrter, Mann, das gefällt mir an dir.«

»Weiß nicht«, erwiderte Andrew, »aber ich schätze schon, dass ich so einige Dinge ganz gut auf die Reihe kriege.«

»Bist du Rennen gefahren?«

»Segelregatten, meinst du? Nein. Wenn es nach meinem Vater gegangen wäre, dann ja. Ein oder zwei Pokale im Haus, das hätte ihm schon gefallen, aber so ein Sohn war ich nicht. Nie. Es war immer eine große Enttäuschung für meine Eltern, dass ich mehr an Buddhismus als an Sportclubs interessiert war.«

Dave brummte mitfühlend. »Warst du schon mal in Indien?«

»Einmal, ja, mit neunzehn.« Andrew legte die Schleifmaschine beiseite. Er hatte aus Unachtsamkeit eine kleine Rille ins Holz geschliffen, nicht unähnlich einer sich brechenden Welle. Dave schien keine Notiz davon zu nehmen. »Ich bin ein bisschen umhergereist. Jaipur, Kerala.«

»Cool«, sagte Dave. »Genau das ist es, was ich mir vorstelle – völlig andere *vibrations* als hier im Haus. Irgendwie alles in *Pink,* verstehst du? Hell. Bunt. Eben vollkommen anders. Und die Leute können bleiben, solange sie wollen, eine Nacht oder auch eine Woche, während das Boot herumsegelt, die Therapien stattfinden und mit den Leuten gearbeitet wird. Eine Art schwimmendes Retreat. EVOLVEBoat. BoatMENT. Weiß noch nicht, wie es heißen soll.«

»Das klingt fantastisch«, sagte Andrew.

»Freut mich, dass du dabei bist«, sagte Dave. »Wir sollten später noch mal darüber reden.« Er schlug Andrew auf die Schulter. »Das ist schön, Mann. Wabi-Sabi, richtig?« Er deutete mit dem Kopf auf das Stück Holz und ging zurück.

»Richtig«, sagte Andrew. In der Garage war es kühl und ruhig. Aus dem Haus drang schwach Musik zu ihm herüber – er konnte nicht genau erkennen, was es war. The Kinks? Big Star? Ein junges Paar kam durch die Hintertür heraus. Andrew grüßte freundlich, und sie winkten zurück.

Wie wirkte er auf sie? Wie ihr Vater? Ihr cooler älterer Bruder? Er vermochte es sich nicht vorzustellen. Wenn er und Elizabeth auf den klapprigen Holzstühlen in ihrer Garage saßen, kam Andrew sich manchmal vor wie ein zahnloser alter Mann aus einem appalachischen Folk-Song. Elizabeth machte beim Singen immer die Augen zu, und bisweilen sah sie dann aus wie ihre eigene Mutter, leicht beschwipst nach zwei Gläsern Chardonnay. Immer noch besser, als auszusehen wie seine Mutter, deren Gesichtshaut so oft hinter die Ohren gezurrt worden war, dass es an ein Wunder grenzte, dass sie noch Wangen hatte.

Wahrscheinlich konnte man im Internet Anweisungen finden, wie man ein Boot baut. Andrew sah bereits vor sich, wie sich unter seinen Händen die gigantischen Rippen des Schiffsrumpfs zu einem Ganzen zusammenfügten. Er wollte etwas erschaffen, das es aufnehmen konnte mit der hohen See, etwas Erhabenes, Heiteres.

29

Unter der Woche war es Ruby über Mittag im *Hyacinth* so langweilig, dass sie angefangen hatte, eine Graphic Novel über Bingos geheimes Doppelleben als Friseur in New Jersey zu zeichnen. Sie lachte auch schon lange nicht mehr über Jorges Witze, der ihr über die Theke hinweg nur noch traurige Blicke zuwarf, während er Minze zerstieß und Orangen auspresste. Wenn jemand hereinkam und nach einem Tisch fragte, dann tat Ruby jedes Mal so, als käme sie aus einem anderen Land. Sie war Französin, Japanerin, Mexikanerin. Wenigstens einer, dachte sie, würde sich schon darüber aufregen und/oder amüsieren, aber keinem schien es aufzufallen. Die meisten Gäste waren Frauen um die dreißig, die aus unerfindlichen Gründen Clogs trugen. Ganz offensichtlich nicht das anspruchsvollste Publikum für Rubys Performancekünste.

Ihre Mum lief ständig rein und raus, einmal mit Blumen für die Tische, dann wieder mit Kartons voller Seife, die sie aus dem Kofferraum ihres Wagens holte. Sie benahmen sich einfach kindisch, ihre Mütter. Manchmal überlegte Ruby, die beiden an einen Tisch zu setzen und ihnen begreiflich zu machen, dass sie sich nur normal zu benehmen bräuchten, und alles würde wieder gut werden. Zoe führte sich auf wie eine Amisch in der Rumspringa-Phase, wie das dort hieß – sprich: in der Pubertät –, mit aufreizenden Klamotten und gläserweise Rosé bereits am Nachmittag, während Jane fortwährend ächzte und stöhnte wie der Yeti persönlich. Ruby hätte mit keiner von beiden verheiratet sein wollen, aber das war deren Problem, nicht ihres. Verheiratet, geschieden – wo war da der Unterschied? Noch immer regelten sie alles, was das *Hyacinth* betraf, gemeinsam. Und dass das Restaurant halbwegs ordentlich aussah, lag nur daran, dass jede Kachel, jede Farbnuance, jeder Stuhl und jeder Salzstreuer von Zoe persönlich ausgesucht worden war. Eine Ehe zu führen konnte sich doch nicht so sehr davon unterscheiden, ein Restaurant zu leiten. Und außerdem, Eltern eines Kindes zu sein, das hieß schließlich auch, dass man für den Rest seines Lebens miteinander verbunden wäre. Es gab kein Entkommen, nicht wirklich, und überdies schien es mit den beiden so schlimm auch wieder nicht zu stehen. Ruby hatte es viel schlechter getroffen. Höchstwahrscheinlich würde sie als Biobäuerin oder Nackttänzerin oder sonst was enden, wofür man lediglich praktische Erfahrung mitbringen musste, aber wenn ihre Eltern sie unbedingt ignorieren und sich auf ihre eigenen dummen Probleme konzentrieren wollten, bitte schön. Ruby skizzierte ein protziges, geschmackloses Ballkleid, wie es eine Kandidatin tragen würde, um in einer Sendung wie *Der Bachelor* aus der Limousine zu steigen, und setzte der Gestalt Bingos Kopf auf.

Es war Viertel vor drei Uhr nachmittags. Ab drei nahmen sie keine Reservierungen für den Lunch mehr entgegen. Nur noch fünfzehn Minuten. Eigentlich könnte sie schon nach Hause gehen, Jorge würde die Leute wegschicken. Aber Harry wollte sie abholen, und so würde sie eben warten, bis er kam.

Seit der Nacht in diesem Haus waren sie noch dreimal zusammen gewesen; zweimal hatten sie abends eine Runde mit Bingo gedreht und einmal den Nachmittag miteinander verbracht, als Rubys Mütter nicht zu Hause waren. Harry lernte schnell. Die Existenz einer Klitoris schien ihm bekannt zu sein, auch wenn er nicht genau wusste, wo er danach suchen sollte. Doch im Gegensatz zu manch anderen Kerlen war er lernbegierig und nicht beleidigt, wenn Ruby ihm den einen oder anderen Tipp gab. Schließlich sollte auch sie ihren Spaß dabei haben – den guten Rat hatte ihre Mum ihr in Sachen Sex Gott sei Dank mitgegeben.

Im Dunklen tat man sich eigentlich immer leichter. Dann konnte man fummeln, so viel man wollte, und neue Körperteile versehentlich berühren, ohne gleich zuzugeben, dass man es genau darauf abgesehen hatte. *Oh, war ich das? Oh, bist du das?* Ruby genoss es, sich auszuziehen und dabei zuzusehen, wie Harrys Augen immer größer wurden. Ganz gleich, wie dunkel es war, diese großen, runden Kreise strahlten sie an wie in einem Zeichentrickfilm. Das war extrem befriedigend. Sie zeichnete ein Bild von ihm mit fliegenden Untertassen anstelle der Augäpfel. Als die Glocke über der Tür anschlug, schaute Ruby auf, in der Erwartung, Harry zu erblicken.

Dust hielt sich das Skateboard wie einen Schild vor die Brust. Über seine Schulter hinweg konnte Ruby Sarah Dinnerstein draußen auf dem Gehweg stehen sehen, eine Klassenkameradin aus der Whitman High und ebenfalls ein großer Fan von Dust und seiner Armee aus Kirchenstufen-Kids. Bis zum letzten Jahr war Sarah ein ziemlich braves Mädchen gewesen, dann hatte sie sich die Nase piercen und auf die Innenseite ihrer Unterlippe das Wort LOVE tätowieren lassen. Die Leute meinten, sie sei auf Heroin, aber vor allem stand sie auf Nico, der, wie Dust, mit Schule nicht viel am Hut hatte und – man wusste nichts Genaues – vielleicht schon fünfundzwanzig Jahre alt war. Im Herbst würde Sarah nach Bennington gehen. Ruby konnte einfach nicht begreifen, dass Sarah Dinnerstein, die gerade mal vier Drähte im Kopf hatte, einen Platz am College ergattern konnte und sie nicht. Die Welt war ungerecht. Dafür hatte Sarah Dinnerstein vermutlich noch nie einen Orgasmus gehabt. Für sie waren weibliche Orgasmen wahrscheinlich ein Mythos wie das Ungeheuer von Loch Ness.

»Was willst du?«, fragte Ruby.

»Ich komme in friedlicher Absicht«, sagte Dust und lehnte sich an das kleine Pult. »Bei Nico steigt heute eine Fete. Geht den ganzen Tag und dauert bestimmt die ganze Nacht. Wir wollten nur schnell was zu trinken holen. Sarah hätte gern ein Gatorade.«

Draußen hampelte Sarah im Sonnenlicht herum. Sie hatte kindlich dicke Wangen und trug ein viel zu kurzes Kleid. »Himmel«, sagte Ruby. »Ist sie auf Trip?«

Dust leckte sich mit der Zunge über die Zähne. »Auf Molly. Willst du was?«

Wieder schlug die Glocke an. Harry stutzte, als er Dust sah, ließ sich aber weiter nichts anmerken, was Ruby positiv zur Kenntnis nahm. »Hey«, sagte Harry und nickte ihr zu.

»Hey«, sagte Ruby und streckte die Finger nach ihm aus wie eine Krabbe. Harry drückte sich an Dust vorbei und ließ sich von ihr kneifen. Ruby legte einen Arm um Harrys Schultern und zog ihn an sich. »Vielleicht schauen wir später mal vorbei, Dust.«

Dust runzelte die Augenbrauen. »Okay, Mann. Du weißt ja, wo du mich findest.« Mit einem lauten Scheppern ließ er sein Skateboard zu Boden fallen, und Jorge fuhr in die Höhe. »Bis später.« Er schob das Board zur Tür hinaus und vollführte zu Sarah Dinnersteins größtem Entzücken draußen auf dem Gehweg einen Ollie.

»Wir gehen doch nicht wirklich auf eine Party mit Dust?«, fragte Harry.

Ruby zuckte die Schultern. »Weiß nicht. Meine Freundin Sarah geht hin. Und Nico ist cool.«

»Okay«, sagte Harry. »Wenn du willst, komme ich mit.«

Ruby glitt von ihrem Hocker. »Komm, verpissen wir uns.« Sie wollte wissen, ob Harrys Wangen sich rosa verfärbten bei dem Wort »verpissen«, was sie prompt taten.

Obwohl sie sechs Monate mit ihm gegangen war, hatte Ruby keine Ahnung, wo Dust lebte. Seine Mom wohnte möglicherweise in Sunset Park und sein Dad irgendwo in Queens, aber das war alles mehr als vage. Nico hingegen lebte in einem großen Haus gleich um die Ecke vom *Hyacinth,* und dort war sie schon hundertmal gewesen. Nicos Haus war ein halbmythischer Ort. Seine Eltern existierten nicht. Im Küchenschrank standen keine Tüten mit Linsen, und im Kühlschrank fanden sich keine Eier. An den Wänden hingen keine Fotos. Die Vorhänge waren immer zugezogen. Schleppend setzte Harry einen Fuß vor den anderen, während ihm die Haare in die Augen fielen. Rubys Hand streifte seinen Arm.

»Diese Angeber sind nicht meine Freunde«, sagte Harry. »Weder in diesem speziellen Fall noch im Allgemeinen. Du weißt schon, in einem eher philosophischen Sinn.«

»So schlimm sind sie auch wieder nicht«, widersprach Ruby, obwohl sie noch schlimmer waren, als Harry es sich vorstellen konnte. Ruby war sich nicht sicher, warum sie zu der Party gehen wollte. Bestimmt nicht wegen Sarah, die sie noch nie leiden konnte, und auch nicht, um mit Dust herumzumachen ... der einzige Grund, weshalb sie früher hingegangen wäre. Doch es war definitiv der bunteste Haufen, was die ethnische Herkunft der Einzelnen betraf, und die Zugehörigkeit zu dieser Gruppe gefiel ihr. Jeder an der Whitman High war bleicher als bleich, und alle lagen, wie es schien, in einem Wettstreit, wer mit größerer Ahnungslosigkeit gegenüber seinen eigenen Privilegien als Weißer glänzte. Die Kirchenstufen-Kids waren kaputte Typen, und Ruby gefiel die Vorstellung, Dust eifersüchtig zu machen und Harry zu zeigen, wie ihr Leben aussah, oder zumindest, wie es zuvor ausgesehen hatte. Jetzt nach ihrem Abschluss schien alles anders zu sein – sie war nicht mehr cool und verkorkst, sondern womöglich nur noch verkorkst. Vielleicht wollte sie auch deshalb hingehen, weil sie befürchtete, dass sie und Dust sich ähnlicher waren, als sie dachte. Vielleicht wollte sie hingehen, weil sie Angst hatte, dass Harry sonst abspringen und sie mit Typen wie Dust und Nico und Sarah für immer allein lassen könnte. Was sie im Grunde auch verdient hätte.

Draußen auf der Veranda standen ein paar Kids und rauchten. Ruby kannte sie und winkte, ehe sie entschlossen nach Harrys Hand griff, obwohl sie noch nie zuvor in der Öffentlichkeit Händchen gehalten hatten. Sie sah ihn an, und Harry erwiderte ihren Blick mit einem Lächeln, mit dem man auf ein YouTube-Video von einem Löwenjungen reagiert, das sich mit einem Baby-Stachelschwein anfreundet. So als könne man nicht glauben, wie gut die Welt sein kann. Ruby fühlte sich sofort schuldig, aber es war zu spät, und so traten sie ins Haus.

30

Dr. Amelia war in Urlaub. Jeder andere Psychotherapeut auf der Welt machte Urlaub im August, aber Dr. Amelia musste im Juli wegfahren. Zoe hatte dreimal angerufen und Nachrichten hinterlassen. Endlich rief Dr. Amelia sie zurück.

»Zoe«, sagte sie. Im Hintergrund war Möwengeschrei zu hören. »Ich bin in Cape Cod. Es ist hier so schön wie gemalt. Ein Bild von Leben! Was gibt es?«

Zoe hatte sich unter ihre Bettdecke verkrochen. Jane war im Restaurant, und Ruby war, wo immer sie auch sein mochte. Als Ruby mit fünfzehn Jahren mit einer Tätowierung nach Hause kam, hatte Zoe die Versuche eingestellt, auf dem Laufenden zu bleiben. Ruby war ein gutes Mädchen, zumindest meistens, und Zoe vertraute ihr. Es war klug, die Kids an der langen Leine zu halten – immerhin Oprahs Rede. Natürlich hatte Oprah keine Kinder. Vielleicht hatte sie junge Hunde damit gemeint. »Oh, nichts«, sagte Zoe. Sie spürte, wie ihre Stimme zu beben begann.

»Jane hat auch schon angerufen«, sagte Dr. Amelia. »Ich bin in drei Wochen wieder zu Hause. Wollt ihr zwei dann nicht bei mir vorbeikommen?«

»Okay«, sagte Zoe und kroch weiter nach unten, bis sie am Fußende mit Bingo zusammenstieß. »Ich hatte nur gehofft, Sie zwei Minuten sprechen zu können, falls das okay ist.«

»Was haben Sie für ein Anliegen?«

»Woher weiß man, dass man sich scheiden lassen soll? Dass es so weit ist? Gibt es da eine Skala? Ich dachte, ich wäre mir sicher, aber jetzt weiß ich nicht mehr so recht. Sie kennen uns – was denken Sie?«

»Sie wissen, dass ich Ihnen nicht sagen kann, ob Sie verheiratet bleiben sollen oder nicht, Zoe.« Noch mehr kreischende Möwen.

Zoe schloss die Augen und stellte sich Dr. Amelia in einem Badeanzug vor. Bestimmt ein sehr bunter Einteiler, vielleicht mit einem kleinen Schößchen, so wie ihre Großmutter einen getragen hatte. Wahrscheinlich hatte Dr. Amelia auch eine geschliffene Sonnenbrille auf der Nase und einen Strohhut auf dem Kopf. Warum konnte sie Zoe das nicht sagen? Alle anderen sprudelten nur so über vor Ratschlägen – Zoes Mutter in Los Angeles, Zoes Tanten daheim in Michigan, die Leute auf der Straße. Warum konnte ein Therapeut nicht einfach ja oder nein sagen? Vielleicht sollte Zoe stattdessen ein Medium bemühen oder zu einem der Origami-gefalteten Papierwahrsager greifen. Zu einem Himmel-und-Hölle-Spiel. Ja oder nein.

»Haben Sie ein Haus gemietet, oder wohnen Sie bei Freunden?«

»Sie wissen, dass ich Ihnen das auch nicht sagen werde.«

»Wie sind die Austern?«

»Köstlich.« Dr. Amelia atmete hörbar aus. »Was ist los, Zoe?«

»Ich glaube, ich bin ganz gut in meinem Job«, sagte Zoe. Sie versuchte, nicht zu weinen. »Aber wenn wir uns scheiden lassen, werde ich mir dann was Neues suchen müssen? Ich bin fast fünfzig.« Die Zahl machte ihr Angst. Jane war vor fünf Jahren fünfzig geworden. Sie hatten eine gigantische Party veranstaltet, und alle waren viel zu lange geblieben und hatten getanzt. Ruby war an der Theke eingeschlafen wie ein Straßenkind, wie eine kleine Brooklyn-Gastro-Eloise. Doch wenn Zoe an ihren eigenen Geburtstag dachte, hätte sie sich am liebsten in ein Mauseloch verkrochen und wäre gestorben. Fünfzig war schon in Ordnung, aber nicht, wenn man plötzlich auf der Straße stand. Fünfzig ging nur dann in Ordnung, wenn man in Topform war und noch immer wenigstens einmal am Tag geküsst wurde.

»Ihr zwei könnt ja erst mal das Private erledigen und dann das Geschäftliche. Es muss nicht alles auf einmal passieren. Keiner wird verstoßen werden. Eines nach dem anderen. Wann haben Sie das letzte Mal einen wirklich komplizierten Vertrag unterschrieben? Auch eine Scheidung ist etwas Geschäftliches.«

»Aber woher weiß ich, dass es wirklich das ist, was ich will?« Inzwischen flüsterte Zoe. Sie wollte Elizabeth fragen, ob sie in Bezug auf Andrew je ähnlich empfunden hatte, doch die Worte laut auszusprechen kam ihr vor wie eine Verwünschung. Hatte man sie erst einmal in Gedanken formuliert, hatten sie Eingang in den eigenen Kopf gefunden, und waren sie einem erst einmal über die Lippen gekommen, war die eigene Ehe dem Untergang geweiht. Sie wollte jedoch nicht dem Untergang geweiht sein, und Elizabeth gegenüber zugeben, dass sie es war, wollte sie erst recht nicht.

»Lieben Sie Ihre Frau?«

Zoes Ohr und ihre Wange waren schweißnass. »Selbstverständlich tue ich das. Wir haben zusammen eine Tochter, wir haben ein gemeinsames Leben. Aber wir haben einfach keinen Spaß mehr miteinander, verstehen Sie? Ich komme mir vor wie mit einer Mitbewohnerin, deren Wäsche ich waschen muss. Wenn Jane mich küsst, dann vergesse ich manchmal, dass sie nicht irgendeine Pennerin im Bus ist und das tun darf.«

»Vielleicht sollten Sie versuchen, wieder Spaß zu haben«, sagte Dr. Amelia.

Zoe wischte sich den Schweiß vom Gesicht. »Yeah«, erwiderte sie. »Sonst noch ein Vorschlag?« Sie steckte den Kopf unter der Decke hervor und schob Bingo auf den Boden.

»Wann hatten Sie Ihr letztes Date?«, fragte Dr. Amelia.

»Vielleicht müssen Sie einfach mal wieder den Schnee von den Stiefeln schütteln. Mal ein paar neue Reifen aufziehen. Schauen, ob Sie nicht wieder ein bisschen Luft in die Fahrradreifen pumpen können.«

»Ich hab's kapiert«, sagte Zoe. »Wir machen einen Termin aus, wenn Sie wieder da sind. Danke für Ihren Rückruf. Tut mir leid, dass ich Sie in den Ferien belästigt habe.«

»Dafür gibt es Telefone. Es ist alles gut. Passen Sie auf sich auf.« Und dann war Dr. Amelia fort, und Zoe und Bingo waren wieder allein im Haus. Von unten drang ein Poltern nach oben, und Zoe rief: »Hallo?«, aber niemand antwortete ihr. Das Haus hatte seine eigenen Probleme.

31

Elizabeth hatte Iggy Pop den ganzen Nachmittag über nicht gesehen. Sie war zwar ständig unterwegs gewesen – erst im Büro, dann zum Einkaufen, dann im Coffee-Shop –, aber Iggy wechselte normalerweise tagsüber von einem Schlafplatz zum anderen, und so fiel ihr zunächst nichts auf, bis sie irgendwann feststellte, dass mittlerweile ein ganzer Tag vergangen war. Harry saß im Wohnzimmer mit einem Videospiel, neben ihm auf dem Beistelltisch lag aufgeschlagen ein SAT-Vorbereitungsheft. »Igs?«, rief sie. »Iggo Piggo? Pop Pop?« Elizabeth drehte sich in der Küche im Kreis.

»Hast du die Katze gesehen?«, fragte sie.

Ohne den Blick vom Bildschirm abzuwenden, schüttelte Harry den Kopf.

»Hmm«, bemerkte Elizabeth und schaute in allen Betten und Waschbecken im Bad nach. Manchmal, wenn es besonders heiß war, wechselte Iggy von einem Becken zum nächsten und versuchte, an dem Porzellan Abkühlung zu finden. Andrew war wieder einmal bei EVOLVEment.

Elizabeth hatte wenig Interesse daran, die nörgelnde Ehefrau zu geben. Sie freute sich, dass Andrew in Kontakt mit seinen Gefühlen war. Sie wollte nie einen Mann wie ihren eigenen Vater haben. Der hätte lichterloh in Flammen stehen können und nicht um Hilfe gerufen. Doch weniger erfreulich fand sie es, dass Andrew sich für ein Praktikum in einem Yogastudio entschieden zu haben schien, statt sich einen richtigen Job zu suchen. Selbst wenn dieser Job ein Praktikum in einer Schreinerei gewesen wäre. Andrew hatte sich nie Gedanken um Geld gemacht, aber die längste Zeit ihres Erwachsenenlebens hatte er zumindest den Schein gewahrt, einer geregelten Arbeit nachzugehen.

An der Whitman High gab es haufenweise Kids in einer ähnlichen Situation – Sprösslinge von Schauspielern und Hedge-Fonds-Managern, Enkelkinder von Leuten, deren Namen die Wände öffentlicher Gebäude zierten. Brooklyn war schon lange nicht mehr das, was es bei ihrem Einzug gewesen war – eine Stadt zum Anfassen mit eigenem Rhythmus und Herzschlag. Jetzt war es nur noch ein Überlaufbecken von Manhattan. Die russischen Oligarchen kauften Tribeca und West Village auf, und Brooklyn war als Nächstes an der Reihe. Es war Elizabeth' Job, dabei nach Kräften mitzuhelfen, aber im Grunde gefiel ihr das ganz und gar nicht. Sie hätte sich wohler gefühlt, wären die Provisionen kleiner ausgefallen und hätte sie dafür weiterhin Mittelklassefamilien in der Nachbarschaft halten können. Sie hatte so viele Häuser an Lehrer von staatlichen Schulen verkauft – Town Houses in Center Slope –, die mittlerweile absurd viel Geld wert waren. Manchmal dachte sie daran, *upstate* zu ziehen, irgendwohin entlang des Hudson River, wo es schön war. Vielleicht könnten sie und Andrew nach Harrys Universitätsabschluss alles zu Geld machen. Das Haus verkaufen, ihr altes Leben dazu. Wenn sie nicht länger in der Stadt lebten, müsste Andrew vielleicht nie mehr so tun, als ginge er einem Broterwerb nach. Dann könnte er an Meditations-Retreats teilnehmen, Skulpturen herstellen, töpfern oder Taekwondo-Kurse belegen. Sie könnte an reiche Leute, die zwei Millionen für ein Haus in Brooklyn hinblätterten, Landhäuser verkaufen – sie bräuchte die O'Connells nur zu fragen, ob sie nicht eine Filiale in Rhinebeck für sie übernehmen könne. Harry könnte den Sommer über zu Hause verbringen und in dem Apartment über der Garage wohnen. Was sagte das wohl über ihr Selbstwertgefühl aus, wenn sie sich gezwungen sahen, ohne besonderen Grund in der Stadt zu leben? Hatte sie dermaßen Angst davor, was ihre Freunde über sie denken mochten, wenn sie in ihr eine Fahnenflüchtige sahen? War sie eine Fahnenflüchtige?

»Mom?«

»Entschuldige, ja, was?« Elizabeth blinzelte. Harry starrte sie an. Die Szene auf dem Bildschirm war eingefroren, der Frosch-Detektiv verharrte mitten im Sprung.

»Soll ich dir die Katze suchen helfen? Es wird bald dunkel.«

Elizabeth rieb sich die Hände. »O ja, Schatz, bitte. Suchen wir gemeinsam. Kannst du im Keller nachsehen? Ich suche hier noch mal alles ab, und dann könnten wir vielleicht um den Block gehen, ja?« Eigentlich durfte Iggy Pop nicht nach draußen – in der Nachbarschaft gab es wilde Katzen, und er war kein großer Kämpfer –, aber die hintere Fliegengittertür war leicht zu öffnen, sogar für eine Katze. Er war zuvor schon ein paarmal ausgebüxt, und jedes Mal hatten sie ihn in den Rabatten wiederentdeckt, wo er mit entschlossenem Gesichtsausdruck herumstolziert war.

Elizabeth schaute in jeden Schrank in der Küche und sogar unter den Esszimmertisch.

»Im Keller ist er nicht«, sagte Harry, als er die Treppe hochkam.

»Nein«, sagte Elizabeth. »Dachte ich mir schon.«

Sie begannen im Garten, Elizabeth im Uhrzeigersinn, Harry in entgegengesetzter Richtung. Keine Spur von Iggy.

»Drehen wir eine Runde um den Block«, schlug Elizabeth vor. Sie gingen die Auffahrt bis zum Fußweg hinunter und wandten sich nach rechts, wo sie unter jedem geparkten Wagen und in den Blumenbeeten nachsahen.

Harrys Haare mussten geschnitten werden. Seine Locken kringelten sich allmählich wieder im Nacken wie damals als Baby. Elizabeth widerstand dem Drang, die Hand auszustrecken und den Finger in eine Haarlocke zu schieben.

»Unternimmst du eigentlich noch was mit Ruby?« Seit der eBay-Affäre hatte Harry sie nicht mehr erwähnt, aber Elizabeth sah sein Handy öfter als sonst aufleuchten, und gleich darauf sein ganzes Gesicht, und wusste deshalb, dass Ruby noch immer brandaktuell war. Sie hatte im Grunde nichts dagegen – sie mochte Ruby sehr. Und sie liebte Zoe. Es gefiel ihr, dass Harry seine Zeit mit einem Mädchen verbrachte, ganz gleich, ob das, was sie miteinander taten, einen romantischen oder platonischen Hintergrund hatte oder, und das war am wahrscheinlichsten, in jenen unübersichtlichen, dunstigen Gefilden irgendwo dazwischen stattfand.

»Schon«, sagte Harry. »Ja, wir hängen miteinander ab. Nach dem SAT-Kurs und so. Manchmal.«

»Das ist schön«, erwiderte Elizabeth. Sie wollte ihn nicht bedrängen. Sie selbst hatte nicht ein einziges Mal mit ihren Eltern über ihr Liebesleben als Teenager oder als Erwachsene gesprochen. Als sie und Andrew beschlossen hatten zu heiraten, hatte ihr Vater einen Witz über das Ehebett gemacht. Elizabeth war noch Tage danach übel gewesen. Das war allein Harrys Angelegenheit. Ruby war ein bisschen wild, aber Elizabeth bezweifelte doch sehr, dass ihr süßer Sohn Rubys romantischen Ansprüchen gerecht wurde. Zoe war genauso gewesen – stets bereits, mit jedem zu flirten, der auch nur in ihre Richtung sah. Es war eigenartig, mit anzusehen, wie sich die Dinge wiederholten. Aber es war nicht zum Lachen.

Als Zoe und Jane das erste Mal darüber gesprochen hatten, ein Baby zu bekommen, war nicht klar gewesen, wie sie es anstellen wollten. Zoe war jünger, aber auch zimperlicher. Janes Mutter hatte zu Hause vier Kinder mit Hilfe einer Hebamme und ohne Schmerzmittel zur Welt gebracht; ihre Gene schienen vielversprechend. Es war eine Frage der Logistik: Sie wären natürlich beide Mutter, doch wer würde das Kind austragen, wer würde stillen, welche der beiden würde ihre

Hormone und ihr Becken diesem Höllenritt aussetzen? Sie waren beide bereit dafür. Wenn sie mehr Kinder wollten, sollte dann nicht vielleicht Jane damit anfangen? Doch woher sollten sie wissen, ob sie überhaupt mehr Kinder bekämen? Weder Zoe noch Jane hatten je ausufernde Fantasien über eine große Familie gehabt. Und dann mussten sie natürlich auch noch die Sache mit dem Sperma klären.

Und genau das wollten die Leute immer wissen – ebenso wie Elizabeth, die, obwohl sie sich so nahestanden, Angst gehabt hatte, zu viele Fragen zu stellen. Wollten sie es sich von einem Freund oder von einer Spermabank besorgen? Wenn von einem Freund, würden sie dann tatsächlich Sex haben oder doch lieber zur Bratenspritze greifen? Elizabeth mochte sich nur ungern vorstellen, wie Ruby all diese Fragen gestellt wurden – in der Schule und im Sommercamp, von Frömmlern und Freunden gleichermaßen. Bevor Zoe Ruby bekam, hatte Elizabeth nie einen Gedanken daran verschwendet, wie einfach es für ein heterosexuelles Paar war, auch wenn sie und Andrew eine schreckliche Zeit durchgemacht hatten, um schwanger zu werden. Doch vor und nach Harrys Geburt hatten das Trauma und der Kummer nur ihnen gehört und sonst keinem. Nicht ein Mensch stellte ihnen die Frage, wie sie es anstellen wollten, ein Baby zu bekommen, welche ausgeklügelten Maßnahmen sie dafür durchführen müssten.

Unglaublich der Gedanke, dass dieses Sperma – das im Übrigen von Janes jüngerem Bruder stammte – sich schließlich in Ruby verwandelt hatte: erst in ein pausbäckiges Baby, dann in eine kleine Nixe mit grünen Augen, in eine verstockte Vorpubertäre, in einen Teenager, der gerade die Highschool abgeschlossen hatte. Dutzende Male hatte Elizabeth ihr den Po sauber gemacht, hatte sie in ihrem Waschbecken gebadet. Und jetzt errötete Harry beim Klang ihres Namens.

»Sie weiß noch nicht, was sie nächstes Jahr tun wird«, sagte Harry unvermittelt. Inzwischen waren sie an der Ecke angelangt und nach rechts abgebogen, noch immer ohne eine Spur von Iggy.

»Nein? Zoe hat mir erzählt, dass sie ein Jahr freinehmen wird. In Europa macht das praktisch jeder. Ich halte das für eine tolle Idee.«

»Ja, aber sie hat buchstäblich keine Ahnung, was sie mal machen will.«

Elizabeth betrachtete ihren Sohn. »Nächstes Jahr, meinst du? Oder für den Rest ihres Lebens?«

»Weder noch. Beides.«

»Ich wusste auch nicht, was ich für den Rest meines Lebens machen wollte, als ich achtzehn war.« Elizabeth winkte einem älteren Nachbarn auf der anderen Straßenseite zu. »Ich weiß es immer noch nicht. Und dein Vater schon *zweimal* nicht.«

»Wie meinst du das?« Harry wirkte betroffen.

»Ich finde, es ist nie zu spät, mit etwas Neuem anzufangen. Erwachsen zu sein heißt nicht, dass man plötzlich auf alles eine Antwort hat.« Elizabeth machte einen großen Schritt über eine breite Spalte im Bürgersteig und bückte sich, um unter ein paar Autos zu schauen.

»Ich weiß«, sagte Harry. »Ich bin schließlich nicht in einem Iglu aufgewachsen. Aber was meinst du damit, dass Dad es schon *zweimal* nicht weiß?«

»Oh«, sagte Elizabeth. »Das. Ich meine damit nur, dass er jede Menge Interessen hat und nie einen konventionellen Berufsweg verfolgte. Du weißt schon, die Karriereleiter erklomm und so.«

»Oh, ja«, erwiderte Harry. Er schien damit zufrieden. Sie kamen an die nächste Ecke und gingen nach rechts. »Vielleicht sollten wir ein paar Zettel aufhängen.«

»Wegen deines Vaters?«

»Wegen der Katze.«

»Okay.« Elizabeth stemmte die Hände in die Hüften. Die Sonne ging unter. Am schönsten sah das Viertel in der Abenddämmerung aus. Wie der Rest der Welt. Manchmal wünschte sie sich, sie könnte die Fotos für alle Häuser immer knapp vor Sonnenuntergang aufnehmen, wenn jeder Raum vibrierte vor Schönheit und Versprechen. Harrys Locken waren von einer goldenen Aura umgeben. Sie wollte ihren Sohn auf den Mund küssen wie damals als Baby und sich an jede Sekunde ihres gemeinsamen Lebens erinnern. Andrew vermochte sich besser als sie all der winzigen Momente von Harrys Entwicklung zu entsinnen: Welcher Wochentag es gewesen war, als er zum ersten Mal gelächelt hatte, und wann er das erste Mal ohne Stützräder Fahrrad gefahren war. In dieser Welt hatte man nie genügend Zeit, nicht für die Dinge, die am meisten zählten, wie die endlosen Tage, als Harry Fieber hatte, nicht in die Schule ging und sie sich nicht vom Sofa wegbewegten. Dazu gehörten auch die Tage, die sie zu dritt während eines Schneesturms wie Schiffbrüchige im Haus verbracht hatten. Und die Tage vor seiner Zeugung, als sie und Andrew sich nichts, aber auch gar nichts sehnlicher wünschten, als ein kleines Licht anzuzünden und in die Welt hinauszutragen.

32

Das Haus war der reinste Saustall. Überall lagen Rubys Klamotten herum, alles war voller Hundehaare, und allerorts standen halb ausgetrunkene Wassergläser. Zoe wusste genau, wie das auf Elizabeth wirken musste – als wäre sie unsicher, was sie als Nächstes tun sollte. Bestenfalls würde es ihr ergehen wie den Collyer-Brüdern, die, unter Bergen ihres eigenen Mülls begraben, schließlich den Tod fanden. An diesem Morgen hatte sie das Bücherregal neben ihrem Bett und ihre Unterwäscheschublade ausgemistet. Sie war sich nicht sicher, ob sie die Dinge aussortierte, um sich an den Gedanken zu gewöhnen, das Haus zu verkaufen – sie vermochte den Gedanken nicht einmal vor sich selbst zuzugeben –, oder ob sie das Aussortieren als Möglichkeit ansah, bereits jede Vorstellung daran zu verdrängen.

Die Stunden zwischen Lunch und Dinner waren Zoes liebste Tageszeit. Zu Hause war alles ruhig, und das *Hyacinth* lud seine Batterien auf. Die Köche bereiteten alles für die abendliche Rushhour vor und richteten das Personalessen an, immer deftig und nahrhaft, um auch alle satt zu bekommen – Köche, Bedienungen, Lieferjungen und Küchenhelfer. Zoe hatte das Personalessen stets jedem anderen Gericht auf der Speisekarte vorgezogen. Im Laufe der Jahre hatte sie alles so oft gekostet – einen Happen hier, einen Happen da, zu Hause von allem etwas –, dass sie trotz wechselnder Jahreszeiten nicht einen einzigen Teller von *Hyacinths* Polenta mit Pilzen oder Spargel mit gehobeltem Pecorino mehr ertragen hätte. Das Personalessen hingegen war jedes Mal eine Überraschung: mal gab es Brathähnchen, mal Schweinefleisch Moo Shu, mal Burger mit Blauschimmelkäse überbacken. Zoe war zum Essen nicht immer im *Hyacinth,* aber heute

Abend kochte Jane – sie hatte sich inspiriert gefühlt und sich dafür eingetragen –, und Ruby arbeitete. Also ging sie hinüber. Zu Hause tat sie ohnehin nichts anderes, als Dinge von einem Zimmer ins andere zu tragen, und sie war froh, wenigstens eine Weile herauszukommen.

Zu Fuß waren es sechs Minuten ins Restaurant. Ruby saß im Schneidersitz an dem Pult vor dem Fenster, das lange, lilafarbene Haar fiel ihr wie ein Vorhang vor das Gesicht. Vorsichtig klopfte Zoe an die Scheibe, um auf sich aufmerksam zu machen, und Ruby streckte ihr die Zunge heraus.

Im *Hyacinth* roch es nach Basilikum, nach Pfirsichen und braunem Zucker. Zoe setzte sich auf den Stuhl neben Ruby und winkte den Bedienungen, die eben die Tische eindeckten.

»Hallo, ihr da«, sagte sie und schob Ruby das Haar hinter das Ohr.

»Mum«, stöhnte Ruby, »bitte.« Sie zog die Strähne wieder vors Gesicht.

Auf dem Pult stand eine Schale mit Zuckerschoten, und Zoe steckte sich eine in den Mund.

»Hey«, sagte Jane hinter ihnen. Sie trug ihre Küchenuniform, eine gestärkte weiße Jacke, deren oberster Knopf offen stand. Zoe mochte es, Jane in ihrem Kochoutfit zu sehen – irgendwie hatte sie das immer angemacht. Es war sozusagen ihre Businesskleidung, Janes Version eines Ballkleids, in der sie authentisch und kompetent wirkte. Jane hatte immer wie eine Erwachsene ausgesehen, schon damals, als sie sich kennenlernten. Im Gegensatz zu Zoe, die nie einen Beruf ausgeübt hatte, immer die Miete auf den letzten Drücker überwies, weil sie so desorganisiert war – nicht etwa, weil sie das Geld nicht gehabt hätte –, war Jane bereits eine erwachsene Frau. Als sie Zoe erklärte, dass sie beabsichtige, ein Restaurant zu eröffnen, wusste Zoe, dass Jane diesen Plan in die Tat umsetzen würde.

Jane legte beide Hände auf Rubys Schultern.

»Hi«, sagte Zoe. »Was gibt's zum Abendessen?«

»Carnitas, Baby. Das Fleisch zergeht dir auf der Zunge, so zart ist es. Dazu Salat aus Wassermelone. Köstlich.«

»Klingt lecker.« Zoe liebte es, Jane übers Essen reden zu hören. Sie gehörte aber nicht zu jenen geschwätzigen Meistern am Herd, die einem eine ganze Mahlzeit miesmachen konnten durch ihr Gerede über den Ursprung eines jeden einzelnen Reiskorns, das auf dem Teller lag. Natürlich war das wichtig für Jane, aber wichtiger war ihr, einem von ihr bekochten Menschen gegenüberzusitzen und mit einem zufriedenen Nicken das glückliche Seufzen des Essenden zu bestätigen. Sie war mehr Herbergsmutter als Sommelier. Ihr war es egal, ob man den Salbei oder den Safran herausschmecken konnte, sie wollte nur wissen, ob einem zusagte, was sie einem vorgesetzt hatte. In ihrer heißen Kennenlernphase hatte sie Zoe bereits früh und oft bekocht. Wenn Zoe daran dachte, wie sie sich in Jane verliebt hatte, hatte sie immer das Bild vor Augen, wie sie beide nackt an Janes Küchentisch saßen, ihre Finger in Brownie-Teig tauchten und mit den Gabeln orangegelben Eidotter aufnahmen und großzügig über selbstgemachte Nudeln träufelten. Jane kam gerade aus der Ausbildung und war wild darauf, das Erlernte auszuprobieren: frische Croissants, gern auch mal gefüllt mit Mandelpaste. Jeden Tag leckte sich Zoe vor Wonne die Finger ab und nahm im ersten halben Jahr ihrer Beziehung fünf Kilo zu. Wann immer sie in den darauffolgenden Jahren an Gewicht verlor, fasste Jane dies als persönliche Kränkung auf. Keine schlechte Eigenschaft für eine Ehefrau.

Jorge, der hinter dem Tresen stand, winkte. »Willst du was trinken?«

Zoe schüttelte den Kopf, aber Jane huschte zurück hinter die Theke und kam mit zwei Gläsern Cava wieder. »Komm schon«, sagte sie zu Zoe. »Genieße ein bisschen.« Dann reichte sie ihr Glas an Ruby weiter. »Nicht alles – sonst sperren sie mich noch ein. Du sitzt quasi im Schaufenster.« Ruby nippte an der Flüssigkeit. Zoe spitzte die Lippen, lächelte dann aber.

»Wie läuft dein SAT-Kurs? Du hast bisher noch nicht viel darüber erzählt.« Jane, die hinter Ruby stand, verdrehte die Augen, aber da der Zeitpunkt nie passend war, um mit einem Teenie über ein Thema zu sprechen, über das er nicht kommunizieren wollte, machte Zoe unbeirrt weiter. »Glaubst du, du bist in der Lage, den Test noch einmal zu machen?«

»Liebste Mütter, ich habe euch schon mal erklärt, dass meine Punktzahl nicht das Problem war.« Ruby knirschte mit den Zähnen. »Meine Ergebnisse waren gut. Sogar besser als die der Hälfte meiner dummen Freunde.«

»Aber nicht so gut wie die der anderen Hälfte deiner dummen Freunde, wie?« Jane setzte sich.

»Sie sind nicht dumm im eigentlichen Sinn. Meine Freunde sind clever. Ich nenne sie nur dumm, weil ich sie hasse.« Ruby klappte das vor ihr liegende Buch zu.

»Hab's begriffen«, sagte Zoe.

»Und ja, ich kann den Test noch einmal machen, wenn du willst. Aber ich glaube nicht, dass das wirklich eine Rolle spielt. Mom war nicht an der Uni und ist deswegen nicht dümmer.« Ruby wandte sich an Jane. »Stimmt's? Dir fehlt doch nichts?«

»Ich war auf einer Berufsfachschule für Köche«, sagte Jane. »Wenn du an eine solche Schule gehen willst, zählt das auch.«

»Und was hast du eigentlich an der Uni gemacht, Mum, außer Zigaretten zu rauchen und in einer Band zu spielen?«

Zoe lachte. »Hey, immerhin habe ich Kunst im Hauptfach studiert! Und ich habe fotografiert!«

»Na, sehr überzeugend wirkt ihr zwei aber nicht.« Ruby schüttelte den Kopf. »Kein Wunder, dass sich keine von euch beiden für meine Bewerbungen interessiert hat. Das ist reine Zeit- und Geldverschwendung, und ihr wisst das! Jetzt kommt schon, gebt es zu! Irgendwo seid ihr doch erleichtert, dass ihr keine fünfzigtausend im Jahr abdrücken müsst, damit ich lerne, Körbe zu flechten oder was immer ihr am Oberlin damals getrieben habt. Oder Soufflés zu machen.«

»Du weißt doch bereits, wie man ein Soufflé zubereitet«, sagte Jane stolz.

»Tja, wieder kein Punkt.« Ruby rutschte auf ihrem Stuhl herum und spähte in die Küche. »Sind die Tacos schon fertig? Ich bin am Verhungern. Es war ein langer Tag, und ich hatte nichts zu tun.« Sie schob den Stuhl zurück und ging in die Küche.

Jane rutschte auf den leeren Stuhl. »Haben wir alles richtig gemacht oder doch alles falsch? Manchmal habe ich keinen blassen Schimmer.«

Zoe sank an Janes Schulter. »Lass es mich wissen, wenn du dahinterkommst.« Jane roch nach Schweinefleisch, Knoblauch und Schokolade, und Zoe atmete ihren Duft tief ein. Wäre es immer so einfach, wären sie ohne Wenn und Aber zusammen. Und wäre das Restaurant nicht ein permanentes Tauziehen und ihre prächtige Ruby nicht ein Quell ständiger Ängste, die jeden Tag aufs Neue in ihr hochstiegen. Eine Ehe sollte nur aus guten Tagen bestehen, aus Tagen, die einen glücklich machten. Das wünschte sich Zoe. Doch so war es nicht. Und das wusste sogar sie.

33

Soweit Harry das beurteilen konnte, handelte es sich um ein offizielles Date. Der Sänger von den Aeroplanes wohnte in der Nachbarschaft, aß täglich im *Hyacinth* zu Mittag und kannte Rubys Mütter recht gut. Und der setzte sie auf die Gästeliste für das Konzert der Band im Barclays Center. Sogar gute Plätze. Ruby fragte lässig per SMS bei ihm an, als wäre es keine große Sache, aber Harry wusste es besser. Er würde es seinen Eltern erzählen müssen, und Ruby den ihren, und einer von beiden würde den anderen an der Haustür abholen und sich zwei Minuten ins Wohnzimmer setzen und Smalltalk machen müssen. Harry hoffte inständig, dass seine Eltern ihn zu Ruby hinübergehen lassen würden, war aber nicht überrascht, als er sie beide im Wohnzimmer antraf, wo sie offensichtlich auf Ruby warteten. Natürlich saßen sie nur da, um Handzettel mit Fotos von Iggy Pop zu machen, die sie in der Nachbarschaft aushängen wollten, wie sie beteuerten, aber Harry glaubte ihnen kein Wort. Keiner von beiden rührte einen Finger.

»Was?«, fragte Elizabeth. »Ich will sie nur sehen! Es ist doch nur Ruby!«

Harry tigerte unruhig auf und ab und blieb jedes Mal abrupt stehen, wenn von draußen ein Geräusch hereindrang. Andrew beobachtete ihn amüsiert, und das war das Schlimmste von allem. Schließlich lehnte er sich zurück und spähte aus dem Fenster. »Sie kommt«, sagte er.

Harry flitzte in die Küche und riss den Kühlschrank auf. Er musste sich abkühlen und wollte keinesfalls auf die Tür starren, wenn Ruby hereinkam. Die Party im Haus von Dusts Freund war ziemlich öde gewesen. Nicht dass Harry viel zu vergleichen gehabt hätte. Jede Menge Teenies saßen rauchend herum, und er war Ruby von Zimmer zu Zimmer gefolgt. Hin und wieder blieben sie stehen, um jemanden zu begrüßen, woraufhin Ruby ihm im Weitergehen erklärte, dass sie denjenigen eigentlich nicht mochte, egal, was sie ihm zuvor ins Gesicht gesagt hatte. Schließlich hatten sie eine freie Ecke gefunden und sich auf den Boden gesetzt, wo Ruby die Asche ihrer Zigarette in einen Kronkorken, der am Boden lag, streifte. Dust ignorierte sie, und Harry war erleichtert. Im Leben war auf Partys anscheinend weitaus weniger los als im Film. Keiner tanzte, keiner kotzte, erst gegen Ende, als Rubys Freundin Sarah sich ins Bad verzog und durch die Tür ziemlich ekelhafte Geräusche zu ihnen herüberdrangen. Das einzig Aufregende war, dass Ruby seine Hand nahm, auch wenn dabei ihre Hände unter den Knien steckten, damit keiner von den Vorübergehenden etwas mitbekam. Doch das machte nichts. Wichtig war, dass sie ihm eine SMS schickte, nachdem sie nach Hause gekommen waren, um sich offiziell mit ihm zu verabreden.

»Hey, Ruby, wie geht's?«

Harry hörte, wie sein Vater Ruby begrüßte. Er schloss die Kühlschranktür und strich sich das Haar aus den Augen. Ruby umarmte seinen Vater, dann seine Mutter. Sie hatte irgendetwas mit ihrem Haar gemacht, es zu straff am Kopf anliegenden Minizöpfen geflochten, die zu einem Meer aus Kringellocken aufsprangen.

»Wow«, sagte Harry. »Wann hast du das gemacht?«

Ruby wickelte eine Locke um ihren Mittelfinger. »Vor einer Stunde.«

»Das finde ich *toll*«, sagte Elizabeth und griff in Rubys Haar. »Du siehst aus wie deine Großmutter. Für die meisten Leute mag das ein fragwürdiges Kompliment sein, aber du siehst wirklich so aus.«

»Eigentlich dachte ich dabei eher an eine postapokalyptische Sonnengöttin, aber Großmutter ist mir auch recht.« Ruby lächelte. »Danke.«

»Wir sollten los«, drängte Harry. »Wir wollen nichts verpassen.«

»Ganz recht«, sagte Elizabeth. »Amüsiert euch. Und grüßt die Jungs von uns!«

Harry verharrte, die Hand auf dem Türknauf. »Mom, ich werde einen Teufel tun und jemanden von dir grüßen.«

»Schon klar.« Elizabeth hauchte ihm einen Kuss zu, den Harry mit einer Geste wegwedelte, als wollte er die Luft direkt in den Mund seiner Mutter zurückbefördern. Noch ehe sie etwas anderes sagen konnte, waren die beiden schon zur Tür hinaus. Auf dem Weg zum Zug griff Ruby nicht nach seiner Hand, aber dann, als sie in die Q-Linie stiegen und zum Konzert fuhren.

Das Barclays Center war gigantisch groß. Harry machte sich nichts aus Basketball und war deshalb noch nie hier gewesen. Von außen sah die Arena aus wie ein Raumschiff, das auf der Flatbush Avenue gelandet war, innen kam man sich bei dem glänzenden schwarzen Bodenbelag vor wie in einer verwunschenen Kristallkugel. Ruby war mit ihrer Mum schon mehrmals bei Konzerten gewesen und zog ihn durch die Menge hinter sich her zu den Schaltern, wo die Tickets hinterlegt waren. Die meisten Konzertbesucher waren um die dreißig Jahre alt, mit Hipsterbärten und Strickmützen, so dass Harry angesichts seines schlichten weißen T-Shirts mit V-Ausschnitt ins Grübeln kam. Ruby war, wie sie gesagt hatte, gekleidet wie eine Göttin und trug ein kurzes Flatterkleid zu schweren, schwarzen Stiefeln. Ihre neue Frisur umrahmte ihren Kopf wie ein Heiligenschein. Finster starrte sie jeden im Umkreis von einem Meter an – ungefähr hundert Personen in der Minute. Schließlich fanden sie ihre Plätze in einem mit einer

Kordel abgetrennten Teil im Parkett, nur ein paar Meter vom linken Bühnenrand entfernt.

»Hm«, sagte Harry, »das ist aber nah. Den Burschen muss das Essen deiner Mom wirklich schmecken.«

»Meine Mom hat bei der Hochzeit des Sängers das Catering gemacht«, erklärte Ruby. »Ist schon okay. So berühmt sind sie auch wieder nicht.«

Harry deutete auf die restliche Arena. »Ich würde sagen, sie sind sogar ziemlich bekannt. Nicht dass das echt was bedeuten würde, aber immerhin haben sie einen Haufen Tickets für dieses Konzert verkauft.«

»Na gut«, gab Ruby nach und drückte ihre Nase an Harrys Hals. »Ich mag ihre Musik eigentlich nicht. Die ist eher was für traurige Jungs und Daddys.«

Schon möglich, dachte Harry, dass es mal einen Tag geben würde, an dem Ruby seinen Nacken berührte und er nicht umgehend einen Ständer bekäme, aber heute war nicht dieser Tag. »Mag sein, dass ich in diese Kategorie falle. Oder auch nicht«, sagte er.

»Ich weiß, deswegen habe ich dich eingeladen«, sagte Ruby. »Deswegen und weil ich in aller Öffentlichkeit und vor zehntausend Fremden mit dir herumknutschen will.«

»Bin dabei«, sagte Harry, doch ehe er weitersprechen konnte, presste Ruby ihre Zunge gegen seine Lippen, und ihre Hände umfassten sein Gesicht. Die Aeroplanes betraten die Bühne, die Menge schrie, und Harry spürte das Geräusch in seinem ganzen Körper widerhallen. Für den Rest seines Lebens würden die ersten Akkorde dieses einen Songs ihn immer an Rubys Zunge und an das Gefühl erinnern, der glücklichste Junge in ganz Brooklyn zu sein – ganz gleich, wo er sich aufhalten oder was er tun würde.

Die Band spielte. Alle Leute um sie herum standen auf und wiegten sich zur Musik oder wippten mit den Beinen, auch

Harry und Ruby. Irgendwann stellte Harry fest, dass Ruby am laufenden Band blöde Sprüche über die Leute ringsum und über die Band losließ, wenn er sie nicht küssend daran hinderte, und so empfand er es als seine Bürgerpflicht, seiner Aufgabe so fleißig wie möglich nachzukommen. Ungefähr nach der Hälfte des Konzerts verkündete der Sänger der Band, ein großer, schlaksiger Bursche mit fettigen schwarzen Haaren, die ihm bis über die Ohren reichten: »Der nächste Song ist nicht von uns, aber ich denke, ihr kennt den Text«, und dann improvisierte der Gitarrist die ersten Takte von »Mistress of Myself«. Ruby und Harry lösten sich voneinander und fingen zu lachen an. Das ganze Publikum – Abertausende von Menschen – sang mit.

»Das ist so krank!«, rief Harry über den Lärm der Menge hinweg.

»Ich weiß«, sagte Ruby nickend und mit der entsprechenden Mimik. »Ich glaube, der Sänger steht auf Zoe.«

Harry zuckte die Schultern. Das taten viele. Zoes Sexappeal war eine Art Running Gag in ihrer Familie. Als Harry noch jung war, also bevor er über Lesben Bescheid wusste, hatte er von seinem Vater wissen wollen, ob er jemals eine Affäre mit Zoe gehabt habe. Sie war so schön, und sie war ständig in ihrer Nähe. Das Erwachsensein musste man sich vielleicht so vorstellen wie eine Fahrt mit dem Autoscooter: Man krachte einfach immer in den Nächstbesten hinein. Andrew hatte gelacht, und Harry war vor Verlegenheit fast im Boden versunken, da er offenbar etwas Wichtiges eindeutig falsch verstanden hatte.

Der Sänger oben auf der Bühne wand sich, krümmte sich und warf ruckartig den Oberkörper zurück. Es sah aus, als würde er fortwährend mit Elektroschocks malträtiert. Ruby streckte ihre Hände in die Luft und tanzte. »Sag es bloß nicht meiner Mum«, trällerte sie und hüpfte dabei auf und ab.

Harry schüttelte den Kopf. »Nicht in einer Million Jahren.« Bis der Song zu Ende war, küssten und berührten sie sich nicht mehr. Sie hätten sonst das Gefühl gehabt, von ihren Eltern beobachtet zu werden. So als könnte der Song wie ein Peilsender in beiden Häusern Alarm auslösen und ihren Eltern zeigen, was sie gerade trieben. Wie Inzest kam ihnen das vor. Natürlich war es das nicht. Sicher, sie waren zusammen aufgewachsen, Harry in seinem Haus und Ruby in ihrem, im selben Block, und klar, da gab es diese alten Fotos von ihnen, auf denen sie nackt nebeneinanderstanden, aber das war vor dem echten Leben, bevor Harrys Erinnerungen einsetzten. An das nervöse Gefühl allerdings, wenn Ruby vorbeikam und ihn ignorierte, als sie in der sechsten, siebten, achten Klasse war, daran konnte Harry sich bestens erinnern. Ihre Familien steckten auch nicht mehr ständig zusammen und gingen nicht mehr so selbstverständlich beieinander aus und ein, wie es früher der Fall war. Alle hatten jetzt viel zu tun. Damals waren sie noch nicht sie selbst, nur zwei Babys, die ihnen unheimlich ähnlich sahen. Doch jetzt waren sie keine Kinder mehr, sondern erwachsene Menschen. Langsam machte Harry sich Sorgen. Seinen Eltern würde es wohl nie auffallen, dass er aufgehört hatte, seine schmutzige Unterwäsche auf den Boden zu werfen, oder dass er angefangen hatte, Avocados zu essen. Fast alles an ihm hatte sich verändert oder war im Begriff, sich zu verändern, und sie hatten nicht die geringste Ahnung. Harry hatte Pornos gesehen, hatte Gras geraucht, hatte sich tausendmal einen runtergeholt. In ihrem Haus! Manchmal glaubte er, aus alten Bildern einen Roboter von sich bauen zu können, und seine Eltern würden noch immer keinen Unterschied feststellen.

Alles, was Harry sich wünschte, war Sex mit Ruby, am liebsten den ganzen Tag lang, für mindestens eine Woche. Sie waren schon nahe dran gewesen – zumindest dachte er das. In dem leeren Haus hatte sie ihm einen geblasen, das erste Mal für ihn, und seitdem war meistens verschärftes Fummeln in voller Montur angesagt gewesen, was eindeutig eine riesige Verbesserung gegenüber früher darstellte, als er ihr lediglich verstohlene Blicke auf dem Schulkorridor zugeworfen hatte. Doch nachdem ihre leibhaftigen Lippen – er konnte es selbst kaum glauben – seinen leibhaftigen Schwanz liebkost hatten, gab es kein Zurück mehr. Ruby hatte ihn zu sich nach Hause eingeladen, aber Zoe war immer in der Nähe, und sie schien auch nicht anzuklopfen. Harry war jedoch nicht bereit, seinen allerersten Koitus als Interruptus zu erleben. Es musste auch nicht sein wie in einem Highschool-Film, in dem der Akt unter einer flauschigen, pinkfarbenen Bettdecke stattfand, mit einem ernsthaften und vorsichtigen Protagonisten, der alle zwei Sekunden wissen wollte: »Ist es gut so? Ist es gut so?« Es konnte überall passieren. Allein Rubys Gegenwart ließ ihn sich mutiger fühlen als je zuvor – so wie bei Dust während der Abschlussfeier. Harry hatte nie zuvor davon geträumt, jemanden zu schlagen – aber es war für Ruby, und deshalb war er dazu bereit. Und für den nächsten Schritt ebenfalls.

»Gehen wir«, flüsterte Harry in Rubys Ohr.

»Was?«, fragte sie. Sie tanzte noch immer. Er streckte die Hand aus, und sie ergriff sie, und dieses Mal war er derjenige, der sie durch die Menge führte.

Die Arena war gewaltig groß, und die Aeroplanes spielten erst eine Stunde, so dass die Gänge bis auf einige Bierverkäufer und T-Shirt-Stände fast menschenleer waren, als sie endlich hinaustraten.

»Einen auf geheimnisvoll zu machen ist wohl deine neueste Spezialität, wie?«, fragte Ruby.

Harry sah sich um, bis er den Ausgang entdeckte. »Vielleicht bin ich ja so«, sagte er.

»Vielleicht mag ich das ja«, sagte Ruby.

34

Versteckt am hinteren Ende des Parks gab es einen Spielplatz. Den hatte Ruby stets lieber gemocht als den kleinen an der Cortelyou Road, weil der im Park groß genug war, um sich darin verlaufen zu können. Irgendwelche Eltern waren immer auf der Suche, den Namen irgendeines Kindes rufend. Ruby und Harry öffneten das kleine Metalltor und huschten hinein. Im Gegensatz zum Rest des Parks, der bis Mitternacht geöffnet hatte, wurden Spielplätze nach Einbruch der Dunkelheit offiziell geschlossen, was aber noch lange nicht hieß, dass sie tatsächlich abgeschlossen waren. Auf der rechten Seite, zur Straße hin, befand sich eine Reihe von Schaukeln, und daneben standen auf elastischen Matten, weich genug, dass kleine Kinder hinfallen konnten, ohne sich weh zu tun, fast lebensgroße Tierfiguren aus Fiberglas. Bis auf Ruby und Harry war der Spielplatz menschenleer.

Harry ging zu einem großen, lilafarbenen Elefanten und strich ihm über den Rücken. »Würdest du das mit meinen Haaren machen?«, fragte er, ohne aufzusehen.

»Willst du aussehen wie eine Disco-Göttin?«

Harry fuhr sich durchs Haar und klimperte mit den Wimpern. »Yeah. Und vielleicht ein bisschen kürzer schneiden?« Er ergriff eine Locke und zog sie vom Kopf weg.

»Ich schneide es, ich bleiche es, was immer du willst. Rund-um-Service.« Ruby schlenderte zu Harry. Wahrscheinlich hatten sie genau an der Stelle hier zusammen gespielt. Sie hatte ihn nur nicht gesehen. Natürlich hatte sie ihn *gesehen,* im Karree und in der Schule, aber nur sein ihr vertrautes Gesicht, so wie auch seinen Vater und seine Mutter, die zu einer Art Maschine zusammengeschnurrt waren. Einer Zeugungsmaschine. Sie alle waren Roboter, erschaffen aus Ei und Samen, umhüllt mit Schmiere. Ruby hatte Fotos von sich gesehen, wie sie aus Zoes Schoß glitt – ein Freund ihrer Mütter war extra dabei gewesen, um Fotos zu machen von Zoes Vagina, von Rubys blutverschmiertem kleinem Kopf, den anderen klebrigen Körperflüssigkeiten und allem Übrigen. Und dann war man da: ein Winzling, eine Puppe, die wächst und wächst und wächst, bis man um zehn Uhr abends an einem Mittwoch mitten im Sommer auf einem Spielplatz steht, drauf und dran, sich seiner Unterwäsche zu entledigen und sie seinem alten Kindheitsfreund, neuem Boyfriend – was auch immer – zuzuwerfen.

Draußen fuhren Autos vorbei, aber Harry und Ruby lösten nicht ein einziges Mal den Blick voneinander. Harry hielt ihre Unterwäsche in der Hand und befingerte unschlüssig die Baumwolle. Ruby trat auf ihn zu, wartete, bis ihre Lippen sich berührten, und versetzte ihm einen vorsichtigen Schubs, so dass sie beide auf dem Boden landeten. Sie öffnete seinen Reißverschluss und holte seinen Penis heraus.

»Ich habe nichts dabei«, stammelte Harry. »Hätte ich nicht so viel Angst, jetzt allein durch den Park zu gehen, würde ich zum nächsten Duane Reade laufen und alle Kondome im ganzen Laden aufkaufen, damit ich nie mehr im Leben in so eine bescheuerte Situation komme.«

»Aber ich«, sagte Ruby, griff in ihre Tasche und holte ein Kondom heraus. »Sogar mehr als eines, falls sich das gut anlässt. Oder rasant.«

Harry räusperte sich. »Ruby«, sagte er. Seine Wangen waren gerötet, das konnte sie sogar in der Dunkelheit erkennen. Eine, wie sie fand, liebenswerte Eigenschaft an Jungen, die so blass waren wie Harry – es war so leicht, sie die Farbe wechseln zu lassen. Wie ein Chamäleon, das versucht, sich einem Baum anzupassen.

»Ich weiß«, sagte sie, legte das Kondom auf seine Eichel

und entrollte es sanft. Er zuckte bereits, als sie sich auf ihn setzte und ihn in sich einführte.

»Oh, *fuck*«, sagte er. Harry zog Ruby zu sich herunter und küsste sie, während sie ihr Becken bewegte und Harrys genussvolle Zuckungen genoss. »Oh, *fuck*«, wiederholte er, und Ruby spürte, wie er kam. Sie küsste ihn und spannte ihren Beckenboden an, was ihm ein weiteres lautes Stöhnen entlockte.

»O mein Gott«, sagte Harry. »Ist das tatsächlich gerade passiert?«

Ruby lachte und küsste ihn. »Hm, ja. Deswegen habe ich ja mehrere Gummis mitgebracht.«

»Nein«, sagte Harry, »das meine ich nicht. Äh, ja, wahrscheinlich meine ich das schon. Ich meine aber auch, alle Achtung, Mann.« Er sah voller Verwunderung zu ihr hoch.

Außer mit Harry und Dust hatte Ruby bisher mit zwei weiteren Jungs geschlafen. Das heißt, den Akt tatsächlich vollzogen. Zählte man den übrigen Kram dazu, war die Liste länger. Doch von den vier Kerlen hatte nur Harry sie jemals mit so einem Blick angesehen. Nicht einmal bei Mikhail, an den sie ihre Jungfräulichkeit verloren hatte, als sie vierzehn war, hatte Ruby das Gefühl gehabt, etwas zu tun, das irgendwem wirklich wichtig war. Ihr zweiter Typ, Jamal, war studentischer Betreuer in ihrem Sommercamp gewesen, und sie war ziemlich sicher, dass Sex mit den Teilnehmerinnen des Camps genau das war, was er nicht haben sollte. Und das war nicht unbedingt ein gutes Zeichen. Nicht dass die Jungen, mit denen sie geschlafen hatte, den Sex nicht genossen oder sie nicht gewollt hatten – und Ruby hatte es gewollt, immer, sonst hätte sie es nicht getan –, aber Ruby hatte bis zu dieser Sekunde nie das Gefühl gehabt, sich dabei zuzusehen, wie sie Teil der Geschichte eines anderen Menschen wurde. Ganz gleich, wie das mit Harry weitergehen würde, selbst wenn sie nie mehr miteinander schliefen, wenn sie auf dem Nachhauseweg von einem Bus überfahren wurde, wenn sie zum Nordpol zog und sie nur noch über den Weihnachtsmann kommunizierten – Harry würde sich immer an diesen Spielplatz, an ihr Gesicht und an die Tatsache erinnern, dass sie zugestimmt hatte, seine Erste zu sein.

Homosexuelle oder gemischtethnische Eltern zu haben, das unterschied sich nicht sehr von der Norm. Sie erzogen ihre Kinder nicht zu Heiden oder Wiccanern oder was immer Konservative ihre Wähler auch glauben machen wollen. Man wurde nicht indoktriniert. Das Gegenteil war der Fall. Die meisten von Rubys Freunden mit Hetero-Eltern wuchsen in der Annahme auf, selbst hetero zu sein und jemanden zu heiraten, der mehr oder weniger so aussah wie sie selbst. Hatte man jedoch zwei Mütter oder zwei Väter oder Eltern mit unterschiedlicher Hautfarbe, wurde man gewissermaßen mit dem Wissen geboren, dass es so etwas wie eine Standardeinstellung nicht gab. Ruby war offen für alles. Sie hatte lange darüber nachgedacht, vielleicht lesbisch zu sein, obwohl sie wusste, dass sie sich zu Jungen hingezogen fühlte. Manchmal fragte sie sich, ob das nicht Ausdruck ihres Wunsches war, sich gegen ihre Mütter abzugrenzen oder dem gesellschaftlichen Druck in Gestalt von Barbie-Puppen und Ähnlichem nachzugeben. Es gab ein paar Außenseiterinnen an der Whitman High, zwei Nachwuchs-Lesben, die Fliegen und Herrenschuhe trugen, und eine, die noch recht jung war, aber bereits eine Freundin am College hatte, was Ruby ziemlich beunruhigend fand – juristisch betrachtet. Ihres Wissens nach gab es an der Schule noch eine weitere Familie mit homosexuellen Eltern, aber deren Kinder waren noch in der Mittelstufe, und deswegen wollte Ruby sie lieber noch nicht behelligen und fragen, was sie von der ganzen Sache hielten. Sie war sich eigentlich ziemlich sicher, hetero zu sein, vielleicht aber auch nicht. Womöglich änderte sie ihre Meinung später, wer weiß? Ihre Mum hatte auch was mit Männern gehabt, als sie noch ein Teenager gewesen war. Ihre Mom hingegen hätte nicht in einer Milliarde Jahren Sex mit einem Mann gehabt. Jeder war anders.

Sex war keine große Sache. Sex war das Größte überhaupt. »Selbst alle Achtung«, wollte Ruby gerade sagen, als plötzlich der Strahl von Taschenlampen auf sie gerichtet wurde und eine Megafonstimme ertönte, woraufhin sie und Harry auseinanderfuhren.

35

Mittwochabend war meistens nicht viel los im *Hyacinth*, und deswegen waren Jane und Zoe früh zu Hause. Jane saß auf der Couch und schaute sich irgendeinen Blödsinn im Fernsehen an, während Zoe oben im Bett lag. Beide taten sie so, als würden sie nicht darauf warten, dass Ruby nach Hause kam. Janes Telefon auf dem Beistelltisch vibrierte. Die Nummer war ihr nicht bekannt, und so zog sie es vor, den Anruf zu ignorieren und stattdessen nach der Fernbedienung zu greifen. Eine Minute später hörte sie oben Zoes Handy läuten und Zoe sagen: »*Was?*« Jane richtete sich abrupt auf, sofort hellwach. Sie erwog gerade, nach oben zu gehen und herauszufinden, was los war, als Zoe bereits die Treppe heruntergeeilt kam.

»Verdammte Scheiße, wir müssen aufs Polizeirevier«, sagte Zoe. Sie hatte sich einen Schal um die Haare geschlungen, und der tiefen Knitterfalte auf ihrer linken Wange nach zu schließen, schien sie bereits geschlafen zu haben. »Ruby und Harry haben miteinander gevögelt. In dem Scheißpark. Auf dem Scheißspielplatz!«

Jane schlüpfte in ihre Clogs und klopfte auf ihre Hosentaschen. »Ich habe meine Schlüssel. Gehen wir.«

Das 67ste Revier war keine glitzernde Bastion der Gerechtigkeit wie in *Law & Order: New York*, mit Computerbildschirmen überall und Polizisten mit hippen Haarschnitten. Hier starrte der Fußboden vor Schmutz, und die Schreibtische waren nicht aufgeräumt. Jane war bereits diverse Male hier gewesen, in der Frühzeit des *Hyacinth*, als nicht ein Monat ohne einen besonderen Zwischenfall zu vergehen schien – eine gestohlene Kreditkarte, ein Einbruch, ein eingeschlagenes Fenster. Die Polizisten waren überarbeitet und erschöpft.

Nickend begrüßte Officer Vernon Jane, die ihn von seiner Arbeit bei der Nachbarschaftswache kannte. Zoe befand sich am Rande der Hysterie, ihre silbernen Armreifen schlugen klirrend aneinander wie tausend Glocken. Jane ergriff ihre Hand.

»Es wird alles gut«, sagte sie.

»Ich bringe sie um«, schimpfte Zoe. »Sobald ich weiß, dass sie okay ist. Hätte Harry es mit irgendeiner Weißen getrieben, hätten sie ihn gleich wieder heimgeschickt. Ich bringe sie *alle* um.«

Vor dem Schreibtisch blieben sie stehen, und Jane spähte um die Ecke – durch eine offene Bürotür im hinteren Teil konnte sie Rubys Beine sehen.

»Wir wollen unsere Tochter abholen«, sagte Jane und deutete in die Richtung. »Ruby Kahn-Bennett.«

Die Frau hinter dem Schreibtisch nickte und griff nach dem Telefon. Also standen sie eine weitere Minute da, und dann kam eine Beamtin den Gang entlanggestapft, um sie in Empfang zu nehmen.

»Ich bin Officer Claiborne Ray«, sagte sie. »Kommen Sie mit nach hinten. Die anderen Eltern sind schon da«, fügte sie hinzu und bedeutete ihnen, ihr zu folgen. Zoe eilte vorneweg, als würden sie ein kambodschanisches Gefängnis betreten und sie Ruby vermutlich niemals mehr wiedersehen.

Das Büro war nicht groß und kam ihnen noch kleiner vor, da außer Ruby, Harry, Elizabeth und Andrew ein weiterer Polizeibeamter hinter dem Schreibtisch saß. Er war jung, vielleicht fünfundzwanzig, mit einem selbstgefälligen Ausdruck im Gesicht, als ob er zwei richtige Verbrecher gefasst hätte. Zweifelsohne war er derjenige, der die beiden ertappt hatte. Jane hätte ihm gern ins Gesicht geschlagen. Wahrscheinlich war er erst kürzlich von der Abteilung Tierschutz wegbefördert worden, da seine Karriere als Retter von Katzen und sonstigem Getier aus Messie-Wohnungen an ihrem Höhepunkt angelangt war.

Andrew schaukelte auf seinem Stuhl vor und zurück, ein nerviges Quietschen erzeugend. Elizabeth hatte einen Arm um Harrys Schultern gelegt. Ruby zupfte an ihren Nägeln. Alle blickten auf, als Jane und Zoe eintraten. Ruby winkte matt, unfähig, auch nur ein aufgesetztes Lächeln zustande zu bringen. Andrew schüttelte den Kopf und presste die Zähne zusammen.

»Kommen Sie herein«, sagte Officer Ray.

Rasch ließ Zoe sich auf den Stuhl neben Ruby fallen und legte ihr die Hand aufs Knie. Da es keine weiteren Sitzgelegenheiten mehr gab, blieb Jane nichts anderes übrig, als sich an die Wand zu lehnen. Sie spürte Andrews und Elizabeth' wütende Blicke so deutlich auf ihrem Gesicht, dass sie schützend die Hand auf ihre Wange legte.

»Was genau ist denn passiert?«, fragte Jane.

Der junge Polizist räusperte sich. »Die beiden hier hatten Geschlechtsverkehr auf dem Spielplatz.«

»Geschlechtsverkehr? Wer sind Sie, Bill Clinton? Wollen Sie damit sagen, dass Sie sie tatsächlich gesehen haben?« Zoes Stimme klang schrill und laut. Zoe wurde so selten wütend, dass ihr Ausbruch, wenn er denn kam, dem eines Vulkans nach hundertjähriger Pause glich. »Das zweifle ich allen Ernstes an. Ruby, bitte, kannst du uns sagen, was wirklich passiert ist? Ich bezweifle sehr, dass Sie sie bei irgendetwas erwischt haben. Sie waren also nach Einbruch der Dunkelheit auf einem Spielplatz. Gut. Gut! Bitte.« Sie schnaubte wie ein Bulle, bereit zum Angriff.

Wieder räusperte sich der Beamte. »Die junge Dame lag auf dem jungen Mann, ihre Unterwäsche auf dem Boden. Daneben ein benutztes Kondom. Ich sauge mir das hier nicht aus den Fingern, Ma'am.« Der kleine Mistkerl lächelte fast. »Das ist ein ernstes Delikt.«

»Ein benutztes Kondom?« Im Gegensatz zu Zoes Stimme klang die von Elizabeth kleinlaut und dünn, als versuchten ihre Lippen, die Worte zurückzuhalten. Sie ließ den Arm sinken und lehnte sich zurück.

»Ganz recht, Ma'am.« Der Polizist verschränkte die Arme vor der Brust. »Und Ms. Kahn-Bennett ist über achtzehn, was die Sache noch zusätzlich erschwert.«

»Ach, ich bitte Sie«, sagte Harry.

Elizabeth schlug die Hände vors Gesicht.

»Ruby, sagt er die Wahrheit?« Zoe beugte sich zu ihrer Tochter vor, ganz Ohr.

Ruby zuckte die Schultern. »Tja, wahrscheinlich schon. Mr. Marx und ich hatten keinen Sex, als wir von diesen feinen Officern hier so unhöflich unterbrochen wurden, aber es hätte sein können und es liegt durchaus im Bereich des Menschenmöglichen, dass wir kurz zuvor Sex hatten, so dass ich wahrscheinlich nicht anders kann, als mich aus tiefstem Herzen dafür zu entschuldigen, dass ich den Park nach Einbruch der Nacht für meine privaten Zwecke missbraucht habe.«

Harry verbiss sich ein Lachen, und seine Mutter hob warnend den Finger. »Lass das.« Elizabeth schüttelte den Kopf. »Ich kann es nicht glauben«, sagte sie.

»Nun, ich denke, wir wissen alle, wessen Schuld das ist«, sagte Andrew und hob beide Hände. »Harry hat noch nie irgendwelchen Ärger gemacht, Officer, nicht ein einziges Mal. Wohingegen Ruby …«

»Oh!«, sagte Zoe. »Oh! Ich verstehe, worauf das hinauslaufen soll!«

»Erfinde ich das vielleicht?« Andrew wandte sich, um Bestätigung heischend, an Elizabeth, die einen unangenehm berührten Eindruck machte.

»Es ist eigentlich egal, wessen Idee das war«, sagte die Polizeibeamtin. »Jetzt verlieren wir uns mal lieber nicht in Details. Das ist das erste Mal, dass die beiden hier sind, und da sowohl Ms. Marx als auch Ms. Kahn engagierte Mitglieder des hiesigen Gemeinwesens sind, sind wir bereit, es bei einer Verwarnung und einem Bußgeld zu belassen. Aber von euch beiden Herrschaften möchte ich morgen früh zwei Entschuldigungsschreiben auf meinem Schreibtisch liegen haben.«

»Danke«, sagte Jane und streckte der Polizistin die Hand hin. »Das wissen wir wirklich zu schätzen.« Die andere Hand legte sie schwer auf Rubys Schulter. »Das wird *nie mehr* vorkommen, das verspreche ich Ihnen.«

Sie sammelten ihre Sachen ein und standen auf. Jane bekam mit, wie Elizabeth ein lautloses »Tut mir leid« in Richtung Zoe schickte. Dann kehrten sie im Gänsemarsch auf die Straße zurück, vorneweg die Kahn-Bennetts, hinter ihnen die Familie Marx.

Als sie alle draußen vor dem Polizeirevier auf dem Gehweg standen, machte Zoe Anstalten, Ruby in Richtung ihres Wagens zu schieben, als wollte sie sie vor einer Horde Paparazzi abschirmen. »Warte mal«, sagte Jane, drehte sich um und wandte sich an Elizabeth. »Was genau tut dir denn leid?«

»Was?« Elizabeth setzte ihre beste Unschuldsmiene auf.

»Du hast drinnen gerade zu Zoe gesagt, dass es dir leidtut. Jetzt will ich wissen, was dir leidtut. Tut es dir leid, dass meine Tochter Sex mit deinem Sohn hatte? Weil ich nämlich wirklich die Schnauze voll habe von diesem Blödsinn. Ihr zwei bildet euch ein, einen perfekten Musterknaben und eine perfekte Familie zu haben, aber ich garantiere euch, ihr seid genauso verkorkst wie alle anderen Leute auch.« Jane spürte, wie ihr Herz schneller klopfte. Sie wünschte sich, Elizabeth zu Boden zu werfen, ihre dünnen Arme und Beine zusammenzufalten und sie in eine Ecke zu schleudern.

»Ich weiß wirklich nicht, wovon du sprichst, Jane«, erwiderte Elizabeth. Die Nacht war kühl, und Wind frischte auf und wehte ihnen Müll vor die Füße. »Ich habe nie gesagt, dass wir perfekt sind.« Sie waren nie perfekt gewesen, weder sie und Andrew, noch sie und Zoe. Lydia kam ihr in den Sinn, Lydia, die vor ihrem Tod ein halbes Dutzend Mal verhaftet worden war. Sie wäre in hysterisches Gelächter ausgebrochen angesichts all dessen hier. Wie bourgeois! Wie typisch Eltern! Sie waren nicht einmal zum kleinsten Fehltritt fähig.

»Soso.« Jane knackte mit den Knöcheln. Sie wollte nicht bedrohlich wirken, das war lediglich eine Angewohnheit von ihr, aber sie sah, dass Elizabeth bei dem Geräusch ein wenig zurückwich, und das tat ihr nicht leid. »Glaubst du vielleicht, ich sehe nicht, wie du Zoe und mich und Ruby immer anschaust? Als ob du über allem stehen und von deinem kleinen Thron aus auf uns herabblicken würdest?«

»Mom«, sagte Ruby. »Wow.«

»Jane«, sagte Zoe. »Erstens, entspann dich bitte mal. Zweitens, was du sagst, ist total verrückt und stimmt nicht im Geringsten. Und drittens, könnten wir diese Unterhaltung bitte nicht vor einem Polizeirevier fortsetzen? Ich komme mir allmählich vor wie in einer Reality-Show.«

»Ich habe mich für Andrews Anspielung entschuldigt, dass das allein Rubys Fehler gewesen sein soll«, erklärte Elizabeth und schob beide Hände in die Taschen ihres Sweatshirts. »Und was den Rest betrifft: Es tut mir wirklich von Herzen leid, dass das jetzt auch noch passiert, bei allem, was ihr sonst noch um die Ohren habt. Es tut mir leid, okay? Ich mag euch doch alle! Kommt schon! Das wisst ihr ja wohl.«

»Du entschuldigst dich *meinetwegen* bei *ihr?*«, fragte Andrew ungläubig. »Ist das dein Ernst?«

»Schön«, sagte Jane und hob die Hände, als wollte sie sich ergeben. »Schön.« Steifbeinig lief sie zum Wagen zurück. Ein

Stück Zeitung verfing sich an ihrem Fuß, und sie versuchte, es abzuschütteln, als sie hinaus auf die Straße trat, leise fluchend, aber immerhin froh, dass sie und Zoe nicht die Einzigen waren, auf die heute Abend Streit zukam.

36

Am College von Oberlin – Einwohner: 3000 – gab es im Vergleich mehr Lesben als in ganz Wellesley, Massachusetts, mit seinen 27982 Einwohnern, rechnete man das Frauen-College nicht mit, an dem Elizabeth sich nicht bewerben wollte, weil sie dann niemals von zu Hause fortgekommen wäre. Lesbische Liebe war eines der Dinge, die sie, wie sie immer dachte, an der Universität ausprobieren würde. So wie Rührei mit Tofu oder A-cappella-Gesang. Einmal, nach einer besonders gelungenen Runde von »Wahrheit oder Pflicht« auf einer Party während ihres Abschlussjahres an der Highschool, hatte sie ein Mädchen geküsst, eine Studentin im zweiten Jahr, die jedoch so betrunken war, dass sie sofort in heftiges Gekicher ausbrach. Und deshalb zählte das eigentlich nicht.

Dann kam Zoe Bennett. Manchmal überlegte Elizabeth, welche abenteuerlichen Wendungen ihr Leben seither genommen hatte, beginnend in einem Wohnheim, das aussah wie ein Gefängnis. Was, wenn Andrew nicht auf ihrem Gang gewohnt hätte? Und Zoe nicht im Stockwerk darunter? Das Oberlin war eine kleine Universität, aber es gab sicherlich Leute, denen sie nie über den Weg gelaufen war, und andere, die sie erst Jahre später getroffen hatte. Sie und Andrew hatten sich während der Einführungsveranstaltung für Erstsemester kennengelernt, auch Zoe war sie gleich in dieser ersten Woche begegnet, als diese rauchend vor ihrem Wohnheim saß. Viele Leute hatten gebleichtes Haar, aber nicht viele waren schwarze Mädchen mit derben Gothic-Plateaustiefeln an den Füßen. Elizabeth hatte ihren Haustürschlüssel verloren und wartete, dass jemand herauskam, damit sie hineingehen konnte. Es war der erste Septembertag, und Ohio präsentierte sich in seiner ganzen Schönheit: sonnig und in voller Blütenpracht. Zoe sprang auf, öffnete die Tür und begleitete Elizabeth bis zu ihrem Wohnheimzimmer, als wäre sie ein Hotelpage. Sie schlossen so schnell Freundschaft, dass Elizabeth bisweilen dachte, Zoe müsse sie mit jemandem verwechseln, mit jemandem, der hübscher und witziger war, der bessere Geschichten erzählte und mehr Alkohol vertrug.

Sie hatten nicht miteinander geschlafen.

Sie hatten überhaupt nichts getan.

Was nur beinahe stimmte. Elizabeth und Andrew waren bereits ein Paar, mehr oder weniger zumindest. Sie tauschten Küsse am Ende des Abends, ohne tagsüber auch nur ein Wort darüber zu verlieren. *Kitty's Mustache* trat ein-, zweimal in der Woche bei Hauspartys auf und verteilte seine Flyer auf dem ganzen Campus. »MIAU« stand darauf, und dann die Adresse. Zwei Dollar das Bier. Alle wussten, wer sie waren. Sobald es ihnen möglich war, wohnten sowohl Zoe als auch Andrew nicht mehr auf dem Campus. Zoe zog in ein Einzimmerapartment neben dem altersschwachen Kino von Oberlin, dem *Apollo,* dessen Leuchtreklame ihr Zimmer jeden Abend bis zehn Uhr in wechselnde Farben tauchte. Sie waren schon ein eigenartiges Gespann. Sogar als sie bereits zusammen in der Band spielten, kam Elizabeth sich Zoe gegenüber noch immer wie eine Amateurin vor: eine Amateur-Frau, eine Amateur-Collegestudentin, eine Amateur-Coole-Socke. Trotzdem hatten sie mehr Spaß zusammen, als möglich schien. Sie fuhren zur Heilsarmee und erstanden säckeweise Klamotten für zehn Dollar, sie gingen zum Bowling, nach Zigarettenrauch und Pommes stinkend, wenn sie wieder herauskamen, sie gingen ins Kino, sie betranken sich und lachten die ganze Nacht. Elizabeth wollte Zoes beste Freundin sein, wollte dieselben Halsketten tragen wie sie. Vielleicht hatten sie dieses Stadium bereits erreicht, aber Zoe hatte so viele Freunde aus so vielen Ecken des Campus, dass Elizabeth ihren Stellenwert nur schwer einschätzen konnte.

Elizabeth war es peinlich, dass sie sich so gut daran erinnern konnte, Zoe hatte es wahrscheinlich schon vergessen, als sie an diesem Abend schlafen ging. Elizabeth und sie schauten sich einen Film an – *Bonnie und Clyde* mit Warren Beatty und Faye Dunaway –, und Zoe schwärmte in höchsten Tönen von Fayes Kleidern. Sie lagen auf der Couch in Zoes Apartment, Kopf an Fuß, in der Mitte berührten sie sich, aber nach der Hälfte des Films meinte Zoe, dass sie müde werde, und vollführte eine halbe Drehung, so dass sie nun hinter Elizabeth lag, beide mit dem Gesicht zum Fernsehapparat. Zoe schlang ihre Arme um Elizabeth' Taille und kuschelte sich an ihren Rücken.

»Ich schlafe jetzt«, sagte sie. »Weck mich, wenn Bonnie stirbt.«

Aber sie schlief nicht – zumindest vermutete Elizabeth das.

Faye Dunaway lehnte sich auf dem Bildschirm gerade rauchend an einen Wagen, als Zoe ihre Nase an Elizabeth' Wirbelsäule rieb. Der Himmel war weit und wolkenverhangen, flach und endlos. Im Zimmer lag ein grünes Leuchten. Zoes Hand legte sich auf Elizabeth' Bauch.

Trotz ihrer Offenheit und ihrer abstrakten Neugier hatte Elizabeth noch immer kein Mädchen zum Küssen gefunden. Sie malte sich aus, dass es irgendwann zufällig geschehen würde, so wie mit einem Jungen auch. Auf einer Party würde jemand mit ihr flirten, sie würde mit einem Mal knutschend an einer Wand lehnen und womöglich im Zimmer eines Wohnheims landen: Hände auf Stoff, Hände unter Stoff, Lippen auf Haut. Aber es war nicht geschehen. Es gab den einen oder anderen Jungen, und dann war da Andrew, doch damit hatte es sich auch schon.

Elizabeth dachte eigentlich nicht, dass sie lesbisch war. Für sie war das nur eine Option. Zoe hingegen hatte es immer gewusst, seit sie ein Kind war, obwohl sie mit Männern geschlafen hatte, wie sie sagte. Man wisse schließlich auch, ob man Rechtshänder oder Linkshänder sei. Offensichtlich hatte man wirklich keine Wahl – das immerhin wusste Elizabeth, auch wenn sie sich sonst keiner einzigen Sache sicher war. Sie wusste nicht einmal, was sie zu Mittag essen wollte. Wie sollte sie sich dann einer solchen Sache sicher sein?

Zoes rechte Hand, die auf Elizabeth' Schulter lag. Zoes Lippen, die ihren Nacken berührten. Elizabeth wagte nicht, sich zu rühren – bewegte sie sich, hörte Zoe vielleicht auf. Womöglich weckte sie Zoe gar auf. Wahrscheinlich träumte Zoe gerade von einer anderen, von einem der Mädchen aus dem Haus weiter unten im Block, die mit den Piercings in der Nase, den Sauerteigklumpen zum Brotbacken und den speziell für ihre Ecstasy-Pillen gewebten Beuteln, die sie um den Hals trugen. Es wurde wärmer im Zimmer. Im Kino unter ihnen lief der Film *The Bodyguard,* und wahrscheinlich kullerten unter den Füßen der Zuschauer gerade Bierflaschen über den schrägen Fußboden. Elizabeth hatte sich am Abend zuvor mit Zoe den Film angesehen. Alle hatten gelacht über Whitney Houston, bis sie den Mund aufmachte und sang, und dann waren sie alle ruhig gewesen und hatten zugehört. Sie musste sich nur fest genug anstrengen, dann, so glaubte sie, könnte sie die Eichhörnchen im Park auf der anderen Straßenseite oder die Flugzeuge, die über ihren Köpfen flogen, hören. Das waren Küsse, die auf ihren Nacken einprasselten. Zoe küsste sie, und Elizabeth spürte es im ganzen Körper wie Hunderte kleiner Stromstöße.

Jemand klopfte an die Tür. Das passierte oft, wenn man gegenüber der einzigen Bar in einer ansonsten eher alkoholfreien Stadt wohnte. Zoe hörte auf mit dem, was sie gerade tat, und sie beide warteten einen Moment. Wer immer es auch war, er klopfte wieder, dieses Mal mit mehr Nachdruck.

»Hmm«, sagte Zoe.

Elizabeth richtete sich auf und schaute nicht zur Tür. »Ich sollte gehen«, sagte sie.

»Lass mich erst nachsehen, wer das ist«, erwiderte Zoe. Sie krabbelte über den Rand der Couch bis zur Tür und streckte die Hand nach dem Türknauf aus. Elizabeth zog ihre Schuhe an.

»Zoeee, mach die Tür auf!« Schwungvoll ging die Tür auf und riss Zoe um. Es war Zoes Freundin TJ, ein Mädchen mit großen Tätowierungen auf beiden Armen. Sie war im letzten Studienjahr, älter als sie beide und ruppig auf eine Weise, die Elizabeth nicht mochte. Zoe kroch außer Reichweite der Tür, und TJ machte einen Schritt über sie hinweg. »Hast du Kippen? Gibson's ist zu.«

»Ich muss los«, sagte Elizabeth. Sie konnte Zoe nicht ins Gesicht sehen, und so musterte sie stattdessen den schmutzigen Teppich, der wahrscheinlich noch nie gereinigt worden war.

»Bist du sicher?«, fragte Zoe mit sanfter Stimme, während sie langsam aufstand. Elizabeth drückte sich an ihr vorbei, hinaus auf den Gang, bemüht, jeden Körperkontakt zu vermeiden. Sie hörte, wie TJ *Bonnie und Clyde* ausschaltete und stattdessen Musik anmachte.

»Ich bin sicher«, sagte Elizabeth, obwohl sie es nicht war. Sie war schon fast unten auf den letzten Treppenstufen angelangt, ehe sie sich umsah. Zoe stand noch immer da, wartend, den Kopf zur Tür hinausgestreckt. Es wäre so einfach gewesen, diese Stufen wieder hinaufzulaufen. Das Blut raste wie wild durch Elizabeth' Körper. Sie kam sich vor wie bei einem Stafettenlauf, zwischen Orten hin und her rennend, an denen sie noch nie gewesen war. Zoe musste es ebenfalls gefühlt haben, dieses elastische Band zwischen ihren Oberkörpern. Bevor der Zug zu stark wurde, eilte Elizabeth die restlichen Treppenstufen hinunter, hinaus zur Tür, hinein in die klare Nacht.

37

Seine Meinung stand fest, Andrew war zu keinem Kompromiss bereit – Harry durfte Ruby nur noch in ihrem SAT-Vorbereitungskurs sehen. Nach einem kurzen Aufflackern von Stolz, dass sein Sohn sein – wahrscheinlich – sexuelles Debüt in aller Öffentlichkeit mit einem – unleugbar – äußerst attraktiven Mädchen bestritten hatte, war Andrew rasch zu mehr pragmatischen elterlichen Gefühlen zurückgekehrt. Was Harry anging, wäre Ruby Kahn-Bennett für ihn in Zukunft nur noch eine unsichtbare Nachbarin, ein Geistermädchen, eine Erinnerung. Denn hätten ihre Eltern als Mütter wenigstens etwas richtig gemacht, hätte Ruby das Nest bald verlassen und wäre an ein zweit- oder drittklassiges College gezogen, wo sie die örtlichen Rüpel mit ihrer faszinierenden Mischung aus Sorglosigkeit und angeborener Grazie terrorisieren konnte. Aber Ruby würde wahrscheinlich auf immer und ewig zu Hause bleiben und im Restaurant ihrer Eltern arbeiten. Andrew war das egal. Ruby war nicht sein Problem – das hatten sich Zoe und Jane selbst eingebrockt mit ihrer mangelnden Stringenz bei der Erziehung und ihrer fehlenden Moral. Ruby hatte, bis sie drei Jahre alt war, immer zwischen den beiden in ihrem Bett geschlafen. Das hatten sie nun davon. So viele Leute waren zu nachgiebig im Umgang mit ihren Kindern, weicher als Butter, und legten damit den Grundstock für weitaus größere Probleme in der Zukunft.

Da konzentrierte man sich besser auf positive Dinge wie die Pläne für das Schiff – eigentlich noch unausgegorene Ideen –, die er und Dave diskutierten. Die Garage von EVOLVEment war inzwischen mehr Teeküche als Werkstatt, aber Andrew war das egal. Er wusste ohnehin nicht, wie man ein Schiff baute, das groß genug war, um darauf wohnen zu können. Zuerst dachte Andrew, dass Dave sich daran störte, aber dem war nicht so – Dave ging bemerkenswert cool an die Sache heran. Eigentlich war es sogar besser so, denn inzwischen hatte der junge Mann mit dem Werkzeug das Projekt Bücherregal übernommen, und Dave und Andrew verbrachten stattdessen ihre Nachmittage mit Gesprächen und Meditieren. Eines Nachmittags, sie hatten noch ihren Saft getrunken, lud Dave Andrew ein, mit ihm hinaus zu den Rockaways zu fahren. Dort unten gebe es in Strandnähe einen kleinen Kräuterladen, und er benötige dringend frischen Vorrat. Für Andrew hörte sich das nach Gras an, aber er wollte nicht unhöflich sein und fragen. Es gab vieles an EVOLVEment, das er nicht verstand, und das war durchaus in Ordnung. Manchmal roch es im ganzen Obergeschoss des Hauses penetrant nach Bongwasser, doch das hieß nicht, dass Dave etwas damit zu tun hatte. Selbst wenn, was spielte das für eine Rolle?

Das von allen EVOLVEment-Mitgliedern gemeinschaftlich genutzte Gefährt war ein kleiner Lieferwagen mit hölzernen Seitenwänden. Die Klimaanlage war kaputt, aber das machte nichts aus, weil es kühl genug war, wenn man die Fenster herunterkurbelte. Andrew trommelte mit den Fingern auf den Fensterschlitz in der Tür, während sie die Bedford Avenue in Richtung Wasser hinunterfuhren.

»Du und deine Familie, ihr wohnt also schon lange in Ditmas«, sagte Dave. Seine Fliegersonnenbrille bildete einen leuchtenden Kontrast zu seinem dichten, dunklen Bart.

»Ja, schon wirklich lange. Zu lange vielleicht?« Andrew wollte nichts Besonderes damit sagen.

»Überlegt ihr denn, wegzuziehen?«, fragte Dave. »Wir sind doch erst seit kurzem hier, Mann.« Er lächelte.

»Oh, nein, nein, wir ziehen nirgendwo hin«, wehrte Andrew ab. Die Aussicht, dass Zoe und Jane sich möglicherweise scheiden ließen und wegziehen würden, schimmerte als verheißungsvoller Silberstreifen am Horizont. Das hätte er Lizzy gegenüber jedoch nie zugeben können. Zu Collegezeiten war Zoe noch ziemlich in Ordnung gewesen – sie war klug, witzig, sexy, alles. Es war auch nicht so, dass er sie nicht mochte – eher schon, dass Elizabeth sie zu sehr mochte. Jedes Mal, wenn sie von einem Essen mit Zoe nach Hause kam, glaubte er, eine leichte Gereiztheit an ihr zu verspüren, vermutlich eine Folge dessen, was Zoe über ihn gesagt hatte. Elizabeth leugnete es zwar stets, aber er wusste, dass es stimmte – sie lästerte gern, hatte es immer getan, und wenn man älter wurde und verheiratet war, worüber sollte man sonst lästern als über die eigene Ehe? Jane war in Ordnung, auf sie konnte man sich verlassen. Er mochte ihre Kochkünste und ihre Gelassenheit. Jane war nicht das Problem.

Es gab so vieles, das ihn wütend machte. Der Verkehr, die ständigen Staus, die Leute. Harry hatte noch ein Jahr Schule vor sich. Dann würde alles anders werden. Als Harry noch klein war, als Kind – was er, wie Andrew vermutete, nun nicht mehr war –, hatten sie gemeinsam Ausflüge ins Naturhistorische Museum unternommen, um sich die Dinosaurier anzusehen, und waren mit der Staten Island Ferry hin- und hergefahren. Sie hatten ihren Spaß gehabt. Vater oder Mutter eines Teenagers zu sein hieß jedoch, dass man nicht nur keinen Spaß mehr miteinander hatte, sondern geradezu dessen Gegenteil verkörperte. Andrew fragte sich, wie lange das wohl schon der Fall war. Gott, waren sie *dumm* gewesen, er und Elizabeth. Wie lange war Harry bereits dieses andere Wesen, das Sex hatte und zu lügen fähig war? Wie lange, seit er dem Kleinkindalter entwachsen war? Das würde ihm nie jemand sagen können. Andrew schloss die Augen und drehte den Kopf näher an das Fenster. Der Fahrtwind fühlte sich auf seiner Stirn an wie kühles Wasser.

»Ich verstehe, was du sagst«, sagte Dave, obwohl Andrew nichts gesagt hatte. »Vor einigen Jahren war ich mit ein paar Freunden im Joshua-Tree-Nationalpark. Es war auch ein Heiler dabei, und wir haben eine ganze Woche lang jeden Abend Ayahuasca genommen. Woher soll ich wissen, wie mein Körper reagiert, dachte ich, als ich damit anfing. Vielleicht würde ich mir ein Taxi bestellen und mich nach L.A. zurückbringen lassen, wer weiß? Aber nach der ersten Nacht wusste ich – Mann, das Zeug ist der helle Wahnsinn. Pure Magie. Hast du so was schon mal ausprobiert? Du hast das Gefühl, dein drittes Auge öffnet sich, weit, ganz weit, volle sechs Stunden lang. Alles strömt nur so aus dir heraus.« Er trommelte mit den Fingern auf das Lenkrad. »In dem Moment wurde mir klar, dass ich EVOLVEment wahr werden lassen musste – ein Zentrum für spirituelle Entwicklung.«

»Was hast du eigentlich früher gemacht?« Andrew wollte nicht aufdringlich sein – es fühlte sich ein wenig so an, als fragte man seinen Therapeuten, welche Probleme er hatte, aber es war schwierig, sich Dave mit einem Schreibtischjob vorzustellen, oder mit irgendeinem anderen Job, bei dem er korrekte Kleidung tragen musste. Soweit Andrew das sagen konnte, besaß Dave nicht ein Paar Socken oder eine einzige Hose mit einem Reißverschluss.

»Körperarbeit, ein bisschen Coaching. Yoga habe ich auch unterrichtet. Du weißt schon, die Schiene eben.«

»Natürlich.«

»Was ist mit dir, Andrew? Worauf fährst du ab?«

Dave lächelte. Er hatte tolle Zähne, von denen Kieferorthopäden wahrscheinlich träumten – groß und weiß und absolut gerade, mit einer winzigen Lücke zwischen den beiden Schneidezähnen. Priester-Zähne. Talk-Show-Moderatoren-Zähne. Guru-Zähne. Andrew hatte immer gedacht, dass Gurus aussehen wie Gandhi oder mindestens wie Ben Kingsley. Unter seinem Bart sah Dave aus wie ein freundlicher Verbindungsstudent, wie ein Lacrosse-Spieler.

»Da bin ich mir gar nicht so sicher«, sagte Andrew. »Erst war ich auf der Musik-Schiene. Dann auf der Doku-Film-Schiene. Hundertprozentig auf der Vater-Schiene. Das konnte ich richtig gut. Ich war ein echter Spielplatz-Profi. Dann habe ich mich ein bisschen auf der Stadtmagazin-Schiene herumgetrieben. Und jetzt bin ich wahrscheinlich auf der Wo-geht-es-lang-Schiene gelandet.« Er verstummte und atmete heftig durch den Mund aus. »Gibt es eine Liste, die du mir mal geben könntest?«

Dave streckte die Hand aus und tätschelte Andrews Bein. »Schon gut, Mann. Ich habe so ein Gefühl, dass sich alles fügen wird. Es geht immer darum, zur rechten Zeit am rechten Ort zu sein, weißt du. Es geht um Energie. Darum, bereit zu sein und die Energie zu spüren. Und du bist bereit – das konnte ich spüren, du strahlst das aus. Das wusste ich in dem Moment, als du ins Zentrum kamst.« Der Wagen wurde langsamer. Andrew sah sich um – sie waren bereits in den Rockaways, auf dieser komischen kleinen Halbinsel vor Brooklyn – oder war es Queens? –, die sich wie eine Zahnbürste parallel zum Festland im Atlantik erstreckte. Dave fuhr an den Straßenrand und hielt den Wagen an. Den Bruchteil einer Sekunde lang dachte Andrew, dass Dave ihn jetzt gleich küssen würde. Das taten Gurus doch, oder? Sie scharten Anhänger um sich und schliefen mit ihnen. Andrew wäre nicht überrascht gewesen, wenn Dave mit jeder Frau und der Hälfte aller Männer bei EVOLVEment geschlafen hätte. Sie sahen aber auch alle umwerfend aus, diese starken, braungebrannten Körper. Körper, die benutzt werden mussten! Andrew war sich nicht sicher, wozu sein Körper da war.

Sie parkten vor einem leicht baufälligen Haus, dessen Außenwände mit Holzschindeln verkleidet waren. Andrew fühlte sich an das Sommerhäuschen seiner Eltern auf Martha's Vineyard erinnert, wo er seit zwanzig Jahren nicht mehr gewesen war. Linker Hand schlossen sich vier identische kleinere Gebäude an wie Entenjungen, die auf der Straße ihrer Mutter hinterherwatschelten.

»Das ist es«, sagte Dave. »Das wollte ich dir zeigen.«

»Wohnt hier der Typ mit den Kräutern?«

Dave lachte. »Nein, der Kräutermann wohnt in einem versifften Apartment gleich neben der Taco-Bude. Das hier ist bereits die nächste Phase.« Er streckte die Hände nach oben, so dass seine Daumen sich fast berührten, und beugte sich so weit über den Beifahrersitz, bis er beinahe auf Andrews Schoß lag. »Siehst du es, Mann?«

»Was sehen?« Andrew rutschte auf dem ledernen Sitz bis zur Tür und beugte sich aus dem Fenster. »Tolle Brise. Wie weit sind wir weg vom Wasser?«

»Einen Block«, sagte Dave. »Ein Block bis zu den Wellen. The Waves! Vielleicht sollten wir es so nennen.«

»Was nennen?« Die Häuser waren hübsch. Die Fenster und Türen sahen verwittert, aber solide aus. Hier gefiel es ihm. Vielleicht wäre das ihr nächster Akt – ein Strandhaus in Brooklyn. Er könnte endlich Surfen lernen, und Elizabeth könnte den Hipstern aus Williamsburg Eigentumswohnungen verkaufen. Harry wäre an der Universität und käme nur zu Besuch nach Hause, und sie beide liefen ständig braungebrannt herum und trügen Flip-Flops.

»Unser Hotel, Mann.« Dave griff in die Tasche seines T-Shirts und holte einen Joint heraus.

38

Laut Ruby taten Zoe und Jane nicht anderes, als sie Tag und Nacht abwechselnd anzubrüllen. Jane normalerweise im Restaurant und unter dem Vorwand, Ruby zu beschäftigen: »Putz die Toilette! Aber dieses Mal wirklich!« Oder: »Mach Tisch sechs sauber. Hol dir einen Besen – da liegen überall Cheerios herum. Das ist keine Filiale von Chuck E. Cheese!« Zoe brüllte lieber zu Hause herum. Ihre Ausbrüche waren zwar unberechenbarer, aber umso heftiger. Manchmal wurde sie bitterböse, weil Ruby die Shampooflasche mit der Öffnung nach oben statt nach unten stehen ließ, so dass es länger dauerte, bis das Shampoo herauslief, und wenn der Deckel nicht richtig zu war, gelangte auch noch Wasser in die Flasche. Manchmal stieg Zorn in ihr hoch, wenn sie daran dachte, dass Rubys Körper zu später Stunde in aller Öffentlichkeit neugierigen Blicken ausgesetzt war und dass sie sich selbst in Gefahr gebracht hatten; ihr und Harry hätte alles Mögliche passieren können. Manchmal rastete sie innerlich aus vor Wut über die verpatzten College-Bewerbungen ihrer Tochter, Rubys SAT-Punktestand und die Tatsache, dass bereits Mitte Juli und nichts Neues in Sicht war außer demselben alten Trott. Sich darüber laut aufzuregen war jedoch schwierig, und so stellte sie stattdessen lieber Popcorn her, streute Nährhefe darüber und stellte die Schüssel vor Rubys Zimmertür.

Noch schlechter fühlte Zoe sich allerdings, weil sie deswegen auch erleichtert war – und das hätte sie nie im Leben laut zugegeben, nicht einmal Jane gegenüber. Denn wäre Ruby zum Studieren weggegangen, wären sie und Jane gezwungen gewesen, sich pausenlos mit ihrem eigenen Mist auseinanderzusetzen, ohne die Möglichkeit, innezuhalten und sich zwischendurch auch mal gut zu benehmen, weil Ruby mit am Tisch saß. Im Moment schien ihr Beziehungsdialog auf Eis zu liegen, und Zoe war das sogar ganz recht. Nicht dass sie *unbedingt* geschieden werden wollte. Es schien nur unausweichlich – wie viele Herabstufungen konnte eine Ehe schon aushalten? Erst Geliebte, dann Freundinnen, dann Zimmergenossinnen und schließlich gute Bekannte? Es konnte immer noch schlimmer kommen. Elizabeth und Andrew schienen momentan irgendwo unterhalb der Verliebtheitsgrenze herumzukrebsen. Wie viele Jahre würde es dauern, bis sie und Jane anfingen, sich gegenseitig Arsen ins Essen zu streuen oder sich in der Auffahrt »aus Versehen« über die Zehen zu fahren? Wie lange würden sie noch brauchen, bis sie mit ihrer Lebensgeschichte als Lifetime-Film endeten? Zoe war nicht sicher, wie tief sie noch sinken wollte. Jane war immer eifersüchtig gewesen, auf Elizabeth, auf andere Freundinnen und generell auf jeden, den sie jemals geliebt und/oder berührt hatte. Ganz gleich, ob die Beziehung sexuell, platonisch oder irgendetwas dazwischen war: Jane war ein Silberrücken, der sein Weibchen immer in seiner Nähe wissen wollte. Zu Anfang war das rührend gewesen, beinahe altmodisch. Jane fasste Zoe um die Taille, wenn sie die Straße überquerten, trug sie über die Schwelle, als sie heirateten; sie kannte und verehrte jeden Zentimeter ihres Körper, jedes Muttermal, jede Narbe. Mittlerweile war Zoe sich nicht mehr sicher, ob das so gut war.

Wenn Elizabeth sich über Andrew beschwerte, dann immer deswegen, weil er sich wieder einmal genötigt sah, zu irgendeinem bescheuerten Hippie-Event aufzubrechen oder mit seinem eigenen tibetischen Sherpa auf einen Berg zu steigen. Jane verließ das Stadtviertel nie.

Eigentlich wünschte Zoe sich nichts weiter als ein wenig Freiraum. Und Aufmerksamkeit. Sie wollte, dass Jane sie vermisste, wenn sie weg war, aber außer ins Bett ging sie nirgendwohin.

»Jane? Bist du da?« Zoe wusste, dass sie da war. Sie nahm eine Orange von der Küchentheke und ging die Treppe hinauf. Es war kurz vor Mittag, was hieß, dass Ruby im Restaurant war und Jane noch im Schlafanzug steckte. Sie klopfte an die Tür des Gästezimmers und öffnete sie, nachdem Jane eine Antwort geraunzt hatte.

Jemand hatte mal zu ihr gesagt, man solle nie jemanden heiraten, bei dem man nicht das Bedürfnis verspüre, sich auch wieder scheiden zu lassen, aber Zoe war immer der Ansicht gewesen, dass Janes unangenehmste Eigenschaften gleichzeitig auch ihre liebenswertesten waren. Jane war es egal, wie sie aussah. Sie machte nie Smalltalk. Sie tat nicht so, als würde sie Leute mögen, die sie nicht ausstehen konnte, was ihr Zoes Meinung nach mindestens ein Dutzend Lebensjahre ersparte, die sie sonst verschwendet hätte. Und wenn ihr die anderen Eltern von der Whitman High dumm kamen? Dann schaute Jane einfach durch sie hindurch, als wären sie aus Glas. Sie war rauh, und sie war fair. Sie war ein Kettenhund, der aus heiterem Himmel Eiergebäck machte, nur weil er gerade Lust dazu hatte.

Zoe steckte den Kopf ins Zimmer. »Können wir reden?«

Jane rollte sich auf die Seite, der Futon auch, und robbte rückwärts, bis sie, an die Wand gelehnt, zum Sitzen kam, wo sie mit dem Kopf gegen einen tiefhängenden Bilderrahmen stieß, eine Zeichnung von Ruby aus Kindergartentagen. »Klar«, sagte sie und rieb sich die Augen.

»Elizabeth ist nicht das Problem.«

»Das weiß ich.«

»Du hast dich auf dem Polizeirevier aufgeführt wie ein Berserker.« Zoe setzte sich neben dem Futon auf den Boden.

»Das weiß ich auch. Aber ich weiß auch, wie sie dich immer anschaut. So als ob du eine Tüte Schokoladeneis wärst und sie am liebsten dein Gehirn ausschlecken und in deinen Körper kriechen würde.«

»Was jetzt? Willst du damit sagen, dass sie mich aufschlecken oder dass sie mich umbringen will? Ich bin verwirrt.« Zoe schälte ihre Orange und vernebelte die Luft mit Zitrusduft.

»Beides vielleicht? Beides.« Jane machte eine Pause, um nachzudenken. »Ich glaube eigentlich nicht, dass sie dich umbringen will. Aber ich bin der Ansicht, dass da drüben seltsame Dinge vor sich gehen, und ich wäre nicht überrascht, wenn sie beim Masturbieren an dich denkt.«

»Ich glaube nicht, dass Elizabeth sich selbst befriedigt.«

»Das ist genau der Punkt. Da drüben gehen seltsame Dinge vor sich. Aber jetzt lass dir gesagt sein, da war nichts, okay? Rein gar nichts. Ich war nur nervös und besorgt wegen Ruby, und dann habe ich Elizabeth gesehen, wie sie wieder einmal ihr dummes Elizabeth-Gesicht aufsetzt und dich anhimmelt, und da bin ich einfach ausgeflippt. Es tut mir leid, okay? Es tut mir leid. Ich weiß, es läuft seit einer Weile nicht so prickelnd mit uns, aber irgendwie fühle ich mich in der letzten Zeit viel besser. Du nicht auch? Oder bilde ich mir das auch nur ein? Wie geht es uns? Ist alles in Ordnung? Soll ich aufhören, dir so viele Fragen zu stellen?«

Zoe lachte. Mit nassen, klebrigen Fingern bot sie Jane einen Schnitz von ihrer Orange an. Als sie sich kennenlernten, hatte Zoe bereits alle möglichen Beziehungen hinter sich: gute, schlechte, kurze, lange. Doch nie etwas Ernstes, nie. Sie hatte sich eingebildet, bereits zuvor verliebt gewesen zu sein – in eine Mitschülerin an der Highschool, in ein paar Studentinnen am Oberlin, und auch danach noch mal –, aber sie wusste sofort, dass sie sich geirrt hatte, als sie Jane traf. Alles andere war Makulatur gewesen, ein Warmlaufen für die echte Liebe. Sie hatte gelernt, all die romantischen Worte zu sagen und ihre Zunge zu benutzen, aber das waren alles nur Hilfsmittel gewesen. Wie beim Fahrradfahren. Bei Jane hatte sie die Stützräder abmontiert und war drauflos gestrampelt.

Sie hatte nie daran gedacht, zu heiraten: viel zu spießbürgerlich, zu langweilig. Doch als sie Jane kennenlernte, entschlossen und mit einem Ziel vor Augen, da begriff sie: Die Ehe war ein Bekenntnis zu Stabilität und Vertrauen, ein laut formulierter Anspruch. Jane war längst erwachsen, während Zoe und alle ihre Freundinnen sich noch immer wie Teenager benahmen. *Oh,* hatte Zoe gedacht. Heiraten war etwas, das Erwachsene taten, und wenn sie erwachsen war, könnte sie das auch tun. Jane weckte in ihr den Wunsch, Haltung anzunehmen und aufzuhören, sich als Mädchen zu sehen.

Als Janes Finger nach der Orange griffen, berührten sich ihre Hände, und Zoe lächelte.

39

Die ganze Woche über hatte Harry sich auf den SAT-Kurs gefreut, denn seine Mutter hatte ihm das Handy abgenommen, wann immer er zu Hause war. Ein Lebensgefühl wie in der frühen Pionierzeit, allerdings nur beim Essen und wenn er im Wohnzimmer auf dem Roku Videospiele streamte. Elizabeth schien nicht zu begreifen, dass sein Computer – bis auf telefonieren – all das konnte, wozu auch sein Handy imstande war. Und wer wollte schon telefonieren? Doch er hatte sich an ihre Spielregeln gehalten und keinen Kontakt mehr mit Ruby gehabt, seit sie das Polizeirevier verlassen hatten. Wie bei Romeo und Julia – nur ohne den Selbstmord. Trotzdem verstand er seine Eltern. Hätten sie ihn beim Sex in seinem Zimmer erwischt, wäre das eine Sache gewesen, aber in aller Öffentlichkeit, unter den Augen der Polizei – das schrie geradezu nach einer Bestrafung. Seine Eltern hatten sich ihm gegenüber nie streng oder unvernünftig verhalten – vor allem sein Vater nicht, der stets bereit gewesen war, sich mit ihm zusammenzusetzen und Harry ausführlich zu erklären, weshalb er bis Chanukka auf eine neue Thomas-the-Engine-Dampflok oder was auch immer warten müsse. Das erschien ihm nur fair.

Iggy Pop war jetzt seit einer Woche verschwunden. Sie hatten überall in der Nachbarschaft Plakate aufgehängt – an Bushaltestellen, in Telefonzellen, sogar auf den Pinnwänden in den drei Coffee-Shops in der Cortelyou Road. Iggy war noch nie länger als einen Tag weg gewesen, und allmählich begann Harry, sich die schlimmsten Dinge auszumalen. Seinem Freund Arpad hatte er während desselben Telefongesprächs vom Verschwinden der Katze und vom Sex mit Ruby erzählt. Arpad war nur auf die Katze eingegangen, den Sex hielt er wahrscheinlich für einen Witz. Harry war nicht sicher, was der größere Scherz war – dass er seine Jungfräulichkeit an das Mädchen seiner Träume verloren hatte oder dass er niemals mehr Sex haben würde, zumindest nicht mit Ruby. Und andere Optionen existierten zurzeit nicht. Natürlich hatte es andere Mädchen an der Whitman High gegeben, die Harry in der Bibliothek verstohlen gemustert hatte, doch jetzt, da er Rubys Körper berührt und erfahren hatte, was möglich war in diesem Universum, jetzt würde er sich keinesfalls mehr mit irgendjemandem zufriedengeben.

Seine Eltern hatten sich unmissverständlich ausgedrückt: Zum ersten Mal in seinem ganzen Leben hatte er wirklich großen Ärger bekommen, und seine Strafe bestand darin, nicht mehr neben Ruby sitzen oder mit ihr sprechen zu dürfen. Nur im äußersten Notfall. Aber jetzt wären sie nicht dabei. Auf dem Weg zum Karatestudio war Harry extrem nervös und spielte in Gedanken alle Möglichkeiten durch, wie sein Auftritt aussehen könnte: Er könnte lässig hineinschlendern und so tun, als sähe er sie nicht, sich aber wie üblich neben sie setzen und ihr rasch einen Zettel zuschieben. Er könnte sie auch einfach auf den Mund küssen – vor Dumpfbacken-Rebecca, vor Eliza, Thayer und den anderen. Er könnte warten, ob sie als Erste etwas zu ihm sagen würde. Vielleicht war sie insgeheim froh, ihn los zu sein. Welche Frau wollte ihrem Liebhaber schon beibringen, wie das mit dem Sex funktionierte? Nicht dass er ihr Liebhaber war. War er ihr Liebhaber? Oder besser gesagt, war er es gewesen? Harry wünschte sich eine Neonleuchtreklame am Himmel, irgendetwas, das ihm sagen würde, was er tun solle.

Ruby war noch nicht da – natürlich nicht. Das war gut so, jetzt musste sie die Entscheidung treffen, wohin sie sich setzen wollte. Harry nahm seinen üblichen Platz in der letzten Reihe ein und holte sein Notebook aus dem Rucksack. Merkwürdigerweise sah er dem bevorstehenden SAT-Test dank Rubys Anwesenheit in diesem Kurs wesentlich gelassener entgegen. Er machte sich Notizen, zumindest ebenso oft, wie er und Ruby Zettel tauschten, und hatte das Gefühl, tatsächlich ein paar Dinge gelernt zu haben. Die Universität lockte als helles Licht am Ende des Tunnels, und Harry sehnte sich sehr nach diesem Licht. Eigentlich wollte er an ein kleines, feines College gehen – nach Amherst vielleicht oder Wesleyan. Oder vielleicht doch lieber nach Deep Springs, oder wie das hieß, um dort in der Wüste zu lernen, ein Farmer und Gentleman-Dichter zu werden? Wer weiß! Jedes Mal, wenn die Tür aufging, drehte er sich rasch um. Alle um ihn herum schienen sich inzwischen untereinander angefreundet zu haben – Harry hatte davon nichts mitbekommen. Der Unterricht hätte auf Chinesisch abgehalten werden können, und es wäre ihm nicht aufgefallen.

Rebecca klappte ihren Computer auf und projizierte eine Geometrieaufgabe auf das Whiteboard. Ein gleichschenkliges Dreieck, kinderleicht. Harry schaltete auf Durchzug, als sie zu reden anfing. Er wusste genug, um zurechtzukommen. Der Unterricht hatte begonnen, und Ruby war noch immer nicht da.

Er roch ihr Shampoo, ehe er sie sah. Rebecca knipste die Lichter aus, damit der Bildschirm besser zu sehen war, und in dem Moment schlüpfte Ruby auf den Stuhl neben ihm und hauchte ihm einen flüchtigen Du-hast-mir-gefehlt-Kuss auf die Wange. Breit grinsend drehte Harry sich zu ihr um. Ruby steckte ihm erst mal die Zunge in den Mund, ehe sie mit einem lauten Poltern ihre Tasche fallen ließ und wie ein Hund auf der Suche nach einem Knochen darin herumwühlte.

»Hast du nur lose Blätter in deiner Tasche?«, fragte Harry.

»Psst«, sagte Ruby. »Ja.« Dann fand sie, was sie suchte, und knallte das Blatt auf Harrys Tisch: eine Kopie des gemeinsamen Terminkalenders ihrer Mütter für die nächsten zwei Wochen. »Dr. Amelia«, sagte sie. »Das ist ihre Sex-Therapeutin. Und jetzt ist sie auch unsere Sex-Therapeutin, wenn du verstehst, was ich meine. Ihre Praxis liegt in Park Slope, was bedeutet, dass uns von dem Moment an, wenn die beiden das Haus verlassen, mindestens zwei Stunden bleiben. Und hier haben sie noch einen Termin mit ihrem Lieferanten in Jersey, was heißt, dass sie mindestens fünf Stunden weg sein werden, um irgendwelche Tomatenpflanzen oder Ähnliches zu beschnuppern.« Sie deutete auf den Namen. Bis dahin waren es noch sechs Tage, aber da stand es. Schwarz auf weiß. Ihr nächstes Date. Harry spürte, wie sein ganzer Körper sich entspannte. Vielleicht sollte er einfach ans Brooklyn College gehen. Wie konnte er jetzt von hier fortziehen? Er könnte sich ein Apartment mieten. Ruby könnte mit ihm zusammen dort wohnen und sich im Schrank verstecken, wenn seine Eltern zu Besuch kamen. Er könnte behaupten, eine andere Freundin zu haben, die viel unterwegs war, eine Rhodes-Stipendiatin! Genau. Seine Freundin, die Rhodes-Stipendiatin, studierte für ein Jahr in Barcelona, und aus Sehnsucht nach ihr bewahrte er ihre Sachen bei sich auf. Darum die beiden Zahnbürsten im Bad und die Handtaschen an den Türknäufen. Vielleicht wären seine Eltern bis dahin über das Schlimmste hinweg und würden begreifen, dass Ruby kein schlechter Kerl war, sondern die Beste von allen – die Einzige! Es würde alles gut werden. Alles würde sich fügen.

»Ich liebe dich«, sagte Harry, lauter als beabsichtigt. Ein Teenager mit einem uncoolen Haarschnitt in der Reihe vor ihnen kicherte, und Harry trat gegen seinen Stuhl. »Ich meine es ernst, Ruby, ich liebe dich.«

»Ich weiß, dass du das tust«, sagte Ruby, streckte die Hand aus und kniff ihn in den Arm. Das musste fürs Erste genügen.

40

Elizabeth machte sich ernsthaft Sorgen, dass Iggy Pop tot sein könnte. Verendet. Entweder das oder adoptiert von einem dummen Kind in der Nachbarschaft, das weder lesen konnte noch auf Aushänge an Telefonmasten reagierte. So etwas kam ziemlich häufig vor: Jemand stellte eine Schüssel mit Sahne hinaus, und eine Katze glaubte, eine höhere Existenzebene entdeckt zu haben. Mehrmals täglich hatte Elizabeth den Eindruck, im Augenwinkel etwas vorbeihuschen zu sehen. *Oh, Gott sei Dank, Iggy ist wieder da,* aber dann war es doch nur eine Wollmaus oder ein zusammengeknülltes T-Shirt. Auf dem Weg ins Büro, auf dem Weg nach Hause und zu ihren Immobilienobjekten in der Nachbarschaft gewöhnte sie es sich an, noch häufiger als sonst neugierig in Auffahrten und auf Veranden zu spähen. Deirdre hielt Katzen für abstoßende Geschöpfe und zeigte nur sehr wenig Mitgefühl.

»Das sind *wilde* Tiere«, sagte sie zwischen zwei Gabeln Salat, den sie an ihrem Schreibtisch sitzend verspeiste. »Katzen sind nicht dafür geeignet, mit Menschen zusammenzuleben. Ich habe von Leuten gehört, die von ihren Katzen getötet – *ermordet* – wurden. Deswegen haben wir nur Fische.« Deirdre angelte mit dem Finger eine Walnuss aus dem Salat. »Die sind dort so was von knauserig. Nur vier Walnüsse im ganzen Salat.«

»Iggy Pop wird mich nicht umbringen«, widersprach Elizabeth. »Schlimmstenfalls läuft er einem mitten in der Nacht über das Gesicht. Aber ich bin normalerweise ohnehin wach.«

»Siehst du. Wenn ich eine Katze hätte, die mir mitten in der Nacht übers Gesicht läuft, würde ich das als Warnsignal auffassen. Ich glaube, deine Katze hat sich nicht verlaufen – der

Kerl hockt irgendwo da draußen und schart eine Armee aus getreuen Mitstreitern um sich. Lass dir das gesagt sein.«

»Ich weiß deine Besorgnis zu schätzen.« Elizabeth lehnte sich auf ihrem Stuhl zurück. Sie hatte jede Menge Arbeit; sie musste einen Vorvertrag für das Haus an der East Nineteenth und für eine Wohnung in New Kirk aufsetzen. Dann musste sie ein weiteres großes Haus auf der Ditas Avenue für die erste Besichtigungsrunde vorbereiten, und das Esszimmer sah immer noch aus wie der Lagerraum eines fanatischen Stofftiersammlers. »Ich glaube, im Moment wäre mir sogar seine kleine Armee willkommen. Ich will doch nur, dass er zurückkommt.«

Deirdre streckte die Hand aus und tätschelte flüchtig Elizabeth' Knie. »Ich weiß, Schätzchen. Wir werden diesen räudigen kleinen Killer schon finden.«

Das Bürotelefon klingelte, und Deirdre beugte sich zur Seite, um abzuheben. Elizabeth massierte derweil mit den Fingern ihre Schläfen.

»Das ist für dich, glaube ich«, sagte Deirdre. Auf ihrem Gesicht lag ein eigenartiger Ausdruck, der nur eines bedeuten konnte.

Elizabeth griff nach dem Hörer. »Hallo?«, sagte sie.

»Apparat Naomi Vandenhoovel«, meldete sich jemand.

»Ja«, sagte Elizabeth.

Was soll das?, formte Deirdre lautlos mit den Lippen.

»Glaube mir, ich verstehe es selbst nicht«, sagte Elizabeth.

»Hallöööchen aus Ohio!«, ertönte Naomis Stimme.

»Drehen Sie tatsächlich am Oberlin?« Elizabeth konnte sich Naomi beim besten Willen nicht in Ohio vorstellen. Nicht einmal in Cleveland. Nicht einmal im Ritz-Carlton in Cleveland, wo Andrews Eltern für die Abschlussfeier abgestiegen waren, obwohl das Hotel eine gute Stunde Fahrtzeit von der Universität entfernt lag. Ihr war nicht klar, dass alles jetzt so schnell ging. Sie hatte die Sache schon fast vergessen, mit Absicht, seit sie ihre Namen unter den Vertrag gesetzt hatte und davon ausgegangen war, dass es noch ewig dauern würde, bevor sie es Andrew würde sagen müssen. Vielleicht würde er bis dahin ja nachgeben. Kein großartiger Plan, aber einen anderen hatte sie nicht.

Naomi lachte. »Nein, nein, selbstverständlich nicht. Wir sind in Pasadena. Sie sollten das sehen! Die Farben, alles sehr retro. Sehr neunziger Jahre.«

»Das ist ja großartig«, erwiderte Elizabeth, obwohl ihr zusehends mulmiger wurde. Aber sie saß im Büro und konnte schließlich nicht im Beisein von Deirdre und dem Rest der O'Connells als Zeugen vollkommen ausflippen. »Was kann ich für Sie tun?«

»Immer geschäftsmäßig! Das gefällt mir! Bleiben Sie kurz dran«, sagte Naomi, und dann hörte Elizabeth, wie diese Frau einen Kaffee mit Mandelmilch und einem dreifachen Espresso bestellte. »Ich habe mir gerade die Szene angesehen, wie Sie und Lydia gemeinsam diesen Song schreiben, und deshalb wollte ich Sie anrufen! Sie sehen umwerfend aus! Sehr schlank, tolles Haar. Großer Mund. Nicht so breit wie der von Steven Tyler, aber vielleicht so wie der von Liv Tyler. Wissen Sie, eigentlich sehen Sie aus wie eine blonde Liv Tyler. Ihr jüngeres Ich, meine ich.«

Elizabeth fasste sich mit der freien Hand an den Kopf. »O Gott«, sagte sie.

»Machen Sie sich keine Sorgen! Sie sehen toll aus! Ich wollte Ihnen nur ein Update geben! Die Mädels sind so süß. Sie posten bereits wie wild auf Instagram. Sie sollten sich das mal ansehen.«

»Das werde ich«, sagte Elizabeth. Einen Moment lang dachte sie an sich und Lydia. Lydia, die sie nie gemocht hatte. Es war nicht so wie mit Zoe, die zwar fraglos in einer anderen Liga spielte, was Raffinesse und Erfahrung anging, Elizabeth aber dennoch amüsant fand. Lydia hatte ihr praktisch immer die kalte Schulter gezeigt, sobald Elizabeth einen Raum betrat. Wie eine hochmütige Katze oder ein verstockter Teenager. Was sie schließlich auch war. »Warten Sie, Naomi.« Ihr wurde flau.

»Hmm-hmm?«

»Schon komisch, dass ich nicht eher daran dachte, Sie das zu fragen – aber welchen Zeitraum deckt der Film eigentlich ab? Ich nahm an, dass es vor allem um Lydia auf dem Höhepunkt ihrer oder ... Sie wissen schon, letztlich auch um ihr Ende geht. Aus der College-Zeit ist doch nicht *viel* dabei, oder?«

In ihren Augen war sie an der Geschichte nur ganz am Anfang und auch da nur ganz am Rande beteiligt, bevor aus Lydia *LYDIA* wurde und der eigentliche Film richtig losging. Natürlich hatte sie es sich gewünscht, sie alle zu überlebensgroßen Ikonen stilisiert zu sehen – was sich in diesem Moment auch genauso angefühlt hatte. Doch dann, so hatte Elizabeth angenommen, würde der Film geschmeidig die Perspektive wechseln und sich den glamouröseren Seiten der Geschichte zuwenden. Aber jetzt sah sie sich plötzlich mit der erschreckenden Vorstellung konfrontiert, dass sie nicht den geringsten Einfluss darauf hatte, wie ihre gemeinsame Jugend dargestellt werden würde. Andrew würde darüber nicht erfreut sein, nicht im Geringsten, ganz gleich, wie sehr sie es auch drehen und wenden mochte. Sie hatte sich diesen Film für ihn ebenso sehr gewünscht wie für sich, denn Elizabeth wusste, wie sehr Andrew die Band geliebt hatte, und Lydia und sie. Ja, dieser Wunsch spielte ebenfalls eine Rolle. Elizabeth wollte, dass Andrew sich den Film ansah und sich daran erinnert fühlte, wie sehr er sie einst geliebt hatte, damals vor langer Zeit, als sie noch Teenager waren und sich das Leben wie ein endloser, weiter Ozean vor ihnen in alle Richtungen erstreckte.

»Wissen Sie, ich kann im Moment nicht sprechen«, sagte Naomi. »Aber wollen Sie das Drehbuch sehen? Ich sage es meiner Assistentin und lasse Ihnen eine Kopie zuschicken. Okay?«

»Heißt das nun ja oder nein?«

»Eindeutig ja.«

»Ja, es ist nicht viel aus der College-Zeit dabei, oder ja, es ist? Und Sie wissen schon, dass Lydia den Song nicht geschrieben hat, oder?« Hektische rote Flecken breiteten sich auf Elizabeth' Hals aus. »Hallo?« Doch Naomi hatte bereits aufgelegt. Elizabeth nahm den Finger aus dem Ohr und reichte das Telefon an Deirdre zurück, damit sie auflegte. Deirdre musterte sie streng. Ihre Augenbrauen waren so weit hochgezogen, dass es aussah, als wären sie mit ihrem Haaransatz verwachsen.

»Ich wäre dann so weit, wenn du es bist«, sagte Deirdre und verschränkte erwartungsvoll die Arme vor der Brust.

Elizabeth hatte durchaus die Absicht gehabt, Andrew von dem Film zu erzählen, davon, dass sie in seinem Namen unterschrieben hatte. Sie hatte überlegt, Zoe anzurufen und an ihr zu üben, aber dann schämte sie sich doch zu sehr. Elizabeth wartete lange auf eine passende Gelegenheit, und als Harry dann Ärger wegen Ruby bekam, schien ihr die Lage zu heikel und zu angespannt für Geständnisse dieser Art. Andrew war nicht sehr gut darin, mehrere Bälle gleichzeitig in der Luft zu halten, es sei denn, sie waren mit Helium gefüllt. Gute Neuigkeiten verkraftete er noch einigermaßen, aber schlechte Nachrichten musste man so vorsichtig dosieren wie Antibiotika.

»Das ist eine sehr lange Geschichte«, sagte Elizabeth, »aber das ist jetzt gar nicht so schlecht – dann werde ich eben an dir üben.«

Deirdre wickelte einen Kaugummi aus und wirkte dabei so aufgeregt, als hätte Elizabeth soeben zugestimmt, einen Striptease aufs Parkett zu legen.

41

Andrew saß auf der Veranda, als Elizabeth nach Hause kam. Auch draußen war es heiß, und die Temperaturen näherten sich der Zeit des Sommers, in der die Luft in Brooklyn zu stehen scheint. Sie hatten zwar Air-Condition in den Schlafzimmern und auch im Esszimmer, aber das brachte keine große Erleichterung, vor allem nicht im Erdgeschoss, wo die Räume groß und offen waren. Die dunkle Steinveranda war oft der kühlste Ort im Haus.

»Ich habe heute die Ventilatoren aus dem Keller geholt«, sagte Andrew. »Einen habe ich ins Wohnzimmer gestellt und zwei nach oben.«

»Danke«, erwiderte Elizabeth. »Kann ich mit dir über was reden?« Sogar nach so vielen Jahre Ehe fiel ihr so ein schwieriges Gespräch nicht leicht. Natürlich waren ihre Eltern daran schuld. Sie hatte nie erlebt, dass sie ein einziges Mal gestritten hätten – das lag einfach nicht in ihrer Natur. Und so hatte Elizabeth ihr ganzes Leben damit verbracht, unangenehmen Situationen so weit wie nur irgend möglich aus dem Weg zu gehen. Das brachte mit sich, dass sie viel verdrängen, oft lächeln und sich für Dinge entschuldigen musste, die ihr ganz und gar nicht leidtaten. Und es bedeutete auch, dass sie von sich aus nie und nimmer ein Gespräch begann, das sie eigentlich nicht führen wollte. Aber wenn sie Andrew jetzt nicht die Wahrheit sagte, würde der Film herauskommen, mit Lydias Film-Gesicht auf allen Plakatwänden, und das würde er sehen. Sie überlegte kurz, ihm den Vorschlag zu machen, für ein Jahr nach Italien oder anderswohin auszuwandern, einfach so, aber angesichts der weltweiten Vernetzung würde seine E-Mail-Box aufleuchten wie der Himmel am vierten Juli, ganz gleich, wo immer sie sich dann aufhielten.

»Natürlich«, sagte Andrew und klopfte auf das dünne Kissen neben sich. Er trug ein altes T-Shirt mit kleinen, ausgefransten Löchern am Hals, das er schon fast so lange hatte wie sie. Statt sich neben ihn zu setzen, lehnte Elizabeth sich an das Geländer der Veranda.

»Du weißt doch – dieser Film über Lydia?«

»Ja«, sagte Andrew, bereits misstrauisch.

»Sie machen ihn jetzt. Ich habe zugestimmt.« Elizabeth sah, wie Andrews Gesichtsausdruck sich veränderte.

»Aber ich habe nicht zugestimmt«, erwiderte er und kniff die Augen zusammen. Manchmal erinnerte Andrew Elizabeth an eine Katze, wenn sie im Schlaf ihre Nickhaut schloss. Andrew schob seine Nickhaut offensichtlich immer dann vor die Augen, wenn er wütend war. »Ich sollte unterschreiben, und ich habe es nicht getan.«

»Ich weiß«, sagte Elizabeth. Eine Frage der Formulierung, das wusste sie, aber mehr hatte sie nicht zu bieten. Reine Formsache. »Aber der Text ist von mir, und den habe ich ihnen überlassen. Ich war der Manager, und ich habe in deinem Namen zugestimmt.«

»Was genau soll das heißen – du hast in meinem Namen zugestimmt?«

»Das heißt …« Elizabeth machte eine Pause und dachte angestrengt nach, wie sie das, was sie sagen wollte, am besten formulierte. »Das heißt, dass ich den Vertrag für dich unterschrieben habe. Ich habe mit deinem Namen unterschrieben.«

Andrew schüttelte den Kopf. »Soll das heißen, dass du meine Unterschrift gefälscht hast? Willst du mich verarschen?« Er stand auf und klopfte den Staub von seiner Jeans. »Das ist kein Kreditkartenbeleg im Restaurant, Lizzy! Das ist was Ernstes! Ich kann nicht glauben, dass du das getan hast. Der Film wird totaler Müll werden, das ist dir hoffentlich klar? Ein vollkommener Mist, der nicht mal einen Bruchteil der wahren Geschichte erzählt.«

»Machst du dir Sorgen um *Lydia?*« Elizabeth winkte einem Nachbar auf der anderen Straßenseite zu, starr lächelnd.

»Ich mache mir Sorgen um dich, Lizzy, nicht um Lydia. Lydia hielt nie hinterm Berg mit dem, was sie wollte. Sie mag ein Miststück gewesen sein, aber wenigstens stand sie dazu. Dich halten alle für lieb und nett.« Andrew verdrehte die Augen und holte sein Handy aus der Tasche. »Ich muss los.«

»Ist mal wieder Zeit für Yoga?« Elizabeth verdrehte ebenfalls die Augen in einem unbewussten Wettbewerb, wer am schnellsten nachgeben würde.

»Du hast mich nie verstanden«, sagte Andrew. »Und ich dich offensichtlich auch nicht, wenn du zu solchen Manövern fähig bist.«

Elizabeth verschränkte die Arme und legte den Kopf schief. »Das ist doch Blödsinn, was du da sagst.«

»Blödsinniger, als so einer Sache zuzustimmen, ohne mit mir darüber zu reden?« Der Punkt ging an ihn, wie sie widerwillig zugeben musste. »Harry wird sich diesen Film anschauen und glauben, dass er uns dann besser versteht. Das ist dir doch klar, oder? Und was wird er verstehen? Er wird denken, dass Lydias Leinwandversion der richtigen Lydia entspricht. Und was hat das für Auswirkungen? Lydia wird als Märtyrerin dastehen, und das ist der größte Blödsinn aller Zeiten. Kannst du dich noch an das letzte Mal erinnern, als wir sie getroffen haben?« Andrew drehte sich um, so dass sie jetzt beide mit dem Gesicht zum Haus und mit dem Rücken zur Straße standen. Und ob Elizabeth sich erinnerte.

Sie waren zu einem frühen Abendessen mit Piroggen und Apfelmus ins East Village gefahren. Harry war sechs Monate alt und lag schlafend im Autositz, der zwischen ihnen auf dem

Boden stand. Er liebte alle Umweltgeräusche – Gesprächsfetzen, klappernde Gabeln –, und so nahmen sie ihn überallhin mit.

Die Regeln im Umgang mit Prominenten waren klar: Man durfte auf keinen Fall von ihnen Notiz nehmen, und wenn doch, war man moralisch verpflichtet, sie weitestgehend zu ignorieren, wer immer es auch war. Eine Bewegung lief durch den Raum, Telefone wurden gezückt. Wände und Decke warfen geflüsterte Worte zurück. Elizabeth, übermüdet und mit milchprallen Brüsten, rutschte so weit nach rechts, wie sie konnte, und schaute neugierig zum Eingang des Restaurants.

Dort teilte sich die Menge wie das Rote Meer in zwei Wände aus Körpern, dazwischen ein Meter Abstand – die einzigen Menschen, denen Lydia egal war, waren die polnischen Bedienungen. Alle Übrigen verharrten reglos, die Augen weit aufgerissen. Elizabeth winkte, aber Lydia sah sie nicht, völlig konzentriert darauf, sich ihren Weg durch den Raum zu bahnen.

»Was ist da los?«, fragte Andrew und drehte sich auf seinem Stuhl um. »Oh.«

Lydia befand sich fast auf gleicher Höhe mit ihrem Tisch. Im Restaurant war es mucksmäuschenstill. Andrew räusperte sich, was er immer tat, wenn er nervös war. Warum war er nervös? Sie war ihre Freundin, zumindest war sie es gewesen.

»Lydia!«, sagte Elizabeth, schob ihren Stuhl zurück und stand auf. Die Augen aller Restaurantbesucher in Pseudo-Punk-Kluft richteten sich auf sie, entsetzt über diesen Verstoß gegen die Etikette. Es war bereits ein Affront gewesen, das Baby mitzubringen, doch das jetzt erreichte ein völlig neues Niveau an schlechtem Benehmen.

Lydias Augen waren glasig und gerötet. Langsam drehte sie sich in die Richtung, aus der sie angesprochen worden war, eindeutig in der Absicht, diesen Umstand zu ignorieren, wie sie es wahrscheinlich meistens tat. Schließlich fiel ihr Blick auf Elizabeth, die stand, und dann auf Andrew, der noch immer am Tisch saß, die Gabel mit einer aufgespießten Pirogge in der Hand. Lydia lächelte, breitete beide Arme aus, ignorierte Elizabeth und steuerte direkt Andrew an, der sie verlegen, seine Gabel in der Hand, umarmte. Die Punk-Teenies am Tisch nebenan bemühten sich, sich nicht in kreischende Mädchen wie bei einem Beatles-Konzert zu verwandeln – und versagten kläglich. Lydia bemerkte sie entweder nicht oder brachte das Kunststück fertig, sie zu ignorieren, ohne unhöflich zu erscheinen. Sie war umgeben von einem Kraftfeld aus Ruhm, hitzebeständig wie Pyrex. Mit dem Daumen strich sie über Andrews Gesicht.

»Wie geht es dir?«, säuselte Lydia und richtete ihren Blick auf Elizabeth. »Du siehst dicker aus im Gesicht.«

»Ich habe gerade ein Baby bekommen«, sagte Elizabeth. »Wir haben gerade ein Baby bekommen.«

»Ihr Brutgänse!«, sagte Lydia und lachte. Ihre Entourage lachte ebenfalls. Sie tätschelte Andrews Brust. »Soso, ein Daddy bist du jetzt also.«

»Gratuliere zu dem Film über das Lagerhaus«, sagte Andrew. »Oder geht es um eine Fabrik? Wir haben ihn bisher noch nicht gesehen, aber wie ich höre, ist er großartig.«

Lydia zuckte die Schultern. »Man sagt mir, dass er gut ist«, erwiderte sie. »Aber sie sagen mir, dass alles gut ist, also …«

Unter dem Tisch begann Harry zu weinen und stieß kleine, stoßartige Schluchzer aus. Elizabeth bückte sich, um ihn hochzuheben, drehte ihn mit dem Gesicht zu sich und legte ihn rasch an ihre Brust an. Dabei stand sie noch immer mitten im Restaurant, und alle sahen zu ihr her. Zu Lydia und jetzt auch zu ihrer rosaroten Brustwarze, nach der Harry gierig schnappte und zu saugen begann.

»Gott, ein richtiger Kannibale«, rief Lydia und tat so, als

würde sie in ihre Hand beißen. »Das macht mir Angst.« Sie formte einen Kussmund. »Schön, euch zu sehen«, sagte sie und sah dabei Andrew an. In Elizabeth' Richtung schickte sie einen Kuss und drehte sich um. Ein Kellner führte sie und ihre Freunde an einen Tisch in der hintersten Ecke, und sobald sie saß, stieg der Lärmpegel im Restaurant wieder an und verschluckte alle übrigen Geräusche. Elizabeth setzte sich und stellte fest, dass sie mit den Tränen kämpfte.

»Was ist los?«, fragte Andrew.

»Nichts«, antwortete Elizabeth. »Aber ich würde gern gehen. Wir gehen, sobald er fertig ist.« Sie schaute auf das süße Gesichtchen von Harry, der jetzt eifrig saugte. Eineinhalb Jahre später war Lydia tot.

»Es tut mir leid«, sagte Elizabeth. Es war ein Fehler gewesen. Sie konnte Naomi nicht mal den Vorwurf machen, sie dazu überredet zu haben – Elizabeth wusste genau, dass sie freiwillig auf der gestrichelten Linie unterschrieben hatte, so sehr hatte ihr die Idee gefallen. Wie in einer Story von O. Henry, nur dass sie sich selbst sabotiert hatte. Sie war ihr eigenes Opfer. »Es war für dich«, fuhr sie fort, obwohl sie wusste, dass er es niemals so sehen würde. »Ich habe es für dich getan.«

»Tatsächlich?«, erwiderte Andrew. »Ich bin später wieder zurück. Und nur damit du es weißt, bei dem, was ich dort drüben mache, geht es nicht nur um Yoga. Das hat auch was mit Selbstfürsorge zu tun. Ich tue erst gar nicht so, als würde ich dir damit ein Geschenk machen. Aber du solltest es auch mal versuchen.« Er schlüpfte in seine Sandalen und schlappte die Treppe hinunter auf den Gehweg.

42

Das waren großartige Aussichten – *The Waves* würde mithelfen, die Rockaway-Community wiederzubeleben, würde ureigenste Brooklyner Wertvorstellungen hierher exportieren und wäre vor allem viel billiger zu renovieren als ein Hotel in Manhattan. Wie sich herausstellte, hatte Dave diesen nächsten Schritt bereits seit geraumer Zeit geplant – als Teil des EVOLVEment-Gesamtkonzepts.

Um ein Gespür für Timing und Geld zu bekommen, hatte Dave sich schon einige Male mit Architekten getroffen, die im Zentrum Yoga übten und in der Nähe wohnten. Jetzt wollte er, dass Andrew ihn begleitete. Weil er einen »Draht« dazu habe, wie Dave sich ausdrückte. Sie wollten sich in einem der Coffee-Shops an der Cortelyou Road treffen, der fast neben dem *Hyacinth* lag. Dave und Andrew schlenderten, aus Richtung EVOLVEment kommend, daran vorbei.

»Das soll ganz gut sein, habe ich gehört«, sagte Dave.

»Stimmt. Die beiden, die das Restaurant betreiben, sind gute Freunde von uns«, sagte Andrew.

»Sollen wir das Treffen dann nicht lieber hierher verlegen?« Dave blieb stehen.

»Nein«, sagte Andrew und ging weiter.

Als sie vor dem Café standen, winkte Dave einem Mann zu, der am Fenster saß. Er streckte einen Finger in die Luft – *eine Minute* – und wandte sich dann ab.

»Ich wollte dich das schon die ganze Zeit über fragen«, sagte Dave. »Aber ich weiß nicht, wie ich es am besten formulieren soll. Ich will nicht, dass du dich unwohl oder irgendwie von mir unter Druck gesetzt fühlst. Du weißt, wie wichtig mir Befindlichkeiten und gute *vibrations* sind, und wenn das nicht dein Ding ist, Mann, dann ist das auch *cool.* Aber ich denke, dass es dein Ding sein könnte.«

Andrew blinzelte in die Sonne. »Hm-hm«, sagte er.

»Ich will dich da drinnen als Investor vorstellen. Für The Waves. Ich glaube, für uns beide wäre das ein wunderbares Gemeinschaftsprojekt. Was denkst du? Willst du Partner werden?«

»Von wie viel ist hier die Rede? Geld, meine ich. Wie viel?« Andrew sah sich bereits als Hotelier. Wie er Lampen und Dekor für die Gästezimmer auswählte und mit Reportern der *New York Times* darüber sprach, Brooklyn zu bereichern und die Leute mit Lebenswelten jenseits der Brücke, jenseits von Williamsburg, bekannt zu machen.

»Schwer zu sagen«, erwiderte Dave. »Wahrscheinlich könnten wir die gesamte Anlage für unter einer Million bekommen. Plus, minus. Das Objekt ist für siebenhunderttausend auf dem Markt.« Er strich sich mit der Hand über den Bart. »Es sind natürlich noch andere Investoren im Spiel, aber die *sehen* nicht, welches Potenzial darin steckt. Trotzdem könnte es auf einen harten Kampf hinauslaufen.«

»Allerdings«, sagte Andrew. Das könnte seine neue Schiene werden: Während der geführten Meditationskurse könnte er im Hinterzimmer sitzen und Listen von Lieferanten sichten, die sie kontaktieren mussten. Er könnte Schecks ausstellen – er könnte etwas Neues auf den Weg bringen. »Ich wäre liebend gern dabei«, sagte Andrew. Er streckte die Hand aus, aber Dave schloss ihn stattdessen fest in die Arme und lachte.

43

Elizabeth war vergesslich geworden. Sie vergaß ihre schicken Schuhe im Büro und die Schlüssel zu ihren Immobilienobjekten zu Hause. Sie hatte Zoe eine Nachricht geschickt, um sich mit ihr zum Abendessen zu verabreden, bisher aber nichts von ihr gehört. Zwischen ihr und Andrew herrschte Funkstille. Irgendwie konnte sie ihn sogar verstehen, auch wenn er es natürlich war, der sich wie ein Verrückter aufführte. Seinen Namen auf ein Blatt Papier zu setzen, das war schließlich kein Verrat. Und dennoch verstand sie: Die Ehe galt als geheiligter Bund, und wenn dieses hehre Ziel auch nicht tagtäglich zu erreichen war, so spielte es in einer Ehe doch eine wichtige Rolle, vor größeren Entscheidungen die Zustimmung des anderen einzuholen. Wollte man Bungee-Jumping machen oder die Krankenversicherung wechseln? Dem Kind Ohrlöcher stechen lassen? Ein neues Sofa kaufen, Flugtickets nach Frankreich buchen? Ohne vorherige Rücksprache lief nichts. Es war nicht dasselbe, wie um Erlaubnis zu bitten, nicht etwas längst Überholtes dieser Art – es ging darum, als Team zu agieren, gleichberechtigte Partner zu sein. Elizabeth hätte gern ihren Entschluss dafür verantwortlich gemacht, die Art von Frau zu sein, die es allen recht machen wollte, aber das war nur ein Aspekt. Der andere, weitaus wichtigere Grund war der, dass sie diesen Film unbedingt auf der Leinwand sehen wollte. Sie stellte sich vor, wie sie sich den Film ganz allein in einer Nachmittagsvorstellung anschaute und dabei in einen Eimer mit Popcorn heulte. Ihre Jugend feiern und gleichzeitig um sie trauern – das war es, was sie wollte.

Elizabeth beabsichtigte, ein paar Fotos von Zoes Haus zu machen, vor allem für ihre eigenen Zwecke. Jane und Zoe hatten noch immer keine Entscheidung getroffen, und es käme vielleicht nie so weit, aber sie wollte wenigstens ein paar Aufnahmen für sich selbst haben. Natürlich hatte ihr das Haus nie gehört, Lydia jedoch ebenso wenig, doch beide hatten sie ihren Anteil an dem, was Elizabeth' Leben heute ausmachte. Sie wollte sich im Haus umsehen ohne Zoe, zum ersten Mal nach langer Zeit auch ohne aktuellen Anlass und nicht, weil sie zugesagt hatte, Bingo spazieren zu führen, auf Ruby aufzupassen oder die Post hereinzuholen. Sie wollte in Ruhe nachdenken, über das Haus und über Andrew. Es fiel Elizabeth nicht schwer, sich einzureden, dass dies ein rein geschäftlicher Besuch war – man konnte ein Haus noch so gut kennen, Fotos waren wichtig –, um anschließend mit Deirdre den Listenpreis festzulegen und eine zweite Meinung einzuholen.

In der letzten Zeit hatte Zoe das Thema Auszug zwar nicht mehr angesprochen – sie hatte auf Nachfrage sogar ziemlich ausweichend reagiert –, aber sie hatte nichts dagegen einzuwenden, dass Elizabeth auf einen Sprung vorbeikam und sich im Haus umsah. Für Elizabeth war das Teil ihrer Strategie, herauszufinden, was sie eigentlich wollte. Denn sie wollte sich nicht wie ein Todesengel vorkommen, der unheilvoll über der Ehe ihrer Freundin schwebte – sie versuchte nur zu helfen. Wenn Jane und Zoe sich trennen konnten, könnte das jedem Paar passieren. Ihre Beziehung war immer stabil und einigermaßen glücklich gewesen. Sicher, manchmal beschwerte sich Zoe bei ihr über Jane, aber nicht öfter, als Elizabeth sich über Andrew beklagte. Es konnte einen jedoch schon aus der Fassung bringen, wenn Freunde, die einem so nahestanden, sich trennen wollten – oder es zumindest ernsthaft in Erwägung zogen. *Wieso sie?* Immer wieder stellte Elizabeth sich diese Frage. *Wieso jetzt?* Nicht einmal Zoe schien sich darüber im Klaren zu sein, und das beunruhigte sie am meisten.

Elizabeth hatte stets einen Schlüssel zum Haus der Bennetts gehabt. Der Kahn-Bennetts. Würde Zoe ihren Mädchennamen wieder annehmen? Es gab so viele Dinge, die zu bedenken waren, wichtige und weniger wichtige. Unerträglich viele. Elizabeth eilte die Stufen hinauf und sperrte die Eingangstür auf. Zoe hatte ihr gesagt, dass sie alle außer Haus wären – sie und Jane waren unterwegs für das Restaurant, und Ruby arbeitete im *Hyacinth*. Bingo lag schlafend auf dem Boden im Wohnzimmer, er hob den Kopf und wedelte freundlich mit dem Schwanz.

Es war immer besser, sich ein Haus ohne dessen Bewohner anzuschauen. So konnte der Blick in aller Ruhe auf den Rissen in der Decke, den fettverklebten Küchenschränken und dem Bodenbelag in den Wandschränken verweilen. Keiner wollte schließlich viel Geld für den Schmutz anderer Leute ausgeben. Wenn Zoe das wirklich durchziehen wollte – die Trennung, den Verkauf … was zwar nicht unbedingt etwas miteinander zu tun hatte, aber dennoch um zehn Ecken miteinander verbunden war –, dann würde Elizabeth mindestens zweimal mit einer Putzkolonne anrücken müssen, einmal für die offiziellen Fotos und ein zweites Mal für die erste Besichtigungsrunde. Sie kannte zwei Frauen aus El Salvador, die jedes Haus auf Hochglanz polieren konnten wie den Vatikan. Elizabeth würde sich darum kümmern, dass Zoe die beiden anrief, falls das Haus tatsächlich auf den Markt kommen sollte.

Eigentlich sah es noch so aus wie vor gefühlten hundert Jahren, als sie und Andrew zusammen mit Zoe und den anderen Studenten vom Oberlin hier gewohnt hatten. Elizabeth schloss die Augen und sah die indischen Teppiche vor sich, die damals an den Wänden hingen, die vollen Aschenbecher auf den Beistelltischen. Das Geld für das Haus war in Diskotheken verdient worden, und das hatte Spuren an den verschiedensten Stellen hinterlassen: Überall Schallplatten, manchen hingen gerahmt an den Wänden neben alten, komischen Fotos von Zoes Eltern mit aberwitzigen Afros und glitzernden Overalls. Diese Fotos waren jetzt alle weg, ersetzt durch Aufnahmen von Ruby als Baby und den älteren Bennetts in normaler Aufmachung.

Elizabeth machte zunächst ein paar Schnappschüsse von der Küche, in der der beste Herd von ganz Ditmas Park stand. Kein Mensch käme bei seinem Anblick auf den Gedanken, wie viel er wert war. Dann das Wohnzimmer mit seinen zahllosen Stapeln Zeitschriften, das Esszimmer mit seinen Stapeln an Stühlen. Sie fotografierte die Treppe von unten mitsamt der hübschen Wandleuchter, die zum ursprünglichen Bestand des Hauses gehörten. Im ersten Stock drückte sie auf den Lichtschalter im Flur und fotografierte das Bad. Vor Rubys Zimmer, in dem Elizabeth früher mit Andrew gewohnt hatte, hielt sie inne. Hier hatte sie zum ersten Mal das Gefühl gehabt, wirklich ein Paar zu sein, zwei Erwachsene, die sich entschieden hatten, zusammenzubleiben. Andrew war damals wirklich perfekt bei allem, was er anpackte, war gut darin, Bücherregale aus Ziegeln und Brettern zu bauen und ihre Schultern zu küssen, bevor sie schlafen gingen. Er zeigte ihr voller Begeisterung seine Stadt, ihre guten und schlechten Seiten, die Museen und die Teile des Central Parks, die er als Teenager allein erkundet hatte. Damals trug er sein Haar noch lang und klemmte es sich ständig hinter die Ohren, ein nervöser Tick, wenn sie sich im Bett gegenübersaßen und das chinesische Take-away aus den Pappkartons verzehrten. Er brachte sie zum Lachen. Er tanzte. Elizabeth drehte am Knauf von Rubys Tür, öffnete sie und schaltete das Licht ein.

»Mum, Himmel! Schon mal was von Klopfen gehört?!«, sagte Ruby. Elizabeth sah eine nackte Brust und nahm eine huschende Bewegung wahr.

»Oh, das tut mir wahnsinnig leid, Schätzchen, ich bin's, Elizabeth. Deine Mum hat gesagt, es sei niemand zu Hause«, erklärte Elizabeth und hielt sich die Hand vor die Augen. »Aber, warte mal eine Sekunde«, fügte sie hinzu und ließ die Hand wieder sinken.

»Hallo, Mom«, sagte Harry und zog das Laken bis unters Kinn. Er und Ruby saßen nebeneinander auf dem Bett, mit geröteten Wangen und wirrem Haar, das in alle Richtungen abstand. Im Zimmer roch es nach Schweiß, nach schmutzigen Kleidern und anderen undefinierbaren Dingen, die zu benennen Elizabeth lieber unterließ.

»Harry«, fragte Elizabeth, »was machst du denn hier?« Dann hielt sie sich erneut die Hand vor die Augen. »Kannst du dir bitte was anziehen?« Wieder ein Rascheln. Elizabeth hörte, wie eine Gürtelschnalle geschlossen wurde, und konnte ein Stöhnen nicht unterdrücken.

»Okay, alles in Ordnung«, sagte Harry eine Minute später. Inzwischen saß er auf dem Bettrand. Ruby war in ein Kleid geschlüpft und hatte ihr Haar mit einer großen Klammer auf dem Kopf zusammengefasst; die Zöpfe vom Konzert waren bereits Geschichte. Harry sah älter aus. Er sah aus wie sein Vater, und Elizabeth spürte, wie ihre Nase zu laufen begann, was immer passierte, kurz bevor sie in Tränen ausbrach. »Mist, Mom, das tut mir leid. Eine blöde Situation, aber so schlimm ist es auch wieder nicht. Wir, äh, machen es nicht ohne Schutz. Ich schwöre es.«

Elizabeth blinzelte. Sie fühlte sich schwach, fast einer Ohnmacht nahe, als hätte sie gerade eine Dose Verdünnungsmittel inhaliert. »Kann ich mich mal setzen, Ruby?« Sie sah sich um und entdeckte unter einem kleinen Berg aus Kleidern die Wölbung eines Sitzsackes. Ruby nickte und deutete darauf. Die Farbe von Harrys Wangen schien anzudeuten, dass es ihm wesentlich lieber gewesen wäre, wenn seine Mutter das

Zimmer verlassen würde, in dem er sich noch bis vor kurzem nackt mit einem Mädchen aufgehalten hatte, aber nichts dergleichen würde über seine Lippen kommen.

»Okay«, sagte Elizabeth, »da wären wir also.«

»Möchtest du vielleicht ein Glas Wasser?«, fragte Ruby und krabbelte wie ein junger Hund auf allen vieren an den Bettrand, mit schwingenden Brüsten unter dem Kleid.

»Gern«, sagte Elizabeth und schaute zur Zimmerdecke. Ruby tappte zur Tür und die Treppe hinunter.

»Mom«, sagte Harry, »es tut mir wirklich leid.«

»Was genau tut dir leid, mein Schatz? Dass du dich nicht von Ruby ferngehalten hast oder dass du erwachsen geworden bist?« Irgendetwas drückte in ihren Rücken – Elizabeth griff hinter sich, zog ein Chemiebuch heraus und warf es auf den Boden.

Ruby kam zurück, stieß die Tür mit dem Ellbogen auf und reichte Elizabeth und Harry je ein Glas Wasser. »Lasst uns Klartext reden, okay?« Dabei sah sie Harry an, der gleichzeitig nickte und den Mund verzog und zweifelsohne ebenso viel Angst hatte wie Elizabeth vor dem, was Ruby gleich sagen würde. »Harry und ich wollen nicht hinter eurem Rücken herummachen, Elizabeth. Wir verbringen einfach gern Zeit miteinander. Ich bin schuld daran, dass wir uns diesen Ärger eingehandelt haben, er aber genauso, und das ist absolut okay.«

»Ich weiß«, sagte Elizabeth. »Mittlerweile ist es mir egal.«

»Was?«, fragte Harry.

»Es ist mir egal, dass ihr ein Pärchen seid. Auch wenn das heutzutage keiner mehr sagt. Es ist mir egal, ob ihr es miteinander treibt, euch sinnlos besauft oder bi oder sonst was seid. Mir ist alles recht. Es ist absolut okay! Gleichzeitig ist es aber auch sehr traurig, und zwar aus Gründen, die ich nicht in Worte fassen kann.«

Sie sah Harry an. »Du bist mein kleines Baby. Ich will nur sicher sein, dass es dir gutgeht und dass dir nichts Schlimmes passieren wird.«

»Mom, ich bin siebzehn.« Er errötete.

»Du wirst mit fünfunddreißig oder auch mit fünfzig Jahren noch immer mein kleines Baby sein.« Elizabeth schwitzte. »Ich glaube, ich habe eine Hitzewallung, ist das möglich?«

Ruby und Harry schienen beide peinlich berührt zu sein.

»Hört zu«, sagte Elizabeth. »Ich werde es weder deinem Vater sagen, Harry, noch deinen Müttern, Ruby. Aber ihr beide müsst mir etwas versprechen.« Ihr war heiß, und sie war müde. Sie fühlte sich wie hundert, wie ein runzliges altes Weib in einem Märchen.

»Alles«, sagte Harry.

»Kommt darauf an«, sagte Ruby.

»Helft mir herauszufinden, was dein Vater treibt und wie man ihn aus der Sache wieder herausholen kann. Ihr sollt für mich spionieren. Tut ihr mir den Gefallen?« Harry machte ein verblüfftes Gesicht, aber Elizabeth fuhr fort. »Ich brauche nur ein wenig Hilfe. Könnt ihr zwei mir ein bisschen unter die Arme greifen?«

Beide nickten feierlich. Elizabeth stürzte das lauwarme Wasser hinunter. »Ich stelle das Glas unten ins Spülbecken, wenn ich hinausgehe. Und räum dein Zimmer auf, Ruby. Es sieht aus, als hauste hier ein geistesgestörter Penner.«

»Hm«, brummte Ruby.

»Wir sehen uns zu Hause, Harry«, sagte Elizabeth, rappelte sich hoch, schritt langsam hinaus auf den Flur und zog die Tür hinter sich zu. Sie wartete eine Minute, um sicher zu sein, dass kein Lachen zu hören war. Als sie lange genug gelauscht hatte, stieg Elizabeth bedächtig die Treppe hinunter und trat hinaus auf die Straße, mit hocherhobenem Kopf, als balancierte sie auf einem Balken.

44

Zoe hatte am späten Nachmittag eine Nachricht an Jane geschickt: ESSEN HEUTE ABEND? BEIM CHINESEN, SUNSET PARK? Dort trafen sie sich immer, wenn sie bei einem Essen etwas Geschäftliches besprechen wollten. Bei sich im Viertel konnten sie nirgendwo hingehen, da sie jeden einzelnen Besitzer jedes einzelnen Restaurants kannten – mehr als sechs waren es ohnehin nicht. Die würden sich früher oder später zu ihnen setzen, und dann würden sie wieder nur über Lieferanten und Farmen und darüber reden, welche Bedienung Drogenprobleme hatte. Jane schrieb zurück: HOL MICH UM ACHT AB, und Punkt acht Uhr stand sie vor dem *Hyacinth* und wartete, dass Zoe um die Ecke bog. Es war 20:03 Uhr, als sich der Wagen näherte. Nicht übel für ihre Frau. Jane sagte es noch immer gern: meine »Frau«. Dafür war sie viel zu sehr Long Island. Sei's drum. Sie hatte kein Interesse daran, unangenehm aufzufallen. Sie liebte es, im einzigen Viertel von New York City zu leben, das sich wie ein Vorort anfühlte, zusammen mit ihrer Frau und ihrer Teenagertochter und ihrer Garage und ihrer begehbaren Speisekammer. Langsam und mit heruntergekurbelten Fenstern kam Zoes Wagen zum Stehen.

Jane stieg ein und legte den Sicherheitsgurt an. »Hey«, sagte sie.

»Hallöchen«, sagte Zoe. Sie trug ein Kleid, das Jane sehr an ihr mochte, ein blaues, flatterndes Etwas, das auf Taille geschnitten war. »Wie geht es dir?« Sie hatten den ganzen Tag über nichts anderes als Gemüse, Bestellungen und Menüs gesprochen, aber das war es nicht, was sie meinte.

»Nicht schlecht. Das ist eine nette Überraschung.« Jane rieb mit den Händen über ihre Knie.

»Tja, nun. Ich hatte Lust auf einen Chinesen.«

»Klingt vielversprechend.« Jane verschränkte die Arme vor der Brust, ehe sie wieder ihre Knie massierte.

»Entspann dich«, sagte Zoe, griff nach rechts und legte ihre Hand auf die von Jane. »Es ist nur ein Abendessen.«

»Wenn es nur ums Essen ginge, wären wir jetzt daheim.« Jane spielte an der Türverriegelung herum. Sie waren gerade in die Coney Island Avenue eingebogen.

»Gut, dann ist es eben ein Date«, sagte Zoe. »Zufrieden?«

Jane stieß ein leises Schnauben aus. »Wenn du es unbedingt wissen willst, ja.« Sie holte ihr Smartphone aus der Tasche und schob es in die Stereoanlage des Wagens. Am Abend hatte es abgekühlt, und die Luft, die durch die geöffneten Autofenster hereinströmte, war kalt genug, um einen Anflug von Gänsehaut auf ihren Unterarmen zu erzeugen. Jane scrollte durch die Musik, bis sie den richtigen Titel fand, und drehte die Lautstärke auf. Der größte Hit von Zoes Eltern aus dem Jahr 1978, »My Baby Wants to Boogie Tonight«, dröhnte aus den Lautsprechern, und Zoe lachte. Sie hatten schon jetzt viel Spaß.

45

Ruby vertrieb sich die Langeweile an ihren Abenden im *Hyacinth* mit Gedanken an ihre Zukunft. Auch an diesem Abend war nicht viel los, nur ein paar Tische im Garten waren noch besetzt, und die Gäste aßen bereits das Dessert. Es war schon fast zehn Uhr. Von ihren Müttern war keine in der Nähe, so dass sie sich kein Bein mehr ausreißen musste. Die Nacht war kalt für Ende Juli, und sie bedauerte es, keine Strickjacke dabeizuhaben. Sie schnappte sich Jorges Kapuzenshirt, das hinter der Bar lag, und schlüpfte hinein. Sie wusste, dass er nichts dagegen hatte. Sehr professionell sah das zwar nicht aus, aber es war Brooklyn, an einem Mittwochabend, und wer sollte sich daran stören?

So wie Ruby es einschätzte, hatte sie mehrere Möglichkeiten: Sie konnte zu Hause bleiben und sich in einem Jahr erneut an einem College bewerben; sie konnte sich für eines dieser anstrengenden, halb ausbeuterischen Programme einschreiben, wo man ein Vierteljahr ohne Toilettenpapier durch die Wüste marschierte; sie konnte nach New Orleans ziehen und Austern für Touristen knacken. Im Moment stand ihr alles offen – sie musste nur eine Entscheidung treffen, was sie wollte. Harry würde noch ein Jahr in Brooklyn sein. Das war immerhin etwas, aber nur, wenn sie zusammen gesehen werden durften, ohne dass seine Eltern deswegen jedes Mal ausflippten. Ruby schlenderte zur Tür und drückte ihre Nase an das Glas.

In ihrer Tasche vibrierte es, und sie zog ihr Handy heraus. AFTERWORK PARTY @ NICO?

Dust hatte keinen Plan und schien kein Problem damit zu haben. Als sie noch miteinander gingen, hatte er Ruby erklärt, das Ziel zu haben, niemals einen Job anzunehmen, bei dem er mehr als fünfzehn Dollar in der Stunde verdiente, und niemals mehr als zehn Stunden in der Woche zu arbeiten. Bisher hatte er nur zwei Jobs gehabt, einen in einem Skate-Shop und einen anderen in einem Skate-Park, und bei keinem hatte er länger als ein paar Monate durchgehalten. Bis jetzt schien er also bei der Verfolgung seiner Ziele recht erfolgreich zu sein.

Wäre Ruby hinaus in den Garten gegangen, um bereits abgeräumte Tische noch einmal abzuräumen, was sie manchmal tat, um Gäste zum Gehen zu bewegen, hätte sie vielleicht etwas von der Party mitbekommen. Nicos Haus lag nur einen Viertelblock weiter unten, und bei gutem Wetter und wenn die Leute sich im Garten aufhielten, waren die Stimmen weit zu hören. Heute Abend hatte sie jedoch kein Interesse daran. Bereits am frühen Nachmittag hatte sie Sarah Dinnerstein die Straße hinunterlaufen sehen – Ruby hätte es sich zweimal überlegt, die Shorts anzuziehen, die sie trug –, und eigentlich verspürte sie kein Bedürfnis, sich anzuschauen, was ein paar Stunden Sonne und Alkohol diesem Anblick noch hinzufügen konnten.

Hinter ihr wurden Stimmen laut. Eines der Paare aus dem Garten, beide betrunken von mittelmäßigem Wein, quetschte sich an Ruby vorbei, um zur Tür zu kommen. »Entschuldigung«, sagten sie.

»Beehren Sie uns bald wieder«, erwiderte sie so monoton wie möglich. Als sie auf ihren Platz zurückkehrte, bezahlte auch das andere Paar, und nach mehreren langen, feuchten Küssen standen sie endlich auf und gingen zur Tür. Der diensthabende Kellner, ein hochgewachsener Typ namens Leon, verdrehte die Augen in Richtung Ruby, als er ihre Kreditkarte durchzog.

»Nix wie raus hier«, sagte er. »Ist nicht böse gemeint.«

»Habe ich auch nicht so aufgefasst«, sagte Ruby und

machte sich daran, die Speisekarten einzusammeln und die Stühle im Garten aufeinanderzustapeln, während Leon nach einem Besen griff. Da sie im Lokal bereits alles erledigt hatten, blieb ihnen nur noch der Garten zum Aufräumen. Jetzt konnte sie die Party hören, oder zumindest etwas, das danach klang, und der ganze Garten roch nach Gras und nach Sarah Dinnersteins Rastafari-Duftöl-Parfum, das sie immer bei einem Typen an einem Kartentisch draußen vor der Subway-Station am Union Square kaufte. Jorge und Leon schlossen die beiden Kassen ab, während Ruby draußen mit den Schlüsseln darauf wartete, dass das Rollgitter herunterratterte. Als alle drei draußen waren, ließ Ruby die Vorhängeschlösser zuschnappen. Sie würde Harry eine SMS schicken, sobald sie in seiner Nähe war. Vielleicht war er noch wach. Schon cool, dass Elizabeth sie nicht verpfiffen hatte, aber auch irgendwie unheimlich. Rubys Eltern waren immer entspannt gewesen, fast zu entspannt, während sie in Elizabeth stets die Übermutter gesehen hatte, die stets wusste, wo ihr Kind sich gerade aufhielt, die immer etwas Nahrhaftes im Kühlschrank hatte und die die besten Einschlaflieder kannte. Dass Elizabeth irritiert auf Rubys Sitzsack kauerte und hektisch ein Glas Wasser trank, war nicht vorgesehen.

Ganz hinten im Restaurant blitzte etwas auf. Ein Glühwürmchen vielleicht. Ruby spähte angestrengt durch das Gitter. In der Ecke, neben dem Holzzaun, sah sie etwas Rotes, konnte aber nicht erkennen, was es war. Nichts wahrscheinlich. Es war schon spät, und Ruby war müde. »Okay, Jungs«, sagte sie zu Jorge und Leon und klatschte beide ab. »Bis dann.« Gemeinsam gingen sie noch bis zur Ecke, doch statt nach links und nach Hause abzubiegen, wandte Ruby sich nach rechts in Richtung von Nicos Haus, überquerte kurz davor die Straße und verlangsamte ihren Schritt. Auf der Veranda standen ein paar Leute herum, aber sie konnte nicht erkennen, wer es war. Die Party schien schon ein wenig an Schwung verloren zu haben, zumindest draußen.

Ruby kauerte sich zwischen zwei Autos und lehnte sich an eine Stoßstange. Auch von hier konnte sie die Veranda sehen und die kleinen roten Punkte in der Luft – die Glut der Zigaretten von den Gästen. Chloe hatte ihr an diesem Morgen eine Nachricht geschickt. Paris lag in einer anderen Zeitzone, und Ruby hatte keine Ahnung, ob Chloe wusste, dass sie um sechs Uhr morgens simste, aber vielleicht war es ihr auch egal. Da stand nur: HIII! DU FEHLST MIR! Dazu viele, viele Herzen. Das war Schwachsinn. Alles war Schwachsinn. Alle von Rubys Freunden waren kurz davor, sie für immer zu verlassen. Wer war schon wirklich mit den Leuten aus der Highschool befreundet? Jeder behauptete gern, dass Leute, die in der Highschool versagten, dumm und träge waren, aber bedeutete das nicht, dass man ebenfalls dumm und träge war, wenn man an diesen Leuten festhielt? Wollte sich nicht jeder verbessern? Chloe würde einer weiblichen Studentenverbindung beitreten und in einem Heim mit einem protzigen Kristalllüster wohnen, und dann würde sie Jura studieren und heiraten, drei Kinder bekommen und nach Connecticut ziehen, und sie würden sich nach zwanzig Jahren beim Treffen der Whitman High wiedersehen und sich um den Hals fallen, Küsschen rechts und Küsschen links, und sich versprechen, dass eine von ihnen bald in die Metro-North-Linie steigen würde, um die andere zu besuchen. Paloma war derselbe Fall, nur schlimmer – aber sie könnte mal interessant werden. Wenigstens Dust und Nico würden für immer dieselben bleiben. Bei dem Gedanken daran fühlte Ruby sich gleich weniger jämmerlich, was ihre eigenen Lebensentscheidungen betraf. Oder besser gesagt, deren Nichtvorhandensein.

Die Leute auf der Veranda lachten. Noch vor ein paar Monaten wäre Ruby die Stufen hinaufgeschlendert, hätte irgendeinem die Zigarette aus dem Mund genommen und sich zwischen die Lippen geklemmt, sie, die Königin der Szene. Was war sie jetzt? Eine Empfangsdame. Sie empfahl die Crostini und die hausgemachte Aioli zu den Pommes frites. Ihr Freund war gerade entjungfert worden und betrachtete Nachhilfe in Sachen SAT-Test als großen Spaß. Ruby stellte sich vor, dass sie beim Überqueren der Straße von einem riesigen Lastwagen überfahren wurde. Sie stellte sich vor, wie direkt vor Nicos Vordertreppe ein gigantisches Eisengitter laut ratternd vor ihrer Nase heruntergelassen wurde. Sie stellte sich vor, wie ihre Freunde – ihre ehemaligen Freunde – sie ignorierten, während sie durch das Haus lief, als wäre sie unsichtbar. Ruby stellte sich vor, Dust dabei zu beobachten, wie er Sarah Dinnerstein auf dem Bett von Nicos nicht anwesenden Eltern vögelte. »Das ist so was von doof«, sagte sie. Die Knie taten ihr weh. Langsam wie eine alte Frau richtete sie sich auf und trat auf den Fußweg, um wieder zurückzugehen. In der Luft lag noch mehr Rauch als zuvor – es roch nicht länger nach Gras oder Patschuli oder Marlboros –, jetzt roch es tatsächlich nach Feuer. »Was soll der Mist«, murmelte Ruby. Als sie um die Ecke bog, standen bereits ein paar Leute vor dem *Hyacinth* und starrten in die Fenster, alle mit gezücktem Handy. Sie fing zu laufen an.

Teil drei

MISTRESS OF MYSELF

THE Q AT CORTELYOU: DITMAS PARK NACHBARSCHAFTS-BLOG

Gepostet um 11:37

Riecht sonst noch jemand Rauch? Wir sind jetzt seit einer halben Stunde draußen unterwegs und versuchen herauszufinden, wo es brennt. Scheint aus dem Süden zu kommen. Antworten und Kommentare mit Infos aller Art erbeten.

46

Erst klingelte Janes Handy, dann das von Zoe. Beide Telefone steckten in den Halterungen zwischen den Vordersitzen, aber Jane und Zoe befanden sich auf dem Rücksitz. Zoes Unterwäsche bauschte sich um einen Knöchel, und Janes rechte Hand war unter ihrem Kleid abgetaucht. Sie hatten sich die Bäuche mit Dim Sums vollgeschlagen und bekamen nun nicht mehr genug voneinander. Die Stoffsitze im Subaru waren schlimmer gewesen.

»Wer ist dieser Idiot, der überhaupt nicht mehr aufhört?«, murmelte Jane in Zoes Nacken. Wahrscheinlich Elizabeth, die von Zoe wissen wollte, auf welcher Seite sie einschlafen und mit welcher Hand sie die Zahnbürste halten sollte. Es war egal, sollte das Telefon ruhig weiterklingeln.

Mit Essen konnte man sie immer locken. Warum hatte sie nicht eher daran gedacht? Jane liebte die gehobene Küche wie jede andere Frau, aber eigentlich bevorzugte sie etwas Salziges, in der Pfanne Gebratenes, das mit Stäbchen verzehrt werden konnte. Zoes Haut war so köstlich wie eine Schüssel voller Glutamat, und Jane bemühte sich nach Kräften, sie von Kopf bis Fuß abzulecken, jeden Zentimeter, den sie erreichen konnte, ohne sich einen Muskel zu zerren. Es war bestimmt schon gut zehn Jahre her – wenn nicht länger, dass sie es das letzte Mal auf dem Rücksitz eines Autos getrieben hatten. Jane konnte sich an eine lange Fahrt mit dem Taxi vom Union Square zurück nach Ditmas Park erinnern, mit mindestens drei Orgasmen für jede, aber das war vor langer Zeit gewesen. Ihr Körper vibrierte, und der von Zoe ebenso. Sie atmeten im Gleichklang, die Luft war stickig und verbraucht.

»Hoffentlich ist das nicht wieder die Polizei«, sagte Zoe. Sie lachte kurz, verstummte und löste sich von Jane. Jane ließ sich gegen den Sitz fallen, während Zoe den Arm zwischen den Vordersitzen hindurchstreckte, um nach ihrem Handy zu greifen. »Es war Ruby«, sagte sie. »Und Leon. O mein Gott.« Zoe griff nach unten, schob das andere Bein in ihre Unterwäsche und kletterte auf den Vordersitz, für Jane ein überwältigender Anblick, ein kurzer Moment schieren Vergnügens, eines echten Renoir würdig. »Es ist das *Hyacinth*.«

Sie parkten in zweiter Reihe gleich hinter der Feuerwehr. Die Feuerwache lag nur zwei Blocks entfernt, so dass sie nicht lange gebraucht hatte. Ruby hatte gar nicht erst angerufen, sondern war gleich hinübergelaufen und hatte an die Tür gehämmert, bis jemand aufmachte. Ruby, Leon und Jorge saßen draußen auf einer kleinen, silbernen Bank eine Schaufensterfront weiter; abwechselnd stand einer von ihnen auf und stellte sich zum Rauchen an die Ecke. Ruby hatte eine Zigarette im Mund, als ihre Mütter eintrafen. Jane packte den Stummel und warf ihn auf den Boden.

»Was ist passiert?«

Ruby brach in Tränen aus, und Leon legte den Arm um sie.

Jane schüttelte den Kopf. »Verdammt, würde mir bitte jemand sagen, was hier vor sich geht?« Dabei reckte sie den Hals, um an den vielen Feuerwehrleuten vorbei ins Innere des Restaurants zu spähen.

Einer der Feuerwehrmänner kam auf sie zu, langsam und schwerfällig in seinem dicken Schutzanzug. »Ma'am, sind Sie die Eigentümerin?«

»Ja, das sind wir«, sagte Jane und zog Zoe näher heran. »Was ist passiert?« Es lag Rauch in der Luft.

»Wie es scheint, ist im Garten hinter dem Restaurant ein Feuer ausgebrochen und hat sich bis ins Gebäude ausgebreitet. Zum Glück war Ihre Tochter hier, bevor das Feuer ganze Arbeit leisten konnte – der Schaden ist nicht unerheblich, aber das Gebäude ist noch zu retten. Kommen Sie, sehen Sie selbst.«

Zögernd traten Jane und Zoe durch die offene Tür. Das Glas war zerborsten, und Splitter bedeckten den Eingang fast bis zum Pult der Empfangsdame. Drinnen hing noch dicker Rauch in der Luft, die nach nassem Lagerfeuer roch. Dort, wo der Boden nicht mit zerbrochenem Glas bedeckt war, stand zentimetertief das Wasser aus den Sprinklern und Feuerwehrschläuchen. Jane zog den Kragen ihres T-Shirts hoch bis zu ihrer Nase und hielt ihn dort fest. Über die ganze Wand des Gastraums zeichnete sich ein langer, schwarzer Schatten ab. Die Decke schälte sich wie die Haut bei einem Sonnenbrand, und die Glastüren, die in den Garten hinausführten, waren zerborsten. Jane ballte die Faust, bereit, jemandem, dem Erstbesten, die Rechnung zu präsentieren. Aber als sie nach draußen sah, wusste sie die Antwort: Bei jeder Partie Papier-Schere-Stein gewinnt immer das Feuer.

Die Holztische im Garten waren allesamt zerstört und müssten ersetzt werden. Auch die Stühle waren verbrannt. Die rückwärtige Wand, ein Holzzaun, sah aus, als hätte sich hier ein hungriger Hai abreagiert.

»Scheiße«, sagte Jane.

»Scheiße«, sagte Zoe, als sie hinter sie trat und ihre flache Hand auf Janes Rücken legte.

Der Feuerwehrmann zuckte die Schultern. »Wenigstens sind die Flammen nicht bis ganz nach drinnen vorgedrungen. Sie können wirklich von Glück reden, dass Ihre Tochter hier war – noch ein paar Minuten, und alles wäre abgebrannt.«

»Danke«, sagte Jane und schüttelte dem Feuerwehrmann die Hand. Nachdem er weg war, wandte sie sich an Zoe. »Sieht aus, als würden wir in der letzten Zeit alle Uniformgattungen durchmachen, wie? Was kommt als Nächstes dran, die Küstenwache?«

»Spar dir deine Witze«, sagte Zoe. »Was meinst du, wie lange es dauert, bis wir wieder aufmachen können?«

»Einen Monat? Zwei? Gott, keine Ahnung. O Mann.« Der Strom war weg – alle Lebensmittel im Kühlhaus wären ruiniert. Der herrliche Fisch, die wunderbar marmorierten Steaks. Die ganzen dummen Tomaten. Ausreichend frischer Mozzarella für drei Tage Salat Caprese. Sie würden alles wegwerfen müssen. Am besten sollten sie das mit nach Hause nehmen, was noch genießbar war. *Falls* überhaupt noch etwas genießbar war. »Scheiße.« Und dabei hatte sie sich den Schaden in der Küche noch nicht einmal angesehen. Dort waren die Sprinkler vermutlich als Erstes losgegangen, ganz sicher sogar. In Gedanken erstellte Jane eine Liste ihrer wunderbaren Ausstattung: alle Vorratsgläser, ihre gesammelten Salzsorten – alles unbrauchbar.

»Es ist okay«, sagte Zoe. »Es ist nur Geld.« Sie holte ihr Handy aus der Tasche und fing an, Fotos zu machen. »Schau lieber mal nach Ruby.«

Jane kehrte auf die Straße zurück; Glas knirschte unter ihren Sneakers. Ruby hatte sich eine neue Zigarette angezündet und tigerte vor dem Bio-Laden an der Ecke auf und ab. Sie trug ein fremdes Sweatshirt und hatte die Kapuze tief ins Gesicht gezogen, so dass ihr lilafarbenes Haar wie ein psychedelischer Wasserfall rechts und links heraushing. Langsam trat Jane auf sie zu.

»Mom«, sagte Ruby mit belegter Stimme, »es tut mir so leid. Es war meine Schuld, ich hätte es eher bemerken sollen. Ich dachte, ich hätte etwas gesehen, als ich das Gitter schloss.« Rubys Augen waren gerötet. Sie nahm einen tiefen Zug aus ihrer Zigarette und wippte immer wieder nervös auf den Zehenspitzen auf und ab. »Und es tut mir auch leid, dass ich rauche, aber ich kann nicht anders. Sonst fange ich an, mir die Haare auszureißen.«

Jane streckte den Arm aus und nahm Ruby die Zigarette aus der Hand. Statt sie auf den Gehweg zu werfen, steckte sie sich zwischen die eigenen Lippen und nahm einen Zug. »Sag das bloß nicht deiner Mum.«

Ruby atmete laut aus und warf sich in die Arme ihrer Mutter.

47

Elizabeth war wie benommen. Sie hatte erbärmlich schlecht geschlafen und sich die ganze Nacht im Bett herumgewälzt. Andrew war, wie immer, sofort eingeschlafen. Ihm beim Schlafen zuzusehen, wenn sie zerstritten waren, war zehnmal schlimmer, als seinen Schlaf in Friedenszeiten zu bewachen. Das Fenster stand offen, und gegen Mitternacht hatte ein Betrunkener laut auf dem Gehsteig herumgegrölt. Um drei Uhr ging die Alarmanlage eines Autos los und hörte nicht mehr auf. Dazu kamen die üblichen Sirenen, das Hintergrundgeräusch städtischen Lebens, aufdringlich und anklagend. Gegen vier war Elizabeth endlich eingeschlafen. Zumindest dachte sie das, doch es war ebenso gut möglich, dass sie bis sechs Uhr wach gelegen hatte und schließlich für eine Stunde eingenickt war, bis Andrew sie mit einem Hüsteln weckte. Als sie die Augen aufschlug, stand er auf seiner Seite des Betts und sah sie an. Er hatte ihr Telefon in der Hand.

Harry saß auf der Couch und schaufelte seine Frühstücksflocken in sich hinein. Elizabeth zog ihren Morgenmantel in der Taille fester um sich und setzte sich neben ihn. »Schatz«, sagte sie, »ich habe gerade mit Zoe telefoniert. Gestern Abend ist im Restaurant ein Feuer ausgebrochen. Allen geht es gut, aber ich dachte, du solltest es wissen.«

»Ich weiß«, sagte Harry. »Ruby hat mir gestern Nacht eine SMS geschickt. Als die Feuerwehrleute rein sind. Sie sagte, sie hätten die Tür mit Äxten eingeschlagen, obwohl es dahinter gar nicht brannte.« Er schlürfte einen Löffel Milch.

»Du *wusstest* es? Wieso hast du mich dann nicht geweckt?« Elizabeth griff mit beiden Händen nach Harrys Hals und tat so, als würde sie ihn erwürgen. »Gott! Harry!«

»Was hättest du denn getan? Hättest du einen Eimer mit Wasser geholt und wärst rübergerannt?« Schützend hob er die Müslischale vors Gesicht, während Elizabeth ihn böse anstarrte. »Tut mir leid! Ich hätte es dir sagen sollen, ja!«

»Dann werde ich jetzt mal kurz rübergehen und schauen, ob sie was brauchen. Du bleibst hier und bist brav, okay?«

Harry schwenkte grüßend den Löffel.

Die Haustür stand offen, Elizabeth klopfte an den Türrahmen und steckte den Kopf hinein. Zoe saß am Esstisch, das Telefon am Ohr, vor sich einen Stapel Papiere. Ruby und Jane waren beide in der Küche und hatten ihr den Rücken zugewandt. Im ganzen Haus roch es nach Pfannkuchen und Speck.

»Hey«, sagte Elizabeth. »Kann ich reinkommen? Ich habe es gerade erfahren.«

Zoe blickte auf und winkte sie herein, aber in dem Moment huschte ein Ausdruck über ihr Gesicht, der Elizabeth noch in der Tür erstarren ließ. »Ich kann auch später kommen, wenn es im Moment nicht passt«, sagte sie, halb geflüstert. Zoe winkte sie erneut ins Haus, dieses Mal energischer.

»Ich hänge in der Warteschleife, seit Stunden«, sagte sie. »Es ist empörend – aber Versicherungsgesellschaften sind erstaunlich schwierig ans Telefon zu bekommen, wenn ein Gebäude abbrennt.«

Jane murmelte etwas, und Ruby lachte. »Oh, hallo, Elizabeth«, sagte Ruby und vollführte augenzwinkernd eine ungelenke Pirouette.

Elizabeth eilte zu Zoe und nahm sie kurz in den Arm, ehe sie sich auf den nächstbesten Stuhl setzte. »Ich kann es nicht glauben«, sagte sie. »Wie geht es euch? Kann ich irgendwie helfen?«

Zoe hob einen Finger. »Warte mal kurz, ich glaube, ich

habe tatsächlich einen echten Menschen in der Leitung. Hallo?«, sagte sie in das Telefon. »Ja, hallo, einen Moment bitte, vielen Dank.« Sie formte ein lautloses *»Sorry«* mit den Lippen, presste die Hand auf ihr linkes Ohr und ging die Treppe hinauf.

Jane stellte einen Teller mit Pfannkuchen – dick, flaumig und großzügig mit Blaubeeren gesprenkelt – vor Elizabeth hin. »Bleib doch«, sagte sie. »Ich mache immer zu viel.«

Ruby ließ sich auf den Stuhl gegenüber von Elizabeth fallen und legte sich vier dicke Pfannkuchen auf den Teller.

»Oh, ich will mich nicht aufdrängen«, sagte Elizabeth. Die Pfannkuchen rochen nach *Hyacinth* an einem Sonntagmorgen. Ihr Magen knurrte.

»Im Ernst«, sagte Jane. »Du weißt, dass Zoe nie mehr als zwei isst. Besser du als Bingo.« Dabei lächelte sie und reichte Elizabeth einen Teller.

»Na gut«, erwiderte Elizabeth. Für jemanden, dessen Restaurant gerade eben für unbestimmte Zeit aus dem Verkehr gezogen worden war, strahlte Jane bemerkenswert viel Optimismus aus. Elizabeth schob sich mit der Gabel ein kleines Stück Pfannkuchen in den Mund. »O mein Gott«, sagte sie. »Die sind ja verboten gut.«

»Ich weiß«, erwiderte Jane und grinste noch stärker. Wie die berühmte Katze, die nicht nur den Kanarienvogel, sondern gleich noch den Käfig gefressen hatte. »Schwamm drüber wegen neulich Abend, ja?«

»Natürlich«, sagte Elizabeth. »Ist doch klar.«

»Ich habe den Sirup vergessen!«, rief Jane. »Das geht gar nicht!« Sie eilte in die Küche und kam zurück, eine Flasche in Vorratsgröße schwenkend. Großzügig verteilte sie Sirup auf den Tellern.

»Heute bist du aber irgendwie besonders gut drauf, Mom. Ist da Prozac drin?«, fragte Ruby.

»Ha ha«, sagte Jane. »Wer weiß.« Und schob sich ein Viertel Pfannkuchen in den Mund. »Schmeckt gut, ja? Wie Medizin.«

Ruby verdrehte die Augen, sah ihre Mutter aber zärtlich an. Elizabeth fühlte sich versucht, langsam den Rückzug anzutreten und sich zur Tür hinauszustehlen, für den Fall, dass sie zufälligerweise in einem Paralleluniversum gelandet sein könnte.

Leichtfüßig wie Ruby kam Zoe die Treppe heruntergehuscht. »Hey!«, sagte sie. »Tut mir leid! Ich glaube, ich bin da an einen guten Typen geraten, Jane. Dürfte nicht allzu schlimm werden. Ich meine, es wird schrecklich werden, und Gott weiß, wie lange wir brauchen, um das alles wieder herzurichten, aber wir sind versichert, und sie wissen es, und alles, was wir verlieren, sind Zeit und Geld.«

»Okay«, sagte Jane. »Das klingt großartig. Hast du Hunger?«

»Immer«, sagte Zoe. Statt um Ruby herumzugehen, was der direkteste Weg zu ihrem Stuhl gewesen wäre, entschied Zoe sich für einen Umweg. Elizabeth tat so, als bemerkte sie es nicht, wie Zoe im Vorbeigehen Jane sanft am Ohrläppchen zupfte, und auch das wohlige Seufzen, das Jane daraufhin von sich gab, versuchte sie zu ignorieren.

»Hast du die mit Ricotta oder Joghurt oder mit geschmolzener Butter oder mit allen dreien gemacht?«, fragte Elizabeth, statt das zu sagen, was ihr auf der Zunge lag. Als Zoe sich endlich wieder setzte, sah Elizabeth sie aus großen Augen fragend an, doch Zoe lächelte nur glücklich und beseelt.

48

Die Pläne nahmen bemerkenswert rasch Gestalt an; Dave war gut organisiert. Philip, der Architekt, mit dem sie sich in dem Coffee-Shop getroffen hatten, entwarf verschiedene Szenarien und erstellte Kostenvoranschläge, und bald darauf fanden die ersten Gespräche mit Bauunternehmern statt. Zu dritt. Dave stellte Andrew als seine »rechte Hand, seinen Partner« vor, und jedes Mal, wenn er das sagte, bekam Andrew ein besseres Gefühl, was das Vorhaben betraf. Natürlich war es eine Menge Geld, aber dafür war Geld schließlich da – um es in Projekte zu investieren, an die man glaubte. Falls alles gutginge und die anderen Investoren mitzögen bei dem, was Dave sich vorstellte, könnten sie im Herbst mit dem Bauen anfangen, den Winter über den Innenausbau vorantreiben, tapezieren, die Programmgestaltung angehen und allem den letzten Schliff geben. Im nächsten Sommer wäre *The Waves* bereits eröffnet und in Betrieb. Andrew konnte die Fotos von sich und Dave vor sich sehen, wie sie beide lässig an einem rustikalen Empfangstresen aus Holz lehnten. Hotelier! Seine Mutter würde zweifelsohne die Nase rümpfen über die Stillosigkeit dieses Berufs, aber Andrew gefiel die Vorstellung. So gediegen, mit einem Schuss weite Welt. Es war ein guter Plan.

Der erste Scheck war nicht hoch – hundert Riesen. Dave meinte, dass sie mit fünfundsiebzig gerade mal hinkämen und dass hundertfünfzig ideal wären, und so beschloss Andrew, dass hunderttausend Dollar eine gute Ausgangsbasis wären. Er und Elizabeth beschäftigten einen Steuerberater in Park Slope und einen Anlageberater in Manhattan, aber der kümmerte sich nur um ihre Pensionsrücklagen und um Harrys Ausbildungsfonds für die Universität. Dorthin wanderten alle ihre Ersparnisse. Das große Geld – das Vermögen von Andrews Familie – wurde von einem Juniorpartner aus dem Heer der Anzugträger der Familie Marx verwaltet. Er und Elizabeth rührten das Geld nur in Notfällen an, wenn es im Haus etwas zu ersetzen gab oder wenn sie sich gelegentlich einen Teil für Harrys Schulgeld borgen mussten. Sonst lag das Geld einfach nur herum – nicht in den Ausmaßen eines Dagobert-Duck-mäßigen Swimmingpools, aber ein größeres Planschbecken war es allemal.

Andrew lag auf dem Rücken, irgendwo ganz hinten im EVOLVEment-Studio. Entspannungsmeditation stand auf dem Programm, was nichts anderes hieß, als dass Dave eine geführte Meditation anleitete, während Salome durch die Reihen schritt, minimale Korrekturen an Kopf und Schultern vornahm und jedem die Stirn massierte. Dave bestand darauf, dass Andrew keine Kursgebühren mehr bezahlte. Er gehörte jetzt zur Gruppe.

Die einzige andere Gruppe, der Andrew jemals angehört hatte, war *Kitty's Mustache* gewesen. Eine Ehe war eine Partnerschaft, und die eigene Familie war so etwas Ähnliches wie eine Gruppe, aber beides zählte nicht. Nicht wirklich. Bei der Band hatte es regelmäßige Treffen und Übungsabende gegeben, und man hatte über wichtige Belange abgestimmt. In einer Ehe gab es keine Abstimmung, alles musste stets als doppelter Kompromiss ausgehandelt werden. Und Eltern zu sein war ein absurder Job, gleichermaßen erhaben und banal. Sobald Harry zu sprechen und zu laufen gelernt hatte und allein aufs Töpfchen gehen konnte, hatten Andrew und Elizabeth ihre Tage weitgehend so aufgeteilt, dass für beide noch ein wenig »Auszeit« blieb. Spielte man in einer Band und forderte Auszeit ein, hieß das nichts anderes, als dass man sie verlassen wollte. Doch wen kümmerte das schon? Es gab immer einen mittelmäßigen Bassisten, der einsprang.

»Stellt euch jeden Atemzug als weißes Licht vor«, sagte Dave, »und dieses Licht fließt durch eure Nase und durch eure Nebenhöhlen und breitet sich in euren Wangen aus bis hinauf in euren Kopf. Jetzt stellt euch dieses Licht als watteweiche Kugel in einem Flipperautomaten vor, die in eurem Kopf herumflirrt, bis jeder Zentimeter eures Kopfes vollständig mit diesem Licht ausgefüllt ist. Ich betätige jetzt die Hebel an dem Automat, und die Kugel springt überall hin. Licht! Licht! Licht!«

Eine der besten Seiten an Elizabeth war die, dass sie bereitwillig über schlechte Eigenschaften anderer Menschen hinwegsah. Es war, als könnte sie durchaus erkennen, wie schrecklich jemand war, nur um daraufhin ihre Anstrengungen zu verdoppeln, nett zu diesem Menschen zu sein, so als wäre jedes Arschloch, das ihr über den Weg lief, ein missbrauchtes Kind gewesen, das sie unbedingt davon abhalten musste, Tiere abzufackeln. So benahm sie sich auch Lydia gegenüber, die dies wahrhaftig nicht verdiente. Andrew hatte es nie fertiggebracht, dieser Güte, diesem Edelmut etwas Ebenbürtiges entgegenzusetzen. Es fiel ihm jedoch schwer, Elizabeth' gutherzige Liebenswürdigkeit mit dem in Einklang zu bringen, was sie getan hatte, aber Andrew bemühte sich. Das weiße Licht umgab ihr Gesicht und brachte ihr blondes Haar noch stärker zum Strahlen. Daves kühles, weißes Licht schien Lydia jedoch nicht auslöschen zu können, ganz gleich, wie tief und wie oft Andrew auch einatmete.

Kitty's Mustache war die beliebteste Band am Oberlin. Sie spielten im *Grog Shop* in Cleveland, traten als Vorgruppe für Bands auf, die aus New York und Chicago auf Tournee waren, und wenn sie auf Partys rund um den Campus spielten, war die Hölle los, und die Leute strömten aus den Zimmern hinaus in die Vorgärten, bis ein Nachbar die Polizei rief. Zoe und Andrew waren derselbe Jahrgang, zwei Semester über Elizabeth und Lydia, und sie führten endlose Debatten darüber, was sie tun sollten, wenn die Hälfte der Band ihren Abschluss hatte. Andrew hatte keine Eile, nach New York zurückzukehren. Er wollte bleiben, um mit Elizabeth zusammen zu sein, irgendwo abseits des Campus wohnen und im Fahrradladen arbeiten. Das Leben hier kostete fast nichts, und Elizabeth konnte genügend Essen aus den Mensen und Gemeinschaftsküchen für sie beide abzweigen, dass es ihnen an nichts fehlte, falls die elterliche Quelle versiegen sollte. Doch die Quelle würde nicht versiegen, und so machte Andrew sich keinerlei Gedanken. Es wäre alles perfekt gewesen, hätte Zoe nicht unter allen Umständen Ohio verlassen wollen. Wie sollten sie ohne sie üben? Sie hatten bereits eine Single eingespielt, *Kitty's Mustache and the Male Gaze*, von der ein Indie-Label dreihundert Stück gepresst hatte, und Andrew und Elizabeth wollten unbedingt eine ganze LP machen.

In der Zeit schrieb Elizabeth den Song. Es war ein Hit – daran war nicht zu rütteln. Auch wenn Elizabeth den Song nie jemandem gezeigt, ihn nur im stillen Kämmerlein gespielt hätte, wäre er noch immer ein Hit gewesen. Manche Songs ragten aus der Masse hervor wie Findlinge. Als Elizabeth aus der Bibliothek zurück in ihre Übungsecke kam, spielte sie das Lied auf der Gitarre und sang dazu, während Andrew, Lydia und Zoe vor ihr auf dem Fußboden saßen. Lydia trommelte mit ihren Stöcken den Rhythmus auf den Boden. Als Elizabeth zum zweiten Refrain ansetzte, war Zoe bereits aufgestanden und sang mit, und Andrew wusste, dass sie nirgendwohin gehen würde. Sie blieben noch lange und spielten den Song immer wieder, bis ihre Wangen rot und ihre Finger wund waren.

Als sie Schluss machten, war es Mitternacht, und die Hotelbar in der miesen Absteige gegenüber von Zoes Apartment hatte noch für zwei Stunden geöffnet. Sie gingen hinüber, aufgekratzt und außer sich vor Freude. Elizabeth und Zoe besetzten einen Tisch in der Ecke, während Andrew an den Tresen trat, um einen Krug Bier für alle zu holen, und Lydia die Toilette aufsuchte, die sich in der Lobby befand. Das gesamte Erdgeschoss des Hotels stank nach Zigaretten – die Zimmer wahrscheinlich auch, aber Andrew war noch nie in einem gewesen – und muffigem Popcorn, das es gratis aus einer Maschine in der Ecke gab. Zoe kannte alle Barkeeper, kräftige Kerle mit Motorrädern und schlechten Zähnen, und jeder zweite Krug Bier ging normalerweise aufs Haus. Andrew schwirrte der Kopf. Er hing an der Band, und sie hatten andere gute Songs, einige hatte sogar er geschrieben, aber das hier war etwas völlig anderes. Er holte den Krug und knallte ihn auf den Tisch. Ein wenig Bier schwappte über. »Ich muss schiffen gehen«, sagte er.

»Danke, so genau wollte ich es eigentlich nicht wissen«, erwiderte Elizabeth, die in Zoes Nähe immer ein wenig sarkastisch war. Beide Mädchen lachten.

Andrew zeigte ihnen den Stinkefinger und eilte in die Lobby. Die Toiletten befanden sich hinter einer halbhohen Wand, als besäße das Hotel immerhin so viel Anstand, die Tatsache zu kaschieren, dass ständig Leute von der Straße hereinkamen und sie benutzten. Andrew versetzte der Schwingtür einen Stoß und erleichterte sich mit einem lauten Seufzen. »Mistress of Myself« vor sich hin pfeifend, kam er wieder heraus und wurde gleich beim ersten Schritt in die Hotelhalle von Lydia abgefangen.

»Ich habe auf dich gewartet«, sagte sie. Ihre Augen waren kaum zu sehen hinter dem Schleier aus Haaren. »Komm mit.« Lydia ergriff seine Hand und zog ihn durch die Hoteltür hinaus, außer Sichtweite der Bar. Es war April und noch nicht warm, obwohl bereits die ersten Knospen an den Büschen im Park auf der anderen Straßenseite zu sehen waren.

»Ein verdammt guter Song, findest du nicht?«, fragte Andrew. Er fühlte sich betrunken, auch wenn er noch keinen einzigen Schluck getrunken hatte, und rieb seinen Bauch. Sie standen an der dunklen Straßenecke, und Lydia schlang ihre Arme um ihn. Sie war klein, gerade mal eins sechzig, und ihr Kopf passte auf eine Art in seine Achselhöhle, die ihm gefiel. Elizabeth war größer als er, und das mochte er auch, aber Lydia gab ihm das Gefühl, dreißig Prozent besser auszusehen als der Star-Quarterback eines Highschool-Football-Teams.

»Was gibt's?«, fragte Andrew und tätschelte liebevoll ihren Kopf.

»Ich will nicht zurück in die Bar«, sagte sie. »Ich will allein mit dir sein.«

»Aber wir haben was zu feiern!« Andrew wich einen Schritt zurück und legte beide Hände auf Lydias Schultern. »Komm mit, das wird bestimmt lustig!«

»Das ist nicht die Art Spaß, nach der mir zumute ist«, sagte Lydia, nahm sein Gesicht zwischen ihre Hände und küsste ihn.

Dieser Kuss kam nicht unerwartet. Elizabeth hatte ihn damit aufgezogen, dass Lydia mit ihm flirtete, und Andrew hatte dies stets von der Hand gewiesen, weil es einfacher war, als Elizabeth die Wahrheit zu sagen. Lydia und er hatten miteinander geschlafen, die paar Mal waren an einer Hand abzuzählen, aber nur, wenn sie beide völlig besoffen waren und Elizabeth die Nacht woanders verbrachte. Lydia schien ein Gespür dafür zu haben, wann Elizabeth nicht da sein würde, und stand dann mit einer Flasche mäßig trinkbarem Wein und ohne Höschen bei Andrew vor der Tür. Danach erwähnten sie den Vorfall mit keinem Wort, was ihnen das Gefühl gab, weniger ein Geheimnis als eine dissoziative Störung miteinander zu teilen. Es hatte nichts mit Elizabeth zu tun; Andrew liebte Elizabeth. Sie war wie ein Glas Milch für ihn, vollmundig und frisch von der Kuh – die pure Güte. Lydia war das Kontrastprogramm. Irgendwie verdorben. Wie im Comic mit Betty und Veronica. Archie liebte sie beide, und sie liebten einander ebenfalls, auch wenn er sich zwischen ihnen hin- und hergerissen fühlte. Sollte Elizabeth es jemals herausfinden, würde Andrew diesen Vergleich als Verteidigungsstrategie benutzen. Das war nicht viel, aber immerhin etwas. Er hoffte, niemals darauf zurückgreifen zu müssen, hoffte darauf, dass Lydia eines Tages verschwinden und sein Leben dadurch einfacher werden würde. Schließlich waren er und Elizabeth nicht verheiratet. Sie lebten nicht einmal zusammen. Was er tat, war schlimmer, als bei Rot über die Straße zu gehen, aber nicht so schlimm wie eine Wurzelbehandlung. Schlimmer, als in einem Taxi zu kotzen, aber nicht so schlimm wie ein Termin bei der Kraftfahrzeug-Zulassungsstelle.

»Komm«, sagte Andrew, »gehen wir zurück.«

»Gut«, sagte Lydia, schob die Unterlippe vor und sah ihn aus zusammengekniffenen Augen an. »Ich kann dir aber auch hier einen blasen.« Sie gingen über die Straße in den Park, und Andrew öffnete den Reißverschluss seiner Hose, während Lydia halb unter einen Busch kroch und ihn auf die Knie zog.

Wäre diese Szene in dem Film zu sehen? Das weiße Licht existierte nicht. Andrews Kopf war voll mit Lydia. Sie hatten danach noch ein paarmal miteinander geschlafen. Dann war das Semester vorüber, und Andrew zog mit Elizabeth zusammen, und es war aus. Lydia schwor, dass er nicht der Grund sei, weshalb sie die Universität verließ, dass sie sich dort nie wohl gefühlt hatte und dass er nicht im Entferntesten eine Bedeutung für sie gehabt habe. Doch mit Sicherheit würde er das nie wissen. In diesem Sommer half er ihr, einen Umzugswagen zu beladen, und als sie auf den Fahrersitz kletterte, schüttelte sie nur den Kopf und bedachte ihn mit einem Blick, mit demselben Blick, den sie ihm tausend Jahre später, nach Harrys Geburt, bei *Veselka,* dem Lokal mit den Piroggen, zuwarf. Sie sah ihn an, als sei er ein Idiot, als habe er die falsche Entscheidung getroffen und nur sie wisse das. Für Andrew war das nie so klar – nichts war je klar für ihn. Im Grunde hatte er sich im Leben nie etwas anderes gewünscht als Klarheit in einer einzigen Sache. Für Lydia war immer alles klar gewesen. Sie hatte ihn gewollt, und als sie ihn nicht bekam, war sie gegangen. Wann immer Lydia das Lied sang, diesen perfekten, unglaublich guten, wunderbaren Song, hörte Andrew genau das heraus. Sie war ruhig, und sie war fort, und er blieb zurück mit ihrer Stimme und Elizabeth' Worten. Andrew war überzeugt davon, dass er genau das hörte, was Lydia ihn hören lassen wollte. Diese eine Sache in seinem Leben war es, die ihm die heftigsten Schuldgefühle bereitete, und als Lydia starb, war Andrews erste Reaktion Erleichterung. Kein Mensch wusste davon, und jetzt würde er es Elizabeth auch nicht mehr erzählen. Diese Erleichterung war die zweite Sache in seinem Leben, derentwegen er sich schuldig fühlte. Sozusagen ein Sandwich aus schlechtem Gewissen, mit Lydia als Belag.

Andrew spürte, wie Salome ihm über das Haar strich, und hörte, wie sie sich hinter ihn kniete. Sie bohrte beide Daumen in seine Schultern und drückte ihn zu Boden, dann zeichnete sie kleine Kreise auf seine Stirn. Ihre Hände dufteten nach Lavendel. Andrew atmete den Geruch ein und so viel von Lydia aus, wie er konnte. Es war noch immer etwas da. Sie klebte in ihm, ein dünner Film aus Lust und Reue kleidete seine Lungen aus wie Teer. Da war nie genügend weißes Licht, aber er atmete einfach weiter, in der Hoffnung, dass sich eines Tages etwas ändern würde.

49

Jetzt, da ihr Job für unbestimmte Zeit auf Eis lag, hatte Ruby mehr Zeit, für Elizabeth den Spion zu spielen. Es machte bestimmt Spaß, so zu tun, als sei sie Harriet, die kleine Spionin aus dem gleichnamigen Film, vor allem aber hatte sie etwas zu tun. Der erste Schritt bestand darin, sich für den Yogakurs anzumelden, eine, wie Ruby fand, eher wenig fordernde Tätigkeit für eine Agentin. Die Website von EVOLVEment war Mist – ein paar Fotos von hübschen Mädchen, die die Augen geschlossen hatten und lächelten, als leckte gerade jemand ihre Klitoris –, aber in einer durchsichtigen Plastikbox auf der Veranda waren Kursprogramme auf pinkfarbenem Papier ausgelegt. Ruby fasste ihr Haar zu einem Pferdeschwanz zusammen und schnappte sich Zoes Yogamatte aus dem Flurschrank. »Schau dich dort einfach mal um«, hatte Elizabeth gesagt. »Schau, ob dir irgendetwas eigenartig vorkommt. Rede mit den Leuten.« Ruby ließ sich nicht lange bitten.

Eine Stunde ohne Kursbindung kostete fünfzehn Dollar. Ruby zahlte ausnahmsweise bar und unterzeichnete eine Haftungsverzichtserklärung mit dem Namen »Jennifer Lopez«. Das war einerseits komisch, lag aber durchaus im Bereich des Möglichen. »Nenn mich Jen«, wollte sie sich bei dem- oder derjenigen vorstellen, der oder die den Kurs leitete, ehe sie zu einem langen Monolog über ihre frühe Jugend als Turnerin und über ihre verhärtete rückseitige Oberschenkelmuskulatur ansetzen würde.

Ihre vorbereiteten Erklärungen waren unnötig, denn im Gegensatz zu den meisten Studios, die tagsüber relativ leer waren, wimmelte es bei EVOLVEment vor Kursteilnehmern, und die Frau, die den Kurs leitete, stellte sich ihnen gar nicht erst vor. Die blonde Frau bewegte sich geschickt von einem Stück nacktem Holzfußboden, der zwischen den Matten sichtbar war, zum nächsten und berührte kurz jeden Teilnehmer auf ihrem Weg durch den Raum. Ruby rollte ihre Yogamatte in der ersten Reihe aus – wenn sie an Informationen kommen wollte, musste sie sich als eifrige Schülerin erweisen – und chantete laut, als sie dazu aufgefordert wurde. A-U-M.

»Willkommen bei EVOLVEment«, sagte die Frau. »Mein Geist sieht euch.«

»Mein Geist sieht dich«, erwiderte jeder Teilnehmer des Kurses.

»Fangen wir an!«, sagte die Blonde, drehte sich um, holte ein iPhone heraus und drückte auf eine Taste, woraufhin Afrobeat den Raum erfüllte. »Ich will eure wunderschönen Körper in *Bewegung* sehen!« Falls Andrew Ärger hatte, dann bestimmt nicht mit dieser Tante hier. Ruby absolvierte den Sonnengruß, so oft sie konnte, ehe sie auf ihrer Matte zusammenbrach und dort wartete, bis die Stunde vorüber war.

Während alle ihre Matten zusammenrollten, schlenderte Ruby beiläufig zu der Lehrerin hinüber, die aus einem hohen Glas eine schaumig grüne Flüssigkeit trank.

»Tolle Stunde«, sagte Ruby. »Ich bin gestern sechs Meilen gelaufen, und mein Körper hatte eine kleine Pause nötig. Wirklich eine super Stunde.«

Die Frau hob ihre aneinandergelegten Hände an die Stirn und deutete eine leichte Verbeugung an. »Vielen Dank«, sagte sie. »Mein Geist sagte mir, dass dein Geist eine Pause brauchte. Das ist so wichtig, ehrlich – die Regel Nummer eins, die man in der Lehrerausbildung mitbekommt: Das Schwierigste ist es, auf den eigenen Körper zu hören und sich nicht darum zu kümmern, was sonst noch alles um einen herum vor sich geht.« Sie legte die Hand auf Rubys Arm. »Du bist heute meine beste Lehrerin gewesen.«

»Das empfinde ich genauso wie du«, sagte Ruby. »*Namaste.*« Sie sah sich um, während der Raum sich allmählich leerte bis auf ein paar extrem flexibel aussehende Leute, die sich gegenseitig den Rücken massierten und dabei Laute der Anerkennung ausstießen. Sie erinnerten sie an Dust und die Kirchenstufen-Kids, nur dass sie bessere Haut und gewiss eine gesündere Leber hatten. »Das Studio ist spitze«, sagte sie. »Unterrichtest du oft hier?«

»Oh, wir alle hier sind Lehrer«, sagte die Frau und beugte sich zu ihr. »Weißt du, ich glaube, du wärst eine Bereicherung für dieses Zentrum. Ich bin Lena. Soll ich dich herumführen? Willst du Kombucha? Das machen wir hier selbst, schmeckt toll. Hast du das schon mal getrunken? Es ist so eine Art Eistee, nur abgefahrener.«

»Würde ich wahnsinnig gern probieren«, sagte Ruby und versuchte zu ignorieren, wie beleidigt ihre Oberschenkelmuskeln reagierten, als sie die Treppe hinaufgingen.

50

Beide Füße von Dr. Amelia waren braun gebrannt bis auf die Stellen, wo die Haut von den Riemen ihrer Sandalen bedeckt gewesen war. Sie sah aus, als säße sie im Schatten einer Jalousie. Irgendjemand sollte ihr vielleicht sagen, dass ihr ganzer Körper, nicht nur ihr Gesicht und ihre Arme, Lichtschutzfaktor dreißig benötigte, überlegte Zoe kurz, doch dann erschien es ihr unsinnig, einer Ärztin medizinischen Rat zu geben, und so behielt sie die Bemerkung für sich.

Es gab eine Menge Dinge, die Zoe lieber für sich behielt – so wusste sie genau, dass Ruby und Harry miteinander herumgemacht hatten, sobald sie annahmen, dass sie und Jane schliefen, aber das war ihr egal. Sie und Jane hatten herumgemacht, sobald Ruby aus dem Haus war, so wie damals, als ihre Tochter noch ein Baby war und sie Sex hatten, während Ruby einen Mittagsschlaf hielt, weil sie abends, wenn sie sie ins Bett legten, zu müde und/oder zu beschäftigt waren. Und sie wollte Elizabeth auch nicht das mit Jane sagen, was lächerlich war, da Jane ihre Frau war und Elizabeth ihre Freundin – aber Zoe machte sich Sorgen, dass Elizabeth enttäuscht sein könnte, wenn sie und Jane doch zusammenblieben. So als würde sie kneifen.

Dr. Amelia saß am liebsten mit gekreuzten Beinen auf ihrem Aeron Chair. »Na, wie läuft es denn so, meine Damen?«, fragte sie. »Sieht aus, als wäre es ein guter Sommer gewesen, wie?«

»Es hat im Restaurant gebrannt«, sagte Jane. »Ich meine, das ganze Restaurant hat gebrannt.«

»Und Ruby hat noch immer keinen Platz am College«, fügte Zoe hinzu, um sich gleich darauf zu korrigieren. »Und sie wird auch nicht ans College gehen, schätze ich.«

»Außerdem ist sie verhaftet und aufs Polizeirevier gebracht worden, weil sie Sex im Prospect Park hatte«, fuhr Jane fort.

»Oh«, sagte Dr. Amelia und kritzelte etwas auf ihren Notizblock. »Und wie kommen Sie beide miteinander aus? Klingt nach einer Menge zusätzlichem Stress.«

»Ach, eigentlich recht gut«, sagte Zoe und warf Jane, die linker Hand von ihr saß, einen kurzen Blick zu. Jane hatte ein zwiespältiges Verhältnis zu Therapien – ihre Mutter war Psychotherapeutin und hatte ihre Patienten bei sich zu Hause in Massapequa empfangen. Diese Nachmittage, wenn Jane und ihre Geschwister nicht fernsehen durften, weil aus dem Wohnzimmer zwei dünne Glasflügeltüren in die Praxis ihrer Mutter hinüberführten, hatten ihr die Sache für immer verleidet. Doch jetzt schien Jane vollkommen glücklich darüber, hier zu sein. Sie lächelte sogar ohne besonderen Grund.

»Und, haben Sie über die Probleme gesprochen, die Sie miteinander hatten? Natürlich redet es sich besser an einem neutralen Ort, aber ich möchte sichergehen können, dass es sich nicht nur um eine vorübergehende Laune handelt: Haben Sie über die Themen gesprochen, die die Entfremdung in erster Linie ausgelöst haben?«

Janes Lächeln erstarb.

»Nun, wir hatten bisher nicht wirklich Zeit dafür«, sagte Zoe. Und die hatten sie in der Tat nicht – nach dem Brand hatten sie jede Menge zusätzliche Dinge zu erledigen, sie mussten sich etwas zu essen kochen, und außerdem hinkten sie zwei Staffeln *Im Netz der Macht* hinterher, die sie sich regelmäßig auf Netflix ansahen. Jeden Tag dachte Zoe daran, endlich die Aussprache mit Jane zu suchen, aber jeden Tag überlegte sie es sich wieder anders.

»Wir hatten wirklich viel zu tun«, bestätigte Jane. »Und außerdem, ich weiß nicht recht, aber für mich fühlt es sich so an, als würden wir damit das Unglück erst recht heraufbeschwören. Das Boot zum Kentern bringen. Sie wissen schon, was ich meine.«

»Natürlich weiß ich, was Sie meinen«, sagte Dr. Amelia. »Sie haben Angst, die Eingeborenen zu erschrecken. Alle Klarheiten zu beseitigen. Den Bären aus der Höhle zu locken.«

»Genau.« Jane verschränkte die Hände auf ihrem Schoß. »So was in der Art.«

»Tja«, sagte Dr. Amelia, »dann fangen wir doch jetzt damit an, oder? Das ist ein ›sicherer Ort‹ hier, vergessen Sie das nicht, und alle Gefühle haben ihre Berechtigung. Zoe, wollen Sie beginnen?«

»Okaaay«, sagte Zoe und schlug ihre Beine erst in die eine, dann in die andere Richtung übereinander, ehe sie ihre Haare, die ihr in die Augen hingen, hinter die Ohren strich. »Meinem Gefühl nach liefen die Dinge in der letzten Zeit recht gut, würde ich sagen, aber ich fürchte, vielleicht nur deswegen, weil Jane eventuell Angst davor hat, allein zu sein, ja? Und deshalb mehr Interesse an mir hat als normalerweise? Und es wird nicht lange dauern, und ihr Interesse flaut wieder ab. Und dann sind wir wieder da, wo wir angefangen haben.« Sie hielt sich eine Hand vor die Augen. »Bring mich nicht um«, sagte sie zu Jane.

»Ich werde dich nicht umbringen«, erwiderte Jane. »Du hast recht. Ich will nicht allein sein. Aber der Grund, warum ich nicht allein sein will, ist der, dass ich dich liebe. Ich will nicht *irgendjemanden* um mich haben, ich will *dich*.« Sie verdrehte die Augen. »Sollen wir das hier wirklich durchziehen?« Jane räusperte sich. »Also gut, ich denke, wir sollten über Elizabeth reden.«

Zoe war aufrichtig überrascht. »Du machst Witze.«

»Ich sage ja gar nicht, dass es was Sexuelles ist, Zoe. Aber ich bin wirklich der Ansicht, dass da was Unterschwelliges mitschwingt. Kann das sein, Dr. Amelia, selbst wenn es nicht darum geht, etwas miteinander zu haben?«

»Selbstverständlich«, sagte Dr. Amelia. »Es gibt alle möglichen Arten von Untreue – körperlich, emotional, spirituell. Was denken Sie denn, was da läuft, Jane?«

»Früher haben wir uns deswegen oft gestritten. Weil Zoe außer mir noch jemanden hat, zu dem sie gehen kann, wenn sie wütend ist oder glücklich oder was auch immer. Ich weiß, es ist nicht mehr so schlimm, wie es schon mal war, aber trotzdem bin ich der Ansicht, dass dieses Verhältnis in unsere Beziehung hineinpfuscht. Es gibt einen Grund, weshalb Menschen nicht in der Nähe ihrer Eltern leben oder Tür an Tür mit ihren besten Freunden. Das ist ungut. Jeder Mensch braucht seinen Freiraum. Zumindest ich brauche den.«

Zoe verzog den Mund. Das Thema Freiraum war ihr Stichwort.

»Was?«, sagte Jane. »Findest du, dass ich wirklich so falsch liege?«

Dr. Amelia wartete und wackelte gespannt mit den Zehen.

»Ich halte das für absolut lächerlich«, sagte Zoe, sprach jedoch nicht weiter, sondern überlegte erst einmal, ob sie tatsächlich so empfand. Sie spürte, wie sie sich innerlich für eine Auseinandersetzung in Stellung brachte. Matadore fühlten sich wahrscheinlich so, bevor sie die Stierkampfarena betraten. Je öfter sie darüber nachdachte, desto klarer wurde ihr, dass Jane viel von einem Stier hatte – sie war wütend und unbeweglich, scharfzüngig und schnaubte gern. Zoe wusste aber auch, dass das, was mit ihnen geschah, nicht allein Janes Fehler war. Und vielleicht hatte sie recht. Zoe dachte an die vielen Male, als sie zu Elizabeth gegangen war statt zu ihrer Frau. Aus den verschiedensten Gründen. In der letzten Zeit war das allerdings nicht mehr sehr oft vorgekommen, eigentlich nur, um über das Haus zu sprechen, aber vor Jahren war das ständig der Fall gewesen. Zu Beginn ihrer Beziehung mit Jane waren sie und Elizabeth unzertrennlich gewesen. Damals hatte Zoe ihre Sätze oft begonnen mit: »Also, ich habe gerade zu Elizabeth gesagt«, oder: »Wie Elizabeth gerade gesagt hat …« Lästig und nervtötend muss das gewesen sein. Sie überlegte, wie sie sich fühlen würde, wenn Jane jemanden hätte, eine Vertraute, die sie sehr mochte und die auch gleich nebenan wohnte. Sie waren nicht mehr am College – sie waren nicht Jerry Seinfeld und seine Single-Freunde/Freundinnen, die ständig grundlos und ohne jede Vorwarnung bei ihm ein- und ausgingen. Sie waren erwachsen, hatten Familie, zahlten Steuern und bedienten Hypotheken. Zoe überkam die schreckliche Erkenntnis, dass ihre Frau recht haben könnte. In den Einzelheiten täuschte sie sich, doch sonst lag Jane richtig – Elizabeth war immer da gewesen, stand stets parat im Hintergrund, jederzeit bereit, ans Telefon zu stürzen.

»Ich denke, wir sollten noch ein paar zusätzliche Termine vereinbaren«, sagte Zoe. Dr. Amelia nickte und machte sich eine Notiz.

51

Dave konnte surfen – er kam in der Tat aus Südkalifornien, wie Andrew vermutet hatte –, und Andrew willigte ein, es ebenfalls zu versuchen. Dave hatte einen Freund, der Surfbretter und Neoprenanzüge verlieh, nur wenige Blocks von dem Hotelareal entfernt, und eine Viertelstunde später hatten sie alles beisammen, was sie benötigten. Der Freund empfahl ihm ein Neun-Fuß-Schaumboard, und Andrew nickte, als wisse er genau, was damit gemeint war. »Wir werden dich schon in die Senkrechte kriegen, Mann«, sagte Dave.

Er hatte schon einmal auf dem Brett gestanden, als er und Elizabeth ihre Flitterwochen auf Hawaii verbrachten. Damals hatten sie nichts anderes getan, als im Sand zu liegen und Taschenbücher zu lesen, nur hin und wieder hatten sie einander geküsst und bewundernd die Ringe an ihrer Hand gedreht. Aber mehr als alles andere war Andrew *glücklich* gewesen – *glücklich,* dass Elizabeth, so hell und gut, *ihn,* diesen finsteren Gesellen, gewählt hatte. Von Anfang an war er überzeugt davon, sie nicht zu verdienen, aber er wollte sein Bestes geben. Und so hatten sie dann auch ihre Flitterwochen verbracht – mit viel Sex, Sonnenbaden und langen Spaziergängen am Strand. Vielleicht sollten sie wieder mal nach Hawaii fahren; Harry könnte allein zu Hause bleiben. Alt genug war er. Andrew war noch immer sehr aufgebracht wegen der Filmgeschichte, aber wenn er der Sache tiefer auf den Grund ginge, *könnte* er vielleicht erkennen, was Elizabeth damit beabsichtigte.

Sie – EVOLVEment, Andrew, Dave, *The Waves,* wie immer sie sich nennen würden – hatten inzwischen ein Angebot für das Hotel abgegeben. Zuvor musste noch eine Prüfung wegen der Flächennutzung durchgeführt werden, und das würde ein paar Monate in Anspruch nehmen. Dave und Philip kümmerten sich um alles. Zusammen mit anderem Investorengeld war der erste Scheck auf das Treuhandkonto des Maklers eingezahlt worden, wo es verbleiben würde, bis sie den Vertrag unterschrieben hatten. In der Zwischenzeit hatte Andrew einen zweiten Scheck über weitere fünfzigtausend ausgestellt, dieses Mal für Dave persönlich. EVOLVEment wuchs immens schnell, und sie benötigten Geld – für die Bezahlung der Lehrer, für die Ausstattung des Studios, für Flaschen, Kisten und Plastikbecher, um das Kombucha und die Säfte abzufüllen, für weitere Renovierungsarbeiten –, aber Daves gesamtes Kapital war für die Instandsetzung des Hotels reserviert. Verlegen lächelnd hatte er um die Summe gebeten. Als ob Andrew ihm dieses Ansinnen abschlagen würde, schließlich war Dave Herz und Seele von EVOLVEment.

Gemeinsam paddelten sie hinaus aufs Wasser. Sofort erinnerte sich Andrew wieder an das Gefühl von vor so vielen Jahren, und all die schlummernden Muskeln in Brust und Schultern erwachten schlagartig zum Leben. Es war nicht einfach, sich mit dem Brett in der Waagerechten zu halten – er kam sich vor wie ein Stehaufmännchen, nur ohne das Gewicht, das dieses unten stabilisierte. Sie paddelten bis zu der Stelle, wo die Wellen sich brachen, dort gab Dave ihm ein paar Tipps: Er solle besser nicht versuchen, aufs Board zu springen, sondern die Füße langsam und kontrolliert nach vorn schieben, was sich letztendlich einfacher anhörte, als es war. Auf das Brett zu springen war etwas für Leute wie Dave, die einen Waschbrettbauch hatten und deren Muskeln perfekt aufeinander eingespielt waren.

»Es geht nicht darum, sich irgendetwas anzutrainieren«, sagte Dave. »Du musst es fühlen, ja? Die Welle, die Schwingung. Darum geht es beim Surfen. Das Meer sagt dir, wann es Zeit ist für dich, und dann legst du los.«

»Verstehe«, sagte Andrew.

In der Nähe war eine Surfschule, und drei Mädchen in farblich aufeinander abgestimmten Neopren-Tops und Bikinihöschen fanden es zum Kichern komisch, als sie eine nach der anderen vom Board ins flache Wasser plumpsten. Als eine große Welle hereingerollt kam, deutete Dave darauf, rief: »Die gehört mir« und paddelte los. Eine Minute später stand er auf dem Brett, leicht vornübergebeugt, während er sein Gewicht verlagerte.

Andrew lag auf dem Bauch und hüpfte im Rhythmus der Wellen auf und ab wie ein Korken. Der August war so schnell gekommen in diesem Jahr – die Stadt war leer, aber die Strände waren voll, überlaufen von Jungen und Alten. Andrew wünschte sich, er hätte Harry als Kind öfter mit an den Strand genommen – nicht nur hin und wieder, vielleicht ein-, zweimal im Sommer, und das war es dann. Die Kinder spielten im Sand, gruben Löcher und bauten Burgen mit Plastikeimern. Harry war mehr wie Elizabeth, war mehr der Typ für Indoor-Aktivitäten, und Andrew machte sich Vorwürfe, dass er dem nicht entgegengewirkt hatte. Sie waren nie ohne Auto auf einem Campingplatz gewesen. Sie hatten nie einen Winnebago gefahren. Sie waren nie eine Seilrutsche hinuntergeklettert oder hatten ein Lagerfeuer entfacht. Andrew hätte am liebsten geheult, wenn er an all die Dinge dachte, die er seinem Sohn vorenthalten hatte. Aus Gedankenlosigkeit.

Vor ihm war Dave elegant bis zum Strand gesurft. Als er im flachen Wasser den Strand erreichte, schrammte er über den Boden wie auf einem riesigen Skateboard, was mehr oder weniger auch der Fall war. Es sah so einfach aus. Dave war wahrscheinlich Ende dreißig, und Andrew überlegte, ob er jemals verheiratet gewesen war oder Kinder hatte. Ein Kind hätte er sicher erwähnt, es sei denn, die Umstände wären besonders schlimm gewesen und sie hatten keinen Kontakt mehr, aber das konnte Andrew sich nicht vorstellen. Dave kam ihm vor wie ein Junggeselle. Im positiven Sinn. Unbeschwert.

Unter ihm rollte eine etwas größere Welle heran. Andrew stemmte sich hoch, bis er wieder rittlings auf dem Brett saß und seine Beine zu beiden Seiten ins Wasser baumelten. Dave winkte vom Strand aus und rief etwas, das Andrew nicht hören konnte. Er drehte sich um, um zu sehen, was auf ihn zukam – Surfen glich dem Angeln in einem See, man wartete und beobachtete. Eine Welle war im Anrollen, und Andrew beschloss, gegen sie anzupaddeln. Er warf sich zu schnell auf den Bauch, was weh tat, aber er hatte nicht viel Zeit, darüber nachzudenken. Er paddelte und paddelte, Kopf und Brustkorb leicht angehoben wie bei einer Yogaübung, bis die Welle unter ihm war und das Surfbrett tat, was man von ihm erwartete: Es trug ihn auf der Welle. Eine Sekunde lang machte Andrew alles richtig – er zog seine Füße hoch, kauerte sich hin und stemmte sich in den Stand. Zumindest fast. Seine Knie waren gebeugt, er hielt die Arme vor sich ausgestreckt. Er kam sich vor wie Philippe Petit beim Balancieren zwischen den Twin Towers. Andrew wollte Blickkontakt zu Dave aufnehmen, den Daumen recken oder ihm zuwinken, aber er wusste, wenn er das tat, würde er ins Wasser fallen. Doch dann verlor er das Gleichgewicht, und als er links vom Brett ins Wasser stürzte, fiel Andrews Blick in Richtung Strand, und er glaubte, direkt hinter Dave Harry und Ruby stehen zu sehen, ihr dickes, lockiges Haar, das wie ein Wollknäuel auf ihrem Kopf prangte. Aber dann schlug er auf dem Wasser auf und startete einen kurzen Ritt im Schleudergang des Atlantiks, und als er seinen Kopf wieder aus dem Wasser herausstreckte, waren sie weg. Andrew packte das Board und schob es den Rest des Weges bis zum Strand vor sich her.

»Du hast es begriffen«, sagte Dave und streckte Andrew die Hand hin. »Das nächste Mal wird es noch besser.«

»Ich dachte, ich hätte gerade meinen Sohn gesehen«, sagte Andrew und sah sich suchend am Strand um. Im Schatten billiger Sonnenschirme, Klatschmagazine in den Händen, lagen hordenweise junge Leute im Sand, aber Harry entdeckte er nirgends. »Ich könnte schwören, dass er direkt hinter dir stand.«

»Wie eine Vision«, sagte Dave und nickte. »In weiter Ferne.«

»Nein, ich meine, er stand wirklich da, genau da!« Andrew deutete auf die Stelle, als könnte der Sand reden.

»Verstanden«, sagte Dave mit unbewegter Miene und leerem Blick. Er hatte eindeutig keine Kinder, das sah Andrew ihm an. Er schaute zurück auf das Wasser, sein Brett ragte neben ihm auf, hoch in den wolkenlosen Himmel. »Willst du es noch mal versuchen?«

»Klar«, sagte Andrew und ließ einen letzten Blick über den Strand schweifen. Er hielt Ausschau nach Rubys Haaren, konnte sie aber nirgendwo sehen. Das Mädchen machte nichts als Ärger wie seine Mutter, und Andrew war es leid, so zu tun, als störe ihn das nicht. »Los, versuchen wir es noch mal«, sagte er und warf sein Brett zurück ins Wasser. Dabei vergaß er, dass es noch immer an sein Bein gebunden war. Er stolperte und fiel in die seichte, schaumige Brandung.

»Cool«, meinte Dave. »Du hast den Dreh allmählich raus.«

Andrew war verlegen, ließ sich aber nichts anmerken. »Los, noch einmal.«

52

Elizabeth saß auf der Veranda und schwitzte. An diesem Nachmittag hatte sie einen Termin mit einem Paar aus Carroll Gardens, das ein Haus in der Nachbarschaft suchte; sie hatten eine dreijährige Tochter, und die Frau war mit dem zweiten Kind schwanger. Zoes Haus war genau das, was sie sich vorstellten – groß genug für alle Familienmitglieder, aber renovierungsbedürftig genug, um es sich leisten zu können. Deirdre hatte zwar ein ebenfalls passendes Haus in der Ditmas Avenue im Angebot, aber Elizabeth wusste, dass das Paar lieber näher am Park wohnen wollte. Manchmal machten ein paar Blocks einen großen Unterschied – Kunden, die genaue Vorstellungen hatten, innerhalb welcher Grenzen sie suchten, waren keine Seltenheit –, manchmal spielten Schulbezirke eine Rolle, manchmal waren es lediglich persönliche Vorlieben. Falls Elizabeth jemals von hier wegziehen sollte, würde sie ein Apartment im West Village suchen, irgendwo zwischen Commerce, Grove und Bedford Street, einem winzigen Straßengeflecht. Nicht dass sie von hier wegziehen wollte – sie konnte einfach nicht anders, als sich ständig und überall anzuschauen, wie andere Leute lebten, um dies mit ihrem eigenen Leben zu vergleichen. Berufskrankheit nannte man so etwas wohl. Und Zoes Haus verkaufen wollte sie eigentlich auch nicht, denn dann würde Zoe tatsächlich fortziehen. Und wie ginge es dann weiter, wenn sie keine Nachbarn mehr waren? Würde sie ihr weiterhin Nachrichten schicken, um sich in letzter Sekunde mit ihr zum Abendessen zu verabreden? In den vergangenen Wochen hatte Zoe zwar meistens abgesagt, kein Wunder bei dem, was sie mit dem Brand und allem Übrigen momentan durchmachte. Manchmal waren Entschuldigungen keine Entschuldigungen. Wenn

Zoe fortzog, würden sie sich dann noch weiterhin auf ihren Veranden besuchen und Wein trinken? Wie oft würde Zoe die Subway besteigen und zu ihr fahren? Sie wollte das lieber nicht erfahren.

Elizabeth saß draußen auf der Veranda, weil Zoe ihr aus dem Weg ging. Sie antwortete weder auf E-Mails noch auf Nachrichten – als ob Elizabeth nicht genau wüsste, dass sie sie bekommen hatte. Manchmal sehnte sie sich nach den guten alten Zeiten zurück, als keiner wissen konnte, ob der andere den Anrufbeantworter abgehört oder dass man ihn bereits sechsmal am Tag angerufen hatte. Elizabeth wollte Zoe nicht nachstellen, sie musste schlicht und einfach mit ihr reden. Sie hatte ihren Klienten versprochen, dass sie sich erkundigen würde, wie wahrscheinlich es war, dass das Haus auf den Markt käme, aber mehr noch als das wollte sie endlich wissen, wie es mit Jane weiterging. Natürlich hingen die beiden Themen zusammen, und Zoe versuchte eindeutig, dieses Gespräch zu vermeiden. Aber schließlich waren sie nicht nur Nachbarn, sondern auch Freunde, und deshalb wusste Elizabeth genau, wann Zoe und Bingo ihren späten Morgenspaziergang antraten. Und zur selben Zeit auf der eigenen Veranda zu sitzen, verstieß nicht gegen irgendeine Regel, oder?

Sie entdeckte Bingo, der das Maul zufrieden aufgerissen hatte und seine Leine auf dem Gehweg hinter sich herschleifte. Hunde waren wunderbar unkomplizierte Wesen – fressen, spielen, schlafen und Streicheleinheiten waren alles, was sie brauchten. Menschen waren da doch deutlich anspruchsvoller. Zoe lief ein paar Meter hinter Bingo, den Blick auf ihr Mobiltelefon gerichtet.

»Hey«, sagte Elizabeth und kam die Treppe herunter.

»Oh, hi, ich wollte dich gerade zurückrufen«, sagte Zoe und steckte ihr Handy in die Hosentasche. »Bleib stehen, Bing.« Sie bückte sich und packte das Ende der Leine.

»Ist alles in Ordnung?« Elizabeth blinzelte und hielt sich die Hand schützend vor die Augen. »Mit uns, meine ich? Habe ich irgendetwas getan?«

»Was? Nein! Was solltest du getan haben?« Zoe schaute zu Boden.

»Ich bin nicht sicher«, erwiderte Elizabeth. »Deswegen frage ich ja.«

»Nein«, sagte Zoe. »Wirklich. Alles in Ordnung mit uns! Es war nur ein bisschen hektisch in der letzten Zeit, mit dem Brand und so.«

»Natürlich.« Elizabeth seufzte und ließ die Hände sinken. »Ich hatte einfach nur ein ungutes Gefühl, und außerdem haben wir schon eine ganze Weile nicht mehr über das Haus gesprochen, und dann an dem Tag mit den Pfannkuchen, da habt ihr, du und Jane, den Eindruck auf mich gemacht, als …«

»Was? Sie ist meine Frau, schon vergessen?« Zoe klang defensiv.

»Natürlich! Ich dachte nur, na ja, dass ihr zwei Probleme habt, und wir hatten ja mal über das Haus gesprochen, und ich dachte, vielleicht habt ihr einen Rückzieher gemacht …«

»Einen Rückzieher? Willst du damit ausdrücken, dass, wenn meine Frau und ich einen *Rückzieher* machen und uns *nicht* trennen, du das Haus dann nicht in deine kleinen gierigen Hände bekommst? Gott, Lizzy!« Zoe schüttelte den Kopf. »Vielleicht hatte sie recht! Ist das verrückt? Keine Ahnung! Du scheinst offenbar mehr an deiner Provision als an unserer Freundschaft interessiert zu sein, wenn ich das mal so sagen darf.«

»Also wirklich!«, widersprach Elizabeth entrüstet. »Das ist doch verrückt! Das wollte ich damit nicht ausdrücken. Ich schwöre es!« Alles hörte sich falsch an. Elizabeth wollte Zoe von ihrer Angst erzählen, dass sie wegziehen könnte, von ihrer Befürchtung, dass sie dann auch wegziehen wollen würde, und zwar in die Wohnung nebenan, nur um sicherzustellen, dass sie auch die nächsten zwanzig Jahre noch Freundinnen wären. Und die zwanzig Jahre danach auch noch. Sie wollte zu verstehen geben, wie traurig der Gedanke sie stimmte, dass Zoe und Jane sich scheiden ließen, dass ihre eigene Ehe sie deprimierte und dass Ruby und Harry allmählich zu alt wurden, um weiterhin von ihnen für Kinder gehalten zu werden. Aber wie sollte man sie dann in Zukunft nennen? Doch ihr Mund verweigerte die Mitarbeit, und nichts von all dem kam heraus. »Nein, wirklich nicht«, stammelte Elizabeth. »Ich schwöre es.«

»Können wir vielleicht ein andermal darüber reden?« Zoe deutete auf Bingo, der sich auf den Gehweg erleichterte.

»Klar doch«, sagte Elizabeth. »Ich wollte damit nichts Besonderes ausdrücken, und *selbstverständlich* wünsche ich mir nichts anderes, als dass du glücklich bist. Und ich versuche nicht, dir dein Haus unterm Hintern wegzuverkaufen. Ich will einfach nur wissen, was los ist. Und wenn du mir sagst, ich soll auf die Bremse treten, dann tue ich das, okay?«

»Okay«, sagte Zoe, während ein wehmütiger Blick über ihr Gesicht huschte. »Momentan geht es bei mir einfach drunter und drüber, im Guten wie im Schlechten, und ich weiß wirklich nicht, in welche Richtung das laufen wird. Tut mir leid.« Sie beugte sich vor und drückte Elizabeth einen Kuss auf die Wange. »Ich ruf dich an.«

»Ja«, sagte Elizabeth, »bitte mach das.« Ihre Klienten würden irgendwo in Deirdres Portfolio unterkommen müssen – aber das war ihr egal. Es war ihr jedoch sehr wohl ein Anliegen, dass Jane und Zoe eine Lösung fanden, wie auch immer. Sie waren nicht so wie andere Paare, die sie kannte und denen sie eine Scheidung dringend ans Herz legen würde, weil sie so oft in der Öffentlichkeit stritten. Die beiden bewegten sich irgendwo in der Mitte der Skala, wo sie auch sich und Andrew verorten würde. Sie waren keine verliebten Turteltauben wie Zoes Eltern oder wie Deirdre und Sean, Paare, die einander freiwillig den Rücken massierten, ohne darum gebeten worden zu sein. Die meisten Paare, die sie kannte, schlugen sich so durch. *Nur keine Scheidung!*, lautete ihr gemeinsames Motto. Die einzige Möglichkeit, eine langjährige Ehe zu führen, und der einzige Weg zu einer einigermaßen stabilen Familie. Wer brauchte schon Glück, wenn er Stabilität hatte? War das nicht auch der Grundgedanke von Dr. Ferbers Schlaftraining für nervige Babys? Dass ein paar quälende Nächte mit wenig Schlaf letztendlich mehr Schlaf für jeden brächten? Für Eltern und Kinder? Elizabeth schaute auf ihre Hand und stellte fest, dass sie ihre Faust so fest ballte, dass ihre Fingernägel tiefe Rillen auf ihrem Handballen hinterließen.

Manche Menschen verließen den anderen, und andere wurden verlassen. Zoe gehörte zur ersten Kategorie. *Kitty's Mustache* begann sich aufzulösen, als Lydia ging, auch wenn es zunächst nicht danach aussah. Lydia war immer ihr schwächstes Glied gewesen, und Zoes damalige Freundin hatte einen Freund am Konservatorium, der Schlagzeug spielte, so dass sie rasch Ersatz gefunden hatten. Das einzige Problem war, dass der Neue ein wesentlich besserer Musiker war als der Rest von ihnen, was ihre Songs kümmerlich und amateurhaft klingen ließ. Dennoch traten sie in diesem Jahr weiterhin bei Partys und Konzerten auf, auch noch nach dem Studienabschluss, als Zoe und Andrew keine Arbeit und nichts anderes zu tun hatten. Es war Januar, als Zoe wieder einmal beschloss, dass sie genug von allem habe. Sie sei es leid, vor Erstsemestern zu spielen, die sich zum ersten Mal in ihrem Leben an roten Plastikbechern voller Bier festhielten. Es gebe niemanden mehr, der interessant sei, klagte sie. Sie fühle sich alt und ausgelaugt, was zum Brüllen komisch war, weil ihr die ganze Stadt nachrannte, als sei sie der Rattenfänger von Hameln.

Vielleicht war das Zoes Problem: Die Coolste im Umkreis von Meilen zu sein, das bedeutete auch, dass es niemanden gab, den man selbst anhimmeln konnte. Sie wusste, dass die Musik nicht ihr Ding war, und sie gehörte nicht zu den Kindern, die das Leben ihrer Eltern imitieren wollten. Zoe verbrachte mehr und mehr Zeit mit ihren Kunstprofessoren, hockte Wein trinkend an ihren Küchentischen und redete über New York. Als sich die Winterpause ankündigte, erklärte sie, dass sie endgültig genug habe und dass sie schon sehen würden, was im Frühjahr aus der Band wurde, wenn Elizabeth und Andrew das College beendeten. Das sei nur eine Auszeit, wie sie allen ihren Freunden versicherten. Doch für eine College-Band gab es so etwas wie eine Auszeit nicht. Am traurigsten von allen war Elizabeth, weil sie genau wusste, dass sie wahrscheinlich nie mehr in einer Band spielen würde, zumindest nicht in einer richtigen. Die Universität war ein Ort, um sich auszuprobieren, wo man beschließen konnte, etwas zu tun, und es dann einfach durchzog; wo einem keiner sagte, dass man nicht gut genug oder talentiert genug sei. Elizabeth verfügte zwar über ausreichend Selbstbewusstsein, aber sie kannte ihre Grenzen.

Was war schon ein Jahr? Damals am College kam ihnen das ziemlich lang vor. Zoe war älter und klüger, zumindest hatte Elizabeth das immer so empfunden. Wie in dem Musical *Sound of Music*, wo Liesl und Rolf – alias Elizabeth und Zoe – gemeinsam in diesem Pavillon tanzten. Nur ohne den Nazi-Teil. War man dann Eltern geworden und stellte man fest, was ein Jahr tatsächlich bedeutete, staunte man nicht schlecht. Ein Jahr war nichts! Und ein Schuljahr war gleich zweimal nichts – man konnte nur einen Tag später geboren sein und sich in zwei verschiedenen Klassen wiederfinden, je nach Geburtsdatum. Alles war so willkürlich. Elizabeth wünschte sich, sie hätte das bereits früher im Leben gewusst. Zoe war nicht viel klüger als sie. Ein Jahr war keine lange Zeit. Zoe langweilte sich einfach nur in Ohio, und das war das Ende von *Kitty's Mustache.*

Natürlich gab es da jemanden in New York – Zoe war nie lange allein. Diese Frau war Künstlerin und bekannt – und viel bewundert – dafür, dass sie zu Studienzeiten, nur mit einem Arbeitskittel bekleidet, auf dem Campus am Oberlin herumgelaufen war. Sie wollte eine neue Band gründen, ein Duo, und schon war Zoe fort. Das Duo hatte nicht sehr lange bestanden – nur so lange wie die Romanze, sechs Monate vielleicht. Aber als Elizabeth und Andrew dann nach New York kamen, war *Kitty's Mustache* nur noch eine Erinnerung, bereits verdrängt von Zoes letztem Projekt. Es spielte keine Rolle, dass sie bekannt gewesen waren, dass sie eine Platte gemacht hatten. Es gab so viele Indie-Label, dass jeder, den sie kannten, eine Platte gemacht hatte – jeder hatte Konzertplakate und Musikvideos und Schachteln voller Souvenirs an diese Zeit zu Hause. Etwas Besonderes waren sie leider nicht. Es war Lydia, die sie im Nachhinein zu etwas Besonderem machte und sie in eine Fußnote der Musikgeschichte verwandelte. Und so wurden sie älter, lebten ihr Leben, und nach ein paar Jahren war das alles nur noch eine liebenswürdige Erinnerung, eine nette Anekdote, um sie ihren Kindern zu erzählen. *Was waren wir doch cool.* Manchmal, wenn Elizabeth sich nicht allzu sehr in Details verlor, schien das sogar zu stimmen.

53

Noch einmal Unterricht, dann der SAT-Test. Harry wünschte sich, es würde ewig so weitergehen – er würde sogar in das Karatestudio ziehen, wenn nötig, und alle seine Mahlzeiten unter den Augen von Eliza und Thayer einnehmen, die mit offenen Mündern kauten wie zwei bekiffte Kühe. Ruby hielt ihn bei Laune, indem sie sich mit Vokabelkarten von ihm abfragen ließ. Tagsüber hatten sie Rubys Haus die meiste Zeit über für sich, und falls eine ihrer Mütter doch nach Hause kam, war es nicht schwierig, ihre Anwesenheit auszusitzen. Die geheime Wahrheit über Kindererziehung lautete – bei allen anderen, nur bei Harry zu Hause nicht –, dass Eltern fast immer anderen Mist im Kopf hatten, langweilige Themen wie Steuern und Termine beim Hautarzt, plus ihre eigentlichen Jobs und ob sie noch Milch besorgen mussten oder nicht. Ruby erzählte ihm, dass sie bereits drei Jahre geraucht hatte – in ihrem Zimmer! –, bevor eine ihrer Mütter es bemerkte. Harry konnte sich nicht vorstellen, dass ihm je etwas entgehen könnte, das mit Ruby zu tun hatte. Tags zuvor hatte sie ihren Pony um fünf Zentimeter gekürzt, und es fiel ihm sofort auf. Sie sah aus wie eine ägyptische Königin, und das hatte er ihr auch gesagt. »Da will ich mir doch auf der Stelle den Kopf kahl scheren«, erwiderte Ruby. »Nur um zu sehen, was dir dazu für ein Kompliment einfällt.«

Sie trug eines seiner alten T-Shirts und einen kurzen, schwarzen Stretchrock. Der Ventilator in ihrem Schlafzimmerfenster dröhnte so laut, dass sie die Musik lauter machen mussten, was es ihm wiederum erschwerte, Rubys Antworten auf die Vokabelkarten zu verstehen, aber Harry war ein versierter Lippenleser. Sie hörten Otis Redding, und hin und wieder sprang Ruby vom Bett herab und tanzte.

»›Große Freude zeigen‹ – komm, das ist doch leicht. Jubilieren!« Ruby verdrehte die Augen. »Frag mich was Schwierigeres.«

»Du kannst nicht nur die komplizierten Ausdrücke lernen. Du musst sicher sein, dass du auch die einfachen beherrschst. Du darfst die einfachen nicht vernachlässigen. Damit kannst du Punkte machen!«

»Harry, das ist der Test zur Studierfähigkeit, kein Videospiel.« Ruby klatschte in die Hände. »Weiter, nächste Frage.«

Er blätterte durch die Karten. Temperiert. Dämmerung. Kloster. Ruby kannte die Vokabeln alle. Sie stand auf und drehte den Ventilator so, dass er genau auf ihr Gesicht zeigte. Sie hatte ein paar Pickel auf der rechten Wange, eines ihrer Ohrlöcher hatte sich entzündet – sie hatte sich das Loch auf der Schultoilette selbst gestochen – und war noch immer ein wenig gerötet. Harry wünschte sich, er könnte jede Sekunde, die er mit Ruby verbrachte, auf Video aufzeichnen, damit er sich die Aufnahmen in zwanzig Jahren erneut anschauen konnte. Damit er sie ihr in zwanzig Jahren zeigen konnte. Damit sie sie zusammen anschauen und ihren Kindern zeigen konnten. Einem Jungen und einem Mädchen. Zwillingen vielleicht. War es seltsam, dass Harry sich Zwillinge vorstellte? Sie wären hellhäutig wie Ruby, mit strammen Armen und Beinen wie die seinen.

Harry hatte sich viele Gedanken über die Zukunft gemacht.

In weniger als einem Jahr wäre er mit der Whitman High fertig – die Schule war im Juni zu Ende. Bis dahin waren es nur noch zehn Monate. Er hatte Ruby bereits gestanden, dass er sie liebte, und er konnte sich nicht vorstellen, dass sich das in nächster Zeit ändern würde. Er konnte sich überhaupt nicht vorstellen, dass sich jemals etwas daran ändern würde. Punkt. Wie hatte man sich zu verhalten, wenn der beste und liebste Mensch jemand war, den man sein Leben lang gekannt hatte? Sollte man sich dann trotzdem noch anderweitig umschauen? Ein Pflichtprogramm? Harry interessierte sich nicht dafür, wen es da draußen sonst noch geben könnte. Es erschien ihm unmöglich, dass auf dieser Erde irgendeine andere Person herumlief, die er lieber haben würde. Mit rührseligem Gerede von wegen Seelenverwandtschaft hatte das nichts zu tun – das gehörte in die kitschigen Liebesfilme. Es war vielmehr eine Frage der Mathematik. Eine andere + Harry = blöd.

Wenn er bei dem Test entsprechend gut abschnitt, konnte er an jedes der City-Colleges, an das er gehen wollte; und teuer waren sie auch nicht. Wenn Ruby weiterhin im Restaurant ihrer Eltern arbeitete, würde sie Geld verdienen. Dann bräuchten sie nur noch eine Wohnung. In acht Monaten wäre er achtzehn Jahre alt, und dann konnten seine Eltern ihm nicht mehr verbieten, mit Ruby zusammen zu sein. Außerdem war das Problem ohnehin nur sein Dad, und Harry hielt es für ziemlich wahrscheinlich, dass er bald darüber hinwegkam.

Harry hatte seine Freunde seit Wochen nicht mehr gesehen, und er vermisste keinen. Vielleicht fühlte man sich so, wenn man verliebt war. Auch Ruby hatte sich nicht mehr mit ihren Freundinnen getroffen. Mit manchen von ihnen hatte Harry sie in den letzten vier Jahren tagtäglich gesehen – mit Chloe, Paloma, Anika, Sarah Dinnerstein. Doch außer Sarah hatte er den ganzen Sommer über keine von ihnen zu Gesicht bekommen. Das erschien ihm noch seltsamer. Er wollte das Thema eigentlich nicht ansprechen, weil es eventuell diesen magischen, mysteriösen Traum zum Platzen bringen könnte, den sie hier drinnen zusammen lebten, in einer Welt, in der Ruby seine Liebe erwiderte. Doch er wollte es wissen.

»Hey, was machen deine Freundinnen eigentlich in diesem

Sommer? Chloe und die anderen?« Er kaute auf seinen Nägeln.

»Chloe ist in Paris, Paloma ist bereits in Dartmouth. Die haben dort Quarter statt Semester – außerdem gab es ein Campinglager für die Erstsemester. Igitt, ich würde lieber eines langsamen, qualvollen Todes sterben, als bei einem Campingausflug für Erstsemester mitzufahren.« Ruby seufzte. »Alle außer mir sind weg.«

»Ich bin nicht weg. Ich bin hier.« Harry blätterte durch die Vokabelkarten und testete sich selbst.

»Ich weiß«, sagte Ruby. »Aber du zählst nicht.«

Harry blickte auf.

»Ach, jetzt komm. So meine ich das doch nicht«, sagte Ruby. »Natürlich bist du hier. Du bist ja noch nicht mit der Schule fertig, und außerdem bist du immer hier.«

»Hm«, sagte Harry. »Das stimmt wahrscheinlich. Wäre es dir lieber, ich wäre woanders?«

»Du bist mein Liebessklave«, sagte Ruby. »Hier ist der einzige Ort, an dem du dich aufhalten darfst.« Sie sprang wieder auf das Bett, streckte die Beine in die Luft und schlüpfte aus ihrem Rock.

»Ist das deine Art, dich zu entschuldigen?«, fragte Harry und zog seine Knie an die Brust.

Ruby drehte sich um und kroch zu ihm. »Ja.«

»Ich schätze, mit einer Verwarnung könnte ich dich noch einmal davonkommen lassen. Nur dieses eine Mal.« Harry schloss die Augen und ließ sich von Ruby die Vokabelkarten aus der Hand nehmen. Und als Ruby begann, ihn zu küssen, stellte Harry sich vor, wie all die Wörter hoch hinauf in die Luft flogen und über ihren Köpfen Sätze bildeten – ein Minitornado aus Liebesgedichten. Vielleicht spielte es keine Rolle, ob Ruby ihn liebte. Vielleicht reichte seine Liebe für sie beide.

54

Andrew war so selten zu Hause, man hätte fast den Eindruck gewinnen können, er ginge einer geregelten Arbeit nach. Elizabeth gewöhnte es sich an, sehnsuchtsvoll wie die Braut eines Seemanns aus dem Fenster zu starren. Die Witwe eines Seemanns? Sagte man das so? Ein paar der Häuser in der Nachbarschaft hatten kleine Aussichtsplattformen, sogenannte Witwengänge, die vollkommen sinnfrei waren, da es keinerlei nennenswerte Aussicht gab, und den Einbrechern höchstens als Einstieg dienen konnten. Aber was den Brooklyner Immobilienmarkt betraf, konnte von Logik ohnedies keine Rede sein. War Andrew jedoch zu Hause, behandelte er sie mit kühler Höflichkeit, die unter normalen Umständen nie länger als ein paar Stunden anhielt. Jetzt allerdings dauerte dieser Zustand bereits mehrere Wochen an, und Elizabeth befürchtete tatsächlich, dass er sich niemals wieder für sie begeistern könnte. Die Katze fehlte ihr. Andrew fehlte ihr, der Andrew, wie er früher gewesen war, oder wie sie dachte, dass er gewesen wäre. Manchmal nachts, wenn Elizabeth einzuschlafen versuchte, schloss sie die Augen und sah Iggy vor sich, sah sein kleines Katzengesicht unter einem Auto oder einer Mülltonne hervorlugen, und plötzlich fing er an, wie Andrew auszusehen, und sie schlug die Augen auf und starrte mit klopfendem Herzen an die Zimmerdecke. Iggy war verloren, Andrew war verloren, und sie ebenso. Alle bis auf Harry. Der arme Harry! Mit solchen Eltern und einer verschwundenen Katze belastet zu sein. Und das alles gleichzeitig. Vielleicht sollte sie einen Termin bei einem Therapeuten für ihn ausmachen.

Ihr Telefon klingelte – das Haustelefon, die Festnetznummer. Außer dem Büro der Whitman High rief sonst niemand darauf an, manchmal noch Kunden, die es besonders eilig hatten und nicht bis zum nächsten Tag warten konnten. Elizabeth nahm ab und meldete sich. Eine verräterische Pause entstand.

»Hallooo? Ups, Sie haben mich ertappt! Hier ist Naomi!«

Elizabeth betrachtete das Telefon. »Ich wusste nicht, dass Sie diese Nummer haben. Aber was sage ich, Sie scheinen ja alle Nummern zu haben. Weshalb sollte ich also überrascht sein? Aber auf meiner Mobilnummer bin ich leichter zu erreichen.«

Naomi lachte. »Ich will eigentlich Andrew sprechen. Er hat mir eine Nachricht hinterlassen, und das hat mich doch ein wenig überrascht. Schließlich ist er unser Mister Mistress!«

»Andrew hat Sie angerufen?« Elizabeth schob den Vorhang erneut beiseite und spähte hinaus auf die Straße. »Um Ihnen was zu sagen?«

Naomi schnalzte mit der Zunge. »Sie sind wirklich ein böses Mädchen! Aber eigentlich sollte mich das nicht überraschen.« Plötzlich klang ihre Stimme härter. Das hier war Hollywood – ein rascher, humorloser Abstecher in Richtung Kommerz. »Er sagte, dass er nie einverstanden war, dass seine Zustimmung als Koautor des Songs jedoch nötig wäre, um ihn zu verwenden, und dass seine Anwälte sich gern mit unseren Anwälten deswegen auseinandersetzen würden. Außerdem hat er gesagt, und ich zitiere: ›Kein Geld dieser Welt wird mich umstimmen.‹ Das ist interessant, finden Sie nicht?« Das amüsierte Glucksen kehrte zurück in ihre Stimme. »Sagen Sie mir, dass er high war, Elizabeth. Sagen Sie mir, dass der Anruf ein Dummejungenstreich war.«

Elizabeth schluckte. Andrew war derjenige, der sich verrückt benahm – warum fiel das außer ihr keinem auf? Wieso war alles ihr Fehler?

»Er ist nicht begeistert«, sagte Elizabeth.

»Nicht begeistert worüber?«, fragte Naomi. »Erklären Sie mir das.«

»Mein Mann mag die Unterlagen nicht persönlich unterschrieben haben. Hatte ich nicht erwähnt, dass er noch unentschlossen war?« Elizabeth wusste, dass es mies von ihr war, ihre Entscheidung auf diese Art und Weise zu rechtfertigen.

»Das stellt nun allerdings ein kleines Problem dar, Elizabeth. Die Grauzone ist in diesem Fall nicht gerade groß. Wenn er nicht unterschrieben hat, muss er das nachholen. Was bedeutet, dass wir ihn an Bord holen müssen. Wissen Sie, was? Ich komme mal vorbei. Darcey und der Rest von uns werden nächste Woche ohnehin in New York sein, um ein paar Aufnahmen zu machen, und statt den Leuten im Weg herumzustehen, werde ich mir in meinem Terminkalender Zeit für einen kleinen Besuch freischaufeln. Das hat bei Ihnen funktioniert, und ich denke, es wird seine Wirkung auf ihn auch nicht verfehlen.« Naomi sagte zu jemandem im Hintergrund: »Nein, es ist okay«, und sprach dann wieder mit Elizabeth. »Das wird schon werden. Und, Elizabeth …«

»Ja?« Sie kam sich vor wie in der Grundschule, wenn sie getadelt wurde. Sie wollte sich zu einer Kugel zusammenrollen, unter das Bett kullern und für immer dort liegen bleiben.

»Falls das aus irgendeinem Grund nicht klappen sollte und Andrew tatsächlich seine Anwälte gegen uns auffährt, dann hoffe ich, dass Sie auch einen Anwalt haben.« Naomi legte auf, und Elizabeth brach in Tränen aus. Sie hörte, wie die Tür aufgesperrt wurde, dann Schritte auf der Treppe. »Harry?«, rief sie. »Bist du das?«

»Ich bin's«, sagte Andrew und öffnete schwungvoll die Schlafzimmertür. »Himmel, was ist passiert?« Sein Nasenrücken war rosa verfärbt, ein leichter Sonnenbrand. Er hasste

Sonnencreme; sie musste ihn praktisch dazu zwingen, sich einzucremen. Er war schlimmer als Harry als Säugling.

»Nichts«, sagte Elizabeth, trocknete ihre Wangen und lächelte so munter wie möglich. »Ich wollte gerade gehen.« Sie stand auf und schüttelte sich ein wenig wie ein nasser Hund. »Alles in Ordnung bei dir?«

»Warum sollte nicht alles in Ordnung sein?«, fragte Andrew und runzelte die Stirn.

»Ich weiß nicht! Woher sollte ich das wissen?« Elizabeth ging an ihm vorbei und hinaus auf den Flur. Als sie dort stand, bemerkte sie, dass sie ihre Schlüssel und Schuhe im Schlafzimmer gelassen hatte, aber sie wollte auf keinen Fall wieder umkehren und ging deshalb in Harrys Zimmer und fing an, seine schmutzige Wäsche einzusammeln.

Zwei Jahre nach ihrem Abschluss am Oberlin College rief Lydia wegen des Songs bei ihr an. In den Tagen von *Kitty's Mustache* hatte sie Elizabeth nie angerufen. Deshalb schrillten bei Elizabeth alle Alarmglocken, als das Telefon klingelte und sie Lydias Stimme hörte. Das letzte Mal hatte sie von ihr gehört, dass Lydia einen Plattenvertrag unterschrieben hatte. In den Illustrierten waren häufig Fotos von ihr zu sehen, und in den Klatschkolumnen der Zeitungen wurde sie immer mal wieder erwähnt. Jeder schien bereits ganz vernarrt in Lydia zu sein, was Elizabeth ziemlich unerklärlich fand, aber das war nun mal Lydia – weißblondes Haar, das ihr in die Augen fiel, und rundliche Wangen, die schmal geworden waren. Sie sah so anders aus. Elizabeth hätte gewettet, dass die meisten Leute am Oberlin ihr Gesicht nicht wiedererkannt hätten – das heißt, ihr erstes Gesicht. Vielleicht hatte sie sogar etwas daran machen lassen. Man konnte nie wissen.

»Lydia, hallo«, hatte Elizabeth gesagt. Andrew war nicht da – sie war allein im Haus. Sie hatte zu der Zeit als Assistentin für diese Galeristin gearbeitet und ihren freien Tag. Sie wohnten damals noch in Zoes Haus, in dem Zimmer, das einmal das von Ruby werden sollte. Wusste Ruby, dass Elizabeth Hunderte von Malen in diesem Zimmer geschlafen und Sex gehabt hatte, lange Zeit bevor sie zur Welt gekommen war? Sie hatte das Gefühl, permanent durch Raum und Zeit zu schwimmen, ihr altes Selbst und ihr gegenwärtiges, das mit dem flachen Bauch und das mit den Schwangerschaftsstreifen und den Falten um die Augen. Wenn sie über dieses Telefonat mit Lydia nachdachte, das ihr beider Leben für immer verändern sollte, war Elizabeth sich nicht sicher, wer damals gesprochen hatte. Es war unmöglich, dass nur die junge Elizabeth am Telefon war – die unverheiratete, wurzellose, Bier trinkende Elizabeth, die sich überlegte, wieder ans College zu gehen und entweder Sozialarbeit oder frühkindliche Erziehung zu studieren oder ihren Master in Literatur zu machen –, dass also diese Elizabeth diejenige gewesen war, die das zu Lydia gesagt hatte.

Lydia rief an, weil sie den Song brauchte. Natürlich! Sobald Lydia mit der Sprache herausgerückt war, musste Elizabeth lachen. »Tut mir leid«, hatte sie gesagt. »Sprich weiter.«

»Wir haben jede Menge tolle Songs«, hatte Lydia erklärt. »Unglaubliche, fantastische Songs. Aber die Plattenfirma hat das Gefühl, dass *sie* noch nicht darunter ist. Die Single-Auskoppelung, weißt du. Und …«

»Und jetzt willst du ›Mistress of Myself‹.«

»Yeah.« Elizabeth konnte hören, wie schwer es Lydia fiel, das zu sagen, obwohl es ihr Vorschlag gewesen sein musste, da sonst keiner den Song kannte. Sie musste ihnen das Lied vorgesungen oder vom Band vorgespielt haben. Elizabeth konnte sich ein Büro voller Anzugträger vorstellen, mit Lydia in der Mitte, die einen kleinen Ghettoblaster in die Höhe hielt, während Elizabeth' Stimme aus den Lautsprechern drang und Lydia dazu sang und alles andere übertönte. Die Leute draußen auf den Korridoren hatten sich bestimmt umgedreht, um einen Blick zu ihnen hineinzuwerfen.

»Okay«, hatte Elizabeth gesagt. »Solange das mit der Veröffentlichung korrekt läuft, meine ich.«

Sie hörte Lydia atmen.

»Es kommt auf keinen Fall in Frage, dass ich dir erlaube, so zu tun, als hättest du den Song geschrieben.« Noch mehrere Lebensalter später war Elizabeth stolz darauf, das gesagt zu haben. Sie konnte sich vorstellen, wie Lydia ihren Schmollmund noch weiter verzog, doch das war ihr egal. »Und du weißt das auch, richtig?«

»Selbstverständlich«, hatte Lydia geantwortet. »Ich schicke dir die Unterlagen für die ASCAP.«

Elizabeth hatte noch nie etwas von dieser Verwertungsgesellschaft für Musik gehört, stimmte aber zu. »Okay.«

»Gut.« Elizabeth entging nicht, wie dringend Lydia das Gespräch beenden wollte. Noch bevor die Erkenntnis in ihr Bewusstsein drang, wusste sie es: Lydia war eine Schlange, die sich durchs Gras schlängelte. Und Elizabeth wollte sie am Schwanz packen und gegen einen Baum schleudern.

»Tja, viel Glück mit der Platte. Weißt du schon, wie sie heißen wird?« Elizabeth kannte die Antwort, bevor die Worte ihren Mund verlassen hatten. Ihre Worte, Lydias Mund. Ihre Worte, quer über ein Foto von Lydias Gesicht geschrieben.

»Wir sind noch am Überlegen«, antwortete Lydia.

»Na dann«, sagte Elizabeth. »Bis bald. Bleib sauber.«

Und dann hatte sie aufgelegt.

55

Gegen Mitternacht ging eine Nachricht von Dust ein. HALLO. Ruby saß auf der Couch und sah sich eine Folge der *Kardashians* an, auch wenn sie die bereits kannte. Sie liebte und hasste die Show gleichermaßen, und falls sie sich jemals wieder an einem College bewerben würde, wollte sie einen Essay darüber schreiben und auch darüber, dass sie sich als Kind immer vorgestellt hatte, Schwestern zu haben, obwohl sie in einem Haushalt voller Frauen lebte. Wahrscheinlich würde sie wieder nicht angenommen werden, dachte Ruby, aber wenigstens hätte sie dann ihr wahres Selbst zu Papier gebracht. Beim ersten Mal wusste sie, dass sie nirgendwo zugelassen werden würde, und deshalb spielte es keine Rolle. Sollte sie jedoch je ernsthaft versuchen, eine Zulassung zum College zu bekommen, und es klappte wieder nicht, dann würde sie sich wirklich aufregen. Eine Minute später kam die nächste SMS von Dust. BIST DU DA? HAB EIN GESCHENK FÜR DICH. DRAUSSEN.

Ruby drehte sich um und schaute aus dem Fenster. Dust saß tatsächlich auf der Veranda. Er sah nicht zu ihr her, sondern hockte unbeteiligt auf den Stufen, als hätte er ihr nicht geschrieben und sie aufgefordert, ihm Gesellschaft zu leisten. Ruby streckte die Zunge heraus, drückte auf den Pausenknopf und tappte auf bloßen Füßen nach draußen. Dust drehte sich nicht um, als Ruby sich neben ihn setzte, aber als sie genauer hinsah, begriff sie, warum.

Eine Katze schmiegte sich in Dusts Arme. Nicht irgendeine Katze. »Iggy Pop!«, sagte Ruby ein wenig zu laut, schlug die Hand vor den Mund und wiederholte: »Iggy Pop!« Dann streckte sie beide Hände aus und befreite die Katze aus Dusts Griff. Iggy war ein guter Junge, vollkommen entspannt und süchtig nach Beachtung, und so wehrte er sich nicht, als Ruby begann, ihn zu streicheln und unter dem Kinn zu kraulen. »Wo war er? O mein Gott, Dust, die werden sich so was von freuen, du hast ja keine Ahnung. Wo hast du ihn gefunden?«

Er zuckte die Schultern. »Hier in der Gegend.«

»Also, ich bin so froh, dass du ihn zurückgebracht hast. Harrys Mom wird überglücklich sein. Sie kann nicht *ohne* ihn sein.« Ruby drückte Iggy an ihre Schulter. »Bist ein braver Junge.«

»Er mag Brathähnchen«, sagte Dust. »Und Hüttenkäse.«

»Woher weißt du das? Wie lange hattest du ihn denn bei dir?«, fragte Ruby, obwohl sie ihn eigentlich fragen wollte, ob Dusts Eltern das Futter spendiert hatten oder ob er höchstpersönlich ein Hähnchen gebraten hatte.

»Ich habe es gekauft«, sagte Dust. »Meine Mom kocht beschissen.«

»Oh«, sagte Ruby und versuchte umgehend, alle Gedanken aus ihrem Kopf zu vertreiben, die er sonst noch lesen könnte. Wie lange hatte er die Katze bei sich gehabt? Hatte er sie gefunden und mit nach Hause genommen, um sie in Sicherheit zu bringen? Hatte er sie von Harrys Veranda gestohlen? Hatte er der armen kleinen Katze Haschischrauch ins Gesicht geblasen? Ruby wollte es lieber nicht wissen. »Danke jedenfalls.«

»Schöner Mist, das mit dem Feuer«, sagte Dust. Den Sommer über war sein Haar ein wenig gewachsen, vielleicht zwei, drei Zentimeter, und stand jetzt in alle Richtungen ab. Noch ein paar Wochen, und es könnte allmählich aussehen wie das Haar eines normalen Jungen und nicht wie ein Stoppelfeld. Ruby versuchte, sich Dust mit Haaren vorzustellen, die er hinter die Ohren schieben konnte wie Harry.

»Hm, ja, das ist eine milde Untertreibung. Aber inzwischen sind meine Mütter sogar recht froh, glaube ich, dass ich nicht ans College gehe – keine Studiengebühren, die sie blechen müssen. Ist doch klar, wenn das Restaurant geschlossen hat, leistet sich keiner einen Hamburger für dreizehn Dollar, oder?« Ruby hatte Angst, die Katze wieder abzusetzen, auch wenn der Kater wahrscheinlich schnurstracks nach Hause laufen würde. Sie wollte die Lorbeeren dafür einheimsen, ihn nach Hause gebracht zu haben.

»Sarah hatte irgendwas eingeworfen«, fuhr Dust fort. »Sie dachte, die Wunderkerzen, das sind Feen, die ihr Botschaften schicken. Sie hat sich immer wieder hingekniet und versucht, näher an sie heranzurobben Ich glaube nicht, dass sie sie so nahe hinstellen wollte.«

»Wie bitte?« Ruby rutschte eilig ein paar Zentimeter weg von ihm. »Hat dieses Miststück vielleicht unser Restaurant abgefackelt? Machst du Witze?«

»Nein«, sagte Dust. »Sie hat es nicht abgefackelt. Jedenfalls nicht mit Absicht. Sie hat einfach hinter Nicos Haus diese Wunderkerzen verteilt, und … du weißt doch, der Zaun hinter dem *Hyacinth* ist gleich daneben, und sie hat sie alle in einer Reihe mit ein paar Kerzen und so Zeug dort aufgestellt, und dann ist sie zurück ins Haus und hat sie vergessen, schätze ich. Sie hat es nicht ›abgefackelt‹. Sie ist schließlich kein Psycho. Sie ist einfach dumm.«

Ruby hatte Dust nie zuvor jemanden als dumm bezeichnen hören. Das war ihr Text – das sagte sie immer über ihn. Seine Dummheit war der Grund, warum es mit ihnen nie etwas Ernsthaftes werden würde, warum sie sich nie viele Gedanken über diese Beziehung gemacht hatte. Für sie war er immer eine eindimensionale Figur gewesen, ein Pappdeckelkamerad. Doch jetzt war sie nicht mehr so sicher.

»Dann denkst du also, dass Sarah Dinnerstein aus Versehen das Restaurant meiner Eltern in Brand gesetzt hat?« Ruby fragte sich, wo Sarah sich jetzt aufhielt, ob sie zu Hause in der Wohnung ihrer Familie in Park Slope war, in ihrem Zimmer mit Blick auf den Prospect Park. Wahrscheinlich starrte sie ins Leere und dachte darüber nach, wie sie es anstellen sollte, im Wohnheim ein Einzelzimmer zu bekommen, für den Fall, dass Dust sie besuchen käme. Und vielleicht würde Dust sie tatsächlich besuchen. Vielleicht würde er mit der Subway bis zur Penn Station fahren und dort in einen Greyhound-Bus umsteigen, und wenn er dann irgendwo in einem Kaff in Vermont, wo das College war, aussteigen würde, würde Sarah schon dastehen, mit Tränen in den Augen, überglücklich, ihn zu sehen, und dann würde Dust womöglich den Entschluss fassen, mit ihr zusammenzuziehen, und er würde seine Haare wachsen lassen, und sie würden heiraten und Babys bekommen, und er würde ihnen allen das Skaten beibringen. »Ich könnte die Polizei verständigen, das ist dir doch klar, oder?«

»Du wirst die Polizei nicht verständigen. Die waren wahrscheinlich schon da. Die Versicherung deckt ja alles ab, soweit ich gehört habe. So tragisch ist das Ganze also auch wieder nicht. Es hätte schlimmer ausgehen können.« Dust kramte eine Schachtel Zigaretten aus seiner vorderen Hosentasche. »Die meisten Häuser brennen wegen Zigaretten ab, wusstest du das? Wegen Zigaretten und Backöfen.«

»Danke, das ist toll«, sagte Ruby. Er hatte recht – sie würde die Polizei nicht verständigen. Was würde sie sich damit einhandeln außer noch mehr Ärger? »Gib mir eine von deinen, meine sind oben.«

Dust zog eine Zigarette heraus und zündete sie an seiner eigenen an. Beide Enden glommen in der Dunkelheit. Ruby nahm ihm die Zigarette aus der Hand, steckte sie zwischen die Lippen und stieß eine Kette perfekter Rauchkringel aus.

»Ich wette, das kann dein kleiner Freund nicht«, sagte Dust.

»Wozu sollte er das können müssen?« Ruby zupfte einen Tabakkrümel von ihrer Zunge – Dust rauchte ohne Filter. Manchmal drehte er seine Zigaretten sogar selbst, mit Tabak aus einem kleinen Beutel. Seinen flinken Fingern dabei zuzusehen hatte Ruby immer sehr sexy gefunden.

»Er kommt mir vor wie ein Kind«, sagte Dust. »Wie ein braver kleiner Junge, der zusätzlich zu seinen Hausaufgaben noch Fleißarbeiten macht.«

»Ich mache meine Hausaufgaben auch. Oder habe sie wenigstens gemacht.« Ruby spuckte aus. »Deine Zigaretten sind ja aus Stroh. Was bist du, ein Cowboy?«

»Yeah«, sagte Dust. »Aber du auch. Du bist mehr wie ich als wie er, Ruby. Wirst du seinen Eltern sagen, dass ich dir die Katze gebracht habe? Oder wirst du ihnen vorflunkern, dass du sie im Gebüsch gefunden hast?« Dust ließ seine Zigarettenkippe auf den Gehweg fallen, stand auf und trat die Glut mit seinem Schuh aus.

»Bist du zu Fuß da?«, fragte Ruby. Sie hatte ihn noch nie ohne Skateboard in der Hand gesehen. Er hob einen Finger, bückte sich, griff unter den Forsythienstrauch ihrer Mum, holte sein Board hervor und schob es vor seine Füße.

»Es ist schwer, mit einer Katze zu fahren«, sagte Dust. »Aber nicht unmöglich. Man sieht sich, Rube.«

Sie sah ihn davonskaten, sein schlanker Körper schwankte hin und her, während er mitten auf der Straße fuhr. Es war dunkel, und es waren Autos auf der Straße, aber Dust achtete nicht darauf – er war unsterblich so wie sie, unempfänglich für Vernunft und Verkehrsregeln. Ruby rauchte die Zigarette zu Ende, obwohl sie ihr nicht schmeckte, und trug anschließend die Katze zu Harry hinüber. Sie klopfte an die Tür. Bis Elizabeth öffnete, hatte Ruby ein kleinlautes, hoffnungsfrohes Lächeln aufgesetzt und fest in ihrem Gesicht verankert.

56

Dr. Amelia hatte Zoe und Jane gebeten, über ihre Gefühle Tagebuch zu führen. Das war schlimmer als die Essensprotokolle, die Jane an der Kochschule geführt hatte, mit der Absicht, jeden zu beschämen, der das Heft zufälligerweise aufschlagen sollte. *Lunch: kurz angebratene Foie gras mit pochiertem Ei und Friséesalat.* Jane wusste nicht, was sie schreiben sollte, also protokollierte sie alles: dass Zoe sie morgens auf die Wange küsste – fast jeden Tag; dass Zoe furzte – oft, sie aber auch; dass Zoe sich abfällig äußerte – manchmal; dass Bingo Zoe mehr Aufmerksamkeit schenkte als ihr – immer. Jane kam sich zwar albern dabei vor, schrieb aber brav alles auf. Wenn Zoe wollte, dass sie ihre Hausaufgaben machte, dann machte sie eben ihre Hausaufgaben.

Im *Hyacinth* gab es momentan nicht viel zu tun; die Terrasse war eine Baustelle, die Ersatztische und -stühle waren bestellt, ebenso das Glas, das zu Bruch gegangen war. Ein spezieller Reinigungstrupp arbeitete an der Decke und an der beschädigten Wand. Alle paar Tage telefonierte Jane mit ihren Lieferanten – Zucchiniblüten, Tomaten, ein neuer Käse, wunderbare Schweinekoteletts –, am liebsten hätte sie alles bestellt, aber es würde mindestens noch einen Monat dauern, bis sie das Restaurant wieder eröffnen konnten. Tagsüber fuhr sie mit der Linie Q zum Bauernmarkt auf der Grand Army Plaza und kaufte für zu Hause ein. Dort traf sie immer andere Küchenchefs, die sie mit Küsschen begrüßte. Alle wussten Bescheid über den Brand, alle äußerten ihr Mitgefühl, und alle runzelten die Stirn, bevor sie ihre Aufmerksamkeit wieder den Maitake-Pilzen oder den traumhaften Auberginen zuwandten. Jane lief zwischen den Ständen umher und betastete alles. Sie würde ein paar Steaks grillen, vielleicht auch ein paar Jakobsmuscheln, dazu einige Spargelstangen in die Pfanne werfen und sie so lange schwenken, bis sie knackig, aber doch zart und mit wunderschönen Grillstreifen verziert waren. Dazu vielleicht auch ein Chimuchurri – Zoe liebte ihre Kräutersauce. Jane nahm drei Handvoll Petersilie. Daneben lagen große, saftige Pfirsiche, die Jane das Wasser im Mund zusammenlaufen ließen. Sie würde auch noch ein Dessert machen.

Als Jane nach Hause kam, schwer beladen mit Einkaufstaschen, hockte Ruby auf dem Boden, mit dem Rücken an die Couch gelehnt, und sah fern. »Hilf mir«, sagte Jane, und schwerfällig wie ein Knetmännchen löste Ruby sich vom Boden. Zusammen packten sie die Taschen aus und reihten die Einkäufe auf dem Küchentresen nebeneinander auf.

»Was gibt es heute?«, fragte Ruby. »Mich überkommt plötzlich Heißhunger.«

Nichts hörte Jane lieber. »Tja«, sagte sie und trat umgehend in Aktion. Sie deutete auf den jeweiligen Schrank, und Ruby holte heraus, was sie benötigte – die Würfelreibe, den Pürierstab, Schneidebretter. Rubys Aufgabe war es, den Knoblauch zu schälen und ihr als Beiköchin zur Hand zu gehen. Still arbeiteten sie vor sich hin – Jane war der Kapitän an Bord, sie wusste, was zu tun war. Und genau das schätzte sie am meisten an der Arbeit in der Küche. Die Leute glaubten immer, dass es beim Kochen in erster Linie darum ging, schmackhafte Dinge zuzubereiten, aber eigentlich war man als Koch oder Köchin eher Dirigent oder Choreograph. Es gab tausend Dinge zu bedenken, und man musste alles im Kopf haben: Allergien, Geburtstage, die Aufbewahrungsdauer von frischen Muscheln in der Vorratskammer. Alle diese Informationen waren in ihr abgespeichert und wurden ständig umsortiert und aktualisiert.

»Avocado«, sagte Jane, und Ruby schnitt eine Frucht auf,

wie sie es gelernt hatte, hakte das Messer im Kern ein und drehte die Hälfte in ihrer Hand, bis der Kern sich löste. Dann reichte sie eine Hälfte ihrer Mutter, die Jane rasch zerdrückte, ehe sie ein Stück Weißbrot aufbrach und das Avocadomousse darauf verteilte; in einer Pfanne daneben briet bereits knisternd ein Spiegelei. »*Bon appétit*«, sagte Jane und ließ das Ei aus der Pfanne auf das Brot gleiten, während ringsum Olivenöltropfen ein Muster auf den Teller zeichneten.

»Gott sei Dank«, sagte Ruby. »Ich dachte schon, ich müsste verhungern.« Statt wie üblich sofort aus der Küche die Treppe hinauf zu verschwinden und ihr Essen oben in Sicherheit zu bringen, als würde es ihr jemand stehlen, aß sie dieses Mal im Stehen. Währenddessen verstaute Jane den Rest der Einkäufe, ehe sie sich neben Ruby an die Theke lehnte und die andere Hälfte der Avocado auslöffelte. Als Baby hatte Ruby jeden Tag eine ganze Avocado verspeist – hätte man sie gelassen, hätte sie am liebsten die Schale mitgegessen. Einige Monate lang schien es beinahe, als würden die grünen Flecken auf ihrer Haut und ihren Kleidern nie mehr verschwinden. Zoe war sehr beeindruckt gewesen vom Geschmack ihrer Tochter und konnte nur lachend den Kopf schütteln.

Jane beugte sich vor und küsste Ruby auf die Wange. »Ich hab dich lieb, Schatz«, sagte sie.

»Igitt, Mom«, rief Ruby. »Ich habe mich doch schon bei dir bedankt.« Ein paar Brotkrümel fielen auf ihr Hemd. Jane kniff Ruby in die Nase und ging nach oben, um weiter an ihren Notizen für Dr. Amelia zu arbeiten.

57

Harry war froh, dass Ruby Iggy Pop nach Hause gebracht hatte – Iggy war lieb und brav, und seine Mutter tanzte mit ihm im Walzertakt durch das Wohnzimmer wie in einem Disneyfilm –, aber Rubys Geschichte kam ihm eigenartig vor. Sie habe auf den Stufen zur Veranda gesessen, sagte sie, und da sei Iggy plötzlich aus dem Gebüsch gekrochen und auf ihren Schoß gesprungen. Iggy war ein verschmustes Tier und wäre bestimmt auf ihren Schoß gesprungen, aber wenn er es bis zu den Kahn-Bennetts geschafft hatte, warum dann nicht gleich bis ganz nach Hause? Katzen waren keine Idioten. Und Harry auch nicht. Er wusste, dass Ruby die Katze nicht versteckt hatte – er war Hunderte von Malen in ihrem Zimmer gewesen, und trotz der Kleiderstapel überall wäre ihm sein eigenes Haustier sicherlich aufgefallen. Es gab nur einen möglichen Kandidaten, der dahinterstecken könnte, damit Rubys Geschichte über das Auffinden der Katze einen Sinn machte.

Während des Schuljahrs war es nicht schwierig, Dust, Nico und den Rest von Rubys Freunden zu finden – sie hingen meistens auf der Straße gegenüber der Whitman High ab und schlitterten mit ihren Skateboards über die unterste Stufe der Kirche oder rempelten sich gegenseitig zu Boden, was gleichzeitig spielerisch und gefährlich aussah. Aber gerade das fanden die Mädchen toll an ihnen. Denn an der Whitman High waren die Eltern allgegenwärtig – auf den Korridoren, als Publikum bei Theateraufführungen, als ungeduldige Fans bei Basketballspielen in der Turnhalle. Das hatte zur Folge, dass alle Jungen und Mädchen in einer Art Kokon lebten und weder gebrochene Gliedmaßen noch verwundete Egos kannten. Aber die Kirchenstufen-Kids hatten keine Eltern. Sie glichen

Teenies aus den siebziger Jahren, die auf sich selbst gestellt waren, mit Narben und blauen Flecken. Manchmal beneidete Harry sie um ihr Leben, das voller leerer Tage zu sein schien, statt vollgestopft mit außerschulischen Aktivitäten zu werden, die ihre Chancen, an eine Universität zu kommen, erhöhen sollten. Doch die meiste Zeit über war ihm klar, dass er es besser getroffen hatte als sie, auch wenn sie wahrscheinlich mehr Spaß hatten.

Nicos Haus war die erste logische Anlaufstelle – nicht zuletzt deswegen, weil Harry wusste, wo es lag. Er wartete bis zum frühen Nachmittag, ehe er hinüberlief, zunächst einmal um den Block, damit er nicht bei Ruby vorbeigehen musste. Womöglich schaute sie gerade aus dem Fenster, bekam mit, wohin er wollte, und folgte ihm. Das war irgendwie paranoid, aber Harry fühlte sich nun mal so. Als er vor Nicos Haus stand, klingelte er an der Tür. Niemand machte auf, und so klingelte er erneut. Fünf Minuten später, er wollte gerade gehen, hörte er von drinnen ein Rascheln. Die Tür wurde einen Spalt geöffnet.

»Das ist aber verdammt früh«, sagte Nico. Er hatte sich ein Bettlaken um die Schultern geworfen wie ein Marathonläufer an der Ziellinie.

»Finde ich nicht«, sagte Harry. »Es ist schon fast eins.« Sie hatten auf Nicos Party kaum zwei Worte miteinander gesprochen, und Harry wusste nicht, ob Nico ihn erkannte. Aber Nico würde vermutlich jeden ins Haus lassen, der unter dreißig war und aussah, als würde er ihm eines Tages Gras abkaufen.

Nico blinzelte. »Okay«, sagte er. »Willst du reinkommen?«

»Tja, eigentlich bin ich auf der Suche nach Dust. Weißt du, wo ich ihn finden kann?« Harry spähte über Nicos Schulter ins Wohnzimmer. Auf dem Boden bewegten sich noch mehr in Bettlaken gehüllte Gestalten.

Nico drehte sich um und deutete auf die Couch. »Tja, ich leg mich wieder hin.« Er drückte mit dem Ellbogen die Tür auf und deutete Harry an, ins Haus zu kommen. Während seine Augen sich an die diffuse Dunkelheit gewöhnten, machte Harry ein paar tastende Schritte in den Raum.

Dust lag bäuchlings auf der Couch, den Kopf zur Seite gedreht wie ein schlafendes Baby. Außer einer Jeans hatte er nichts an, was aber weder bequem noch kühl aussah – es war ziemlich heiß im Zimmer. Gleich unterhalb seines Schulterblattes prangte ein kleines Tattoo, eine verwaschen aussehende Zeichnung eines Blitzes. »Kann ich dir helfen, Bodyguard?«

Harry fuhr zusammen. »Oh, tut mir leid, ich dachte, du schläfst.«

Dust rollte sich auf die Seite und richtete sich auf. Er hatte Haare auf der Brust, nicht viele, aber mehr als die vier, die Harrys Brust zierten, waren es allemal. Er fuhr sich mit beiden Händen über das Gesicht. »Jetzt nicht mehr.« Er riss die Augen auf und tastete mit dem Fuß über den Boden, bis er ein T-Shirt fand. »Was kann ich für dich tun? Brauchst du ein paar Tipps, wie du es anstellen sollst, damit Ruby kommt?« Er grinste süffisant.

»Im Moment würde ich eigentlich lieber wissen«, erwiderte Harry, bemüht, Haltung zu bewahren, »wie Ruby es genau angestellt hat, in den Besitz meiner Katze zu kommen.«

»Hat sie das behauptet? Mann, ich wusste doch, dass sie den Ruhm ganz für sich allein haben will. Die Kleine muss unbedingt immer im Mittelpunkt stehen. Hat sie dir eigentlich mal erzählt, wie wir uns kennenlernten? Sie stand draußen vor der Schule, ich war auf meinem Skateboard unterwegs, und da hat sie sich einfach auf den Gehweg gelegt und mir erklärt, dass sie mit mir ausgehen würde, wenn ich über sie springe. Und das habe ich dann getan.«

»Nein, das wusste ich nicht«, sagte Harry. Er hätte die Geschichte lieber nicht erfahren. »Aber was ist jetzt mit der Katze? Hattest du sie?«

»Entspann dich, Mann, ich habe deine dumme Katze nicht gestohlen. Ich habe sie irgendwo auf der Straße aufgelesen, keine Ahnung. Aber ich hatte die Zettel gesehen – ich kann schließlich lesen – und nur versucht, das Richtige zu tun.« Dust klopfte seine Jeans ab, bis er seine Zigaretten gefunden hatte. Er streckte ihm die Packung entgegen, doch Harry schüttelte den Kopf. »Oh, stimmt«, sagte er.

»Ruby ist jetzt mit mir zusammen«, sagte Harry. Er wollte nicht besitzergreifend klingen. Er wusste, dass Ruby nur sich selbst und sonst keinem gehörte. Und er wusste nicht einmal mit Sicherheit, ob er wirklich mit Ruby *zusammen* war oder ob er sich bloß zur rechten Zeit am rechten Ort befand und eine Leerstelle aus gähnender Langeweile füllte. Er hatte nicht vorgehabt, Ruby zu erwähnen. Er war wegen Iggy gekommen. Aber eigentlich hatte er sich keine weiteren Gedanken gemacht als bis zu Nicos Haustür, der Rest war Improvisation.

»Ist sie das? Ist mir neu.« Dust nahm einen tiefen Zug und stieß lächelnd den Rauch aus. »Mann, ich verarsch dich doch nur. Bleib cool. Ruby Tuesday braucht eben ihren Freiraum.«

»Wie du meinst«, sagte Harry. »Ruby weiß selbst am besten, was sie braucht. Und ich würde es zu schätzen wissen, wenn du nicht noch mehr Haustiere stehlen würdest.«

»Ich werde darüber nachdenken«, sagte Dust. »Jetzt muss ich aber weiterschlafen. Grüß Ruby von mir. Und sag der Katze miau.«

»Er heißt Iggy Pop.«

»Wer?«

»Die Katze.«

»Ich dachte, es ist ein Mädchen.« Dust zuckte die Schultern. »Ich hatte sie Whiskers getauft.«

»Ich dachte, du hattest sie nicht länger bei dir. Ihn.«

»Hat man denn je jemanden?« Dust schloss die Augen, die Zigarette im Mundwinkel. »Man sieht sich, Bodyguard.« Zwei der Gestalten auf dem Boden bewegten sich. Einer von ihnen packte Harry am Knöchel, woraufhin er einen kleinen Schrei ausstieß und zur Tür hinaushastete.

58

Der Yogaunterricht erforderte eine gewisse körperliche Flexibilität, die Ruby in höchstem Maße fehlte, und so hatte sie die meiste Zeit ihrer Spionagetätigkeit bisher in den Räumen im oberen Stockwerk verbracht. Zuerst war sie der Ansicht, dass es sich bei dem Etablissement um ein getarntes Freudenhaus handelte – eine Art Hippie-Escort-Service –, doch bei ihrem dritten Besuch musste sie sich widerwillig eingestehen, dass dies nicht der Fall zu sein schien. Jeder in diesem Haus kam so offen und ehrlich auf sie zu, als hätte man den Leuten ihren Sinn für Humor amputiert und sie anschließend durch eine Autowaschanlage geschickt, was nicht im mindesten sexy war. Falls sich hier etwas Illegales abspielen sollte, dann bestimmt nicht das. Vielleicht wollte sich Andrew hier nur in Form bringen, überlegte Ruby, wie es öfter bei Menschen der Fall war, wenn ihnen dämmerte, dass sie eines Tages sterben würden. Wo war da das Problem? Aber Lena war nett, und Ruby stellte fest, dass sie gern Zeit mit ihr verbrachte. Sie war das komplette Kontrastprogramm zu ihren Freunden von der Schule, bei denen sie nie sicher sein konnte, ob sie etwas, das sie sagten, ironisch meinten oder nicht. Lena konnte für eine erschreckend lange Zeit Blickkontakt halten und bereitete für Ruby einen Tee aus irgendwelchen Stängelchen und Zweiglein zu, die ihr Chi ins Gleichgewicht bringen sollten.

Sie und Lena lagen auf den Kissen im oberen Aufenthaltsraum, der einmal der Dachboden gewesen war. Die Decke war nicht hoch genug, um aufrecht stehen zu können, aber man konnte bequem an die Wand gelehnt sitzen oder sich auf dem Boden ausstrecken. Man kam sich ein bisschen vor wie in einem Bälleparadies bei Chuck E. Cheese, nur dass keiner ein Deodorant benutzte. Lena wohnte seit einem Monat bei EVOLVEment. Sie stammte aus Rhode Island und dachte darüber nach, eine Reiki-Ausbildung zu machen, war jedoch noch unschlüssig.

»Willst du an mir üben?« Ruby wusste nicht so recht, wie Reiki funktionierte, aber die meisten Therapien bei EVOLVEment erinnerten sie mehr oder weniger an ein mittägliches Nickerchen unter Aufsicht, was ihr nicht sonderlich fordernd erschien.

»Gern«, sagte Lena.

Ruby glitt zu Boden, bis ihr Kopf neben Lenas Schoss lag, verschränkte die Arme vor der Brust und kniff die Augen fest zusammen.

»Du siehst aus wie ein Vampir«, sagte Lena.

»Vielleicht bin ich ja einer«, erwiderte Ruby und öffnete ein Auge. »Ich habe dich gewarnt.«

»Nein, im Ernst«, sagte Lena. »Leg dich hin, die Arme auf der Seite, und versuch zu entspannen. Ich konzentriere mich jetzt auf deine Energie.«

Ruby schloss erneut die Augen. »Okay«, sagte sie. »Bist du schon so weit? Woher weiß ich, dass es funktioniert?«

»Sei still«, sagte Lena, »dann funktioniert es auch.«

Ruby versuchte, eine bequeme Stellung zu finden. »Woher kommt eigentlich das Geld für dieses Studio? Oder ist die Frage unhöflich?« Wieder schlug sie ein Auge auf. »Tut mir leid.«

»Ist schon in Ordnung«, sagte Lena. Sie schien nicht irritiert zu sein. »Dann mache ich stattdessen Akupressur.« Sie legte sanft beide Daumen auf Rubys Handgelenke und fing zu massieren an. »Dave ist schon ein besonderer Typ, wenn du weißt, was ich meine. Mit viel Charisma. Die Leute schenken ihm alles Mögliche. Manche schenken Zeit, so wie ich, andere Geld. Eigentlich ein sehr gutes Ökosystem.«

»Das heißt, sie zahlen Miete?« Ruby verspürte ein Stechen in der Schulter und zuckte unwillkürlich zusammen.

»Oh, da habe ich offenbar etwas erwischt. Das sollten wir uns mal näher anschauen«, sagte Lena. Mit beiden Händen umfasste sie Rubys Arme, tastete so lange herum, bis sie fand, was sie suchte, und bohrte ihre Finger hinein. »Manche Leute zahlen Miete, aber es gibt auch ein paar große Investoren. Du weißt schon, die wirklich viel Geld einbringen. So viel, um davon ein Haus kaufen zu können.« Sie bewegte einen Finger nach links, und Ruby zuckte erneut zusammen.

»Ich wüsste gern, was man tun muss, um Leute davon zu überzeugen, einem Geld zu schenken«, sagte Ruby. »Das Talent möchte ich auch haben.«

Lena lachte. »Er war mal Schauspieler. Dave, meine ich. Als Kind, glaube ich, oder wahrscheinlich eher als Teenager. Du erkennst ihn sofort, wenn du ihn ohne Bart siehst. Er hatte einen Künstlernamen – den habe ich leider vergessen. Vermutlich liegt es daran, dass er sich gut in Leute hineinversetzen kann und weiß, was sie hören wollen. Das ist wirklich ein erstaunliches Talent. Wenn du Tiere magst, wird Dave dir erzählen, dass er ein Retreat im Regenwald organisieren will, um Frösche zu beobachten oder was auch immer. Und dann gibst du ihm Geld dafür, und er stellt die Sache auf die Beine. Oder auch nicht. Vielleicht bringt er aber auch ein paar Frösche hierher, wer weiß?«

»Hm«, sagte Ruby. Wieder zuckte sie zusammen. Was immer Lena da tat, es würde bestimmt blaue Flecken hinterlassen. Sie benötigte dringend mehr Übung, als Ruby zu ertragen bereit war. Ruby fragte sich, was für eine Art von Ausbildung hier bei EVOLVEment stattfand und ob die Leute eigentlich wussten, was sie hier taten, oder ob sie alle abwechselnd den Kaiser ohne Kleider spielten.

»Das ist wirklich seine größte Begabung. Er könnte fast ein

Therapeut sein. Oder ein spiritueller Führer. Er hilft Menschen.«

»Er hilft Menschen, sich von ihrem Geld zu trennen, meinst du.«

»Nein, so ist das ganz und gar nicht. Das ist etwas völlig anderes«, sagte Lena. »Er hilft Menschen, ihr Potenzial zu erkennen. Und wenn EVOLVEment etwas davon hat, umso besser.«

»Verstehe«, sagte Ruby. Es war eigenartig, sich die Eltern anderer – die Eltern des eigenen Freundes – als Betrogene vorzustellen. So als würde man ihnen beim Schneiden der Zehennägel oder bei einem Anfall schwersten Durchfalls zusehen. Manche Dinge sollten einem besser verborgen bleiben. Andrew hatte für Ruby immer zu der Kategorie »guter Vater« gehört. Hätte sie wählen können, hätte sie sich einen Vater wie ihn gewünscht. Er war zurückhaltend, was laut Zoe daran lag, dass er mit zu viel Geld aufgewachsen war, maskulin, ohne ein Macho zu sein, und er sah auch in einem T-Shirt gut aus, was nicht so selbstverständlich war, wie es klang. Andrew war kein übler Typ – einer der Väter ihrer Klassenkameraden war dabei erwischt worden, wie er dem Babysitter Fotos von seinem Schwanz simste. Trotzdem wurde es Ruby ganz anders, wenn sie sich Andrew tatsächlich als Mann und nicht als Vater vorstellte. Als Mensch, der sich wahrscheinlich schon ziemlich bald in ziemlich großer Verlegenheit befinden dürfte.

»Und das wisst ihr hier alle? Ich meine, wer alles Geld für Daves Projekte springen lässt?«

»Nein, natürlich nicht alle«, sagte Lena. »Aber ich penne mit ihm.«

»Verstehe«, sagte Ruby.

»Er ist ein wirklich offener Typ«, fuhr Lena fort. »Du solltest ihn mal kennenlernen.«

»Oh, ich denke, das muss nicht sein«, sagte Ruby und verzerrte das Gesicht vor Schmerz, als sie sich auf die Seite rollte. »Ich sollte jetzt besser gehen.«

Lena legte beide Hände zum buddhistischen Gruß zusammen. »*Namaste.* Ruf mich an, falls du deine Meinung änderst.«

»Das werde ich«, sagte Ruby und kroch auf allen vieren hinüber zur Treppe.

59

Andrew war in der Küche und Elizabeth im Wohnzimmer. Es war mitten am Tag, und er wartete auf Nachricht von Dave über Einzelheiten, *The Waves* betreffend. Der Architekt hatte seine Entwürfe an die Stadt geschickt, und nun harrten sie der Genehmigung, aber in der Zwischenzeit hatte Andrew seine Anwälte angewiesen, einige Dokumente aufzusetzen. Dave hatte zunächst gezögert – er sei eher der Handschlag-Typ, meinte er –, doch Andrew wollte alles korrekt abgewickelt wissen. Dave hatte versprochen, anzurufen oder eine Nachricht zu schicken, sobald er etwas hörte, und Andrew lungerte vor dem offenen Kühlschrank herum wie ein Teenager, weder hungrig noch durstig, nur auf der Suche nach einer Beschäftigung.

Als es an der Tür klingelte, erstarrten er und Elizabeth mitten in der Bewegung und sahen einander an. »Du bist näher dran«, sagte Andrew.

»Ich habe eine Katze auf mir liegen«, erwiderte Elizabeth, das Gesicht hinter einer Zeitschrift verborgen. Iggy lag zusammengerollt auf ihrem Bauch. Das war ihre Trumpfkarte, immer, und er respektierte sie.

»Na gut«, sagte Andrew. Er ging zur Tür und öffnete sie, in der Erwartung, einen ihrer Nachbarn zu sehen, nicht Zoe oder Jane oder Ruby, sondern einen der wohlmeinenden Halbfremden, die einem sagen wollten, an welchem Tag man auf der anderen Straßenseite parken musste, auch wenn ihr eigener Wagen in der Auffahrt stand. Es könnte auch der Bote von UPS sein oder von FedEx, doch dafür war es noch zu früh am Tag. Eine geringe Chance bestand, dass es sich um eine Formation der Zeugen Jehovas oder der Mormonen aus New York City handelte.

Doch statt einen dieser Menschen zu sehen, sah Andrew sich, als er die Tür öffnete, Lydia gegenüber.

Es war ihr Gesicht – an ihr Gesicht erinnerte er sich am genauesten. Nicht an die wasserstoffblonde Punkerin, die aus ihr geworden war, nicht an das Model, das sie zu sein versuchte, nicht an den Junkie. Es war Lydia Greenbaum in all ihrer aufgedrehten Pracht, wütend auf alles, was ihr gegeben worden war, und hungrig auf den Rest. Andrews Augenlider flatterten, und seine Knie gaben nach. Auf dem Weg zum Boden glaubte er, ihr Lächeln zu sehen, ihre Zähne weiß wie die eines Hais.

Als er die Augen wieder aufschlug, lag Andrew auf der Couch, ziemlich genau an der Stelle, wo Elizabeth und Iggy es sich zuvor gemütlich gemacht hatten. Elizabeth' Gesicht war nur wenige Zentimeter von seinem entfernt.

»O mein Gott, Andrew, alles in Ordnung mit dir?«, flüsterte sie und sah sich um, als suchte sie Gespenster. Andrew wünschte sich, sie fragen zu können, welche Geister präsent waren. Hatte er halluziniert? Es hatte sich nicht wie eine Vision angefühlt. Er sollte Dave fragen, wie sich so etwas anfühlte, ob es sich unterschied von einem normalen Traum.

»Wow«, sagte Andrew. »Bin ich ohnmächtig geworden? Ich weiß es nicht. Hm, ich bin mir gar nicht sicher, was überhaupt passiert ist.«

Elizabeth lächelte. »Ich schon.« Sie beugte sich über ihn und half ihm, sich aufzurichten. »Andrew, das ist Darcey. Unglaublich, die Ähnlichkeit, oder?«

Sein Kopf fühlte sich an wie ein Eimer voller nasser Blätter, schwer und mit Schlagseite. Er zwinkerte ein paarmal, ehe er sich in die Richtung drehte, in die Elizabeth schaute. Doch er hätte seine Augenlider zunähen und liegen bleiben sollen wie ein Tier, das sich tot stellte.

Die Frau sah nicht nur aus wie Lydia. Andrew begriff die Situation sofort; es war nicht kompliziert. Irgendjemand in Los Angeles hatte ein Mädchen entdeckt, das Lydia so ähnlich sah, dass man den Produzenten das Geld regelrecht nachwarf – so wurden Karrieren gemacht, mit Glück und hohen Wangenknochen. Doch diese Leute wussten nicht, konnten es nicht wissen, weil sie Lydia nicht gekannt hatten, dass diese Nicht-Lydia exakt die Qualität besaß, die Lydia und ihrem Herzen am nächsten kam: brennenden, sengenden Ehrgeiz, einen schwarzen Klumpen Kohle anstelle ihres Herzens. Das war es, was Andrew gesehen hatte, als er die Tür öffnete: Pandora, kurz bevor sie ihre Büchse öffnete. Nicht-Lydia wusste genau, was sie ihm antun würde, und sie konnte es kaum erwarten. Andrew wurde übel – der Film würde Lydia letztendlich doch noch Gerechtigkeit widerfahren lassen.

»Hey«, sagte Nicht-Lydia. »Nett, Sie kennenzulernen.«

Hinter ihr tauchte eine zweite Frau auf, ein Glas Wasser in der Hand. »Oh«, sagte sie, »Sie sind wach. Ich wollte Ihnen das gerade ins Gesicht kippen. Wissen Sie, so etwas wollte ich immer schon mal tun.«

Andrew sah Elizabeth an.

»Das ist Naomi, die Produzentin«, erklärte sie.

»Na, dann kann ich ja froh sein, dass ich von selbst aufgewacht bin«, sagte Andrew. »Soll ich meinen Anwalt anrufen?«

Naomi ging um die Couch herum und nahm neben Andrew Platz. »Ich hatte wirklich gehofft, dass das nicht nötig wäre.« Sie gestikulierte in Richtung Nicht-Lydia, die nickte und in eine große Tasche griff, die zu ihren Füßen stand.

»Ich hoffe für Sie, dass dort kein Bündel Bargeld drin ist«, sagte Andrew.

»Nun, so etwas will doch keiner«, erwiderte Naomi und

verdrehte die Augen. Nicht-Lydia reichte ihr einen Stoß beschriebenes Papier. Elizabeth versuchte zu sehen, worum es sich handelte, aber Andrew nahm den Stapel und beugte sich darüber wie ein gehässiger Fünftklässler, der niemanden abschreiben lassen wollte.

Es war Lydias Handschrift. Seite um Seite war mit ihren kleinen, akkuraten, nach rechts geneigten Blockbuchstaben gefüllt. Andrew stieß überall auf seinen Namen. *Und als Andrew mich küsste, wusste ich, dass er in Gedanken woanders war, vielleicht sogar in der Bibliothek oder bei dieser dummen, langweiligen Elizabeth … Heute Nacht kam Andrew wieder und erklärte mir, dass er Schlagzeugerinnen besonders sexy finde, und ich schlug ihn, und er lachte, und dann vögelten wir auf dem Küchenboden …*

»Wer hat das bisher gesehen?« Andrew spürte, wie sich sein Gesicht verfärbte. Ein tiefer Rotton.

»Was ist das? Lass mich sehen!« Elizabeth griff nach den Seiten, und Andrew schob sie unter seine Oberschenkel. Er sah Naomi an.

»Was haben Sie eigentlich vor?«, fragte er.

»Hören Sie, Andrew«, sagte Naomi und faltete die Hände, »ich weiß, dass Sie zögern, mit ins Boot zu steigen, und deshalb bin ich hierhergekommen und will versuchen, persönlich einige Ihrer Fragen zu beantworten. Können wir offen reden?« Sie deutete auf Elizabeth.

»Gehen wir nach draußen«, sagte Andrew und stand langsam auf.

»Sag mal, spinnst du?«, sagte Elizabeth. »Du hast gesehen, wie ich ein Kind aus meiner Vagina presse, und jetzt kann ich bei deinem Gespräch mit *Naomi* nicht dabei sein?«

Naomi zuckte die Schultern. »Warte kurz, Darcey.« Darcey zuckte ebenfalls die Schultern. Andrew fand es so schrecklich, sie anzusehen, dass er den Blick rasch wieder auf Naomi richtete, die gerade ein lautloses *Tut mir leid* in Richtung Elizabeth formulierte und sie angrinste wie ein Scheinwerfer. Andrew hielt Naomi die Tür auf, ließ ihr den Vortritt und schloss die Tür hinter ihr wieder.

»Ditmas Park ist richtig entzückend«, sagte Naomi. »Man lebt wie im Grünen, ohne auf den Dreck verzichten zu müssen!« Sie fuhr mit einem Finger über das Geländer der Veranda und hob ihn in die Luft. »So authentisch.«

»Also, was soll das?« Andrew schwenkte die Blätter in Höhe seines Kopfes. Er versuchte, tiefer zu atmen, von seinem Bauchnabel hoch zu seinen Schulterblättern und bis hinauf zu seinem dritten Auge.

»Das ist eine winzig kleine Auswahl aus Lydias Tagebuch.« Naomi machte große Augen. »Sie ging sehr ins Detail.«

»Ja, das sehe ich. Aber ich wüsste gern, was Sie hier zu suchen haben, hier in meinem Haus, mit diesem Mist.« Er presste seine Zähne aufeinander.

»Und ich würde gern hören, was Sie dagegen haben, Lydias Geschichte verfilmt zu sehen. Wir wollen keine Heilige aus ihr machen, falls es das ist, was Sie stört. Haben Sie *Ray* gesehen? *Walk the Line?* Alles Filme über komplizierte Menschen. Das ist unser Job. Der Film wird eine Mischung werden aus *Ray* trifft *Sid und Nancy,* nur ohne *Sid,* plus *Nashville Lady,* nur dass die betreffende Lady aus Scarsdale stammte.«

Andrew konnte sich ein Schmunzeln nicht verkneifen.

»Hören Sie, sie hat Sie geliebt, und Sie haben sie nicht geliebt. So viel habe ich begriffen. Und dann wird sie zum Superstar. Und dann stirbt sie. Eine vertrackte Situation. Und jetzt will das jemand auf die Leinwand bringen, und Sie kommen sich vor wie das letzte Arschloch.«

»Das ist nicht das Problem.« Andrew verschränkte die Arme vor der Brust. Es gab zu viele Probleme, um auch nur ein einziges benennen zu können. Er sah Harry vor sich, wie er sich einen Film anschaute, in dem sein Vater mit einer toten Berühmtheit schlief. Die Werbung für *Mistress of Myself* würde im Radio und im Fernsehen laufen, alle Busse wären beklebt mit Filmplakaten. Er wollte Lydias Gesicht nicht sehen, auch wenn es das der Nicht-Lydia war. Wer würde bei ihm anrufen und sich erkundigen, was er die letzten zwanzig Jahre getan hatte? *Entertainment Tonight?* Er wollte sich nicht alt fühlen müssen. Er wollte keinen Gastauftritt in der Lebensgeschichte eines anderen Menschen haben. Er wollte nicht, dass seine Frau ihn hasste, dass sie ihn verließ. Er wollte nicht, dass seine Frau dachte, sie sei nur aus Versehen in diese Ehe gestolpert, durch Manipulation. Er wollte sich nicht als Versager fühlen, nicht als reicher Schnösel, der nie arbeiten musste. Er wollte sich nicht selbst untreu werden. Er wollte nicht, dass Elizabeth sich Lydias wegen untreu wurde. Er wollte nicht das Gefühl haben, das falsche Leben, den falschen Partner gewählt zu haben. Er wollte nicht in einem dunklen Saal sitzen und sich dabei selbst zusehen müssen, wie er Fehler machte. Nichts davon wollte er.

»Oder vielleicht ist es das ja, ich weiß es nicht.«

»Andrew, Sie haben die Wahl. Sie können sich stur stellen und uns zwingen, zu beweisen, dass Ihre Frau Ihre Unterschrift gefälscht hat und dadurch einigen Leuten das Leben sehr schwer macht. Oder Sie können einfach unterschreiben und damit Ihr Einverständnis erklären. Ich weiß, der Begriff ›Lebensrechte‹ hört sich an, als würde man einer Euthanasie zustimmen – und vertrauen Sie mir, wir haben unsere Leute, die an der Formulierung arbeiten –, aber lassen Sie mich Ihnen eines ganz klar sagen: Sie geben uns damit nicht Ihr ganzes Leben. Sie erklären sich lediglich einverstanden, dass in diesem Film eine Person auftaucht, die einiges mit Ihnen gemeinsam hat. Mehr nicht. Diese Person wird nicht

Ihr Gesicht haben. Vielleicht nicht einmal Ihren Namen tragen.«

Andrew befiel kurz die Sorge, dass sein Training bei EVOLVEment sein Inneres quasi nach außen gekehrt und sichtbar gemacht haben könnte wie eine blinkende Neonreklame.

»Das also sind meine Optionen? Kämpfen oder mich ergeben?« Es war ein heißer Tag, und Schweiß glänzte auf seiner Oberlippe.

»Wir haben sehr, sehr gute Anwälte. Ich weiß, Sie haben tonnenweise Geld, und wahrscheinlich haben auch Sie einen guten Anwalt, aber unsere sind Rockstars.«

Andrew zuckte zusammen.

»Schlechte Wortwahl. Sie sind die Besten, wollte ich damit sagen. Ich bin sicher, dass wir zu einer Einigung kommen werden. Sie müssen lediglich akzeptieren, dass die Sache Realität werden wird. Es ist ein Film. Nicht mehr, nicht weniger. Er wird in die Kinos kommen, und er wird wieder verschwinden. So läuft das.«

»Dann sind Sie also hergekommen, um mir zu sagen, dass ich keine Wahl habe?«

Naomi ließ den Kopf kreisen, wobei sie erstaunlich laute Knackgeräusche produzierte. »Tja, so was in der Art. Natürlich haben Sie eine Wahl, aber eher so wie beim Zahnarzt. Sie können sich dafür entscheiden, ihn in den Finger zu beißen oder die Zähne nicht auseinanderzunehmen, aber das verlängert die Prozedur nur. Ich bin hier, um Ihnen zu sagen – machen Sie den Mund auf und sagen Sie: ›Ahhh!‹ Vielleicht macht es Ihnen sogar Spaß.«

»Der Zahnarzt?«

»Der Film. Meiner Erfahrung nach gefällt es den Leuten meistens, ihr eigenes Leben auf der Leinwand sehen. So etwas passiert nicht jedem, wissen Sie.«

Plötzlich hörte Andrew eine dünne, blecherne Version von »Mistress of Myself«.

»Oh, das ist mein Telefon«, sagte Naomi und griff in ihre Tasche.

»Das ist jetzt nicht Ihr Ernst«, sagte Andrew.

»Bleib dran«, meldete Naomi sich und tänzelte die Verandastufen hinunter auf den Gehweg. In Andrews Kopf lief der Song weiter, eine holprige Karaoke-Version seines Lebens. Er schloss die Augen und stellte sich vor, wie eine Welle über ihm zusammenschlug und ihn hinaus auf den Ozean zog.

60

Darcey lächelte höflich, aber Elizabeth sah ihr an, dass sie mit etwas anderem beschäftigt war – mit Recherche vielleicht. Darcey trug ein schwarzes Tanktop und abgeschnittene Shorts. Sie war dünner, als Lydia am Oberlin gewesen war, aber so war das beim Film: Zellulitis und andere Schönheitsfehler verschwanden wie von Zauberhand. Elizabeth lehnte sich zurück und schaute aus dem Fenster. Ihr fehlte Lydias Robustheit, die Haarstoppeln auf ihren Beinen.

»Was war das?« Naomi stand mit dem Rücken zu ihr, und Elizabeth konnte ihr Gesicht nicht sehen. Andrew wirkte verärgert, doch dann lachte er. Sie war nicht sicher.

»Oh«, sagte Darcey und griff wieder in die Tasche, die neben ihren Füßen stand. »Da sind Kopien.« Sie nahm ein marmoriertes Notizbuch heraus und reichte es Elizabeth. »Sie sollten unbedingt meine Freundin Georgia kennenlernen, sie spielt Sie. Sie sehen wirklich aus, als könnten Sie ihre Mutter sein – es ist absolut perfekt. Sie ist die Verkrampfte, und ich bin immer die Stimmungskanone, nach dem Motto, los, ziehen wir uns alle aus! Es ist wahnsinnig komisch.« Darcey wackelte mit dem Oberkörper. »Zum Brüllen.«

»Vielen Dank«, sagte Elizabeth und schlug vorsichtig das Notizbuch auf. Lydias Handschrift war unverkennbar – das Produkt einer sorgfältig inszenierten Persönlichkeit. Wahrscheinlich fiel das unter »narzisstische Züge« im Leitfaden psychischer Störungen. »Ich habe Schuldgefühle, aber wahrscheinlich sollte ich die nicht haben, richtig?«

Darcey nickte. »Das ist genau das, was Georgia sagen würde. Also Sie, meine ich. Klassisches Opferrollenverhalten.«

»Wie bitte?«, fragte Elizabeth. Doch dann fing sie zu lesen an und verstand.

Sie war als Freundin nie eifersüchtig gewesen. Das war etwas für andere, für unsichere Menschen. Elizabeth hatte sich immer stark wie ein Baumstamm gefühlt. Als sie mit Harry hochschwanger war, hatte ihr Arzt bei ihrem letzten Besuch in seiner Praxis erklärt, dass das Baby sehr groß sei, nach einem Blick auf ihre Hüften – während Elizabeth sich schwerfällig von der mit Papier ausgelegten Liege herunterschob – jedoch hinzugefügt: Oh, das packen Sie schon. Sie war nicht verletzt gewesen. Zoe wäre in Tränen ausgebrochen. Lydia hätte die Praxis bis auf die Grundmauern niedergebrannt. Aber Elizabeth hatte nur gedacht: *Ja, das packe ich*. Natürlich war sie keine Heilige – Elizabeth war immer eifersüchtig auf Zoe gewesen, auch auf andere Mädchen, Freundinnen von der Highschool oder auf andere junge Mütter, mit denen sie sich am Nachmittag traf, als Harry noch klein war. Aber als Freundin war sie nie eifersüchtig gewesen. Es war eher eine psychologische Gleichung: Hatten die vergangenen zwanzig Jahre ihre Wut erst entfacht, gar verstärkt? Sie dachte an das Restaurant, an Lydia, die sich an Andrews Brust schmiegte und sie aus Krokodilaugen ansah, wie sie es immer getan hatte. Ja, sie war wütend.

»Entschuldigen Sie mich bitte«, sagte Elizabeth. Sie stand auf und strich ihren Rock glatt. Darcey zog ihr Handy heraus und fing zu tippen an, wahrscheinlich, um Georgia zu beschreiben, dass das, was sie fühlte, sich tatsächlich gerade vor ihren Augen abgespielt hatte. Elizabeth selbst war sich da nicht so sicher. Langsam ging sie zur Tür und öffnete sie. Andrew saß mit geschlossenen Augen auf der Veranda. Naomi hatte sich ein paar Schritte entfernt und lachte laut in ihr Mobiltelefon.

»Andrew?«, sagte Elizabeth.

Er schlug die Augen auf und sah das Notizbuch in ihrer Hand. »Fuck«, sagte er.

»Ja«, sagte Elizabeth, »das scheint mir das Problem zu sein.«

»Was hast du gelesen?« Andrew fing an, auf den Fingernägeln herumzukauen.

»Ist das wirklich so wichtig? Sie fantasiert sich das nicht nur zusammen, stimmt's? Ihr habt miteinander geschlafen?« Elizabeth hörte, wie ihre eigene Stimme eine besorgniserregende Lautstärke entwickelte, wie die Sirene eines Feuerwehrautos. Die Nachbarn würden alles mitbekommen. Es war ihr egal. Ihre gesamte Kindheit hindurch hatte sie nicht einmal erlebt, dass ihre Eltern laut geworden wären, und während Harrys Kindheit hatte sie nur geschrien, wenn er drauf und dran war, irgendwo herunterzuspringen, wo er nicht springen sollte, oder an einer Steckdose zu lecken. Sie schrie nicht. Und doch wurde ihre Stimme so laut, dass ihre Ohren zu dröhnen begannen.

»Es ist nur ein paarmal passiert. Sechs-, siebenmal vielleicht. Lizzy, dazwischen liegt ein ganzes Leben.« Andrew ging auf sie zu, aber Elizabeth hob beide Hände: rote Ampel. Ein paar aggressive Bienen schwirrten um Andrews Kopf, und er scheuchte sie fort. Ginge es nach Elizabeth, sollten sie ihn alle gleichzeitig stechen.

»Du wolltest es mir nie erzählen, so wie es aussieht.« Elizabeth behielt ihre Hände unten.

Andrew schüttelte den Kopf. »Ich hielt das nicht für wichtig. Zu der Zeit, meine ich. Wir waren noch nicht einmal verheiratet. Das macht doch einen Unterschied, oder?«

»O ja, ich denke, das tut es. Ich denke, es macht einen Unterschied, dass ich dich geheiratet habe, ohne zu wissen, dass du mich betrügst. Glaubst du nicht, dass das meine Entscheidung eventuell hätte beeinflussen können? Ich will damit nicht sagen, dass ich von dir erwartet habe, als Jungfrau in die Ehe zu gehen, aber ich bitte dich, Andrew.« Elizabeth hörte ein Geräusch aus dem Haus und wandte sich zum Fenster um – Darcey lehnte am Rahmen, ein Ohr an die Scheibe gepresst. Sie winkte. »Himmel!«, sagte Elizabeth, »diese Frau ist überall.«

»Ich wollte es dir sagen.« Andrew verschränkte die Arme vor der Brust.

»Du hast doch eben gesagt, du wolltest nicht!« Elizabeth' Stimme schraubte sich weitere Oktaven in die Höhe – hätte sie gewusst, dass ihr Stimme dazu fähig war, wäre *Kitty's Mustache* eine bessere Band gewesen. Auf der anderen Straßenseite drehte sich eine ihrer neugierigsten Nachbarinnen, eine große Frau mit Schäferhund, um und deutete ein Winken an. *Viel Glück beim Verkauf* Ihres *Hauses,* dachte Elizabeth.

»Damals nicht. Aber jetzt, mit dem Film und allem.« Er deutete auf Darcey, die noch immer wie ein kleiner Kobold am Fenster hing. »Ich war mir ziemlich sicher, dass ich es dir irgendwann würde erzählen müssen. Kann nicht gerade behaupten, dass ich mich darauf gefreut habe, aber dass es so schlimm werden würde, habe ich mir nicht vorgestellt.«

Elizabeth hatte das Gefühl, ein Knäuel Haare in ihrem Hals zu haben, und räusperte sich nervös. »Tut mir leid für dich.«

»Lizzy, bitte«, sagte Andrew, klang jedoch nicht sehr überzeugt.

»Weißt du, was, Schatz?« Elizabeth versuchte, mit der Stimme ihrer Mutter zu sprechen – ruhig und gelassen. »Warum übernachtest du heute nicht im Haus deines Yogalehrers? Die haben dort doch Betten, oder?« Sie lachte. »Natürlich haben sie Betten, was sage ich! Mit Mädchen drin! Geh und schlaf heute Nacht dort drüben, ja? Weil ich nämlich dein Gesicht nicht mehr sehen will.« Mit der Ruhe war es schnell vorbei, stattdessen breiteten sich rote Flecken auf ihren Wangen aus, und ihre Augen füllten sich mit Tränen. Elizabeth wirbelte herum und klopfte an die Fensterscheibe. Darcey erschrak. »Und Sie!«, rief sie durch das Glas. »Raus aus meinem Haus!«

Darcey legte die Hand an die Brust: *Moi?* Elizabeth jaulte auf, und Darcey hastete eilig zur Tür. »Kann ich das Tagebuch wiederhaben?«, fragte sie auf dem Weg hinaus. Elizabeth sah sie wortlos an. »Es ist wirklich wichtig für meine Rolle.«

»Naomi soll es später abholen«, sagte Elizabeth. »Aber jetzt raus, alle.« Sie zupfte ein paar Haarsträhnen, die auf der Haut klebten, von ihrer Stirn und schob sie sich hinter das Ohr. »Ich werde jetzt duschen gehen. Wenn ich damit fertig bin, will ich keinen mehr sehen.« Sie konnte noch immer Naomis kehliges Lachen hören, das über den Gehweg hallte. »Sie auch nicht«, fügte Elizabeth hinzu, ging ins Haus und knallte die Tür zu, wobei sie fast Iggys Schwanz eingeklemmt hätte. Sie wollte jemanden anrufen, nur fiel ihr niemand ein, und so ging sie direkt nach oben und ins Badezimmer. Bad, Wanne, das reinste Chaos – es sah aus, als hätte Harry jedes verfügbare Handtuch vom Halter genommen, benutzt und im ganzen Raum verteilt. Aber Elizabeth kümmerte das nicht. Sie stieg über den Haufen feuchter Handtücher hinweg, drehte das kalte Wasser auf und stellte sich in voller Montur darunter.

61

Wieder Sex zu haben war besser, als zu Barneys zu fahren und sündhaft teure Kleider anzuprobieren. Besser als eine Gesichtsbehandlung bei ihrer Lieblingssadistin aus Osteuropa. Besser als frischer Ricotta auf Toast. Zoe fühlte sich wieder wie fünfundzwanzig. Fünfunddreißig vielleicht. Auf jeden Fall fühlte sie sich jung und gut durchblutet. Nicht einmal der schweißtreibende Brooklyner August ging ihr auf die Nerven, aber aus einer Laune heraus buchte sie zwei Nächte in einem Airbnb in Montauk. Sie legte vierzig Dollar auf die Küchentheke, damit Ruby sich etwas zu essen bestellen konnte. Es war Mittwoch. Die Arbeiten im Restaurant würden mindestens noch einige Wochen dauern, und sie und Jane waren bisher jeden Tag dort gewesen, um sie zu beaufsichtigen. Eine kleine Pause wäre nicht schlecht. Zoe stopfte einige Vibratoren ganz unten in ihre Tasche, und dann fuhren sie händchenhaltend die Long Island Interstate entlang.

Ihre Unterkunft entpuppte sich als kleine Holzhütte unweit von Ditch Plains, wo die süßen Surfer und ihre Fans ihre Zeit verbrachten. Alle liefen barfuß, hatten strohblonde Strähnen im Haar, und Zoe hätte sie am liebsten allesamt vernascht. In nächster Nähe zum Strand aufzuwachsen, das war großartig gewesen, und sie vermisste dieses Gefühl. Auch wenn New York an der Küste lag – es war trotzdem nicht dasselbe. Ruby und ihre Freunde schwänzten nie die Schule, um zum Surfen zu gehen oder um am Strand ein Lagerfeuer zu entfachen. Zoe hielt Janes Hand, als sie am Strand auf und ab liefen, sich hin und wieder bückten, um hübsche kleine Muscheln aufzuheben und sie wieder ins Meer zurückzuwerfen, wenn sie angeschlagen waren.

»Was machen deine Hausaufgaben?«, fragte Zoe. Sie hatte

das Tagebuch für Dr. Amelia nicht angefangen, zumindest nicht auf Papier. Dies schien ihr zutiefst ihrer Art von Ehe zu widersprechen, bei der stets Leidenschaft und Lust im Vordergrund gestanden hatten. Zoe hatte noch nie viel von Beschäftigungstherapien gehalten, und genau danach fühlte sich dieses Tagebuchschreiben für sie an. Sie und Jane mussten im Grunde nichts weiter tun, als ihren Mist endlich wieder auf die Reihe zu kriegen. Ja oder nein! Rein oder raus! Wie, um alles in der Welt, sollte eine Aufzählung ihrer Probleme dabei helfen, diese Frage zu beantworten?

»Irgendwie macht mir das sogar Spaß«, sagte Jane. Die süße Jane. Bevor Zoe mit Sicherheit wusste, dass sie lesbisch war, noch als Teenie, der mit anderen Teenies in ihren Jugendzimmern herumfummelte, hatten mehrere der Jungen, in die sie verknallt gewesen war, ausgesehen wie Jane – groß, blond und braun gebrannt. Nachts, im Haus, prallten ihre süßen kleinen Fischbäuche im Dunkeln aufeinander. Es war eine große Erleichterung gewesen, als sie mit ihrem ersten Mädchen schlief und sich plötzlich all die kleinen Hügelchen in die richtige Richtung bewegten. Natürlich lief das nicht bei allen so – Zoe kannte viele Frauen, die tatsächlich bi waren, aber sie war es nicht. Sie liebte schöne Körper, aber nur, weil sie Brad Pitts Gesicht nicht hässlich fand, hieß das noch lange nicht, dass sie darauf sitzen wollte.

Zoes Handy vibrierte. »Warte mal«, sagte sie und zog es aus ihrer Tasche. Elizabeth. Sie drückte auf ABLEHNEN und steckte es zurück, aber sofort begann das Telefon wieder zu dröhnen. »Sie hat wahrscheinlich aus Versehen auf die Nummer gedrückt«, sagte Zoe, aber wieder läutete das Telefon, und Jane zuckte die Schultern, und so meldete sich Zoe. »Was gibt's?«, fragte sie und steckte sich einen Finger ins Ohr, um das Geräusch der Wellen auszublenden. »Wow, wow, wow, was ist denn? Bist du okay? Ganz langsam, ich kann dich kaum verstehen.« Jane deutete Zoe mit einer Geste an, weiter hinauf auf den Strand zu gehen, wo sie besser hören konnte, drehte sich dann um und ging hinunter zum Wassersaum. Dort zog sie ihre Schuhe aus und ließ die sanften Wellen über ihre Füße schwappen.

»Fang noch mal an, jetzt verstehe ich dich besser«, sagte Zoe.

Am anderen Ende holte Elizabeth tief Luft und stürzte sich in einen Bericht über Darcey und Naomi und Lydia und Andrew und die falsche Lydia, die durch das Fenster starrte, während sie – Elizabeth – ihren Mann anschrie. Die ganze Zeit über schluchzte sie, lediglich unterbrochen von kurzen Pausen, um sich die Nase zu putzen. Zoe wollte sagen: ICH WUSSTE ES. Mehr oder weniger hatte sie immer gewusst, dass etwas lief zwischen Andrew und Lydia, und auch, dass Andrew ein Scheißkerl war, doch das hätte in dem Moment nicht viel gebracht. »Oh, Süße«, sagte sie stattdessen. Es war lange her, dass Elizabeth sie in diesem Zustand angerufen hatte, voller Panik, die nichts zu tun hatte mit einem fragwürdigen Ausschlag auf Harrys Po oder mit Fragen zur Anmeldung für das Sommerlager. Doch es schien auch schon lange her zu sein, dass überhaupt etwas so dringend war. Dringlichkeit war etwas für jüngere Menschen, für Teenager und dramatische Anfang- bis Endzwanziger, für junge hypochondrische Eltern. Wenn man älter wurde, hatte man es nur noch eilig, wenn die eigenen Eltern erkrankten und man so schnell wie möglich einen Flug buchen musste, ohne seinen Kreditkartenrahmen voll auszuschöpfen. In der Phase dazwischen verlief alles ruhiger, wie auf Autopilot. Die Kinder waren in der Schule. Die Ehe war, was sie war. Alles war mehr oder weniger in Ordnung.

Jane schaute hinaus aufs Wasser. Ihr T-Shirt spannte sich über dem Rand ihrer Shorts. Sport war noch nie Janes Sache gewesen – weder Laufen noch Mannschaftssport, noch Yoga. Das langweilte sie nur. Wahrscheinlich würde sie mit sechzig einen Herzanfall erleiden, doch sogar das konnte Zoe nicht ganz ernst nehmen: Sie stellte sich sie beide in einem Krankenhauszimmer vor, wo Jane Zoe genauestens schilderte, welche der Schwestern in sie verliebt war. Sie würden Händchen halten unter den gestärkten Laken und Papiernachthemden und durch das Fenster hinaus auf die Stadt schauen.

Elizabeth redete noch immer. Ihre Stimme klang abgehackt, ängstlich, und es hörte sich an, als hantierte sie in der Küche – Türen wurden aufgerissen und wieder zugemacht. Einmal hörte Zoe die Toilettenspülung.

»Bist du okay? Wo ist Andrew jetzt?« Zoe winkte Jane zu und schnippte mit den Fingern, um ihre Aufmerksamkeit zu erregen. Der Wind trug das leise Geräusch davon.

Es war nicht klar, ob Elizabeth ihre eigenen Worte verschluckte oder ob ihre triefende Nase alles verstopfte.

»Trinkst du?« Es war kurz nach zwölf Uhr. Das Schluchzen wurde zu einem Wimmern, was Zoe als Zustimmung auffasste. Sie hätte ebenso gut mit einem Chihuahua telefonieren können. »Hör mir mal zu«, sagte sie, »Jane wird mich wahrscheinlich dafür umbringen, aber warum kommst du nicht her? Steig in den Zug, wir holen dich am Bahnhof ab. Bis zum Abendessen bist du hier. Wir essen zusammen Muscheln und überlegen uns, was wir mit deinem miesen Mann machen werden, okay? Komm her. Ich simse dir alles Nötige, okay? Okay?« Leise stimmte Elizabeth zu, und nachdem sie aufgelegt hatte, stellte Zoe fest, dass Jane bereits ein paar Meter weiter den Strand entlanggegangen war. Sie hatte weder Schuhe noch Geldbörse, noch Schlüssel bei sich – alles war in Zoes Handtasche. In einer Ehe ging es um Vertrauen. Und um Wohlwollen. Sie und Jane befanden sich in ihrer Beziehung an einem Wendepunkt oder bekamen gerade noch einmal die Kurve. Die Wunden waren noch frisch, aber Elizabeth' Stimme hatte ihr klargemacht, dass die Situation nebenan viel schlimmer war. Bei den schlechten Zeiten wechselten sich Freunde normalerweise nicht ab; die Probleme tauchten immer gleichzeitig auf wie Regenstürme und Überschwemmungen. Zoe konnte Elizabeth einladen, konnte dies alles Jane erklären, weil sie wusste, dass der Himmel über ihren Köpfen aufklarte, während die Wolken noch schwer und dunkel über ihrer Freundin hingen.

62

Andrew ließ sich ungern sagen, was er tun oder lassen sollte, aber er kannte Elizabeth gut genug, um ihr aus dem Weg zu gehen, wenn sie Feuer spie. Während ihrer gesamten Ehe war das nur zwei-, dreimal vorgekommen: Als ihr jüngerer Bruder betrunken seinen Wagen gegen einen Baum gefahren hatte und lediglich mit einer Schramme davongekommen war; als Andrew aus Versehen Hummerbrötchen für einen von Harrys Freunden gekauft hatte, der allergisch auf Meeresfrüchte reagierte – der Jungen hatte es überlebt, zwar voller Quaddeln, aber ansonsten unbeschadet.

Andrew ging hinüber zu EVOLVEment, mit hängenden Schultern und einer Ausstrahlung, die jeden von ihm fernhielt. Und die Leute ließen ihn in Ruhe. Die runzeligen alten Damen, die vor der Bibliothek saßen, die Leute, die ihre Hunde spazieren führten, alle, die Andrew normalerweise winkend und lächelnd gegrüßt hätte, gingen leer aus.

Als er zum Zentrum kam, fand gerade eine Yogastunde statt, also zog er bereits vor der Eingangstür die Schuhe aus und trat so geräuschlos wie möglich ins Haus. Salome winkte ihm von ihrem Platz aus zu und deutete nach oben. Andrew stieg über die Übenden hinweg – fortwährend kamen neue Leute, die Kurse waren ausgebucht – und schlich auf Zehenspitzen die Treppe hinauf.

Dave schlief normalerweise in dem Zimmer am Ende des Flurs im ersten Stock, in einem fast leeren Raum mit ein paar wenigen Regalen aus Hohlblocksteinen, die seine heiligen Schriften bargen – die Bhagavad Gita; einige Schriften von Pema Chödrön, einer buddhistischen Nonne; von der Autorin und Meditationslehrerin Sharon Salzberg *Der Weg des Künstlers;* mehrere Bücher über Heilpflanzen; und eine Ausgabe von *Meditation für Dummies,* was Andrew bewies, dass Dave durchaus Sinn für Humor hatte, vermutlich eine Seltenheit bei einem Guru. Hier im Haus zu sein, das beruhigte ihn bereits ein wenig, und er überlegte, wie er Dave am besten seinen Streit mit Elizabeth beschreiben könnte. *Weißt du,* würde er sagen, *das ist schon eine komische Geschichte.* Und dann würde er ihm von Lydia erzählen und davon, jung gewesen zu sein, und Dave würde nicken und sich womöglich über den Bart streichen, und er würde alles verstehen. Bei dem bloßen Gedanken musste Andrew innerlich lachen. Was zwischen ihm und Lydia geschehen war, war keine so große Sache. Der Eisblock des Geheimnisses hatte bereits zu schmelzen begonnen. Elizabeth würde wahrscheinlich bald darüber hinwegkommen – Schnee von gestern, der keinerlei Bedeutung für ihre Zukunft hätte. Andrew ließ die Schultern kreisen, während er den Flur entlangging. Er räusperte sich und klopfte an Daves Schlafzimmertür.

»Eine Minute«, sagte Dave. Andrew legte seine Daumen aneinander. Die Tür öffnete sich, und zwei junge Frauen kamen heraus, nackt bis auf ein Betttuch, das sie um ihre Körper geschlungen hatten. Andrew konnte Daves nacktes Hinterteil sehen. Er stand vor dem Fenster, das nach hinten hinausging. Keiner, der vorbeikam, konnte ihn sehen, aber es gab keine Vorhänge im Zimmer, und Brooklyn war Brooklyn, so dass die Chancen, jemand aus einem Nachbarhaus könnte einen Blick auf seine Kronjuwelen erhaschen, extrem groß waren. Als Dave sich zu Andrew umdrehte, war sein Penis noch immer erigiert und zeigte in Andrews Richtung, als wollte er ihn ebenfalls begrüßen.

»Oh, tut mir leid, Mann«, sagte Andrew und schloss die Augen, bevor er sich abwandte. »Ich kann später wiederkommen.« Doch so viel Prüderie musste nun auch wieder nicht sein, dachte er, und drehte sich erneut Dave zu.

Dave stemmte beide Hände in die Hüften und blickte liebevoll an sich herab. »Kein Grund, mir was überzuziehen. Ist doch ein bildschöner Anblick!« Er lachte und bückte sich, um ein Paar Boxershorts vom Boden aufzuheben.

Andrew wollte soeben den Mund aufmachen und seine einstudierte Klage über sein Eheleben anstimmen, aber Dave fing zu reden an, noch ehe er das erste Wort herausbrachte.

»Hör mal, Mann, ich bin froh, dass du da bist. Ich habe Nachrichten bekommen, heute Morgen. Von der Stadt. Wir kriegen keine Genehmigung.« Dave streckte die Arme über den Kopf und beugte sich nach links, sein kräftiger Körper war straff gespannt wie ein Gummiband.

»Was heißt hier keine Genehmigung?« Andrew verschränkte die Arme vor der Brust.

»Die Stadt verweigert die Umwidmung. Kein Hotel, zumindest nicht an der Stelle. Überrascht mich nicht – ich habe von den Nachbarn ziemlich dunkle *vibrations* empfangen, deshalb glaube ich, dass uns jemand angeschwärzt hat, weißt du? Die Leute können so negativ sein.« Dave dehnte sich in die andere Richtung.

»Okay, das ist natürlich großer Mist.« Andrew hörte seinen Magen grummeln und glucksen. Er legte eine Hand flach auf den Bauch. »Was passiert jetzt?«

»Wir suchen uns eine neue Location. Die Pläne überarbeiten wir – wir werden natürlich neue Skizzen brauchen, aber die Idee bleibt dieselbe. Wir müssen nur ein neues Grundstück finden. Solche Dinge passieren.« Dave richtete sich auf und versetzte Andrew einen Schlag auf den Bizeps. »Das ist alles Teil eines Prozesses. Worst-Case-Szenario, wir müssen ein bisschen mehr Geld auftreiben, uns eventuell auf Long Island oder im Hudson Valley umsehen. Da gibt es jede Menge Land. Das liegt nur da und wartet auf uns.«

»Aber war es nicht Teil des Plans, den Rockaways wieder

Leben einzuhauchen? Die dortige Wirtschaft anzukurbeln? Ich habe übrigens die Papiere von meinen Anwälten«, erklärte er, und plötzlich verspürte Andrew ein Stechen in den Gedärmen. »Ich bin gleich wieder da«, sagte er und hastete zu dem Badezimmer auf dem Flur, vor dem zwei junge Frauen untätig herumstanden. Nicht die beiden mit den Bettlaken – bei EVOLVEment gab es einen endlosen Nachschub an Dreiundzwanzigjährigen, und ihre Jugend traf Andrew umso stärker in seinen Eingeweiden. »Verzeihung«, sagte er und sperrte die Tür hinter sich ab. Er schaffte es gerade noch auf die Toilette, bevor sein Inneres sich nach außen stülpte. Er hörte die Frauen draußen kichern und davoneilen und ließ seinen Kopf in die Hände sinken.

Andrews Telefon summte, und er kramte es aus der Tasche seiner Hose, die sich um seine Schenkel bauschte. Eine Textnachricht von Elizabeth: BLEIBE ÜBER NACHT MIT ZOE UND JANE IN MONTAUK. DU KANNST HEIM, WENN DU WILLST. MACH HARRY WAS ZU ESSEN. Eine Blase mit drei Punkten ploppte auf – sie schrieb offenbar noch mehr –, verschwand aber wieder. Er gab ihr noch ein paar Minuten, aber das war es dann wohl. Es sah Elizabeth nicht ähnlich, so abrupt auszusteigen – das war immer seine Art des Abgangs gewesen, die melodramatische Variante. Andrew spülte zweimal und wusch sich die Hände. Er wollte darauf vertrauen, dass ihre Ehe stark genug war, um alte Drachen zu besiegen. Dachte das nicht jeder insgeheim? Dass ihr winziges Ruderboot widerstandsfähig genug war, um es damit über den ganzen Ozean zu schaffen?

Als er die Badezimmertür öffnete, lehnte eine der Frauen mit Bettlaken, die sich zuvor aus Daves Bett geschlichen hatten, an der Wand gegenüber. Sie hatte sich inzwischen einen Hauch von Nichts übergezogen, und Andrew kam sich vor wie ein Lustmolch, dass ihm das überhaupt auffiel.

»Ich bin Lena. Bist du Andrew?« Sie streckte ihm die Hand entgegen, und Andrew erwiderte ihren Handschlag verlegen mit der geballten Faust.

»Meine Hände sind nass«, sagte er.

»Ist schon okay«, erwiderte Lena. Sie hatte krauses Haar und ein Muttermal auf der Wange. »Du kennst Ruby, richtig?«

»Ruby Kahn-Bennett?« Andrew wurde kurz von Panik erfasst, dass diese Lena zusammen mit Harry an die Whitman High gehen könnte.

»Dachte ich mir. Sie war ein paarmal hier und hat einige Fragen gestellt. Ich denke, sie macht sich Sorgen um dich.«

»Sorgen? Um mich? Ruby?« Andrew fuhr sich mit den Händen durch das Haar. »Das begreife ich nicht.«

Dave erschien in der Tür, noch immer halbnackt. »Ah, ihr habt euch schon kennengelernt! Finde ich gut. Andrew, Lena macht das beste Reiki im Haus. Du solltest sie mal ausprobieren – sie hat magische Hände, im Ernst. Bist du so nett, gehst nach unten und holst uns Kombucha? Dann reden wir, ja?«

Lena sah Andrew aus schmalen Augen an, und er glaubte, sie den Kopf schütteln zu sehen, nur die Andeutung einer winzigen Bewegung, ehe sie sich zu Dave umwandte und ihn über das ganze Gesicht anstrahlte.

»Ach, weißt du, ich komme später wieder, ja?«, sagte er.

»Ja, ja.« Dave machte das Peace-Zeichen. »Lena, kommst du mal und kümmerst dich um meinen Nacken?« Er zwinkerte Andrew zu und kehrte in sein Zimmer zurück. Lena folgte ihm rasch und ohne ein weiteres Wort.

63

Harry gefiel die Vorstellung einer großen Geste. Bisher hatte es funktioniert. Seit dem Feuer waren er und Ruby jede Nacht zusammen gewesen. Ihre vier Eltern befanden sich momentan auf dem Mars. Zoe und Jane schlossen sich entweder in ihr Zimmer ein, kuschelten auf der Couch oder kicherten in der Küche, und keiner schien es aufzufallen oder etwas auszumachen, dass Harry jeden Abend die Treppe hinaufflitzte. Sein Dad benahm sich genauso wie in dem Sommer, als Harry neun Jahre alt gewesen war und er sich upstate aufgehalten hatte, um »in den Wäldern herumzuwandern«, wie seine Mutter es formulierte. Er war nach Hause gekommen mit einem kahl geschorenen Schädel, braun gebrannt und mit einem kleinen Tattoo am Knöchel, der Nummer acht, die laut Andrew für Unendlichkeit stand und außerdem für Harrys Geburtstag am achten Oktober. Elizabeth war die Schlimmste von allen – sie schien aufgehört zu haben, zur Arbeit zu gehen, und auch, ihre Haare zu waschen. Wenn Harry den Versuch startete, mit ihr darüber zu reden, trat ein Ausdruck auf ihr Gesicht, als versuchte sie, gute Miene zum bösen Spiel zu machen, aber in Wirklichkeit sah sie aus, als wollte sie gleich zur Axt greifen. Harry wollte ja helfen, aber er wollte auch so viel Zeit wie möglich mit Ruby verbringen. Mit Ruby, Ruby, Ruby.

Die Idee mit dem Ring stammte von ihr. Nicht unbedingt wortwörtlich. Sie sahen sich gerade eine Folge von *Der Bachelor* an, und der fragliche Kandidat wählte Ringe für seine beiden potenziellen Bräute aus, eine Zahnhygienikerin namens Kimberly und eine Arzthelferin namens Kenderly, und alle zur Auswahl stehenden Ringe waren so riesengroß, dass sie vom Weltall aus zu sehen waren. Sie sahen nicht aus wie

Diamanten, eher schon wie zwei umgedrehte Trinkgläser. Ruby hatte die Zunge herausgestreckt und verächtlich geprustet. »Igitt«, hatte sie gesagt. »Ich will genau das Gegenteil davon. Einen schwarzen Diamanten. Einen winzigen schwarzen Diamanten. Wie ein Mohnkügelchen. Etwas, das niemand sieht, erst wenn ich es ihm direkt vors Auge halte. Wofür soll das überhaupt gut sein? Wie soll man mit so etwas am Finger überhaupt leben? Spülen die eigentlich auch mal ab? Oder wachen die am Morgen völlig zerkratzt auf? Das kommt mir einfach nur *gefährlich* vor! Ganz zu schweigen von der riesigen Geldverschwendung, zu der junge Paare von der patriarchalisch geprägten Werbeindustrie genötigt werden.«

Und deshalb war Harry auf der Suche nach einem Mohnkügelchen. In Park Slope gab es einen abgefahrenen Laden, der Schmuck verkaufte. Seine Mutter hatte ihn ein paarmal nach der Schule dorthin mitgeschleppt, wenn sie ein Geschenk für jemanden brauchte, und das war der einzige Laden, der Harry einfiel. Dessen Angebot schien ihm zwar nicht genau Rubys Geschmack zu treffen, aber er hatte sich mehrere Stunden durch Etsy gescrollt, und das war vollkommen indiskutabel. Wie sollte er beschreiben, für wie groß er ihre Finger hielt? Überhaupt nicht. Also fuhr er mit der Bahn bis Park Slope und lief die Fifth Avenue hinunter, bis er den Laden gefunden hatte. Als er durch die Tür ging, hörte er etwas summen, woraufhin er am liebsten sofort wieder umgekehrt wäre, aber die junge Frau hinter dem Ladentisch lächelte bereits und winkte, und so saß er in der Falle.

»Kann ich dir helfen? Suchst du was Bestimmtes?« Die Frau hatte dunkles Haar, einen dichten Pony und einen extragroßen Bolzen in der Nase.

»Ich suche einen Ring. Als Geschenk. Sie will was Kleines und Schwarzes. Haben Sie so etwas? Ihr Finger ist ungefähr mittelgroß, glaube ich. Ein bisschen länger und größer als mein kleiner.« Er hielt die Hand in die Höhe. »Aber ich weiß nicht, an welchem Finger sie den Ring tragen will.«

Die Frau saugte an ihrer Unterlippe und nickte. »Ich glaube, ich habe ein paar Ringe, die dir gefallen könnten. Welche Preisvorstellung hast du denn?«

Harry hatte nicht einen Moment an Geld gedacht. Er hatte die Kreditkarte seiner Eltern dabei, die er auch zu benutzen gedachte. Das war zwar nicht ganz koscher, aber sowohl seine Mutter als auch sein Vater hatten den ganzen Sommer über nicht einen Gedanken an ihn verschwendet, also würde ihnen eine klitzekleine Belastung ihrer Karte sicherlich nicht auffallen, noch dazu bei einem Geschäft, von dem er wusste, dass seine Mutter dort gern einkaufte. Er stand schließlich nicht bei Tiffany oder in einem anderen Luxusladen in Manhattan. »Einhundert?«, sagte Harry. »Ich bin mir nicht sicher.«

Die Frau bückte sich und öffnete eine Schublade. Sie holte ein paar Ringe heraus, die sie auf ein viereckiges Kissen aus Samt legte. Ein Ring hatte einen kleinen grünen Stein, einer einen pinkfarbenen, und einer war dunkelrot wie ein winziger Blutstropfen.

»Etwas Schwarzes haben Sie nicht?«

»Doch, haben wir«, sagte die Frau, »aber der dürfte ein wenig teurer sein.« Sie legte den Kopf schief und betrachtete ihn. »Ist das für deine Freundin?«

Harry hustete in seine Hand und versuchte, seinen Stolz zu verbergen. »Äh, ja.«

Die Frau hob einen Finger und ging zu einem anderen Ladentisch. Zurück kam sie mit einem lässig an ihrem kleinen Finger baumelnden Ring, den sie vor Harrys Gesicht in die Höhe hielt, bevor sie ihn auf das Samtkissen legte.

Der Ring war perfekt – ein dünnes, goldenes Band, das

aussah, als habe ein Specht eine Million kleine Löcher und Kerben hineingehämmert, in der Mitte ein kleiner, schwarzer Stein. Er war größer als ein Mohnkügelchen, aber kleiner als der Samen einer Wassermelone, und vollkommen flach. »Der kostet zweihundertfünfundneunzig Dollar«, sagte die Frau. »Kommt darauf an, wie ernst es dir ist.«

Harry nahm den Ring und steckte ihn sich an den Mittelfinger. Er rutschte bis zum Knöchel. Falls die Frau ihn damit herausfordern wollte, dann wusste sie nicht, mit wem sie es zu tun hatte.

»Ich nehme ihn«, sagte er und legte die Kreditkarte seiner Mutter auf den Ladentisch.

64

Offiziell war dies die schrecklichste Zeit des Sommers, wenn alle sich anschickten, nach Hause zurückzukehren, alles auszupacken, die Wäsche zu waschen und alles wieder einzuräumen, um für ein weiteres Jahr zur Schule zu gehen, während sie gleichzeitig ihre Twitter- und Facebook-Accounts auf den neuesten Stand brachten und Fotos von Leuten hochluden, die sich und ihren dummen Geschwistern und noch dümmeren Hunden reihenweise um den Hals fielen.

Seit der Abschlussfeier hatte Ruby das Ende des Monats August mit Grauen erwartet. Als sich ihre ganze Klasse noch in den Hamptons oder in den Berkshires aufhielt, war es verdammt einfach gewesen, so zu tun, als verliefe ihr Leben in geordneten Bahnen und als sei nichts katastrophal schiefgegangen. Doch bald wäre September, der erste September in zwölf Jahren – fünfzehn, wenn man die Vorschule mitzählte –, an dem Ruby nicht an die Schule zurückkehren würde, und das fühlte sich alles andere als toll an.

An diesem Morgen war sie von einem erotischen Traum aufgewacht. Sie und Harry waren am Strand gewesen, an ihrem Strand, nur dass er vollkommen verlassen war, und erst als Ruby feststellte, dass sie Gänsehaut am ganzen Körper hatte, fiel ihr auf, dass es Winter war und überall große Schneehaufen lagen. Sie und Harry küssten sich, und dann taten sie es, und dann lag er auf ihr, aber es war nicht Harry, sondern Dust. Harry/Dust machte den Mund auf und sagte in perfekter Harry/Dust-Stimme: »Nächstes Jahr gibt es nur noch mich und dich.« Und das war so schrecklich, dass Ruby sich erschrocken im Bett aufrichtete und um sieben Uhr morgens bereits hellwach war, eine Schande an einem Sommermorgen.

Ihr Mobiltelefon hatte die ganze Nacht über gebrummt – eigentlich wollte sie es ignorieren, aber da sie eine masochistische Ader hatte, musste sie einen Blick darauf werfen. Es waren sechs Textnachrichten von sechs verschiedenen Freunden eingegangen, plus Gruppenchats: Chloe lud sie zu einer letzten Schlafanzugparty nach Bridgehampton ein, Anika wollte mit ihr zum Karaoke in Chinatown gehen, und Sully würde am Samstag einen Zug durch Secondhand-Läden unternehmen – ob sie mitkommen wolle? Den ganzen Sommer über waren sie unterwegs gewesen und hatten allerlei Abenteuer erlebt, und jetzt wollten sie so viel wie möglich an Highschool-Leben in die letzten fünf Minuten quetschen, die sie noch in der Stadt verbrachten. Ruby wollte sich aber nirgendwo hineinquetschen lassen.

Dann kam die nächste SMS. Von Sarah Dinnerstein: TREFFEN IM PARK? AUF EINEN JOINT. Ruby stellte sich die Szene bildlich vor: Sie würde sich mit Sarah treffen, sie würden einen Joint rauchen, und dann würde Ruby ihr ins Gesicht schlagen. Für das *Hyacinth*. Für ihre Mütter. Keine schlechte Art, den Nachmittag zu verbringen. Sie verabredeten sich am Hundestrand und wollten anschließend zu dem abgelegenen Ort hinter dem Spielplatz laufen, der fast immer menschenleer war bis auf ein paar alte Männer, die zuweilen mit ihren Radiogeräten hier saßen und sich die Baseballspiele anhörten.

Der Weg zum Park war schweißtreibend. Ruby hatte so wenig wie möglich angezogen, aber am Ende eines Sommers in New York konnte man nackt sein und sich dennoch overdressed fühlen. Sie hätte sich eincremen sollen; sie hätte einen Hut aufsetzen sollen. Als Ruby zum Hundestrand kam, wartete Sarah bereits in einem ihrer zahllosen Pseudo-Hippie-Kleider, die ihre Brüste zeigten. Großen Eindruck konnte sie damit nicht machen.

»Hey«, sagte Ruby.

»Hey, du«, sagte Sarah und breitete die Arme aus. Ruby konnte das Patschuli bereits aus eineinhalb Meter Entfernung riechen.

»Weißt du«, sagte Ruby und blieb stehen, bevor Sarahs Arme sie umschlingen konnten, »ich bin mir nicht sicher, ob ich dafür schon bereit bin.«

»Ist es wegen Dust? Ich bin so froh, dass wir darüber reden. Weil er mir nämlich sagte, dass du es weißt, aber dann dachte ich, er verarscht mich, und ich wollte wirklich nicht ans College, ohne das vorher zwischen uns zu klären.« Sarah setzte ihre besorgte Miene auf, was sie aussehen ließ wie ein Kind der Liebe zwischen einem Gremlin und einem Mops, dessen platte Nasenflügel in die falsche Richtung zeigen.

»Schön, wie du meinst, dann gehen wir ein paar Schritte«, sagte Ruby, machte auf dem Absatz kehrt und lief den Hügel hinunter in das Wäldchen. *Falls* sie jemals an ein College ginge und *falls* sie jemals New York verließe, wäre der Prospect Park das, was ihr am meisten fehlen würde. Im Gegensatz zum Central Park, wo man ringsum die Silhouetten leicht zu identifizierender Gebäuden sah und folglich stets genau wusste, wo man sich aufhielt, fühlte man sich im Prospect Park wie in einer Wildnis voller dunkler Pfade und geheimer Ecken. Wann immer sie als kleines Mädchen mit ihren Müttern in den Park kam, kannte Ruby kein größeres Vergnügen, als ihnen Angst einzujagen, indem sie davonrannte und sich hinter Bäumen versteckte, nur wenig abseits vom Weg, aber außer Sichtweite. Bingo fand sie immer als Erster, doch für ein paar Minuten konnte Ruby sich einbilden, in einem Zauberwald zu leben, ihre Mütter wären Hexen oder Feen, und sie allein könnte die Welt retten.

»In die Ecke komme ich nie«, sagte Sarah. »Viel zu viele

Cracksüchtige. Und Yuppies. Beides.« Ruby gab ihr keine Antwort. Sarah zündete den Joint an, und sie gingen ein wenig langsamer weiter, umrundeten einen kleinen Wasserfall und tauchten dann erneut tiefer in die Wildnis ein.

»Ich habe gehört, dass das hier ein beliebter Schwulentreff ist. Die haben hier Sex.« Ruby hob eine Augenbraue. »Nicht dass daran irgendwas falsch ist, nein, ich sage nur, dass ich das gehört habe.«

»Ich bin nicht die Schwulen-Polizei«, sagte Ruby und nahm Sarah den Joint aus der Hand.

Als sie den Hauptweg erreichten, versteckte Ruby den Joint in ihrer hohlen Hand. Kein Mensch war zu sehen, und so überquerten sie den Spielplatz. Ein alter Herr in einem Tanktop übte auf einer Bank halbe Liegestütze, doch der würde sie nicht stören. Das war noch etwas, das Ruby an New York vermissen würde, falls sie je von hier wegging: Es würde ihr fehlen, wie viel Raum die Menschen einem hier ließen. Man konnte eine ausgewachsene Heulattacke in der Subway bekommen, und keiner scherte sich darum. Man konnte an der nächsten Straßenecke in einen Mülleimer kotzen, und keiner belästigte einen. Viele Leute hielten die New Yorker für unhöflich, für grobe Klötze, aber in Wirklichkeit hielten sie nur Abstand. Respektvollen Abstand!

»Er hat es dir also gesagt?«, fragte Sarah, sobald sie auf einer Bank im Schatten saßen.

»Er musste es mir gar nicht sagen. Es ist doch ziemlich offensichtlich, dass ihr zwei zusammen seid.« Ruby gab den Jointstummel an Sarah zurück und holte eine Zigarette aus ihrer Tasche.

»Oh«, sagte Sarah. »Nein, ich meine, natürlich sind wir das, aber ich meine das mit dem Restaurant deiner Eltern.« Sie klemmte den Stummel zwischen ein gespaltenes Streichholz, wartete, bis er abgekühlt war, und verstaute ihn dann in ihrem kleinen, gehäkelten Umhängetäschchen. »Das mit dem Feuer.«

»Er hat mir gesagt, dass du dieses Ausmaß nicht wolltest, auch wenn du das Feuer mit Absicht gelegt hast. Das hat er mir gesagt.« Ruby starrte Sarah an, deren Augen mit roten Streifen durchzogen waren wie kleine Pfefferminzkissen.

Sarah kicherte. »Ist das dein Ernst? Warum solltest du dich dann mit mir treffen wollen? Mann, Ruby! Willst du mich verprügeln?«

»Ich habe es mir überlegt«, erwiderte Ruby und verschränkte die Arme vor der Brust. Aber so konnte sie nicht rauchen, also löste sie ihre Arme wieder und ließ stattdessen ihre Knöchel knacken.

»O mein Gott, Ruby, nein!« Sarah wedelte mit den Händen, als säße sie auf einer verlassenen Insel fest und versuchte, einem Flugzeug am Himmel Zeichen zu geben. »Es war Dust! Darüber versuche ich doch die ganze Zeit mit dir zu reden. Dust hat das Feuer gelegt! Ich war dabei. Wir standen in der kleinen Gasse hinter Nicos Haus, du weißt schon, direkt hinter dem *Hyacinth,* und Dust war völlig schräg drauf: ›Gehen wir rüber und versuchen wir, in die Küche zu kommen, ich will was von dem Käse.‹ Was ist das gleich wieder für ein Käse, den ihr dort habt?«

»Mozzarella?«

»Nein, der leckere, der auf dem Sandwich mit den Eiern und den Gurken? So was wie Frischkäse, nur irgendwie säuerlich? Auf jeden Fall Dust dann wieder: ›Vielleicht können wir uns reinschleichen, wenn Ruby zugesperrt hat‹, was, das schwöre ich dir, einen ebenso bescheuerte Aktion gewesen wäre, aber es wäre wahrscheinlich ohnehin nicht dazu gekommen. Also, wir kommen an den Zaun und können die Leute sehen, die gerade gehen, und dich und die anderen Typen, wie ihr sauber macht, und dann schaue ich zu Dust hinüber, und er hat dieses kleine Bündel Zeitungspapier und sein Feuerzeug in der Hand und versucht gerade, den Zaun anzuzünden. Ich: ›Was soll die Scheiße?‹ Und er: ›Sarah, das geht dich nichts an‹. Daraufhin ich wieder: ›Und ob mich das was angeht, denn wenn du in den Knast wanderst, weil du Feuer gelegt hast, dann bin wohl ich diejenige, die dir einen Anwalt besorgen muss, ja?‹ Und dann bin ich zurück zu Nicos Haus, und eine Weile später ist Dust nachgekommen, und dann haben wir alle die Sirenen gehört, und ich dachte nur: ›Scheiße.‹«

»Mir hat er gesagt, dass du das Feuer aus Versehen gelegt hast mit irgendwelchen Kerzen.« Ruby wusste nicht, ob der Nebel in ihrem Kopf von dem Gras herrührte oder von dem, was Sarah ihr erzählt hatte. »Aber jetzt sagst du, dass Dust es getan hat? Wirklich mit Absicht?«

Wieder kicherte Sarah. »Ich weiß, das ist überhaupt nicht lustig, aber im Ernst, Ruby, du bist noch viel schräger drauf, als ich dachte. Wie oft soll ich es dir denn noch sagen? Dust hat das Feuer gelegt. Mit Absicht.«

»Und er ist dein Freund.« Ruby wusste, dass sie sich wie eine Idiotin anhörte, aber ihrem Gehirn wollten keine besseren Sätze einfallen. Sie kam sich vor, als versuchte sie, mit einem Mund voller Zuckerwatte zu sprechen.

»Ja, es ist was Ernstes«, sagte Sarah, froh, das Thema wechseln zu können. »Wir haben bereits Pläne, zusammenzuziehen. Im College. Er könnte sich einen Job besorgen und eventuell ein paar Kurse belegen. Dust will Architekt werden, wusstest du das? Er hat alle diese Modelle bei sich zu Hause, kleine Sachen, die er gebaut hat. Er ist wirklich gut.«

»Du warst bei ihm zu Hause?« Das war alles andere, nur nicht real. Das musste am Gras liegen. Wahrscheinlich erzählte Sarah gerade etwas völlig anderes. Vielleicht schlief Ruby sogar noch! Das musste es sein.

Sarah schaute Ruby beleidigt an. »Natürlich war ich bei ihm zu Hause. Ich bin seine Freundin.« Sie kniff ihre ohnehin schon wachsam blickenden Augen noch stärker zusammen und starrte Ruby an. »Warst du nie bei ihm?«

»Wieso denkst du, dass ich nicht zur Polizei gehen werde?« Ruby schwitzte. Sie fasste ihr Haar auf dem Kopf zusammen und befestigte es mit einem großen Plastikclip. Der alte Knabe zog sein Tanktop aus und legte es über die Rückenlehne der Bank. Er ging in die Knie und fuhr mit Bauchmuskeltraining fort, wobei er seinen runzeligen braunen Bauch immer wieder wie eine Ziehharmonika zusammendrückte.

»Ich würde es tun, wenn ich du wäre.« Sarah zuckte die Schultern. »Ich meine, natürlich bin ich der Ansicht, dass du es nicht tun sollst, weil ich nicht will, dass er Ärger bekommt, aber ich denke, wenn ich du wäre, würde ich es garantiert tun. Das liegt bei dir. Wir sind bald fort, weißt du. Ich meine, wem würde es helfen? Er wird dein Haus schon nicht abfackeln. Er wird nicht mehr da sein.«

»Nicht einmal Dust wird mehr da sein«, sagte Ruby, mehr zu sich selbst als zu Sarah. Sie nahm einen langen Zug aus ihrer Zigarette und ließ sie dann zu Boden fallen. »Scheiß drauf«, sagte sie. »Scheiß drauf.« Ruby stand auf und ging weg, ohne sich zu verabschieden. Hinter ihr hörte sie, wie Sarah einen Bob-Marley-Song anstimmte, und Ruby fing zu laufen an, bis sie außer Hörweite und außer Atem war.

65

Ein ausgefranster Strohhut, eine Flasche Wein, die sie aus dem Kühlschrank genommen hatte, eine Zahnbürste, ein Badeanzug und eine Garnitur saubere Unterwäsche – mehr hatte Elizabeth nicht dabei, als sie am Bahnhof in Montauk ankam, die prall gefüllte Stofftasche über der Schulter. Der Hut kratzte sie seit der Atlantic Terminal Station am Arm, aber bei dem restlos überfüllten Zug konnte sie nichts dagegen machen. Ein weiterer Wermutstropfen. Der Waggon war voller Verbindungsstudenten und aufgedrehter Sommerurlauber, und deshalb beschloss Elizabeth, erst einmal sitzen zu bleiben, bis die anderen den Zug verlassen hatten. Sie war nicht in Eile. Die Einladung war nicht unbedingt ernst gemeint – das wusste sie. Sie wusste aber auch, dass sie unbedingt aus der Stadt herausmusste und dass Zoe ihre Freundin war, und wenn Jane das nicht gefiel, tja, umso schlimmer. Sie hatte zu Hause zwei Gläser Wein getrunken und zwei weitere im Zug, was ihren durchschnittlichen Alkoholkonsum bei weitem überschritt, vor allem tagsüber. Obwohl der Zug mittlerweile angehalten hatte, schien er noch immer leicht zu schwanken, aber als der Wagen endlich leer war, hielt Elizabeth sich an der Rücklehne ihres Sitzes fest, stand auf und prallte prompt mit der Stirn gegen die Gepäckablage.

Der Subaru der Kahn-Bennetts wartete bereits, wie Zoe versprochen hatte. Elizabeth winkte, kniff die Augen zusammen und versuchte zu erkennen, wer im Wagen saß. Dann lief sie darauf zu, so rasch sie konnte und ihre Flip-Flops, aus denen sie immer wieder herausrutschte, es zuließen. Als sie es endlich bis zum Wagen geschafft hatte, sah sie nur Zoe am Steuer sitzen.

»Bist du okay?«, fragte Zoe. Sie sah großartig aus – der Sommer war ihre Jahreszeit. Ihre seidige Haut leuchtete wie Bronze, das Haar hatte sie mit einem bunten Schal aus dem Gesicht gebunden. Bingo steckte seinen Kopf nach vorn, und Elizabeth beugte sich nach hinten und ließ sich die Nase ablecken.

»Im Großen und Ganzen geht es mir nicht so gut«, sagte Elizabeth, zog die Flasche Wein aus der Tasche und reichte sie Zoe.

»Fahren wir erst mal zum Haus, bevor wir die aufmachen, ja? Ich glaube nicht, dass einer von uns beiden geholfen ist, wenn wir in eine Alkoholkontrolle kommen.«

Elizabeth schob verstimmt die Unterlippe vor und drehte sich zum Fenster. »Das ist vielleicht ein komischer Sommer. Und Klopapier gab es auch nicht im Zug.« Zoe murmelte eine Beileidsäußerung über die Unzulänglichkeiten der Long Island Rail Road und verfiel für den Rest der Fahrt in Schweigen. Aber immerhin streckte sie die Hand aus und legte sie auf die Mittelkonsole, über den Becherhalter, damit Elizabeth danach greifen konnte.

Das gemietete Haus war klein, aber hübsch. Ein leicht zu verkaufendes Objekt. Es gab ein Schlafzimmer und ein Bettsofa, das entweder Zoe oder Jane bereits ausgezogen hatte, dazu ein kleines Wohn-/Esszimmer. Es roch nach Salz, und unter den Füßen knirschte der Sand. Jane grillte gerade draußen auf der Terrasse, als sie ins Haus kamen, und Zoe nahm Elizabeth' Stofftasche von der Schulter und stellte sie auf den Boden.

»Wir sind wieder da!«, rief Zoe, obwohl die Schiebetür zur Terrasse offen stand und Jane keinesfalls entgangen sein konnte, dass sie eingetroffen waren. »Es macht ihr nichts aus«, sagte Zoe und tätschelte Elizabeth' Arm.

»Stimmt was nicht?«, fragte Elizabeth und hielt sich an der Küchentheke fest. Der Wein schwappte gegen ihre Magenwand. Sie hätte etwas zu Mittag essen sollen. Sie hätte weniger trinken sollen. Sie hätte zu Hause bleiben sollen.

Es war so schön hier draußen am Ende der Insel – Elizabeth vergaß das jedes Mal wieder. Berufsrisiko, wenn man alles nur mit den Augen der Immobilienmaklerin sah. Montauk hinkte eine Dekade hinter den Hamptons her, lag im Ranking aber noch vor North Fork. Die Häuser waren klein und lagen meist nur eine kurze Fahrt von der Hauptstraße entfernt. Aber wem wollte Elizabeth etwas vormachen? Sie hatte nicht das geringste Interesse daran, Strandhäuser an die Feierfreaks zu verkaufen, mit denen sie im Zug gefahren war, oder an ihre ruhigeren älteren Brüder mit Ehefrauen und Kleinkindern. Brooklyn war schon schlimm genug. Sie musste nicht auch noch mit Leuten zu tun haben, die über so viel Spielgeld verfügten, um sich davon ein Zweithaus kaufen zu können.

»Ich glaube, ich muss mich setzen«, sagte sie und sackte auf dem Bettsofa zusammen, die Beine weit von sich gestreckt.

»Ich auch«, sagte Zoe. »Aber schlaf nicht ein.« Sie ging um das Bettsofa herum hinaus auf die Terrasse. Elizabeth sah, wie Zoe ihren Arm um Jane schlang und ihren Kopf an Janes Schulter lehnte. Ihre Gesichter blickten in Richtung des hohen Wildgrases und – irgendwo in der Ferne – des Ozeans. Unmöglich zu sagen, ob sie miteinander sprachen, aber sie verharrten reglos für einige Minuten, bis Jane zu ihrer Zange griff und etwas auf dem Grill wendete.

Es war eine schöne Nacht, eine gleichförmige Brise wehte, und der Himmel war mit rosa Puder überzogen. Elizabeth wünschte sich, sie und Andrew hätten einen Ort wie diesen, ein bescheidenes Häuschen irgendwo auf dem Land. Warum hatten sie sich nie eines zugelegt? Ihre Urlaubszeit war ihnen immer so wertvoll erschienen, vor allem nach Harrys Geburt – seine Tagesferienfreizeiten und Kunstkurse, sein Bewegungsunterricht im Prospect Park, wo sich die Kinder zu festgesetzten Zeiten einmal die Woche für zweihundert Dollar im Gras wälzten. Theoretisch hätten sie wegfahren können, wohin und wann immer sie wollten. Einige Reisen hatten sie allerdings durchaus unternommen: eine Tour nach Mexiko, als Harry acht Jahre alt war, damals zum größten Entsetzen von Andrews Eltern. Eine Fahrt die kalifornische Küste entlang, bei der sie erfahren mussten, dass Harry mit Übelkeit auf kurvenreichen Straßen reagierte, so dass sie stattdessen den Highway nahmen und vier Tage früher als geplant in San Francisco ankamen. Eine Europareise nach Italien. Alles mehr oder weniger zufällig. Elizabeth hatte jeden einzelnen Sommer ihres Lebens im selben Sommerlager für Mädchen verbracht, dann Cape Cod im August, und eigentlich hatte sie Harry ein paar größere Abenteuer bieten wollen. Aber stattdessen waren sie zu Hause geblieben und hatten den Ausblick auf die Argyle Road und die Linie Q, die in der Ferne vorbeirumpelte, genossen.

Zoe küsste Jane auf die Wange, und dann drehte Jane sich um und winkte Elizabeth zu. Alles würde gut werden. Elizabeth hob ein unsichtbares Glas in ihre Richtung. »Pling«, sagte sie.

Sie aßen draußen im Freien, an einem kleinen, runden Tisch. Es wimmelte von Ameisen, aber keine störte sich daran. Jane öffnete den Wein, den Elizabeth mitgebracht hatte, und sie leerten gemeinsam die Flasche, auch wenn Elizabeth ein- oder zweimal die Augen zukneifen musste, um sicher zu sein, dass sie nur ein Glas und nicht zwei in der Hand hielt. Gegrillter Fisch, Avocadosalat, kleine Muscheln, die über den Flammen aufplatzten. Eine gestürzte Pfirsichtarte, bei der die kleinen Pfirsiche aussahen, als würden sie einem den Po entgegenstrecken. Dazu frisch geschlagene Sahne. Elizabeth würde sich auch nicht von Jane scheiden lassen.

»Also, was ist das für ein Zentrum, wo er immer hingeht, Lizzy?«, fragte Jane und schob mit der Gabel ein blättriges Stück Fisch in den Mund. »Was Buddhistisches? Oder was anderes?«

»Eher was anderes«, sagte Elizabeth. »Ich weiß es wirklich nicht. Ich glaube, die machen da Yoga und feiern Orgien. Und sie verkaufen Saft. Kombucha? Ist das was anderes als Saft? Für mich ist das der reinste Alptraum, aber was weiß ich schon. Ich bin doch eine Spießerin.« Sie steckte den Finger in die Schüssel mit Schlagsahne und leckte ihn ab. Inzwischen war sie richtig betrunken und fühlte sich vollkommen verloren.

»Du bist keine Spießerin«, sagte Zoe.

»Doch, eine kleine Spießerin steckt schon in dir«, sagte Jane, und Zoe zwickte sie in den Arm. »Was? Es gibt Schlimmeres. Außerdem ist Kombucha etwas völlig anderes als Saft. Es ist fermentiert. Wie Bier. Machen sie das dort selbst? Das scheint mir ein bisschen fragwürdig zu sein. Und sie verkaufen es auch? Haben sie eine Lizenz? Da würde ich mich mal erkundigen, wenn ich du wäre. Oder wenn ich ihnen Scherereien bereiten wollte.«

Elizabeth' Kopf senkte sich in Richtung Tischplatte, alles drehte sich. »Weißt du, in der letzten Zeit habe ich viel über dieses Thema nachgedacht. Hat Zoe dir erzählt, was Andrew getan hat? Vor dem Yoga, meine ich?« In ihrem Kopf war alles in einer geraden Linie nach hinten ausgerichtet. »Er hat mit Lydia gepennt. Als wir noch Teenager waren. Nicht nur einmal. Ach, wenn es nur einmal gewesen wäre.« Sie wedelte heftig mit der Hand, als winkte sie einem Kellner, um zu bezahlen. »Wäre es nur einmal gewesen, wäre das eine Sache.

Aber es ist immer und immer wieder passiert, die ganze Zeit über, während wir bereits zusammen waren. Und wie ich dann in seinem Namen unterschrieben habe, hat er nur seinen nackten Arsch vor sich gesehen. Wisst ihr das? Und ich habe geglaubt, der versnobte Cineast in ihm reagiert so verschnupft. Ha!« Zoe und Jane sahen einander verwirrt an, aber Elizabeth fuhr unbeirrt fort. »Ich meine, ich würde meinen nackten Arsch auch nicht auf der Leinwand sehen wollen, auch wenn es der knackige Po einer Achtzehnjährigen ist. Es ist immer noch mein Hintern, oder? Und deswegen bin ich so sauer. Weil alles anders ist, als ich dachte. Ich bin keine Heilige! Aber wenn ich das getan hätte, hätte ich es ihm vor unserer Hochzeit gesagt, oder irgendwann in den letzten siebenhundert Jahren.« Elizabeth drehte ruckartig ihren Kopf zu Jane und deutete mit dem Finger auf sie. »Weil wir gerade bei dem Thema sind ... hat Zoe dir eigentlich jemals von der Nacht erzählt, in der wir fast ein Paar geworden wären?«

»Nein«, sagte Jane amüsiert. »Nein, hat sie nicht. Aber fahr ruhig fort.«

Elizabeth hielt die Hände vors Gesicht als eine Art Schutzwall, um sich dahinter vor Zoe zu verstecken. »Das ist natürlich etwas völlig anderes, es ist schließlich nichts passiert. Aber damals am Oberlin waren wir zusammen in ihrer Wohnung und haben uns *Bonnie und Clyde* angeschaut, und an dem Abend hat sie mich ziemlich angemacht.«

»Ich glaube, ich habe *Bonnie und Clyde* nie gesehen«, sagte Zoe. »Wer spielt da gleich noch mal mit?«

»Mehr hast du nicht dazu zu sagen?« Jane beugte sich vor, offenbar sehr belustigt. »Erzähl mir mehr, Lizzy.«

»Es ist nichts passiert«, wiederholte Elizabeth, wild mit den Händen gestikulierend, und beförderte aus Versehen ihre Gabel ins Gebüsch. »Aber es hätte was passieren können.«

»Warte, ist das dein Ernst?« Zoe legte eine Hand auf Elizabeth' Arm, in der Absicht, ihn festzuhalten, und hätte fast eine verpasst bekommen.

Elizabeth brach in haltloses Gekicher aus. »Sagst du das ihretwegen?«, fragte sie leise und sah Zoe an, die schöne Zoe. Sie trug ein weites, weißes Button-down-Hemd und sah darin aus wie eine Schaufensterpuppe, deren Hemdsaum von einem unsichtbaren Ventilator leicht bewegt wurde. Manchmal dachte Elizabeth, dass ihr ganzes Leben anders verlaufen wäre, hätte sie Zoe nur ein kleines bisschen früher oder später kennengelernt. Nicht dass sie und Zoe zusammengekommen wären, aber jeder fallende Dominostein löste eine neue Kettenreaktion aus. Vielleicht wäre sie nicht bei Andrew gelandet, sondern bei dem rothaarigen Jungen aus ihrem Englischkurs oder dem hypermotorischen Drummer, den sie als Ersatz für Lydia bekommen hatten und den sie einmal aus der Dusche hatte kommen sehen. *Oho,* hatte sie nur gedacht.

Timing war alles. Das wurde umso offensichtlicher, je älter man wurde und je mehr man begriff, dass das Universum nicht nach einem auch nur einigermaßen sinnvollen Bauplan zusammengehalten wurde. Es gab keine Ordnung, kein Ziel. Es ging lediglich darum, was man zum Frühstück gegessen hatte und in welcher Stimmung man war, als man einen gewissen Hausflur entlanglief, und ob die Person, die einen zu küssen versuchte, einen reinen Atem hatte oder nicht. So etwas wie Schicksal gab es nicht. Das Leben bestand lediglich aus Zufall und Glück, eng miteinander verbunden durch die Sehnsucht nach Ordnung. Elizabeth verstand durchaus, weshalb so viele Menschen an Gott glaubten – genau aus diesem Grund, und damit sie nie die Augen schließen und denken mussten: *Was, zum Henker, habe ich bloß aus meinem Leben gemacht?* In ihrem Kopf braute sich eine mittlere Katastrophe zusammen, die Art von Kopfschmerz, die sich bereits von weitem ankündigte. Kumuluswolken des Bedauerns hingen schon dicht über dem Horizont, aber sie konnte nicht aufhören. Das war nicht lustig, nichts von alledem war lustig. »Ich glaube nicht, dass sie eifersüchtig sein wird, Zoe.« Elizabeth bemühte sich nach Kräften um ein Lächeln, abgesehen davon, dass sie ebenfalls ihr Bestes gab, ihre Augen offen zu halten. Es war ein langer Tag gewesen. Schlaf hörte sich gut an, vor allem, weil sie fast sicher war, bereits zu träumen. Sie umklammerte die Tischkante mit beiden Händen und ließ ihren Kopf darauf sinken.

Ein Glas Wasser tauchte vor ihr auf, und Elizabeth trank es aus. Jane und Zoe halfen ihr hoch und zogen das Laken über das Bettsofa. Sie rollte sich auf die Seite und sagte gute Nacht, aber die Worte kamen nicht heraus.

Die Sonne schien hell, und Elizabeth brauchte mehrere Anläufe, um sich zu erinnern, wo sie war. Die Fenster befanden sich an der falschen Stelle, ebenso die Tür. Langsam kehrte der vergangene Abend wieder zurück.

»O Gott«, sagte sie und zog ruckartig das Laken bis unter das Kinn.

»Hi.« Zoe saß mit einer Tasse Kaffee und ihrem Laptop draußen an dem Tisch. »Jane schläft gern länger.«

»Guten Morgen«, sagte Elizabeth und rutschte nach oben, bis sie an dem billigen Schaumstoffrücken der Couch lehnte. Sie rieb sich die Augen. Ihr Mund fühlte sich an wie Schmirgelpapier. »Normalerweise trinke ich nicht so viel.«

»Ich weiß«, sagte Zoe. »Komm raus zu mir.«

Elizabeth rollte vom Bettsofa herunter. Der Fußboden war kühl. Sie packte die gestrickte Decke, die sie irgendwann in der Nacht von sich gestrampelt hatte, und legte sie sich um die Schultern. Es war früh – noch vor sieben Uhr wahrscheinlich, und das Kreischen der Seemöwen und die Wellen waren die einzigen Geräusche, die zu hören waren. Elizabeth setzte sich auf den Stuhl gegenüber von Zoe. »Das hat weh getan«, sagte sie. »Mein ganzer Körper tut mir weh. Ich bin zu alt für so etwas.«

»Erzähl mir noch einmal, was du letzte Nacht gesagt hast«, bat Zoe.

Elizabeth verbarg ihr Gesicht in beiden Händen. »Ach, ich bitte dich«, sagte sie. »Ich war betrunken.«

»Ja, das warst du. Aber ich will wissen, worüber du gesprochen hast.« Zoe beugte sich vor, ihr Gesichtsausdruck war ernst. »Erzähl es mir. Nicht die Sache mit Andrew. Die Sache mit uns.«

Elizabeth wusste nicht, was peinlicher war – die Tatsache, dass sie das Geheimnis so viele Jahre bewahrt hatte oder dass sie sich überhaupt daran erinnerte. Eine Schicht Scham nach der anderen wurde bloßgelegt, die letzte in diesem Moment, als sie hier saß, umgeben von salziger Luft und dem Duft von Zoes Kaffee, beides gleichzeitig köstlich und widerlich, als könnte es Brechreiz in ihr auslösen. »Okay«, sagte Elizabeth und begann zu erzählen. Als sie fertig war – TJ, die an die Tür hämmerte, der Hausflur, sie beide auf der Treppe –, da lächelte Zoe.

»Natürlich kann ich mich daran erinnern«, erklärte sie. »Ich habe dich definitiv angebaggert. Ziemlich heftig sogar. Wenn jemand das mit Ruby machen würde, würde ich es sexuelle Belästigung nennen. Entsetzlich! Du hättest den Campus-Sicherheitsdienst rufen und dich nach Hause bringen lassen sollen.«

»Aber an *Bonnie und Clyde* kannst du dich nicht erinnern?«

»Nicht eine Sekunde. So schön warst du damals, Lizzy.« Zoe streckte die Hand aus und kniff Elizabeth in die Wange. »Und, warst du interessiert?«

»Ich war interessiert. Ich meine, ich habe dich geliebt! Ich liebe dich! Du warst eine Göttin für mich! Aber ich hatte von nichts eine Ahnung. Ich hatte zu viel Angst. Und außerdem war da Andrew.«

»Der Sex mit Lydia hatte.«

»Der Sex mit Lydia hatte! Gott!« Elizabeth lachte laut. »Diese Ironie.«

Zoe trank einen Schluck von ihrem Kaffee. »Ist die Vorstellung nicht seltsam, dass das, was wir vor hundert Jahren gemacht haben, tatsächlich eine Bedeutung gehabt haben könnte? Ich hatte so viele Freundinnen, von denen ich dachte, dass ich auf immer und ewig mit ihnen zusammen sein würde, dass wir als Achtzigjährige gemeinsam auf Vogelexkursionen gehen würden, und dann war nach sechs Monaten Schluss. Ich kann mich nicht einmal mehr an ihre Gesichter erinnern. Und als ich Jane traf, dachte ich, mehr als ein halbes Jahr wird es nicht dauern! Und jetzt sind wir hier. Also, ich weiß nicht recht.«

»Ich vermute, das ist die Frage«, sagte Elizabeth. »Ist es überhaupt wichtig, was vor einer Million Jahren passiert ist? Ist es relevant? Irgendwo nicht, denke ich, das ist alles Schnee von gestern, aber dann wieder … ich weiß nicht recht. Es hat eine Bedeutung für mich, dass Andrew mit Lydia geschlafen hat, aber vor allem wegen der Art, wie er sich jetzt benimmt. Und diese Nacht mit dir auf der Couch, die bedeutet mir auch etwas – sonst hätte ich das schon Hunderte von Malen erwähnt, wann immer ich dich necken wollte, weißt du. Es ist schwer zu erklären.« Elizabeth streckte eine Hand unter ihrer Decke hervor und griff nach Zoes Kaffeetasse. »Wolltest du mich wirklich küssen?«

»Und ob ich das wollte, schöne Frau«, sagte Zoe und überließ ihr die Tasse. Sie hob ihren Stuhl hoch und rutschte damit näher an Elizabeth heran. Dann beugte sie sich vor und drückte Elizabeth einen süßen, kleinen Kuss auf den Mund.

Das war keine Liebelei, das war kein Sex. Elizabeth hatte Harry tausendmal auf diese Art geküsst, auch ihre eigene Mutter und Andrew. Sogar den dummen Andrew. Das war Liebe pur.

»Du bist meine beste Freundin«, sagte Elizabeth.

»Dito«, sagte Zoe, lehnte sich auf ihrem Stuhl zurück und lächelte in die Sonne.

66

Nirgendwo war jemand zu erreichen. Ruby rief überall an: auf dem Handy ihrer Mom, auf dem ihrer Mum und im Restaurant. Vermutlich waren sie noch in Montauk, aber normalerweise ließ der übliche Kontrollanruf nicht lange auf sich warten, ob sie auch keine Party gefeiert oder irgendetwas in Brand gesetzt hatte. Gebrannt hatte es bereits, warum sollten sie sich also Sorgen machen? In zwei Wochen musste Harry zur Studienberatung an der Whitman High. Ablauf wie jedes Jahr: Die College-Berater teilten die Schüler der Abschlussklasse in Gruppen ein und erklärten ihnen das Prozedere. Dabei saß man dann, wie Ruby letztes Jahr herausgefunden hatte, mit seinen Freunden in einem Halbkreis und tauschte sich über die zwei, drei Colleges aus, von denen man jetzt schon wusste, dass man sich dort bewerben würde. Harry würde keine Probleme haben – er säße bei den Strebern und würde nickend bestätigen, dass Providence, wie sie alle gehört hätten, als Stadt recht cool sei. Er würde sich rechtzeitig bewerben und angenommen werden. Ruby konnte bereits die SMS auf ihrem Handy eingehen sehen, vielleicht garniert mit einem verlegenen Emoji. Harry würde glücklich sein.

Seine Haare waren in den letzten Monaten gewachsen, und allmählich verloren die Locken ihren Schwung. Ein Speichelfaden glänzte auf dem Kissen gleich unterhalb seiner Lippen, was Ruby ungemein rührte. Mit Harry zusammen zu sein, das war, als arbeitete sie für eine gemeinnützige Bildungsorganisation wie Teach for America oder als sei sie eine Art »Oberschwester« in einer weiblichen Studentenverbindung – Menschen, die Einfluss auf das Leben eines anderen hatten, indem sie ihm oder ihr Aufmerksamkeit schenkten, die er oder sie sonst nie bekäme. In ihrem Fall quasi ein Sexförderprogramm. Nicht dass sie Harry nicht mögen würde – sie mochte ihn sogar sehr. Aber Ruby sah ihre Affäre eher als eine Art Generalprobe. Jeder durchlief dieses Stadium, ob er es nun zugab oder nicht – denn fast jede Teenagerliebe war ein Rührstück voll echter Emotionen und echtem Herzschmerz. Und dennoch reines Theater. Wie sonst könnte man je einem Menschen sagen, dass man ihn liebte, und es auch noch so meinen, wenn man es nie zuvor gesagt hatte? Wenn Ruby an Harry dachte, war sie froh, dass sie einander bereits seit Urzeiten kannten. Er würde nicht aus ihrem Leben verschwinden wie Dust oder irgendein anderer ihrer Freunde von der Whitman High, die sich dafür entscheiden konnten, ans College zu gehen und praktisch über Nacht ihre Persönlichkeit zu verändern. Harry würde stets Harry sein, und seine Eltern würden immer um die Ecke wohnen. Sie wären stets präsent im Leben des anderen, und irgendwann in der Zukunft, vielleicht in zwanzig Jahren oder mehr, würden sie Thanksgiving zusammen verbringen, und Harry wäre verheiratet und hätte Kinder, die genauso aussahen wie er, und sie wäre ganz schrecklich aufregend und glamourös, und sie würden einander auf die Wange küssen und an diesen Sommer zurückdenken, und sie würden ins Bett gehen mit dem Bauch voller Truthahn und den Erinnerungen an den Körper des anderen.

Lena hatte ihr eine Nachricht geschrieben, dass sie Andrew bei EVOLVEment gesehen habe. Elizabeth hatte recht – die ganze Angelegenheit schien ausgesprochen dubios zu sein, ganz zu schweigen davon, dass die Sache todtraurig war. Lena schrieb weiter, dass Andrew und Dave sich unterhalten hätten und dass Andrew ziemlich merkwürdig reagiert habe. UND NOCH ETWAS, fügte sie hinzu, MIR IST SEIN NAME ALS SCHAUSPIELER WIEDER EINGEFALLEN – DAVE

WOLFE. SCHAU NACH – DU WIRST IHN SOFORT ERKENNEN. Ruby klappte ihren Laptop auf und gab den Namen bei IMDb, einer Internet-Filmdatenbank, ein.

Das Foto in der Ecke sah nach einer Anzeige für ein Körperspray aus – Dave mit nacktem Oberkörper, mit einer Kette aus klobigen Perlen um den Hals. Statt mit dunklem Vollbart präsentierten sich seine Wangen frisch rasiert, nur unterhalb seiner Unterlippe prangte ein kleines Dreieck aus Haaren. »Nein, bitte kein *Soul Patch*«, sagte Ruby und stöhnte. »Schlimmer geht es nicht.«

»Was ist?«, fragte Harry, drehte sich um, dehnte sich und streckte die Hand nach ihr aus. Ruby nahm ihren Laptop und kletterte damit ins Bett.

»Das ist der Yogalehrer von deinem Dad«, sagte Ruby.

»O Gott«, sagte Harry, »im Ernst?«

»Im Ernst.«

»Warte eine Minute – hat der nicht in dem Film mitgespielt, du weißt schon, der mit den jugendlichen Straftätern, die in den Knast geschickt werden? Der Film aus den Achtzigern? Die dann eine Revolte anzetteln?« Harry rieb sich die Augen. »Ich schwöre, das ist er.«

Ruby klickte seine Filmographie an. »*Pritsche 6*? Genau das war er.«

»Und jetzt unterrichtet er Yoga?«

»Und stellt Saft her?« Ruby kaute auf ihrem Fingernagel.

»Puh«, sagte Harry.

»Habe ich da irgendwas an meinem Zahn?«, fragte Ruby. Sie beugte sich über ihn, und ihr Haar fiel auf sein Gesicht. Harry schob den Vorhang zur Seite und sah nach.

»Nein«, sagte er, »aber dabei fällt mir was ein. Ich habe etwas für dich.«

»Vielleicht Schinken, Ei und Käse? Das wäre schön.« Ruby drehte sich auf den Rücken. »Was willst du essen? Im Kühlschrank ist jede Menge Pesto, ich glaube, Jane bereitet sich auf den Weltuntergang vor. Willst du Pasta? Es ist schon fast Mittag.«

Harry kramte in seinen Hosentaschen, halb auf dem Bett, halb draußen liegend. »Hier«, sagte er und rutschte zurück, bis er im Schneidersitz vor ihr saß.

Alle Schmuckschachteln machten ihr Angst. Diese hier war klein, weiß und rechteckig, was schon mal besser war als schwarz, quadratisch und aus Samt, und dennoch wich Ruby instinktiv zurück.

»Was ist das?«, fragte sie und deutete mit dem Finger darauf.

»Nur ein Geschenk, Ruby.« Harry nahm den Deckel von der Schachtel.

Auf einem Wattebausch lag ein kleiner Ring. Er war perfekt. Kein Mensch außer ihrer Mum und ihrer Grandma, vielleicht noch Chloe oder Paloma, hatten Ruby je zuvor ein Schmuckstück geschenkt. Und wenn, dann meistens irgendwelche Ketten oder alten Modeschmuck, den ihre Mum auf Flohmärkten ausfindig machte. Nie hatte sie etwas von einem Jungen bekommen. Nie von einem Liebhaber.

»Was ist das?«, fragte sie.

»Das ist ein Ring.« Harrys Wangen hatten sich gerötet, nicht aus Nervosität, sondern vor Aufregung, aber er lächelte. »Nur zu, schau ihn dir an. Er ist wie ein Mohnkügelchen. Wie du gesagt hast.«

Ruby nahm den Ring mit Daumen und Zeigefinger aus der Schachtel. Ein Wattefaden blieb daran hängen, und Harry zupfte ihn ab. Der Stein sah tatsächlich aus wie ein Mohnkügelchen. Hatte sie das laut gesagt?

»Ich halte den Kerl für einen absoluten Betrüger, der noch dazu versucht, deinen Dad um sein Geld zu bringen«, sagte Ruby, während sie den Ring vor ihr Gesicht hielt. Dann steckte sie ihn an ihren Mittelfinger, wo er bis zum Knöchel rutschte, und dann, mit etwas Nachdruck, ganz über den Finger.

»Wie kommst du darauf? Eigentlich hatte ich eher an diesen Finger gedacht«, sagte Harry und berührte ihren Ringfinger.

»Wovon sprichst du?« Ruby runzelte die Stirn.

»Willst du mich heiraten?« Inzwischen kniete Harry auf dem Bett, seine nackten Füße versanken in der Bettdecke. Harry, der noch nie einen Job gehabt hatte. Harry, mit dem sie als Kind gebadet hatte. Wieder stellte Ruby sich Thanksgiving vor, dieses Mal mit sich selbst als Harrys Frau, mit Perlenkette und in einem Twinset. Es war wie in der letzten Szene aus dem *Zauberer von Oz,* als Dorothy sich umschaut und feststellt, dass ihre Freunde noch immer ihre Freunde sind, ganz gleich, ob Mensch, Löwe oder Dosenmann. Eine Szene, die Mut machen sollte – nach dem Motto: Sie waren immer an deiner Seite! –, aber für Ruby ließ das die Welt klein und beengt erscheinen. Für sie glich das einer Drohung. Sogar wenn man zu vollkommen neuen Ufern aufbrach, landete man im schlimmsten Fall doch wieder bei denselben Menschen, die einen ein Leben lang begleitet hatten. Und sie wollte andere, immer wieder neue Gesichter sehen.

»Ich werde mit einem Schiff nach Mexiko segeln«, sagte Ruby. So war sie eben.

67

Es war schon fast Mittag, und Elizabeth war noch immer nicht zurück. Andrew wusste nicht so recht, wohin mit sich. Er hatte das ganze Haus geputzt und eine Lasagne gemacht, obwohl es viel zu heiß zum Essen war. Eigentlich nur, um etwas im Kühlschrank zu haben, eine Mahlzeit auf Vorrat, die Harry sich herausnehmen konnte, wann immer er wollte. Bei EVOLVEment fand eine Yogastunde statt, aber irgendwie hatte Andrew ein ungutes Gefühl dabei, wieder hinzugehen. Er verharrte ein paar Minuten auf dem Sofa und beschloss dann doch, an der Stunde teilzunehmen. Der Anwalt wartete darauf, dass er die unterschriebenen Verträge zurückbrachte, die Papiere, auf denen stand, wie viel Geld Andrew Dave gegeben hatte und warum, und im Moment hatte Andrew keine Vorstellung, ob er jemals etwas von seinem Geld wiedersehen würde. Aber da er nicht wusste, was er sonst tun sollte, legte er die drei Blocks zu Fuß zurück und rollte, im Zentrum angekommen, seine Yogamatte auf dem einzig verbliebenen Fleck aus, gleich neben der Tür, so dass jeder, der hereinkam, über ihn hinwegsteigen musste.

Dave unterrichtete. Es war Donnerstag, das hieß, die Stunde bestand aus einer Mischung aus Dharma-Gesprächen und Asanas, mit dem Schwerpunkt auf Energiearbeit. Andere Studios legten den Schwerpunkt auf andere Dinge – bei Bikram-Yoga ging es darum, zu schwitzen, bei Iyengar ging es vor allem um Präzision, oder zumindest behauptete Dave das –, aber bei Dave ging es in erster Linie um Energie. Er übte wie immer mit bloßem Oberkörper und deutete Andrew gegenüber eine leichte Verbeugung an, als sie endlich Blickkontakt hatten. Der Raum war voller Menschen, die Andrew noch nie gesehen hatte – junge, biegsame Körper. Andrews

Übungspraxis hatte sich verbessert, er war geschmeidiger als noch zu Beginn des Sommers und konnte durchaus mithalten. Hin und wieder spürte er Blicke auf sich und drehte rechtzeitig genug den Kopf, um zu sehen, wie sich einer von Daves Günstlingen schnell abwandte.

»Atme durch den Brustkorb ein«, sagte Dave, »und durch die Zehen wieder aus.«

Um ihn herum befolgten alle Schüler Daves Anweisungen. Andrew bemühte sich, aber jedes Mal, wenn er durch seine Rippen einzuatmen versuchte, spürte er, dass etwas im Weg war. Seine Leber? Sein Herz? Man konnte nicht durch seine Rippen einatmen, das ging nicht. Und durch die Zehen ausatmen schon gar nicht. Andrew schlug die Augen auf.

Von seinem Platz neben der Tür aus konnte Andrew durch den Vorraum bis hinaus auf die Veranda sehen, wo gerade zwei Polizisten in Uniform durch das Fenster spähten. Sie klopften, aber Dave ging während einer Stunde nie an die Tür. Andrew stand auf und öffnete die Tür.

»Kann ich Ihnen helfen?«, fragte er.

»Jawohl, Sir, uns liegen Berichte über illegale Aktivitäten vor, denen wir gern nachgehen würden. Ist das Ihr Unternehmen? Wohnen Sie hier?« Andrew erkannte einen der Polizisten von dem Abend wieder, als er und Elizabeth ihren verbrecherischen Sohn vom Revier abgeholt hatten.

»Nun, ja und nein«, sagte Andrew. »Ich wohne nicht hier.«

»Dürfen wir hereinkommen?« Ein Walkie-Talkie an der Hüfte des einen Beamten plärrte etwas Unverständliches.

Andrew drehte sich um und schaute zurück in den großen Yogaraum. Auf dem Flur, der zur Küche führte, liefen mehrere Jünger von EVOLVEment herum, einige mit großen Eimern.

»Hm«, sagte Andrew, und die Polizisten drängten sich an ihm vorbei ins Haus.

Die Übenden befanden sich gerade im herabschauenden Hund, mit den Hinterteilen hoch in der Luft. Die meisten spähten jedoch zwischen ihren Beinen hindurch und beobachteten die Szene, die sich draußen abspielte, aber einige hatten offenbar inzwischen beschlossen, dass es die Sache wert war, sie aus der richtigen Perspektive zu betrachten. Sie hatten sich aus der Stellung gelöst, sich hingesetzt und sahen nun zu, wie sich die beiden Polizisten auf einer Seite des Raums postierten, als wollten sie eine Partie Frogger spielen und über die Yogis hinweg auf die andere Seite hüpfen. Nur schienen sie nicht genau zu wissen, wie sie anfangen sollten.

»Kann ich Ihnen helfen, Officers? Wie Sie sehen, sind wir mitten in einer Stunde.« Dave war kühl wie ein See in Maine, glatt und ohne das leiseste Kräuseln von Nervosität auf der Oberfläche.

»Sind Sie der Verantwortliche hier? Uns liegen Berichte über illegale Aktivitäten vor. Über verbotene Substanzen, die ohne die erforderlichen Lizenzen hier verkauft werden sollen. Wir sind hier, um« – hier machte der Beamte eine Pause und las eine Notiz von einem Blatt Papier ab – »um ein gewisses Kambacha zu beschlagnahmen. Illegales Kambacha. Könnten wir bitte Ihre Küche sehen?«

Dave erhob sich langsam; seine nackten Füße erzeugten ein schmatzendes Geräusch, als sie sich von dem Holzboden lösten. »Fahrt bitte mit eurer eigenen Übungspraxis fort. Salome?« Salome stand draußen im Vorraum und schüttelte heftig den Kopf. »Annaliese?« Eine junge Frau, die Andrew noch nie gesehen hatte, erhob sich rasch von ihrer Matte in der dritten Reihe und bahnte sich ihren Weg zu Daves Platz, von wo aus sie routiniert die Abfolge des Sonnengrußes anleitete. Mehrere Leute rollten indes ihre Matten zusammen und verharrten eine Weile unschlüssig, ehe sie den Raum verließen, aber andere, diszipliniertere Yogis blieben und gingen vom herabschauenden Hund in die Brettposition und wieder zurück.

Andrew beobachtete, wie Dave die Polizeibeamten in die Küche führte und anschließend treppauf, treppab durch das ganze Haus geleitete. Überall roch es nach Gras. Andrew war dies nie zuvor so richtig aufgefallen, doch jetzt roch das ganze Haus danach, ebenso nach den Fässern voller Kombucha im Keller und den nicht pasteurisierten Säften und Kräuterzusätzen, die Salome für ihre Tees zusammenstellte. Natürlich besaßen sie keine Lizenz. Weder für das eine noch für das andere. Und wo waren all die Schilder, die er aus dem *Hyacinth* kannte? HÄNDEWASCHEN NICHT VERGESSEN, oder die eine comichafte Anleitung für den Heimlich-Griff? Bei EVOLVEment gab es keine Schilder. Er war so versessen darauf gewesen, etwas zu finden, wofür er sich engagieren konnte, dass er nicht bemerkt hatte, dass er seine ganze Zeit in einer von ihm idealisierten Absteige verbrachte.

Mehrere der bärtigen EVOLVEr liefen im Vorraum auf und ab oder standen tuschelnd in kleinen Gruppen beisammen. Andrew versuchte zu verstehen, was sie sagten, aber sie schlurften einfach ein paar Schritte weiter, in die entgegengesetzte Ecke, und ließen Andrew allein in der Mitte zurück.

Ungefähr zehn Minuten später kamen die Polizisten zurück. Einer von ihnen, der junge Mann, den Andrew wiedererkannte, hielt Dave fest am Ellbogen gepackt.

»Warten Sie mal eine Minute«, sagte Andrew. »Das ist mein Partner – wo bringen Sie ihn hin? Was ist hier eigentlich los?«

Der Polizist blieb stehen. Dave atmete laut aus und stimmte ein leises Om an.

»Würden Sie bitte damit aufhören?«, sagte der Beamte. »Das macht mich ganz verrückt. Was meinen Sie mit ›Partner‹? Kennen Sie diesen Mann?« Die Frage war an Dave gerichtet, der reglos geradeaus sah, den Blick auf einen unsichtbaren Punkt konzentriert.

Daves Augenlider flatterten. Er starrte Andrew an und schüttelte dann langsam den Kopf. »Dieser Mann ist einer unserer Yogaschüler, aber ich habe noch nie zuvor mit ihm gesprochen. Friede deinen guten Gedanken, Freund.«

Der Beamte zuckte die Schultern. »Was auch immer, Mann. Entschuldigen Sie uns«, sagte er zu Andrew und führte Dave am Ellbogen hinaus zu dem wartenden Streifenwagen. Hinter ihm kam der zweite Polizist, unter jedem Arm ein Fässchen mit Flüssigkeit, die wie Bier roch.

»Ich verstehe«, sagte Andrew, mehr zu sich als zu den anderen. »Ich verstehe.« Er verließ das Haus und wurde Zeuge, wie die Beamten Dave, der starr vor sich hin blickte, auf den Rücksitz des Polizeiautos beförderten. Eine Frau, die ihren wuscheligen weißen Hund die Straße entlang spazieren führte, blieb mitten auf dem Gehweg stehen, wartete, dass der Streifenwagen davonfuhr, und schüttelte dann den Kopf.

»Es sind doch immer die attraktiven Männer«, sagte sie. »Verbrecher.«

Hätte Geld dabei keine Rolle gespielt, hätte Andrew darin ein Zeichen gesehen: Er war frei. Die korrekte Entscheidung hätte gelautet: Fleischerhandwerk oder Bienenzucht auf dem Dach. In zwei Monaten hatte er nichts Produktives zustande gebracht. Er würde kein Hotelier werden, zumindest nicht mit Dave. Er war nur ein dummer, naiver Kerl, der vor einem Yogastudio stand. In seiner Tasche klingelte das Handy. Als er es herauszog, erfüllte Elizabeth' Gesicht das gesamte Display, und er war so glücklich, sie zu sehen, dass er fast in Tränen ausbrach.

»Schatz«, sagte er, noch ehe sie zu Wort kam, »es tut mir so wahnsinnig leid.«

68

Und am anderen Ende der Leitung, auf dem Bahnsteig in Montauk, zog Elizabeth ihren Strohhut ins Gesicht und hörte sich an, was ihr Mann zu sagen hatte. In mancher Hinsicht war es besser, in anderer schlimmer, als sie es sich vorgestellt hatte. Andrew hatte mit keiner der fast nackten jungen Frauen im Saftimperium geschlafen. Auch nicht mit dem bärtigen Kerl, ein Bild, das ihr kurz durch den Kopf geschossen war und sie irgendwie weniger gestört hatte als das mit den nackten jungen Frauen. Andrew erzählte ihr die Sache mit dem Geld, was zweifellos bitter war, aber da sie es ohnehin nicht als *ihr* Geld oder gar als ihr *gemeinsames* Geld betrachtete, war sie bereit, diesen Ausrutscher ebenfalls Andrews Dummheit und/oder großer Aufgeschlossenheit, womöglich gar Naivität, zuzuschreiben. Gegen eines von beiden hatte sie im Allgemeinen auch nichts einzuwenden.

Merkwürdigerweise brachte alles, was Andrew sagte, Elizabeth erst auf den Gedanken, dass eine langjährige Ehe wirklich möglich war, nicht zuletzt, weil es offenbar immer nur so *zu sein schien,* als hätte man sich auch noch das letzte Geheimnis anvertraut.

»Wen habe ich da geheiratet?«, fragte Elizabeth laut und voller Staunen. Der Zug sollte in fünf Minuten einfahren. Zoe und Jane hatten sie gemeinsam zum Bahnhof gebracht. Sie waren schwimmen gewesen an diesem Morgen, und die Spitzen ihrer Haare klebten noch feucht auf Elizabeth' Schultern, die mit einer leichten Kruste aus Salz und Sand überzogen waren. Sie hatte noch immer Kopfschmerzen, aber es wurde allmählich besser. Allen ging es besser, wenigstens zeitweise.

»Hör zu«, sagte Elizabeth ins Handy, »der Zug kommt

gleich. Ich bin in ein paar Stunden zu Hause. Sei da, ja? Ich will in Ruhe mit dir reden.«

»Natürlich bin ich da«, erwiderte Andrew.

»Ich hätte fast mal Zoe geküsst, weißt du. Als wir noch Teenies waren. Und jetzt erst haben wir zum ersten Mal darüber gesprochen.« Sie wollte ihn wissen lassen, dass er nicht der Einzige war, der nicht alles preisgegeben hatte.

»Wann war das?«, fragte Andrew.

»Am College. Als wir noch jung waren. Fast noch Kinder. So wie bei dir. Ich meine, fast. Bei mir ist nichts passiert. Aber, Andrew, ich weiß, dass wir damals noch Kinder waren. Mehr oder weniger in Harrys Alter. Kannst du dir das vorstellen?« Nicht so richtig vorstellen konnte Elizabeth sich allerdings, dass die vielen Jahre, die seitdem vergangen waren, ihr, Andrew und allen ihren Freunden tatsächlich widerfahren waren. Dass sie all diese Jahre unbeschadet überstanden hatten und mit dem Leben davongekommen waren. Mathematisch war es nicht unbedingt stichhaltig, dass sie alle noch immer da waren. Bis auf Lydia, natürlich. Lydias Fall lag vollkommen anders – sie war nicht mehr präsent, sie war ein Kunstprodukt, eine Reproduktion. Doch in gewisser Weise würde Lydia sie alle überleben.

Elizabeth verspürte ein kaum merkliches Flattern im Bauch, genau das Gefühl, das sie empfunden hatte, als sie und Andrew zu heiraten beschlossen. Die Nerven oder die Aufregung. Das Unbekannte. Der Zug fuhr in den Bahnhof ein, und eine Horde Betrunkener stieg aus. Elizabeth ging ihnen so weit wie möglich aus dem Weg, um nicht mitgerissen zu werden. Das Leben zerrte bereits heftig genug an ihr. Elizabeth stemmte die Füße in den Boden und fuhr die Ellbogen aus.

»Bis gleich«, sagte sie. »Du fehlst mir. Ich hasse dich, aber du fehlst mir.« Elizabeth' Abschied war an den zornigen jungen Mann adressiert, der für sie Rühreier aus dem Diner in der Nähe der Wohnung seiner Eltern bestellt hatte. Er wusste es noch immer nicht besser. Sie konnte ihm helfen oder auch nicht. Es lag ausschließlich bei ihr. Elizabeth setzte ihren Hut ab und fächelte sich damit Luft zu. »Ich werde ruhig sein, ruhig, ruhig, ruhig«, sang sie in voller Lautstärke. Die Kids sahen sie an, als sei sie verrückt, und umso lauter fügte sie hinzu: »Ich werde ruhig sein, ruhig, ruhig!« Als es an der Zeit war, den Zug zu besteigen, setzte Elizabeth sich auf einen Fensterplatz, legte ihr Notizbuch auf ihren Schoß und hörte erst wieder zu schreiben auf, als sie zu Hause war.

69

Als Jane mit ihrem Abendessen von Gosman's Dock zurückkam, mit zwei Hummern namens Minnie und Mickey oder Fred und Ginger – Jane konnte sich nicht entscheiden –, fand sie Zoe über ihr Notizbuch gebeugt vor.

»Arbeitest du an deinem Tagebuch für Dr. Amelia?«

»So was in der Art. Komm her.« Zoe klopfte auf den Stuhl neben sich, und nachdem Jane die beiden Hummer im Kühlschrank verstaut hatte, damit sie sich vor dem Ritualmord noch ein wenig entspannten, setzte sie sich, um sich anzuschauen, woran Zoe gearbeitet hatte.

Zoe bedeckte das Notizbuch mit beiden Händen. »Hör mir erst mal zu«, sagte sie mit leiser, ruhiger Stimme. »Ich habe mir ein paar Gedanken gemacht. Das *Hyacinth* wird bald wieder in Betrieb gehen, was großartig ist, aber ich denke, es ist an der Zeit für etwas Neues. Ich finde, wir brauchen eine Veränderung.«

»Scheiße«, sagte Jane. »Scheiße! Und ich dachte, dass alles besser geworden ist, Zoe! Viel besser! Wieso siehst du das nicht? Ich weiß, ich bin nicht die Temperamentvollste, ich habe Launen und war seit zehn Jahren in keinem Fitnessstudio mehr, aber ich bitte dich! Wieso willst du nicht sehen, dass wir ein gutes Gespann sind?« Jane konnte spüren, wie ihr Herzschlag sich verhundertfachte. »Ich liebe dich. Verlass mich nicht. Ich tue alles, was du willst.«

Zoe lächelte und zog die Hände zurück. Darunter kam die Skizze einer Ladenfront zum Vorschein. Wie im *Hyacinth* zogen sich Fenster die ganze Straßenfront entlang, nur waren hier hinter den Scheiben kleine runde Tische zu erkennen. Über der Tür hing ein Schild, *HOT + SWEET* stand darauf, daneben die Zeichnung einer Brezel. »Es muss nicht unbedingt eine Brezel sein«, sagte Zoe. »Es geht mir nur um die Form. Es könnte auch ein Croissant sein. Oder vielleicht ein Muffin. Nein, Muffins gefallen mir nicht. Aber ein Croissant könnte es sein.«

»Was ist das?« Jane blätterte auf die nächste Seite um und sah, dass da noch mehr war. Weitere Skizzen, weitere Notizen. »Ditmas Park's erste Gourmet-Bäckerei.« Eine Liste ihrer Lieferanten, eine vorläufige Speisekarte.

»Wir machen alles selbst. Du machst alles selbst. Ich weiß auch schon, welche Beleuchtungskörper wir nehmen sollten. Dieser Typ da in Los Angeles bastelt Lampen, die aussehen wie vielarmige Kraken ...« Sie war noch dabei, alles zu erklären, als Jane sie mit einem Kuss unterbrach. Zoe lachte, sie küssten sich, und dann lachte auch Jane.

»Du hast mir Angst gemacht«, sagte Jane. Sie schüttelte den Kopf. »Tu das bitte nie wieder.«

Zoe umfasste mit beiden Händen das Gesicht ihrer Frau. »Nie wieder. Aber jetzt sag mir, was hältst du davon?«

»Heiß und süß«, erklärte Jane. »Das gefällt mir.«

»Gut«, sagte Zoe. »Weil Elizabeth nämlich glaubt, bereits einen Standort gefunden zu haben. Du weißt doch, wo der Frisiersalon ist, der mit der gelben Markise? Daneben, vor vielleicht zehn Jahren, war da ein winzig kleiner, dominikanischer Coffee-Shop, direkt gegenüber der Feuerwehr.«

Jane schloss die Augen. »Der mit der Veranda. Wir könnten Außenbestuhlung beantragen.«

»Genau.« Zoe streckte die Arme aus, umarmte Jane und setzte sich auf ihren Schoß. »Ein neues Projekt. Ein neues Baby.«

»Ein neues Baby ganz aus Butter.«

»Von der besten Sorte«, sagte Zoe und kuschelte sich so eng an Jane, wie sie konnte.

70

Die Praxis war genauso, wie Zoe sie beschrieben hatte – von charmanter Unordnung, mit stapelweise Büchern vor und neben den Bücherregalen.

Elizabeth und Andrew traten verlegen ein und nahmen nebeneinander auf einem abgewetzten, mit einer Art Gobelinstoff überzogenen Sofa Platz.

»Nun«, sagte Dr. Amelia, »was führt Sie zu mir? Elizabeth, wir haben zwar bereits kurz am Telefon miteinander gesprochen, aber bei Paaren fange ich immer gern mit dieser Frage an, damit wir alle auf demselben Stand sind. Im selben Boot sitzen. In derselben Mannschaft spielen. Sozusagen.« Sie nickte den beiden zu. Der Termin war ein Geschenk – Jane und Zoe verzichteten auf ihre Sitzung und schickten stattdessen Elizabeth und Andrew vorbei. Kein Geschenk für jedermann, aber da saßen sie nun.

»Tja, ich, hm«, begann Andrew. »Ich denke, ich habe mich seit, hm, ja, seit einiger Zeit ein wenig orientierungslos gefühlt, beruflich, meine ich.« Er machte eine Pause. »Ich glaube, damit hat alles angefangen.«

»Tatsächlich?«, sagte Elizabeth und warf den Kopf in den Nacken. »Ich denke, das hat alles angefangen, als wir beide neunzehn Jahre alt waren, meinst du nicht?«

Seit sie Montauk verlassen hatte, hatte Elizabeth gespürt, wie ihre Angst nach und nach von ihr abfiel: Harry, der Sex hatte, Harry, der Sex in der Öffentlichkeit hatte, ihr erstes graues Haar, die Tatsache, dass ihre Chefin sie manchmal immer noch Emily nannte, die Art, wie Lydia sie vor einer Million Jahren angesehen hatte, die Art, wie die falsche Lydia sie jetzt ansah, die Tatsache, dass sie sich ständig Sorgen um Andrews Gefühlsleben gemacht hatte.

Dr. Amelia und Andrew sahen sie beide mit großen Augen an, und Elizabeth stellte fest, dass sie noch immer sprach.

»Und dann denke ich auch, wir sollten darüber reden, dass du gewissermaßen zufällig einer Sekte beigetreten bist, bloß weil du Freunde brauchst und einen Job und eine Berufung, die einem nicht so einfach in den Schoß fällt, wie ich selbst am besten weiß – ich meine, ich bin Immobilienmaklerin, nicht unbedingt das, wovon man als Kind träumt, oder?« Sie schnappte kurz nach Luft, aber es fühlte sich gut an. So als wäre sie gerade um den Block gelaufen. Und Elizabeth wollte laufen. Im Zug, auf dem Weg nach Hause, hatte sie drei Songs geschrieben und war sich ziemlich sicher, dass mindestens zwei davon ebenso gut waren wie »Mistress of Myself«. Sie wollte sie nur für Andrew spielen, wollte aber auch ein Demoband aufnehmen und an Plattenlabels wie Merge, Sub Pop und Touch & Go schicken und ihnen zurufen: *Hey! Hier bin ich! Ich war die ganze Zeit hier!* Sie kannte die richtigen Leute, zumindest für den Anfang. Sie musste sich nur überlegen, in welche Richtung sie gehen wollte. Es war aufregend. Es fühlte sich fast an wie ein Fieberschub. »Ich denke, ich brauche mal eine Pause. Ein paar Monate vielleicht. Ich glaube, ich muss eine Zeitlang reisen. Allein.« Elizabeth rieb sich mit den Händen die Oberschenkel. »Vielleicht sollte ich mir irgendwo ein Haus mieten, ein bisschen Musik aufnehmen, eine Weile nichts tun.«

»Okay«, sagte Dr. Amelia gedehnt. »Dann fangen wir hier doch gleich mal an. Andrew? Springen Sie rein, das Wasser ist herrlich.«

»Das Wasser ist ganz und gar *nicht* herrlich«, sagte Elizabeth, warf den Kopf zurück und lachte. »Das Wasser ist nicht herrlich.«

»Ich bitte dich, Lizzy«, sagte Andrew. »Vor ein paar Minuten waren wir doch noch ganz cool, oder?«

Elizabeth sah ihren Mann an. Im Laufe der Jahre hatte sie viele Ratschläge zu hören bekommen: Nie jemanden heiraten, von dem sie nicht geschieden sein wollte; nie jemanden heiraten, der sie nicht sein wollte; nie jemanden heiraten, der sie nicht als gleichwertig behandelte, wenn nicht gar als höheres Wesen; nicht wegen Sex heiraten; wegen Sex heiraten; aus Freundschaft heiraten; heiraten, um nicht allein zu sein. Sie waren so lange zusammen, dass Elizabeth nicht mehr wusste, welche dieser Regeln sie befolgt hatte. Bei ihrer Hochzeit hatte sie es mit Sicherheit nicht gewusst. Sprüche wie diese waren für Leute wie Ruby und Harry gedacht, Großstadtkinder, die wahrscheinlich erst mit dreißig Jahren heiraten und Nachwuchs erst mit fünfunddreißig bekommen würden. In gewisser Weise, auch wenn es nicht ihre Absicht war, hatten sie und Andrew sich benommen, als lebten sie in den fünfziger Jahren, und sich ins Erwachsenleben gestürzt, ohne zuvor ein Gespür für sich selbst als Individuen entwickelt zu haben.

Dr. Amelia bohrte die Spitze ihres Kugelschreibers in das Grübchen in ihrer Wange und hinterließ dort einen kleinen, blauen Punkt. »Was sagen Sie dazu, Elizabeth? Sind Sie cool?«

Die Klimaanlage schaltete sich ein, und Elizabeth' rechte Seite wurde von einer Bö aus eiskalter Luft getroffen. Andrew schüttelte sich unwillkürlich, und sie sah, wie sich die Härchen auf seinen nackten Unterarmen aufrichteten und Inseln aus Gänsehaut bildeten.

»Ich glaube nicht, dass wir die Antwort darauf schon wissen, Dr. Amelia«, sagte Elizabeth. Sie griff hinter ihren Rücken, holte ein Kissen heraus und legte es auf ihren Schoß. »Ich denke, wir sind noch ganz am Anfang.«

Auf Andrews Gesicht lag ein mehr als seltsamer Ausdruck – teils Grimasse, teils Grinsen, als vermochte er seinen

Lippen keine Anweisungen zu geben, was sie tun sollten, und so handelten sie eben selbständig.

»Aber weißt du, was?«, sagte Elizabeth. »Das ist mir eben erst gekommen. Ich denke nicht, dass alles nur deine Schuld ist, was hier passiert.«

»Das ist gut, die Verantwortung zu teilen«, sagte Dr. Amelia.

»Ja«, erwiderte Elizabeth, »ja. Es ist eindeutig auch meine Schuld, dass ich nicht schon vor zehn Jahren ausgeflippt bin«, sagte sie. »Oder vor zwanzig Jahren. Wäre ich ein wenig wilder gewesen, eher bereit, Experimente zu wagen, abzustürzen, zu scheitern, dann, so glaube ich, säßen wir jetzt nicht hier. Wären wir vielleicht gar nicht hier.«

»Wie meinst du das? Dass wir tot wären?« Der arme, liebe Andrew wirkte so verwirrt, dass Elizabeth ihn am liebsten mit einer Narrenkappe auf dem Kopf in die Ecke gesetzt hätte.

»Nein, nicht tot. Nur nicht verheiratet. Ich sage nicht, dass ich das will. Vielleicht will ich es ja, ich bin mir nur noch nicht sicher. Aber ich denke wirklich, dass wir beide zu unbeweglich waren, zu statisch – und genau deswegen sitzen wir jetzt hier.«

»Das ist ja eine schon wirklich gute Stunde«, sagte Dr. Amelia. »Ich bin beeindruckt.«

Elizabeth strahlte. »Danke«, sagte sie. »Mir hat seit einer gefühlten Ewigkeit niemand mehr ein Kompliment gemacht.« Sie wandte sich an Andrew, der bleich geworden war. »Du kannst damit anfangen, wenn du möchtest.«

Andrew schluckte. »Werde ich.«

»Jetzt wäre kein schlechter Zeitpunkt, Andrew«, sagte Dr. Amelia. »Warum sagen Sie Ihrer Frau nicht, was sie Ihrer Meinung nach gut kann? Es kann was Großes oder was Kleines sein, das ist nicht wichtig.«

Andrew schaute auf seine Hände und trommelte mit den

Daumen. Es war still im Zimmer. »Du bist eine tolle Songschreiberin«, sagte er schließlich. »Wirklich toll.«

»Danke«, sagte Elizabeth.

»Und eine unglaubliche Mutter. Harry betet dich an.«

»Danke«, sagte Elizabeth.

»Das ist ein guter Anfang«, sagte Dr. Amelia. »Elizabeth?«

»Hmm?« Sie schaute auf.

»Gibt es etwas, wofür Sie Andrew ein Kompliment machen möchten?«

»Vielleicht ein bisschen später, aber ich würde mich freuen, wenn Andrew jetzt weitermacht. Falls das in Ordnung ist.«

Sie verschränkte die Arme und wartete.

71

Sobald Rubys Entschluss, wegzugehen, feststand, nahmen ihre Pläne rasch Gestalt an. Am letzten Tag im August würde sie nach San Diego fliegen und drei Monate später von Loreto, Mexiko, woandershin. Das Programm war für junge Leute über siebzehn gedacht, bot die Möglichkeit, College-Credits zu erwerben, und stellte die gesamte Ausrüstung zur Verfügung. Nach der Zeit in Mexiko, so überlegte sie, wollte sie an einem Programm in Südamerika teilnehmen, aber dabei war man vor allem zu Fuß unterwegs, so dass sie noch unsicher war. Harry half ihr beim Packen. Rubys Flug ging in zwei Tagen.

Sein Antrag hatte nicht den Erfolg gehabt, den er sich erhofft hatte. Ruby hatte den Ring an ihren Mittelfinger gesteckt und mit glockenheller Stimme gesagt: »Nein«, aber er verstand sie. Sie waren zu jung. Er hatte noch ein Jahr an der Highschool vor sich. Niemand verlobte sich an der Highschool. Er war schon froh, dass sie den Ring behielt.

Es war später Nachmittag. Rubys Mütter und Harrys Mom waren in dem neuen Café – die drei konnten überhaupt nicht mehr aufhören, darüber zu reden, und schwatzten unentwegt über Doughnuts und Marmeladen. Harry fand das cool. Sie erschufen aus dem Nichts heraus etwas Neues.

Ruby stand vor ihrem Schrank. Kleidung, wie sie sie normalerweise trug, war nicht vorgesehen – es gab eine Liste, und alles war vorwiegend aus Badeanzugmaterial. Sie würde drei Monate in einem Kajak sitzen, aber trotzdem probierte Ruby im Moment vor allem Kleider an, vielleicht, um sich von ihnen zu verabschieden. Sie zog sich die Kleider samt der Bügel über den Kopf und sah damit aus wie Frankensteins Monster, aus dessen Schultern Haken aus Metall ragten.

»Das hier hast du bei der Abschlussfeier getragen«, sagte Harry. Die weißen Quasten baumelten um ihre nackten Oberschenkel. Sie trug nur Unterwäsche. Harry wollte jeden einzelnen Teil von Rubys Körper fotografieren, aber er wusste, er würde sie nicht halten können.

»Als du mein Held warst«, sagte Ruby.

»Du warst immer meine Heldin«, erwiderte Harry. »Das musste jetzt mal gesagt werden.« Er stand auf und trat hinter sie. »Ich will dich in den Arm nehmen, möchte mich aber nicht aufspießen.«

Ruby lachte und zog den Kleiderbügel aus dem Kleid heraus. »Jetzt kannst du mich umarmen.«

Harry schlang die Arme um sie und betrachtete sie beide im Spiegel. »Hey, weißt du, was? Du wolltest mir doch die Haare bleichen, hast es aber nie getan.«

»Willst du es jetzt machen?«

»Bist du noch meine Freundin?« Harry war sich nicht sicher, warum das wichtig war, aber es war so.

»Ich bin deine Freundin, bis ich das Flugzeug besteige«, sagte Ruby. »Wie klingt das?«

»Damit kann ich leben. Legen wir los.«

Sie klatschte in die Hände und deutete auf das Badezimmer. »Treten Sie ein in meinen Salon!« Harry setzte sich auf den Rand der Wanne, während Ruby alle Schränke aufriss und wieder zumachte. »Aha!«, sagte sie schließlich und begann, in einer Plastikschüssel im Waschbecken mehrere Chemikalien miteinander zu vermischen.

Bald bestrich Ruby seinen Kopf mit der ersten Portion einer kalten, weißen Pampe. Harrys Kopfhaut fing bereits nach wenigen Sekunden zu jucken und zu brennen an. »Ist das normal?«, fragte er, und Ruby rollte mit den Augen.

»Ihr Typen seid doch solche Weicheier«, sagte sie. »Ja, das ist normal.« Abschnitt für Abschnitt arbeitete sie sich um seinen Kopf herum. Als sie fertig war, stülpte sie eine große Plastikhaube über das Ganze.

»Machst du ein bisschen Musik?«, fragte Harry. Er brauchte dringend etwas, um sich davon abzulenken, dass sein Kopf sich anfühlte, als stünde er in Flammen. Ruby nahm ihr Smartphone und scrollte so lange, bis sie gefunden hatte, wonach sie suchte, tippte auf das Display und legte das Handy auf den Toilettendeckel.

Es war ein langsamer Song, den Harry nicht kannte. Eine Männerstimme sang »Love and Happiness«, daraufhin erklang ein Gitarrenriff, und der Rest der Band setzte ein.

»Das ist Al Green«, erklärte Ruby und fing zu tanzen an. Harry legte seine Hände auf ihre Schenkel, schloss die Augen und versuchte, sich alles genau einzuprägen. Sie hörten sich den Song noch dreimal an, bevor Ruby wieder auf das Display tippte und den Rest des Albums abspielte. »Okay, jetzt schauen wir uns mal dein Haar an.« Sie hob die Duschhaube ein Stück hoch und spähte darunter. »Oh, Mist«, sagte sie. »Sieht irgendwie orangerot aus.«

Harry zog die Haube mit einem Ruck vom Kopf und stand auf. Es sah tatsächlich aus, als hätte er orangerote Dreadlocks. »Tja, waschen wir das erst mal aus, vielleicht ist es ja nicht so schlimm, wie es scheint.« Er hielt seinen Kopf unter den Wasserhahn, und Ruby spülte seine Haare aus und entwirrte die größten Knoten mit den Fingern. Zweimal wusch sie seine Haare, bevor sie ihn aufstehen ließ und ihm ein Handtuch zum Trocknen reichte.

Sie standen nebeneinander, Schulter an Schulter. Harrys Haare waren nicht mehr blond, sondern hatten die Farbe frischen Rostes angenommen. Er berührte eine Locke und fasste sich ans Kinn. Es war schrecklich, so schrecklich, dass nicht einmal mehr Ruby ein Scheinargument einfiel. Sie schnitten beide eine Grimasse.

»Hast du zufälligerweise eine Haarschneidemaschine?«

»Ich glaube, mein Mom hat eine. Bleib hier.« Ruby eilte die Treppe hinauf in das Schlafzimmer ihrer Mütter und kehrte mit einer Art Rasierapparat zurück, das Kabel hinter sich herziehend. Harry schob den Stecker in die Steckdose und schaltete den Apparat ein. »Hast du das schon mal gemacht?«, fragte sie ihn.

»Nein«, sagte er, »aber es gibt für alles ein erstes Mal.« Er fing an der Stirn an – irgendwo musste man ja anfangen – und führte die Maschine von vorn nach hinten über seinen Kopf. Ein langer Streifen Haare fiel auf seine Schultern und von dort zu Boden.

»Wow«, sagte Ruby, »mach weiter.«

Zuerst rasierte er die rechte Seite und ließ das Haar zwei Zentimeter stehen, vielleicht weniger, so dass von der Farbe nichts mehr zu sehen war. Mit der anderen Seite wartete Harry, bis Ruby ein Foto von ihm gemacht hatte – eine Hälfte orangerot, die andere geschoren. Dann legte sie ein Handtuch auf den Boden, um die Locken aufzufangen.

In ein paar Minuten war alles vorbei. »Jetzt hast du dein ganzes Blondiermittel an mich verschwendet«, sagte Harry und drehte den Kopf von einer Seite zur anderen, um sich zu betrachten.

»Hier«, sagte Ruby und reichte ihm einen Handspiegel. »Schau dir das mal im Ganzen an.« Wie beim Friseur drückte sie ihm einen Spiegel in die Hand und drehte ihn herum, damit er seinen Kopf auch von hinten im Spiegel sehen konnte.

»Ich sehe aus wie mein Dad«, sagte Harry.

»Schon möglich«, erwiderte Ruby. »Ich finde aber, du siehst eher aus wie du selbst.«

Er wusste, was sie damit meinte. Harry sah aus wie ein anderer Mensch – älter. Taffer. Er strich mit der Hand über den Kopf, der sich stoppelig anfühlte und noch immer juckte von dem Bleichmittel. Alles Kindliche war weg, und er fühlte sich auch nicht mehr so.

»Ich sollte jetzt heimgehen«, sagte Harry. »Nur auf einen Sprung. Ich komme heute Abend wieder.«

Ruby nickte. »Ich liebe dich, Harry Marx.« Sie küsste ihn auf die Wange; beide waren sie voller Haare. Er wollte sich auf so vielerlei Weise an Ruby erinnern, wollte die Bilder von ihr für immer einfrieren, vor allem aber diesen einen Augenblick – diese Sekunde, in der diese Worte aus ihrem Mund kamen und er sich kaum noch auf den Beinen halten konnte, kaum noch fähig war, durch diese Tür hinauszugehen. Es würde nie einen besseren Sommer geben, solange er lebte. Harry erwiderte ihren Kuss und zog die Tür des Badezimmers hinter sich zu.

Langsam ging er die Treppe hinunter und tätschelte auf dem Weg hinaus Bingos Kopf. Der Tag hatte bereits begonnen, an Farbe zu verlieren. Harry wünschte sich, jemandem zu begegnen, den er kannte, jemandem aus der Schule, nur um zu sehen, ob sie ihn erkannten, aber die Argyle Road war leer. In der Auffahrt blieb er stehen, das Garagentor war nur zur Hälfte heruntergelassen. Durch die einen Meter hohe Lücke konnte er die Beine seiner Mutter und ihren Verstärker sehen. Sie spielte etwas Ruhiges, und Harry ging ein Stück weiter die Auffahrt hinauf, um zuzuhören. Es war hübsch – etwas Neues. Glühwürmchen begannen zu flimmern, und Harry drehte sich um, um einem Lichtpunkt nachzusehen, der in einen Baum flog. Das Garagentor ging ein Stück weiter auf, seine Mom duckte sich darunter hinweg und streckte ihren Kopf heraus. »Harry, bist du das?« Die Luft roch nach Herbst, und Harry beobachtete, wie die Leuchtkäfer bis unter das Blätterdach schwebten, ehe er sich umdrehte.

Teil vier

VERMISCHTES

NEW YORK POST

Stinkende Brühe macht Yogastudio in Brooklyn den Garaus

Die Beamten des 67sten Reviers hatten diese Woche mehr als erwartet zu tun, als sie einem anonymen Hinweis nachgingen und EVOLVEment einen Besuch abstatteten, demzufolge das angesagte Yogastudio in Ditmas Park illegal Kombucha, ein hochprozentiges alkoholisches Getränk, produzieren und vertreiben solle. Außer besagtem Kombucha entdeckten die Polizisten dabei Marihuana-Pflanzen, bewusstseinserweiternde Drogen und eine große Anzahl bislang nicht identifizierter Naturprodukte wie Zweige und Blätter, aus denen EVOLVEment Tees und andere Getränke herstellte.

Mit dem Verkauf von Kombucha ohne Lizenz handelte sich EVOLVEment eine gerichtliche Vorladung ein, dazu weitere Vorladungen wegen des Verstoßes gegen das Betäubungsmittelgesetz aufgrund der in den Räumlichkeiten aufgefundenen illegalen Substanzen. »Wir verkaufen keine Drogen«, erklärte David Goldsmith, der Betreiber von EVOLVEment, Reportern gegenüber. »Wir sind eine ganzheitlich ausgerichtete Gemeinschaft, und uns liegt die spirituelle und physische Gesundheit unserer Mitglieder und der gesamten Menschheit zutiefst am Herzen. Es stimmt mich traurig, dass die New Yorker Polizei nicht versteht, was wir hier tun, aber die Zeit für uns wird noch kommen.«

Zu Festnahmen kam es nicht, aber wie der Website von EVOLVEment zu entnehmen ist, finden vorläufig keine Yogakurse statt, solange gegen das Zentrum ermittelt wird. Auch alle sonstigen Aktivitäten (vermutlich einschließlich der Vergärung von Kombucha) werden bis auf weiteres eingestellt.

TRIVIALITÄTEN von DAVE WOLFES IMBD-SEITE

Dave spricht fließend Sanskrit.
Als Teenager belegte Dave bei zwei Promi-Surf-Wettbewerben gegen eine starke Konkurrenz wie David Charvet und Eddie Cibrian zweite und vierte Plätze.
Daves Gesichtshaare wachsen so schnell, dass dieses Phänomen in seiner Vita unter »Spezielles« aufgeführt wird.

NEW YORK TIMES Kunst & Kultur
Film: »Mistress of Myself« taucht ein in die Ursprünge einer Ikone

NYT-Kritiker-Tipp

Lydia Greenbaum sang, als stünde ihr Haus in Flammen. Ohne Gesangsunterricht und mit einem Stimmvolumen, das man gnädig als »gerade noch ausreichend« hätte bezeichnen können, wurde Lydia – die ihren Nachnamen Greenbaum noch während ihres kurzen Gastspiels am Oberlin College ablegte – in den frühen 1990er Jahren zum Star und innerhalb weniger Monate aus dem Nichts in das Scheinwerferlicht einer medialen Omnipräsenz katapultiert. Diese einfühlsame, in sanften Farben schwelgende Filmbiographie konzentriert sich auf die Zeit kurz vor Lydias Aufstieg zur Berühmtheit, als der angehende Star den größten Teil seiner Zeit noch damit verbrachte, Kartoffelkroketten in der College-Cafeteria zu verspeisen.
Ein menschlicher Ansatz. Der Film vermeidet den üblichen Spannungsbogen so vieler filmischer Biographien von Musikern, vielleicht, weil Lydias Leben weniger einer Kurve glich als vielmehr einem Pfeil, der geradewegs in den Himmel strebt. Statt sich auf ihren späteren Drogenmissbrauch und den plötzlichen Tod zu konzentrieren, verlegt der

Film die Handlung in eine frühe Phase, in der von Ruhm noch keine Rede ist, in der alles noch möglich scheint. Er lädt den Zuschauer ein, sich ein anderes Ende für Lydia vorzustellen – im Film dargestellt von Darcey Leon, eine Doppelgängerin mit beachtlichen schauspielerischen Fähigkeiten, durchaus angemessen der träumerischen Atmosphäre des Films, und mit einer erstaunlich eindringlichen Stimme.

Der stärkste Teil des Films, und die beste Entscheidung der Filmemacher nach der Besetzung der Hauptrolle mit Darcey Leon, ist die ausführliche Auseinandersetzung mit *Kitty's Mustache,* Lydias College-Band, zu deren Werdegang sie, wie der Film andeutet, nur wenig beitrug. Die Liebesgeschichte zwischen Lydia und ihrem Bandkollegen Andrew Marx, gespielt von einem nachdenklichen jungen Samson Tapper, ist der Dreh- und Angelpunkt des Plots. Das Ende ihrer Romanze markiert das Ende der Band und kurze Zeit später auch das von Lydias College-Karriere. Der Film ist eine Erinnerung daran, dass vor nicht allzu langer Zeit auch Prominenten so etwas wie Privatleben erlaubt war, und eine Erinnerung an Lydias Kraft, sich immer wieder neu zu erfinden und nichts von der unglücklichen Liebe ihrer Vergangenheit in ihre Bühnenpersönlichkeit einfließen zu lassen.

»Mistress of Myself« rettete Lydia nicht vor dem Schicksal, zu dem sie, wie wir wissen, verdammt war, aber dieser Film besitzt die Fähigkeit, unser Verständnis für eine komplizierte Künstlerin zu vertiefen. Lydia gesellt sich zu Jim Morrison und Kurt Cobain als Mitglied des Clubs der Siebenundzwanziger, deren kurzes, wirkungsstarkes Leben jetzt nicht nur in der Erinnerung, sondern als Film weiterexistiert. Es mutet wie ein Geschenk an, Einblicke in die Anfänge einer ansonsten wenig zugänglichen Künstlerin gewährt zu bekommen.

GRUB STREET: NEW YORK MAGAZINE'S FOOD AND RESTAURANT BLOG

Neueröffnungen

Butter für Brooklyn: *Hyacinth*-Team eröffnet Gourmet-Café in Ditmas Park

Fünf Monate nachdem ein Brand die Küche in ihrem Brooklyner Restaurant *Hyacinth* – ein Vorreiter der Szene für lokal angebautes Obst und Gemüse – lahmgelegt hat, haben Zoe und Jane Kahn-Bennett ihr neues, behagliches Café *HOT+SWEET* eröffnet. Nur zwei Blocks entfernt vom *Hyacinth*, auf Ditmas Parks Mini-Restaurantmeile gelegen, ist *HOT+SWEET* sieben Tage die Woche geöffnet und bietet Frühstück und Mittagessen an.

Jedoch ohne Cronuts, ohne Macarons, ohne Kuchenlollis – das Angebot von *HOT+SWEET* ist durch und durch altmodisch. Und genau so wollen es die Kahn-Bennetts auch. »Warum sollte man etwas verändern, das perfekt ist?«, wollte Küchenchefin Jane Kahn-Bennett von uns wissen. »Mir sind ein perfekter gestürzter Apfelkuchen oder ein Croissant lieber als irgendein trendiger neuer Teigkringel, und ich weiß, dass die Leute im Viertel das genauso sehen, weil sie uns nämlich seit zehn Jahren mit der Frage in den Ohren liegen, wann wir denn endlich expandieren.«

... und dann gibt es noch Schokoladencremetorten, Zimtschnecken und gigantische Schokoladencookies.

AUSZUG AUS DER *PITCHFORK REVIEW*

Top-Ten-Liste ATP-Festival, New York City

3. Beste Wiedervereinigung einer Band, von der noch nie jemand etwas gehört hat

Kitty's Mustache ist berühmt als Lydias College-Band, doch in den zwei Monaten seit dem Kinostart der Filmbiographie *Mistress of Myself* hat die Band ein paar ziemlich wichtige Einladungen erhalten, einschließlich der zum ATP-Festival. Ich hatte keine Ahnung, was mich ohne Lydia dort erwartet, aber die Band – Zoe Kahn-Bennett, Sängerin Elizabeth Marx (nur sie wandte sich direkt ans Publikum), Andrew Marx und *Mistress-of-Myself*-Darstellerin Darcey Leon, die beim Refrain des Titelsongs mit einstieg –, klang wie aus einem Guss und hörte sich genauso zornig und lebendig an, wie sie auf Kassette geklungen haben muss. Damals noch mit jaulenden Gitarren und kurzen Röcken. Ein Mädchen neben mir sagte: »Sie ist eine Ikone!« Und damit meinte sie Marx, und ihre Freundin erwiderte: »Und ich habe auf BuzzFed gelesen, dass sie als Immobilienmaklerin arbeitet!« Das sagt eigentlich alles darüber aus, was man tun muss, um mit den kargen Gagen moderner Musik überleben zu können.

NEW YORK TIMES **Klatsch & Tratsch**

Vermählungen

Sarah Annabelle Dinnerstein, Tochter von Hannah und Eugene Dinnerstein aus Park Slope, Brooklyn, vermählte sich am Samstag mit Anthony Dustinsky, Sohn der Elena Rodriguez aus Greenwood Heights, Brooklyn, und des verstorbenen Leopold Dustinsky aus Ridgewood, Queens. Die Trauung vollzog Rev. Elliott Beall, Seelsorger der unitarischen Glaubensgemeinschaft, am Bootshaus im Prospect Park.

Die Braut, 24, die ihren Mädchennamen behalten wird, arbeitet in der

PR-Abteilung von Jah Juice, einer in Brooklyn ansässigen Rastafari-Saft-Kompanie. Der Bräutigam, 26, studiert Architektur an der Columbia-Universität.

CONDÉ NAST TRAVELLER

Brooklyns feine Küche zu Mariachi-Klängen

Ruby Kahn-Bennett lebt seit fünf Jahren in Mexiko, zuerst auf der Halbinsel Baja California, wo sie nach einem Segelkurs im Anschluss an ihre Highschool-Ausbildung hängenblieb. Später folgte ein kurzer Aufenthalt in Mexiko City, und schließlich landete sie an der Ostküste, am weitläufigen Strand von Tulum, aber wie die gebürtige New Yorkerin sagt, dauerte es bis jetzt, dass sie sich hier so richtig zu Hause fühlt. »Ich konnte erst mit zwanzig Auto fahren«, erzählte sie uns lachend. »Und ich zog nach Mexiko, als ich neunzehn war. Das war ein hartes Jahr in vielen Bussen.«
Kahn-Bennett scheint noch mehr Dinge auf die Reihe bekommen zu haben und hat inzwischen Wurzeln geschlagen an einer Schnittstelle zwischen Tourismus und Heimatkost aus Brooklyn. Ihr Pizzaladen, *Brooklyn's Finest,* liegt nahe genug an Hotels, um reisende Amerikaner mit Comfort-Food zu versorgen, hat sich inzwischen aber auch eine treue Anhängerschaft aus einheimischen Gästen aufgebaut, was nicht zuletzt an Kahn-Bennetts Fusionsküche unter Verwendung landestypischer Zutaten liegt. »In Mexiko gibt es die besten Paprika der Welt, die wir in den verschiedensten Kombinationen verwenden. Mein momentaner Favorit ist eine Pizza Bianca mit Oaxaca-Käse und Poblano-Paprika.«
Kahn-Bennetts Mütter, Jane und Zoe Kahn-Bennett, leben noch immer in Brooklyn und teilen sich die Zeit auf zwischen Brooklyns Restaurantliebling *Hyacinth* und ihrem neuen Café *HOT+SWEET,* aber mindestens einmal im Jahr kommt ihre Familie nach Tulum, wie Ruby erzählt.

»Meine Mütter sind restlos begeistert«, sagt sie. »Sie drohen mir ständig damit, zu Hause ein mexikanisches Restaurant zu eröffnen.« Kahn-Bennett ist mit *Brooklyn's Finest* voll ausgelastet, kehrt aber regelmäßig im Sommer nach New York zurück. Dann setzt sie ihren Müttern die Pistole auf die Brust und zwingt sie, ihr ein richtiges Thanksgiving-Mahl zu servieren. »Ich würde ja auch zum richtigen Termin nach Hause kommen«, sagt sie, »aber da ist bei uns Hochsaison! Jemand muss ja die Pizza machen!« Und so muss Thanksgiving im Juli fürs Erste reichen.

PROSPECT PARK YMCA
MONATLICHER NEWSLETTER

Nur Gewinner, keine Verlierer beim Basketball-Match des Big-Brother-Programms

Mit dem jährlichen Basketballturnier krönte unser Big-Brother-Mentorprogramm in diesem Monat seine Sommersaison. Der ehrenamtliche Mentor und Trainer Andrew Marx sagte kurz nach dem Spiel: »Es war eines unserer bisher besten Turniere – die Kids spielten sich die Seele aus dem Leib, und alle hatten wirklich viel Spaß. Für uns war das ganz gewiss der Höhepunkt des Jahres.« *(Foto: Teilnehmer des Big-Brother-Programms und Andrew Marx, Mitte)*

HARRY MARX

BROWN UNIVERSITY

Thesis zur Erlangung eines akademischen Grades
im Fach Englische Literatur: Exposé

Vorläufiger Titel: Freunde und Nachbarn

Der Roman bezieht seine Anregung aus dem Motiv klassischer Liebesgeschichten wie *Romeo und Julia* und *Tristan und Isolde,* die Handlung spielt in der Gegenwart, in Ditmas Park, Brooklyn, im Umfeld zweier benachbarter Familien, die sich zeitgleich verlieben und wieder »entlieben«. Meine Absicht ist es, einen Roman zu verfassen, der sowohl die Unbekümmertheit der Jugend würdigt, mit der diese sich in die erste Liebe stürzt, als auch die Art und Weise, mit der ältere Menschen noch Jahrzehnte später mit denselben Gefühlen zu kämpfen haben. Dabei möchte ich Ideen von Jacques Derrida und Michel Foucault mit einbeziehen, mich aber ebenso von Hypertext-basierten Internetplattformen inspirieren lassen, was meines Erachtens nach eine interessante gegenläufige Position zu der etwas altmodischen und linearen Form des Romans zur Folge haben könnte.

Ich wäre Ihnen sehr verbunden, wenn Sie meinen Vorschlag in Erwägung ziehen würden.

TIME OUT NEW YORK

Vorschau

Elizabeth Marx, Bowery Ballroom

Die ehemalige Sängerin von *Kitty's Mustache,* Elizabeth Marx, hat in dem Jahr, seit der Film »Mistress of Myself« in die Kinos kam, ein erstaunliches Revival erlebt, obwohl »Entdeckung« wahrscheinlich eher den Punkt trifft, da nur wenige Menschen je irgendwelches Tonmaterial von *Kitty's Mustache* gehört haben, mit Ausnahme des Songs, der Berühmtheit erlangte durch Marx' frühere Bandkollegin, deren Name hier nichts zur Sache tut. Marx ist auf Werbetour für eine neue Platte, *Modern Lovers,* die in diesem Herbst bei Merge Records erscheinen wird.

Danksagungen

Ein herzliches Dankeschön geht an meine wunderbare Agentin Claudia Ballard und an das ganze Team von Riverhead Books, vor allem an Sarah McGrath, Claire McGinnis, Geoff Kloske, Lydia Hirt, Danya Kukafka, Jynne Martin und Kate Stark.

Bedanken möchte ich mich ebenfalls bei der früheren Riverhead-Lektorin Megan Lynch und bei Ali Cardia für ihre nicht nachlassende Zuneigung und Unterstützung.

Danke an die Mannschaft in Großbritannien, an Jessica Leeke und Cathryn Summerhayes. Danke an die Freunde, die mir ihr reiches und mannigfaltiges Expertenwissen für dieses Buch zur Verfügung stellten: Rob Newton, Kerry Diamond, Bill Sheppard, Jo Anne Kennedy, Stephin Merritt, Meg Wolitzer, Lorrie Moore, das Team von Rookie, Christina Rentz, Ry Russo Young und Isabel Parkey.

Ein ganz spezieller Dank gilt meiner Familie: den Straubs, den Royals und meinem gutaussehenden Gatten Michael Fusco-Straub, der alles am Laufen hält. Staunend und voll absoluter Hingabe möchte ich mich auch noch bei meinen zwei wunderschönen Kindern bedanken, von denen eines noch in meinem Bauch ist, während ich das hier schreibe, doch sein Erscheinen auf dieser Welt dürfte nicht mehr lange auf sich warten lassen.

Wie immer geht ein besonderes Dankeschön auch an die von mir innig geliebten, unabhängigen Buchhandlungen und ihre genialen Betreiber und Verkäufer, vor allem an Mary Gannett und Henry Zook von BookCourt, an Stephanie Valdz und Ezra Goldstein von Community, an Christine Onorati von WORD, an Jessica Bagnulo und Rebecca Fitting von Greenlight und an Niki Coffman und Ann Patchett von

Parnassus. Außerdem möchte ich Ann Patchett dafür danken, dass sie Ann Patchett ist.

Und zu guter Letzt ein herzlicher Dank und alles Liebe an die alten Freunde, die ich behalten habe, und auch an die, die ich nicht behalten habe, zusammen mit jeder Menge ungeküsster Küsse, die zu ihnen fliegen sollen durch Zeit, Raum und alle möglichen Umstände.